朝内
166
人文文库

朝内166人文文库

中国当代长篇小说

中国制造

周梅森 著

人民文学出版社

图书在版编目(CIP)数据
中国制造/周梅森著. —北京:人民文学出版社,2012
(朝内166人文文库. 中国当代长篇小说)
ISBN 978-7-02-009377-9

Ⅰ. ①中… Ⅱ. ①周… Ⅲ. ①长篇小说—中国—当代 Ⅳ. ①I247.5

中国版本图书馆CIP数据核字(2012)第171776号

责任编辑 赵 萍
装帧设计 刘 静
责任印制 苏文强

出版发行 人民文学出版社
社 址 北京市朝内大街166号
邮政编码 100705
网 址 http://www.rw-cn.com

印 刷 河北新华第一印刷有限责任公司
经 销 全国新华书店等

字 数 325千字
开 本 880×1230毫米 1/32
印 张 13.125 插页3
印 数 1—10000
版 次 2000年6月北京第1版
印 次 2013年1月第1次印刷

书 号 978-7-02-009377-9
定 价 28.00元

出 版 说 明

以“文库”形式荟萃本社历年出版物之精华，是国际知名品牌出版企业的惯例和通行做法。作为新中国建社最早、规模最大、读者知名度最高的国家级专业文学出版机构，人民文学出版社在自己六十余年的历程中，已累计出版了古今中外文学读物凡一万三千余种，沉淀下了丰富的精神资源，出版我们自己的“文库”不仅生逢其时，更是为了满足广大读者精品阅读的需求。

有必要对“朝内166人文文库”这样的命名予以简要说明：“朝内166”是我们赖以栖身半个多世纪的所在地，从这里走出了一位位大师，沁透着一股股书香，这里是我们的精神家园与灵魂地标；“人文文库”似已毋须赘言；而随后还将对文库该辑所集纳之图书某一门类予以描述，我们的描述将是客观的、平实的，诸如“经典”、“大全”、“宝典”一类的炫丽均不是我们的选择。

“文库”将分门别类推出，版本精良、品质上乘是我们的追求，至于门类的划分则未必拘于一格，装帧也不强求一致。总之，我们将通过几年的努力，为广大读者奉上一套精心编就的、开放的文库。恳请广大读者不吝赐教。

人民文学出版社编辑部

二〇一二年五月

目　录

第一章　闪电划过星空

1998年6月23日19时　省委大院

省委常委会结束后，天已经黑透了，省委副秘书长高长河离开办公室，急急忙忙往家赶。老岳父前几天又住院了，高长河和夫人梁丽约好今晚要去探视，下午梁丽还打电话提醒过，高长河不敢有误。不料，在一号楼门口正要上车，偏见着一脸倦容的省委书记刘华波站在台阶上向他招手。

高长河知道刘华波前不久代表省委向中央有关方面表过态，要为经济欠发达的兄弟省区干点实事，正让他们筹备一个对口扶贫工作会议，便以为刘华波想询问会议的准备情况，遂走过去主动汇报说："刘书记，对口扶贫会议的准备，我们已经按您的要求搞完了，正想抽空向您具体汇报一次。您看安排在哪一天比较好？"

刘华波摆摆手说："这事常委分工陈省长负责，你们向陈省长汇报好了，明天我和你谈点其他的事。你八点整到我办公室来谈好不好？手上的事先放一放！"

高长河很想问问刘华波要和他谈啥事，可刘华波不主动说，自己也不好问。然而，却于心不甘，便又没话找话地说："哦，刘书记，还有一个事，明天下午平阳市跨海大桥通车，平阳市委非常希望您能去一下平阳，您看……"

这时，刘华波的车已驰上了门厅，刘华波一边向车前走，一边说:“长河,这事不是说定了嘛,程秘书长和吴副省长代表省委、省政府去,我就不去了。我事太多,日程排得满满的,走不开嘛。”

高长河跟着刘华波走到车前:“可这一下午平阳那边又打了三个电话过来。”

刘华波笑了,指点着高长河的额头道:“你这个高长河,咋对平阳这么情有独钟呀?该不是吃了人家平阳的回扣吧?!好,好,我看你这省委秘书长也别干了,就到平阳市委去做秘书长吧!”开罢玩笑,又严肃地强调了一下,“记住,明天八点整到我办公室来,十点后我还要会见独联体的一位国家元首。”

高长河连声应着,眼见着刘华波的车开出去,自己才恍恍惚惚上了车。坐在车上,越想越觉得明天的谈话有些蹊跷。这位省委一把手要和他谈什么?该不是谁又告自己的黑状了吧?一年前做省城市委副书记时,他写过两篇从法制角度谈经济的文章,批评了一些经济建设中违法无序的混乱现象,便不清不楚地得罪了一些人,这些人就含意不明地称他为“高指导”。可这一年多过去了,他又离开了省城工作岗位,这些人总不至于再和他没完没了地纠缠了吧?而在省委副秘书长的岗位上,他想做“高指导”也做不了,事事处处必须听从首长“指导”,引起争议的概率几乎等于零。这么一想,心里便安了,坐在车里,竟有了些欣赏夜色的情绪。

省城的亮化工作这年搞得不错,力度大,效果也就比较好,一座座摩天大楼通体发光了,霓虹灯和广告牌全都亮了起来,万家灯火和满天繁星把面前这座八朝古都装点得一片辉煌。

然而,车过中山广场时,高长河注意到:这个自己曾主持建设过的广场亮化得不太好,四周的地坪灯坏了不少,且有不少市民三五成群地聚在草坪上。

高长河的脸不由自主地沉了下来,对司机说:“这么好的广场,这些人竟这么作践,一点也不知道爱惜,真是不像话!”

司机说:“啥时也免不了有这种不讲公德的人嘛,所以才要宣传精神文明。”

高长河说：“光宣传也不行，得动真格的，搞点地方法规，见到省城市委靳书记时，我得给他提个建议：加大立法和执法的力度，对这些不讲文明公德的人，要依法处罚，罚得他心惊肉跳，看他还敢不敢！”

司机不以为然地说：“高秘书长，你又不是省城的市委书记了，还管这些闲事干啥？！”

高长河说：“哎，话可不能这么说，我不是市委书记，却还是省城的市民嘛，这建议权我总还有吧？！”说罢，看了看手表，“开快点，到家接上梁丽，我们就去人民医院，我们家那位老八路又住院了，情况不太好哩……”

不曾想，医院却没去成。

车到上海路七十四号自家院门口，高长河意外地发现了一辆挂着平阳市小号牌照的奥迪停在路边，一进院子大门便远远看见自己中央党校的同学，现任平阳市委副书记兼纪委书记孙亚东在他们家客厅里坐着，夫人梁丽正和孙亚东说着什么。

高长河先没在意，以为孙亚东是为明天平阳跨海大桥剪彩来请省里领导的。可转而一想，又觉得不对头：孙亚东分管纪检，跨海大桥和他一点关系没有，而且近来一直有传闻，说他和平阳市长文春明斗得厉害，他这时来干什么？

这才敏感地想到了平阳市的班子问题。平阳市委书记姜超林年龄到了，要到人大去，现市长文春明很有可能出任新一届平阳市委书记，而这肯定是孙亚东不愿看到的。因此，高长河认定，孙亚东此行必是来打探消息，顺便给文春明上点眼药，心里不由得暗暗叫起苦来。

然而，高长河脸面上却没动声色，一进家门就笑呵呵地招呼孙亚东道：“亚东呀，你可真是稀客！咋突然想起来看我了，啊？”

孙亚东也笑：“看你？我是来蹭饭吃的！梁丽，长河回来了，快开饭吧！”

梁丽说：“开什么饭呀，孙书记？你说来就来了，我可没啥好东西给你吃！”

孙亚东嚷道：“梁丽，你客气啥呀？冰箱里有啥吃啥，我还带了点平阳的土特产，喏，还有酒，你炒两个菜，我和高书记一起喝两盅！”

碰到孙亚东这样的主，高长河也只好陪着一起喝两盅了。

端起酒杯时，高长河便把话说在前面：“亚东，你可别想腐蚀拉拢我，我和你说清楚，你们平阳班子省委咋定的，我可真不知道，你要想打听这事，最好去找组织部的同志，找我你可真是找错人了。”

孙亚东诡秘地一笑说：“我谁也不找，今天就找你喝酒，顺便也向你汇报一下工作。平阳这个地方不简单哪，经济实力全省第一，人均国民产值全省第一，人均收入全省第一，可干部队伍也比较复杂呀，据我所知潜在的腐败问题比较严重……”

高长河预感到孙亚东要给他们的市长文春明上眼药了，便应付说：“知道腐败问题比较严重，你好好查处嘛，和我说干什么？来，喝酒！”

孙亚东却不喝，反倒把手中一杯酒拍放到了桌子上：“好，高书记，有你这话，我心里就有底了！现在，我就向你汇报一下平阳干部群众反映比较强烈的烈山县的经济问题和平阳轧钢厂的问题。对平阳轧钢厂的问题，身为市长的文春明负有不可推卸的责任。这样的人还想当市委书记？幸亏省委英明，没让文春明爬上去。所以，我建议你上任后，就以平阳轧钢厂做反腐倡廉的突破口，看看国家这十二个亿是咋扔到水里去的……”

高长河这才觉得哪里不对头，忙拦下孙亚东的话头道：“哎，哎，孙书记，你等等，等等，你还真向我汇报了，啊？我既不是省纪委的书记，又不是你们平阳市委书记，只是个听喝的省委副秘书长，我到哪上任？”

孙亚东用筷头指着高长河直乐："高书记，不够意思了吧？马上要到我们平阳当市委书记了，对我这个老朋友加新同事还要瞒，你呀，你呀！当然，你老兄讲组织原则我也能理解！来，干一杯，我代表我们纪检政法口的同志们，也代表敢于斗争的九百万平阳人民，欢迎你来平阳主持工作！"

直到这时，高长河才恍然悟到：明天早上八点和省委书记刘华波的谈话内容，很可能是平阳的班子问题和自己工作的调动。现在的事情往往就是那么奇怪，作为当事人的他尚不知道自己的工作调动，倒是下面先知道了，而经验证明，这来自下面的小道消息有时还就是惊人的准确。

然而，这毕竟是小道消息，省委书记刘华波毕竟还没和他谈话。

于是，高长河仍是不动声色，笑道："孙书记，你这耳朵也太长了一点吧？这我的事，我都不知道，你咋就知道了？难道刘华波的省委书记让给你当了?!"

孙亚东有些惊讶："高书记，你是真不知道？"

高长河摇摇头："我只知道省委考虑让文春明接姜超林的书记，听说姜超林同志极力推荐，和省委组织部的同志谈了九个多小时哩。"

孙亚东摆摆手："这是旧闻了，文春明没通过，各方面反应很大，姜超林谈十九个小时也没有用！别的不说，凭文春明抓的平阳轧钢厂，就不配进上这一步！所以，马万里副书记点了你的将，说你在省城做市委副书记时就干得不错，有水平，有魄力，又懂经济，还在省委做了一年多副秘书长，经验比较丰富，在这种争议比较大的时候去平阳主持工作对大局是有利的！刘书记、陈省长一致赞同，都说你是冷不丁冒出的一匹黑马哩！"

仿佛是为了证实孙亚东的话，偏在这时，省委书记刘华波的电话打过来了。

刘华波在电话里说:“长河呀,知道明天我要和你谈些什么吗?”

高长河极力镇定着情绪:“不知道,一点都不知道。”

刘华波说:“猜猜看嘛。”

高长河努力做出自然的样子,笑道:“您大老板的心思,我哪敢乱猜?”

刘华波也笑了,笑罢才说:“那我先和你打个招呼吧,你的工作要动一动了,跨世纪的干部嘛,总不能老在省委机关当大服务员,这咋跨世纪呀?你要有个思想准备,到平阳去主持工作,具体问题我们面谈,马书记和陈省长参加。”

高长河机械地应着,放下电话后,呆了好半天才回过神来。

梁丽端着菜从厨房里走出来,问:“谁来的电话?”

孙亚东抢上来道:“是省委刘书记的电话!”继而,又对高长河说,“高书记,不说我耳朵长了吧?事实又一次证明,小道消息就是比大道消息来得快!”

高长河摇摇头:“这不正常!”

孙亚东道:“不正常的事多着呢,你管得了?现在,要听我的汇报了吧?”

高长河叹了口气说:“好吧,我听着就是。”

梁丽看看表,问:“长河,我们还去不去医院看老爷子了?”

高长河抱歉地看了梁丽一眼,手一摊:“我这还没到任,人家孙书记就非要汇报工作,改天吧。”

孙亚东忙说:“别,别,我这汇报很短,讲清问题就走!”

高长河脸一沉:“你哪里走?老实给我呆在这里,把平阳的情况都给我好好说说,要知无不言,言无不尽,但是,一定要实事求是,不能带个人情绪!”

孙亚东乐了:“嘿,高大书记,你还真来劲了?好,给我倒满酒!”

1998年6月23日20时　平阳市委

姜超林注意到，文春明一进门神色就不太对头，脸阴着，眼神中透着明白无误的失望和哀怨。似乎为了掩饰这种失望和哀怨，文春明在沙发上坐下后，先把市委副秘书长田立业埋怨了一通，说是田立业太不负责任，跨海大桥的剪彩筹备工作安排得很不妥当，省里的领导竟没派专车去接，还阴阳怪气尽说风凉话。

文春明气呼呼地看着姜超林："……老书记，你猜田立业能说出什么话来？他说，能替平阳省点就省点，哪怕省下点汽油钱也好，还口口声声说是你的指示！"

姜超林呵呵笑了："这甩子，生就一张臭嘴，真没办法！不过，这次倒也真不能怪田立业，派车的事他是请示过我的，是我让他不要派专车了。省委程秘书长和吴副省长都有专车嘛，我们到平阳界前接一下也就可以了。但是，省汽油啥的，可不是我说的哦！"

文春明不满地看了姜超林一眼，说："还是得派专车嘛！跨海大桥剪彩是咱这届班子的最后一桩大型活动，又是这么大个标志性工程，怎么着也得搞出点声势来，别让人家以为我们平阳没人了！"这话已明显带上了情绪。

姜超林想，文春明可能已经知道省委副秘书长高长河要到平阳做市委书记了，有点情绪也正常，便说："春明啊，话也不要这么讲嘛，啊？我们这届班子干得怎么样，省委和刘华波书记是有评价的嘛，平阳九百万市民也是有评价的嘛。"摆了摆手，"好了，不说这些题外的话了，还是说说明天的安排吧。"

文春明这才汇报说："明天的剪彩活动全落实好了，我的想法是：这活动既然是咱这届班子的告别演出，就一定要搞得红红火火，也算是欢送你老书记吧。这回呢，就算我抗旨了，省城的领导还是要接，我已经让接待处派人派车连夜去了，王市长亲自带队。

为北京的客人和有关部门首长包了架波音757飞机，上午九点准时从首都机场起飞，决不会耽误下午三点的剪彩仪式。”

姜超林询问道：“首都和省城的新闻单位安排得怎么样了？”

文春明说：“也都安排好了，有专人接待，中央电视台、新华社和《人民日报》的同志由宣传部沈部长和两个副部长全程陪同，配合采访。”

姜超林想了想，说：“让田立业也去协助接待新闻单位吧，咱田秘书长是大秀才呀，就喜欢往秀才堆里扎，缠着我热情洋溢要去协助哩！”

文春明一怔：“哎，老书记，新闻单位你也敢让田立业去协助？就不怕他那张臭嘴里冷不丁给人家吐出个大象牙来，吓人家一跳？我看不能让他去，明天就派他在机关值班打机动。”

姜超林笑道：“这种时候田立业不会这么糊涂嘛，他真敢吐象牙我收拾他！”

文春明不满地看了姜超林一眼：“老书记，你就是护着他！”

姜超林摆摆手：“这事不说了。春明，你可要注意一下轧钢厂，明天这种关键时刻千万不能出乱子！前几天不是说又借了点钱吗？工人的工资发了没有？你得过问一下，没发赶快发，别让他们再到市里找了，尤其是明天。”

文春明心里也有点发毛，说：“这阵子一直忙着跨海大桥的收尾工程，轧钢厂工人的工资发没发我也不太清楚。要不，我马上去一趟轧钢厂吧，连夜给他们的干部开个会！”

姜超林说：“也好。”

文春明叹着气，站了起来：“那我现在就去吧，反正轧钢厂这张狗皮膏药粘到我身上是揭不下来了，我……我认倒霉了！”这话说完，眼圈竟有些红。

姜超林看了文春明一眼，和气地批评道：“春明，看你，这说的叫什么话呀？轧钢厂的事谁怪你了？走到哪里，不管是对谁，我都要说，轧钢厂的责任不在你身上，也不在我身上，那是计划经济的旧体制和条块结构的矛盾造成的，你有什么办法？我们平阳市委、市政府有什么办法？！”

文春明看着姜超林：“你这么看，咱孙亚东副书记也这么看吗？省委也这么看吗？我知道为我的事，你老书记和组织部的同志，和省委谈了好多次，可又有什么用？高长河不还是过来了么？！”

姜超林苦笑着问：“这么说，你都知道了？”

文春明点点头：“吃晚饭时才知道的，还听说孙亚东又到省城去了，高长河和孙亚东关系很不一般……”

姜超林马上打断了文春明的话头：“哎，哎，春明呀，这位高书记和我的关系也不一般哩，他在省城做市委副书记时我们就熟悉了，在许多问题上的认识和想法都不谋而合，前一阵子我还想过要把他挖到咱平阳来呢！春明呀，对高长河同志你可不要瞎猜疑呀！”

文春明却说：“老书记，我这不是瞎猜疑，说心里话，我还真希望高长河到平阳后能把轧钢厂这些年的事都查查清楚！我还就不信这世上没有公道了！不过有一条，问题查清后，就请高长河或者孙亚东把轧钢厂这个点接过去，我倒要看看他们有什么高招。”

姜超林沉下了脸：“春明，你这么说就不好了，有情绪嘛！你一进门我就看出来了。同志，我告诉你，你要记住：你文春明是一市之长，还是市委副书记，在任何时候，任何情况下，都要以平阳的大局为重，就算我这个老同志去二线之前给你的最后忠告吧，你生气不生气我都要说。我还要说的是，今后你这个市长和我这个人大主任都要支持高长河同志的工作，我可不愿看到谁在新班子里闹别扭！”

文春明知道面前这位老书记的脾气，叹了口气，啥也不说了。

姜超林却还在说，不过，口气缓和了许多：“春明，既然你都知道了，我也就不瞒你了。向省委推荐你做市委书记时，我完全是出以公心，绝不是因为我们之间的个人感情。现在省委定下了高长河，我看省委也是出以公心，目的都是为了把平阳的事情做得更好。所以，我们不能对省委的决定心怀不满，更不能因此就和高长河同志过不去。春明啊，你头脑千万不要发热，别以为平阳是咱省名列第一的经济大市，就把尾巴翘起来当旗摇，让人家说我们排外。”

文春明点点头，哭也似的笑了笑：“好吧，老书记，我听你的，你老领导都能忍辱负重，我也就认了。在这里，我表个态：只要高长河来平阳干大事，干实事，我一定会像支持你老书记一样支持高长河。”

姜超林道：“这就对了嘛，心底无私天地宽嘛！”

然而，将文春明送出门，姜超林看着窗外平阳的万家灯火，却陷入了深思。

省委的决定委实是太突然了！他多么希望省委能接受他和平阳市委的建议，把文春明提到市委书记的岗位上接他的班呀，可文春明偏被大家都议论纷纷的一个平轧厂深深套住了。于是就来了一个和平阳没有任何关系的高长河。这事实像闪电划过星空一样，让姜超林惊异不安。姜超林吃不准，这个陌生人物的到来，对平阳来说，究竟是一次新的历史机遇，还是一场权力的游戏？尽管他曾在省委的一些会议上，在一些场合见过高长河几面，却实在不知道这位跨世纪干部内心深处究竟想的是什么？只是有一点可以肯定，高长河决不会是知根知底的老战友文春明。他可以违心地坚持组织原则，按省委和刘华波书记的要求去做文春明的工作，却根本无法说服自己。

1998 年 6 月 23 日 21 时　省城 高长河家

借着酒劲，孙亚东一口气汇报了一个多小时，一些县级领导班子的腐败问题，地方主义和排外问题，原市委书记姜超林的家长制作风问题，等等，等等。

当然，这其中最主要的还是市长文春明抓的平阳轧钢厂的问题。

据孙亚东说，平阳轧钢厂的问题十分严重，从八亿的预算，搞成十二亿的规模，这么多年了，竟然一寸钢板没轧出来，至今仍靠贷款借债糊弄着发工资。而厂里的干部却三天两头在宾馆大吃大喝，连工人的四百多万集资款都吃完了，有时竟有市长文春明参与。轧钢厂的工人们年内曾两次到市政府请愿，最后仍是不了了之。今年二月，他到平阳一上任，就顶着各方面的压力查了轧钢厂，一查就查出了问题：光请客送礼一项就是六十七万三千多，可姜超林却不让再查下去了！

孙亚东反映的这些情况令高长河十分震惊。

原以为孙亚东调到平阳时间较短，是外派干部，和市长文春明及班子里的平阳同志是闹不团结，现在看来不太像。基于他对孙亚东的了解，这位同志还是比较正派的，疾恶如仇，一年前在昌江市做纪委书记时，曾顶着各种压力，把以昌江市副市长为首的一批腐败分子送上了法庭，相信他对平阳的问题也不会信口开河。

然而，高长河仍只是听，对孙亚东反映的任何问题都没表态。

孙亚东看出来了，问："哎，高书记，我说了这么多，你咋一声不吭？"

高长河笑道："别忘了，到现在为止，我还不是你们平阳的市委书记，你要我表什么态？我怎么表？就算我到任了，也不能光听了你的汇报就表态，总还得听听其他同志的意见吧？总还得搞调查研究吧？"

孙亚东说："好，好，高书记，你说得有道理，我呢，现在先不说你滑头，你上任后就好好搞搞调查研究吧，我建议你从平阳轧钢厂和烈山县搞起。如果搞完调查研究，发现了问题，你老兄还是这个态度，我可真要骂你滑头了。”

高长河说：“孙书记，你放心，这种事，我想滑也滑不过去。”

临别，孙亚东又说：“还有一点，高书记，你要注意，平阳在姜超林家长作风的统治下积重难返，加上经济上又名列全省第一，排外情绪相当严重，你一定要做好和地方主义作斗争的思想准备！”

高长河皱了皱眉头：“孙书记，你这话说得过分了吧，啊？斗什么呀？和谁斗呀？谁是地方主义呀？你说人家是地方主义，人家没准还说你有钦差意识哩！这样四处讲人家平阳的同志排外，我看并不好。至少你自己就把自己当成了外人嘛。”

孙亚东愣住了，有些茫然地看着高长河，似乎觉得高长河很陌生。

高长河拍拍孙亚东的肩头，又和和气气地说：“老朋友，纪检工作不但是查问题呀，更要爱护干部，把在改革第一线拼命干事的干部们当做党和国家的宝贵财富来爱护。给你派个任务：给我研究一下，我们平阳的干部们都有什么特点？他们这种经济发达市的干部，在精神面貌上，领导作风上，和经济欠发达市相比，比如你呆过的昌江市，有什么不同？我总觉得平阳这些年的飞跃式发展是个谜哩，怎么在这二十年里，平阳就一步步上来了？经济从全省第三、第四的位置，一举上到了全省第一，超过了省城？而且连续五年第一？这可不单是搞地方主义搞出来的吧？”

孙亚东马上听出，高长河话里有话，是在婉转地批评他看问题太偏激，没有全面正确评价平阳的工作。可想想，觉得高长河这话说得也不无道理，便点点头，郁郁不乐地告辞了。

高长河也没再留，陪着他走到院门口时，才说了一句孙亚东喜欢听的话：“孙书记，你放心，只要平阳市真存在你所说的这种腐败问题，你该怎么查就怎么查，我会全力支持你。”

孙亚东一把握住高长河的手：“高书记，这算不算你的表态？”

高长河迟疑了一下，还是点了点头。

送走孙亚东，没来得及到卫生间小一下便，门铃又响了。

高长河无奈地摇摇头，对夫人梁丽说："从今晚开始，平阳地区的不少小号车要车轮滚滚进省城了，我们肯定是肃静不了了，你干脆就来个院门大开吧，反正我们不是贪官污吏，也没什么东西怕人偷！"

梁丽笑问："长河，你就这么肯定？"

高长河一边往卫生间走，一边说："我就这么肯定，你去开门吧，我敢保证，又是平阳的同志来了！"

从卫生间出来一看，果然又是平阳的同志，是个县长或者县委书记，是哪个县的同志，高长河忘记了，脸很熟，反正是陪省委领导下去时见过面的，好像还在一起吃过饭。

那位平阳的同志口口声声叫着"高书记"，小心翼翼地坐在沙发上问："高书记，您还记得我么？"

高长河努力回忆着此人的姓名，呵呵笑着说："怎么会不记得？你在平阳接待过我嘛，还灌过我的酒，对不对？那次，你可把我害苦了，回省城时，我可是睡了一路，让刘华波书记好批了一顿哩。"

来自平阳的同志笑道："高书记，那酒可不是我灌的，是我们耿书记灌的，你忘了？我还替你喝了两杯呢！"

耿书记？平阳哪个县有位姓耿的书记？高长河努力回忆着，想以那位"耿书记"为线索，激活自己昔日的记忆，然而，脑子里茫然得很，仍是想不起此人是谁。

倒是来人无意中自报了家门："高书记，一听说您要到我们平阳做市委书记，我们烈山县的干部可高兴了！"

烈山县？就是刚才被孙亚东反复提起过的那个腐败县！高长河心里不由一惊。

然而，这位腐败县的县长赵成全却没有一点搞腐败的样子，空着手，连土特产都没带一点来，衣着朴素得很，苍白的瘦脸上浮着憨厚的笑。更不像是跑官，几乎没谈自己，也没有企图送什么个人简历。

赵成全客气话说了只几句，马上简明扼要地汇报起了烈山县的经济工作。

高长河保持着应有的警惕，只是听，时不时地点一下头。

赵成全汇报到最后，才有些不太好意思地提出来："高书记，您马上要到平阳主持工作了，能不能先帮烈山一个忙？替我们到冶金厅做做工作，把我们的电解铝项目批下来？这么晚了，我……我还冒昧来打扰您，就是急着这事哩！其实，我七点就来了，可见您院门口停着孙书记的车，就没敢进来，怕影响你们谈话。"

高长河心头一热，马上说："好，这事我可以答应。"

赵成全乐了："那明天晚上，我们就以您的名义宴请冶金厅涂厅长。"

高长河手一摆："这不行，冶金厅我可以做工作，饭却不能去吃。"

赵成全又说："那以我们烈山县的名义请好不好？"

高长河再次断然回绝道："那也不行！影响不好！"

赵成全显然很失望，挺没趣地站起来告辞了。

看着赵成全离去的背影，高长河心里不由地又有些犯嘀咕，觉得自己似乎做得过分了些，如果不是孙亚东明确说到烈山县班子腐败问题严重，他一定会去吃这顿饭的，为下面的同志办实事是他的一贯作风，他从来不会在这种事上摆架子。

1998年6月23日21时20分　平阳　刘意如家

平阳市委办公室主任刘意如的目光扫过桌面，看到桌上的钞票和礼品，就像看到了一团正燃着的火炭，燎得她不敢正视，身为烈山县委常委兼常务副县长的女儿金华默默在一旁坐着，也是一副心烦意乱的样子。

愣了好半天，刘意如才用指节轻轻地敲着桌子，叹着气说："金华呀金华，我算服你们烈山县了！上任接风一接就是两个月，这回一次小病住院又收了人家三万七千元，加上这些实物，恐怕要过五万了吧，啊？你说说看，这是正常的人情往来吗？你这副县长到底还想不想干了呀，啊？"

金华抱怨说："妈，我要不想干这副县长，也不会从医院跑来和你商量了。我刚才不是说过了嘛，这不是我要收，是下面人硬要送，推都推不掉！有些钱是装在水果包里的，人家走了我才发现，我都记了账。"说罢，眼光在母亲脸上扫了下，又说了句，"听说我们县委书记耿子敬为他母亲办丧事，收了人家十几万哩。"

刘意如一惊："他耿子敬怎么就敢？！"

金华"哼"了一声："我们烈山的干部啥不敢？风气如此嘛！我不把这些钱先收下来，就脱离了我们这个领导集体，日后我的工作就难做了，甚至在烈山站不住脚。妈，你是老同志了，又做了这么多年市委办公室主任，也知道和领导集体保持一致的重要性嘛！"

刘意如默然了，过了好一阵子，才又问："可收下来，你又怎么办？再像上次一样，以送钱者的名义捐给希望工程？"

金华试探着说："妈，我看这一次就不一定捐了吧？"

刘意如怔了一下，定定地看着女儿："你什么意思？"

金华想了想，说："是不是交给姜超林书记，让市委来处理呢？"

刘意如断然道："不行，姜书记已经定下来要退二线了，你这时把钱交给他，他怎么办？还有没有时间处理？怎么处理？别忘了，这不是你一个人的事，很可能涉及到你们烈山县整个班子，搞不好要出大乱子！"

金华点点头，这才说出了自己的打算："是啊，妈，正因为市委班子要变动，这个钱我才不想一捐了之，免得日后弄个不清不楚！妈，现在下面都在传，说是文春明可能要做平阳市委书记，你看我是不是把钱悄悄交给文市长呢？"

刘意如仍是摇头："你这不是将文市长的军吗？文市长现在的麻烦还少呀？光一个平阳轧钢厂就够他头疼的了，更甭说孙亚东还给他上眼药！再说，我看文市长也做不了市委书记，省里恐怕通不过。退一万步说，就算文春明真当了市委书记，你也不能这么做。你想吧，文春明和姜超林是什么关系？！"

金华又说："要不，就交给孙亚东？他不是主管纪委么？这事也该他管！"

刘意如"哼"了一声："金副县长，我看你真是疯了！孙亚东这种愣头青调来才几天？平阳是谁的天下？也不想想，他在平阳能站住脚么？！"

金华不做声了。

刘意如想，女儿碰到的问题实在棘手，不是女儿从平阳人民医院里跑来，把这些被迫收下的钱摆到她面前，她都不敢相信这是事实。这事实说明，烈山县的腐败问题可能比较严重，甚至十分严重。从原则上讲，她应该鼓励女儿挺身而出，把这些钱物送到市委去，并由此揭开烈山腐败问题的盖子。然而，真这样做了，后果难以预料，烈山县的干部几乎都是姜超林、文春明二人一手提拔的，烈山的经济又搞上来了，现市委对烈山的问题十有八九不会认真查处，甚至根本不会查处。女儿将在得到几句空头表扬之后，被人家孤立起来，最后被排挤出烈山班子，对此，连女儿都意识到了，她这个市委办公室的老主任不会意识不到。

想了好半天，刘意如也没拿出什么好主意，只好说："金华，我看这些钱你还是以那些送钱者的名义捐给希望工程吧，收据存好，烈山日后就是出了问题，也与你没关系！"说罢，苦恼地笑笑，问女儿，"金华，你不会笑话妈胆太小吧？"

金华摇摇头，认真地道："妈，您不是胆小，是政治上成熟。"

刘意如搂着女儿的肩头说："对，政治上一定要成熟起来，要知道，是恶疮总有一天会溃烂，我们作为领导干部起码有一点可以做到，那就是应当洁身自好，这样才能长久地立于不败之地。”

金华点点头，“妈，我明白。”然而，对把钱捐出去，金华还是有想法，便又说，“妈，这平阳的班子既然要动了，我们是不是就再看看呢？如果省里派来一个敢碰硬的新书记，烈山县的盖子不就可以揭开了么？”

刘意如仍是摇头：“人家新书记恐怕也不愿多这种事呀！”

金华固执地问：“如果……如果新书记恰恰需要这种腐败典型呢？”

刘意如眼睛骤然亮了一下，注意地看了女儿一眼，不做声了。

金华受到了鼓励，又热烈地说：“妈，你看这样好不好？这笔钱我们先不捐，就留在手上看几天，如果新书记有气魄，敢揭烈山这个盖子，我们就把钱交给他；如果他和姜超林、文春明打得一团火热，四处和稀泥，我们再把钱捐掉也不迟嘛。”

刘意如觉得女儿说得也有些道理，这才点了点头：“这也行，不过，金华，我可提醒你一下，千万不能见钱眼开呀！”

金华笑道：“妈，你可真小看我了！我要见钱眼开，就啥也不和你说了！”

刘意如问起了女儿的病情，得知女儿病情好转，便劝女儿早点回烈山去，不要老呆在平阳医院里。说是年纪轻轻，给别人留下一个老病号的印象就不好了，尤其是在这种市委班子要变动的敏感时期留在平阳就更不好了。

说这番话时，刘意如不像是金华的母亲，倒更像是金华的上级。

1998 年 6 月 23 日 23 时　平阳 宾馆 轧钢厂

文春明坐在自己的奥迪车上昏昏沉沉去平阳轧钢厂时，经过了平阳宾馆。

平阳宾馆是市政府的招待所，跨海大桥通车剪彩活动接待处就设在这里。接待工作三天前进入了倒计时，会务工作人员按照市委、市政府的指示全部进驻了，今天值班负责人是市委副秘书长田立业。文春明实在不放心这位田副秘书长，怕他溜号，便让司机在平阳宾馆门前停了车，急匆匆上楼去找田立业。

田立业这次倒挺老实，没溜号，也没和谁凑在一起偷偷打麻将，而是呆在作为票务组的套间里写文章。文春明从田立业身后看到了文章标题，标题似乎还是和麻将有关，叫做："从幺鸡吃大饼说开去"。

文春明拍拍田立业的肩头，开玩笑说："幺鸡吃什么大饼呀？幺鸡吃米嘛！"

田立业回头一看，是文春明，乐了，自以为遇到了知音，马上和文春明神侃起来："文市长，你以为我不知道幺鸡吃米呀？！幺鸡吃米，在麻将桌上，幺鸡就是最小的条子，做条子只能吃条子。可过去有个军阀和手下的人打麻将，做了一手条子，单吊幺鸡，老是和不成。后来，一个部下打出一张一饼，军阀突然一声高喝，'和了！'部下们都说，长官，您老是和一条呀，咋能和一饼？军阀理直气壮地说：'我这只幺鸡饿了这么久，见了大饼能不吃么？'得，我赢了！"

文春明笑道："这军阀既不讲游戏规则，也不讲道理！"

田立业问："现在这种既不讲游戏规则，又不讲道理的长官还有没有呢？"

文春明警觉了："你这文章又想讥讽谁？"

田立业说："我敢讥讽谁？也就是混俩稿费买烟抽呗！"

文春明警告道："立业，我可给你提个醒：姜书记要下了，知道不？以后可没人再明里暗里护着你了，你小心了就是！"

说这话时，文春明踱着步，四处看看，这一看才发现，市里包下的六个房间里竟都空空荡荡，接待处的十几个人全不见了。

文春明一下子火了，再没心思说什么幺鸡和大饼，指着鼻子问田立业:“田秘书长,人呢?啊?我交给你的那些人呢?你都给我派到哪去了,啊?”

田立业漫不经心地说:“哦,文市长,是这么回事,大家手头的事干完后,都想回家过一夜,我就给他们放了假,说清楚了,明天七点整再来找我报到,您别急,我保证误不了明天的接待工作。”说罢,竟还笑呵呵地递了个橘子给文春明。

文春明把橘子往地下一扔,问:“谁让你放的假?是我,还是姜书记?你田立业吃了豹子胆了,这么大的事也敢自作主张?我问你,万一误了事怎么办?你担得起吗?你给我听着:现在就给我一一打电话,把派给你的人全给我叫回来!”

田立业为难地说:“人家可能都睡了吧?”

文春明说:“睡了,你就给我到被窝里一个个去拖!”

田立业咕噜道:“这么点家都当不了,也太影响我副秘书长的威信了吧?”

文春明讥讽道:“你田副秘书长还有威信?这也太离奇了吧?快去叫人!”

田立业只好舍下他的幺鸡和大饼,去打电话叫人。

文春明还不放心,故意说:“我现在去平阳轧钢厂,回头还要给你们开会!”

田立业这才有些高兴,连连说:“这就好,这就好,既然是你文市长要给我们开会,我的威信也就保住一点了……”

文春明不再理睬田立业,径自出了门,出门后才想起来,自己让这不负责任的副秘书长气糊涂了,竟忘了把姜超林书记的新安排告诉他,便又回到房间,对田立业说:“哦,还有个事忘记和你说了,姜书记指示,明天让你去陪北京的记者!不过,姜书记也要我提醒你:狗嘴里别再冒出个大象牙来!”

田立业一听,乐了,放下电话,满脸堆笑对文春明道:“您和姜书记既然这么信任我,我这回一定上天言好事,下界保平安,死活也得宣传好咱这跨海工程，宣传好您和姜书记两位英明领导，报答两位英明领导对我的信任和关怀！”

文春明没好气地道：“是姜书记信任你，不是我信任你，这话你别和我说！”

重新上了车往轧钢厂赶时，文春明的心情又渐渐沉重起来。

车进轧钢厂，远远就看见了办公楼上通明的灯火，而偌大的厂区却是一片黑暗，越来越近的办公楼就像耸立于黑暗中的一座孤岛。车上孤岛后，又发现，他熟悉的那帮厂长书记们已和先一步来到的秘书一起，在门厅里等着了。

文春明下车后，黑着脸，一句话不说，轻车熟路径直上了二楼会议室。

在二楼会议室一坐下，厂长兼党委书记何卓孝马上开始汇报，照例地叫苦：北京又跑了，省城又跑了，一点办法没有，一分钱流动资金也搞不到了。国家部委和省里都要求平阳方面负起责任来。对平阳方面抛出去的继续投入一部分启动资金，联合平阳钢铁厂，组建成立平阳钢铁集团公司的建议，谁都没兴趣。

何卓孝哭丧着脸说：“文市长，咱这新方案，人家看都不愿看呀！”

文春明心烦意乱，摆摆手说：“好了，好了，成立集团公司的事，再从长计议吧，有很多工作要做，也不是三天两天就能解决的。说心里话，我是他们也不想再往这无底洞里扔钱了！先说点现实的，厂里这千把号工人的工资发了没有？我不是批条子帮你们又借了点钱吗？你们发没发？工人半年没发工资了吧？”

何卓孝说：“这点钱哪够工人半年的工资？厂里研究了一下，给大家补发了两个月的工资，其余的还是欠着。”

文春明放了点心，又问：“同志们的情绪怎么样呀？”

何卓孝支吾道：“还好吧。”

副厂长牛千里眼皮一翻：“好什么？文市长，工人们都在议论哩，说是与其这么不死不活地拖着，爹不疼娘不爱的，倒不如把咱的轧钢设备都当废铁卖掉，来个白茫茫大地真干净！”

文春明气了，“呼”地站了起来：“这话是什么意思，啊？国家部委、省里和我们平阳三方十年累计投资十二个亿，进口了这么多先进的设备，一寸钢板没轧出来，就卖废铁？就落个白茫茫大地真干净？当真我们是一帮疯子？一群败家子！”

何卓孝说：“文市长，您也别动气，工人么，发两句牢骚也正常。可我们的干部也这么说，就不好了，起码你没良心！咱平阳轧钢厂的干部群众谁不知道，文市长抓了咱平轧这个点，那可真是为咱操碎了心！”

牛千里听出了何卓孝话里有话，当即反驳道：“老何，我看你这话有问题呀，好像是对着文市长来的嘛！咱们平轧的现状与文市长有什么关系？你咋啥都赖文市长？噢，文市长操碎了心，厂子却搞成了这个样子，你什么意思？”

文春明知道何卓孝和牛千里一直不和，便说：“行了，行了，你们别吵了！我已经够头疼的了！今天这么晚来，是想和你们打个招呼，明天下午跨海大桥通车剪彩是个大活动，你们平轧厂不能出乱子！绝对不能出现群访事件！我建议你们一层层往下抓，明天下午把厂里的干部职工都组织起来开会学习，可以先讨论一下，在这种企业困难的情况下如何进行生产自救。”

牛千里当即汇报说：“文市长，我已经着手搞了一个生活服务公司方案，准备把大家先组织起来做点力所能及的事……”

何卓孝马上说：“文市长，牛千里的这个方案，我们厂办公会还没讨论。”

文春明却表态说：“明天下午可以让工人同志先讨论嘛。”

何卓孝眼巴巴地看着文春明：“可守着这么好的轧钢设备，咱却带着工人摆地摊，文市长，这好么？有没有负面影响？”

文春明脸一沉：“让工人半年发不上工资就好？四处借钱发工

资就好？就没有负面影响？落到这地步了，还放不下县团级大厂的臭架子，这叫啥？我看这叫没有自知之明！”

何卓孝愣愣地看着文春明，不敢做声了。

文春明口气益发严厉：“我再强调一下，明天平轧厂无论如何不能给我出乱子，只要市委、市政府门前出现一个上访人员，我就拿你们是问！”

精疲力竭回到家时，已是深夜零点二十分了，文春明倒在床上就睡着了，省委最新决定给他带来的失望和失落已于这一夜的紧张忙碌中忘得一干二净……

1998年6月24日0点30分　省城 高长河家

梁丽的哥哥梁兵简直是个活宝贝，快五十岁的人了，且在省政府机关做了副处长，可还像个长不大的孩子，自说自话带了个白白胖胖的平阳干部来，对高长河介绍说，是自己最要好的同学，工作能力很强，到哪个县干县长最合适。

明明是那胖子的意思，梁兵却说是自己的意思：“……长河，你不知道，王局长在大学里做过我的支部书记，我入党还是他介绍的哩！今天一听说你要到平阳当市委书记，我就和王局长说了：动动吧，别窝在部委办局那种‘条条’里了，有能力的同志一定要去市县这种‘块块’干一番事业。长河，你说是不是？”

高长河哭笑不得，讥讽地看了梁兵一眼，问：“哎，你们这是从哪来的小道消息？谁说我要去平阳？我在省委机关干得好好的，到平阳干什么？我说梁兵，咱省委组织部长现在好像还不是你吧?!”

梁丽插上来说：“我看他要当组织部长，这组织部只怕就会变成忠义堂。”

梁兵白了梁丽一眼：“你瞎掺和什么？我今天可是和长河说正

事！”遂又把脸转向高长河，“如果你去平阳主持工作，能不能让王局长动一动？调他到哪个县里当县长？他原来在旧城县当过县长的，后来得罪了封建家长姜超林，才被弄到轻工局当局长。”

高长河敲敲桌面道：“哎，哎，我说梁兵，在我这儿说话你可要注意，谁说姜超林是封建家长？你怎么知道人家是封建家长？有事说事，别给人家乱扣帽子。再说，县长、局长都是处级，因为工作需要调动一下也很正常嘛！”

王局长马上贴上来，伸着短且粗的脖子，赔着笑脸说：“是，是，高书记，很正常。可我一直在地方基层工作，从乡镇长干到县长，很适应，经验也比较丰富，更能发挥我的特长，高书记，您看？”

梁兵又逼了上来：“长河，你好歹也得给我一点面子吧？”

高长河心里烦透了，可又不愿当面得罪梁兵和这位王局长，只好应付说：“这事我知道了，等我真去平阳主持工作再说吧！”

王局长一听这话，马上把一份事先打印好的简历递给了高长河。

送走这一对宝贝，高长河沉下脸，对梁丽说：“你看看这事闹的！我这还没到任，跑官的人就来了，这叫什么风气！这样下去怎么得了！”

梁丽不无讥讽地说：“这叫密切联系领导嘛，据说是新三大作风之一。”

高长河说：“谁要密切联系我这个领导，谁就要倒霉了！”

梁丽会心地笑了：“哦，高书记，你真不给我哥哥留点面子呀？”

“留点面子？”高长河定定看着梁丽，“梁丽，我问你，你家老爷子在位时，如果你哥也敢带着这位王局长跑官，老爷子会咋对付他？”

梁丽说：“肯定当面给他一个大耳光！”停了一下，又说，“不过，老爷子在位时可没这种跑官的风气。”

高长河冷冷一笑：“现在也不能有这种风气，至少在我管辖范围内不能有这种风气！我看，这事主要还不怪梁兵，而怪那位王局长，那位王局长脸皮太厚，比省城的城墙都厚！头一次和我见面，竟敢当面要官！他要真到哪个县当了县长，哪个县的地皮只怕要浅三分！”说着，拿起桌上那位王局长留下的简历，“这份简历我一到平阳就交给市委组织部，告诉他们，此人就是不能重用！”

梁丽故意问：“这么讲原则的话你咋不当着王局长的面说？”

高长河挥挥手：“你不懂，这叫领导艺术！”

梁丽“哼”了一声，毫不客气地道：“高书记，这种圆滑的领导艺术，我劝你们这些领导同志都少讲！你们讲领导艺术，拉不下面子，跑官的人就会越跑越凶！如果跑官都跑不成，反都当面碰得一鼻子灰，就没人会跑官了！我看这一年多，你在省委机关可是呆出了不少毛病，就那么点锐气也快磨没了，我真担心你到平阳后怎么打开局面！能不能镇得住？你不是不知道，姜超林干了两届市委书记，平阳在他手上起来了，他和他手下的那帮干部可一个个都能干得很呀！”

这话意味深长，让高长河暗自吃了一惊。

是的，梁丽说得不错，仅仅做了一年多的省委副秘书长，他身上的锐气就消磨了不少，连写起文章来都小心多了，再不敢做什么多管闲事的“高指导”。这种情况是从什么时候开始出现的？他不知道，也回忆不起来。能记住的是省委书记刘华波在他刚走进省委大院时给他讲过的一席话。

刘华波书记说：“你们这些秘书长嘛，要我看就是省委的大管家，对外代表省委，对内搞好服务，是省委的嘴，是省委的腿。因此，这嘴不能乱说，这腿不能乱跑，对你高长河来说，还有一条：文章不能乱写。你要还想做‘高指导’，咱们就换换位置，我去做秘书长，你做省委书记，我来为你服务。”

这话虽说是玩笑，可当时真把高长河吓出了一头冷汗。

类似的话，从省委副书记岗位上退下来的老岳父梁清平也曾经说过。

梁清平说:“长河,你是重点培养的跨世纪干部,省委把你从省城市委副书记的岗位上调到副秘书长的位置上来,我看是个重要的培养步骤,在省委领导身边,可以更好地学习省委领导同志的工作作风,同时,接触面更广了,眼界也更开阔了,对你今后的发展很有好处。所以,我送你八个字,‘多看多学,谨言慎行’。”

于是,一年多来,高长河不论是陪同省委领导外出,还是在家处理日常工作;不论是代表省委协调关系,还是接待下面各个市委的负责同志,他都勤勤恳恳,小心谨慎,不该说的话不说,不该表的态不表,大家都认为他成熟多了。也许正是因为这种成熟,省委才在决定平阳市委班子的最后时刻选择了他。

其实,夫人和那些不了解他的同志都错了,看到的都是表面现象。他高长河就是高长河,他在什么样的岗位上,就得干什么样的事。当省委副秘书长,他就是不能有什么锐气,而主持一个大市的工作,他仍将是过去那个高长河。

当然,从明天开始,这种在省委机关形成的工作惯性必须刹住,他将不断地提醒自己记住:他已经不是省委副秘书长了,而是平阳这个大市的市委书记,是一个大市的领导者和决策者。

确实是个大市呀,九百万人口,一万七千平方公里土地,下辖三个县级市和三个县,每个县和县级市的产值都超过边远地区一个省的产值。姜超林在那里苦心经营建设了十年。这十年可不简单呀,年年有人告状,可姜超林硬是没被告倒,反而把一桩桩事情干成了,获得了省委、省政府的高度评价。

所以,他这班很不好接,一座辉煌的城市摆在那里,省委的评价摆在那里,那是一个已经树起来的标杆,其高度近乎炫目,经验告诉他,超越这个高度困难重重——除非姜超林和他的同志们用自己的肩头扛起他的起点!

然而,这可能吗?姜超林向省委推荐的是自己的老部下文春明,而省委却选择了他,而且是马万里副书记点的将,姜超林这位老同志会不会有抵触情绪?更要命的是,孙亚东又一直盯着市长文春明和平阳的腐败问题不放,他又该怎么办?文春明和那个平轧厂到底是怎么回事?平阳一些县市的腐败问题到底有没有孙亚东反映的那么严重?如果真的是那么严重,他又应该怎么去查处?……

第二章　最长的一天

1998 年 6 月 24 日 8 时　省委会议室

省委书记刘华波一进小会议室的门就说:“老天爷又捣乱了嘛,啊? 这几天西部地区大雨不断,昨夜又下了一夜,估计昌江、北川这几个市又要闹水灾了!”

刚刚在沙发上坐下的女省长陈红河接过话头说:“今天早上的天气预报说,这个降雨过程还在继续,我更担心平阳呀。刚才,省防汛指挥部汇报说,昌江的下游水位升高了二点五米,离警戒水位只有不到一米了。万一淹了平阳就麻烦了,平阳一个县的家当可比西部地区一个市都多。”

刘华波指了指高长河:“陈省长的话你听到了没有? 你一到平阳,就得过问一下抗洪防汛工作,要立足于抗大洪水,不能掉以轻心哦!”

高长河站起来点点头:“刘书记,陈省长,你们的指示我一定认真落实。”

刘华波挥挥手让高长河坐下,自己也坐下了:“好,这事先不说了,还是谈平阳的班子。长河同志,昨夜我的电话一打,你恐怕就睡不着了吧,啊?”

高长河老实承认说:“是的,刘书记,几乎一夜没睡着。越想越觉得责任重大,就怕辜负您和省委对我的信任和期望。”

省委副书记马万里笑道:“恐怕想的还不止这些吧?”

高长河也笑了:“当着你们这些领导,我得说实话,我也有些私心杂念,怕自己到平阳站不住脚哩。平阳在省委和老书记姜超林同志的领导下搞得这么好,我高长河何德何能,伸手就摘了这么个大桃子?”

刘华波笑着说:“长河同志,这话就说错了,不是你伸手摘了个大桃子,是省委派你去平阳主持工作嘛。省委这样决定,是经过非常慎重地考虑的,可以说是几经反复,慎而又慎。这种情况是过去决定任何一个地方班子时都没有过的,从某种意义上说,也算个史无前例了吧!是不是呀,马书记,陈省长?”

马万里马上点头说:“刘书记说得不错,为此,我们还征求了中组部的意见。”

陈红河也说:“平阳不仅仅是我们省的平阳,中央一直十分关注。作为改革开放以后崛起的一座重要中心城市,平阳的经济辐射范围现在越来越大了。平阳的经济发展,不但关系到我们一个省的经济发展,也关系到其辐射地区的经济发展。所以,在决定平阳班子时,我们就不能不慎重。”

刘华波打开笔记本,开始了和高长河的正式谈话:“长河同志,下面,我们就代表省委和你谈谈。谈什么呢?首先是班子。班子问题是个大问题,决定性的问题。十年前的老省委用好了一个姜超林,用好了这个以姜超林同志为班长的班子,我们就有了一个飞跃发展举世瞩目的新平阳。所以,我一直说,姜超林这位市委书记很了不起,是我们党的英雄,也是民族英雄。有些同志不太同意我的看法,对平阳不时的有些这样那样的议论和争论,我总劝他们:不要争了嘛,什么姓社还是姓资呀?什么姓公还是姓私呀?都不要争了。改革就是摸着石头过河嘛,只要他过了河,按三个有利于搞上去了,你管他摸的是什么石头?!”

高长河马上想到了这几年让省内同志议论纷纷的几桩大事:

平阳规模宏大的民营工业园，面积达二十六平方公里的国际开发区，和马上就要剪彩的公私合股私营为主的跨海大桥。

刘华波也讲到了这些问题："……比如说，平阳那个民营工业园搞得好不好？事实证明，好得很！我省好多工业园上不去下不来，吊在半空中，平阳这个民营工业园却一片红火嘛！不少产品打到欧美市场上去了嘛！尤其是那个生产中央空调的宏大集团，业务遍及全世界，连公务飞机都用上了！还有那个国际开发区，吸引了二十七个国家和地区的几百亿投资，占了我省实际利用外资总额的四分之一，发展势头很好。至于说跨海大桥，又是一个创举，三十二家民营企业集资贷款几个亿，和平阳交通局联建大桥，在全国没有先例，可平阳硬是搞成了，今天就剪彩通车。我要不是因为和大家开这个会，另外还要会见独联体一位国家元首，一定会到平阳好好看看，详细了解一下具体的运作情况。所以，长河同志，请你记住，我要讲的第一点，也是最重要的一点就是：必须紧紧抓住经济建设这个中心不动摇，坚持解放思想，继续改革开放，在稳定的前提下，保住平阳的良好发展势头，争取在你的任期内，在下个世纪的前五年再上一个新台阶！"

高长河的心一下子热了，冲着刘华波点点头，飞快地做起了笔记。

刘华波喝了口水，继续说："我要讲的第二点是，新老同志的团结问题。长河同志，省委首先要求你这个新任市委书记带头搞好团结。有一点已经定了，你这次到平阳工作一个人不带，连司机都不准带。在这方面，我们过去是有教训的，新官上任，老部下带了一大群，干什么？当真去摘人家的桃子呀？人家能服气呀？好，不服气，那就闹吧，一闹就是几年，好端端的局面就闹坏掉了，元气大伤。所以，要团结，要尊重老同志，不是表面尊重，是发自内心的尊重，决不能搞一朝天子一朝臣，更不能搞一人得道鸡犬升天。当然，这个问题也不是绝对的，原班子中的个别同志真有不适应的，省委也可以考虑重新安排，所以，目前省委只任命一位市委书记，对平阳班子的进一步调整，要等你实际工作一段时间后再讨论。长河同志，你的意见呢?”

高长河想了想，说：“我没什么意见，省委的考虑很周到。”

女省长陈红河插话说：“这样做，说到底还是为了稳定。长河同志，我不瞒你说，决定平阳的班子，我们常委们真有一种如履薄冰的心情啊！”

高长河的心一下子沉重起来，再次意识到了身上的责任。这责任太重大了。不是因为责任重大，省委三个主要领导不会同时出面和他进行这场谈话。

省委领导们都如履薄冰，他又岂能掉以轻心，岂敢掉以轻心呢?

刘华波又讲了起来：“……第三点，我要重点讲讲反腐倡廉问题了。反腐倡廉从中央到省委一直在努力抓，可以说从不手软，也从没放松。事情也是巧得很哪，就在我们省委决定平阳班子的时候，纪委收到了一笔来自平阳的匿名汇款，多少钱呢？十四万。数目不小。同时还收到了这位汇款者的一封信，是打字机打出来的。信中讲，这都是他作为一个共产党员和县处级干部不该得的钱，所以，他交了，以证明自己的清白。这位同志还说了，到他能够把一切讲出来的时候，他一定会协助我们把一帮腐败分子送上法庭的。”

马万里插话说：“那么，长河同志，我们就要想一想了，是什么原因促使这位平阳同志不敢举报呢？这位同志所了解到的平阳的腐败问题到底会有多严重呢？这个问题，我和省纪委的同志回头还要跟你专门谈。”

高长河冲着马万里点点头：“好吧，马书记。”脊背上却禁不住直冒冷汗。

刘华波仍在谈这第三个问题：“……当然了，腐败问题不是平阳特有的问题，也不是改革开放必然要产生的问题，更不是我们共产党的专利。这是任何国家，任何地方都可能产生的问题，日本、韩国，还有意大利，不是都刮过廉政风暴么?！因此，长河同志，对这个问题，省委的意见是：既要查清问题，对那些贪官污吏要坚决绳之以法；又不能以偏赅全，否定平阳改革开放的成就。这是一个原则，在这一点上，省委的态度是一致的，也是一贯的！"

马万里补充说："华波同志的这一指示很重要。反腐倡廉和坚持改革开放并不矛盾，而且，只有坚持反腐倡廉，抓好反腐倡廉，才能更好地促进改革开放。平阳成就归成就，局部腐败归局部腐败，这是性质完全不同的两回事，决不能因此否定平阳，否定姜超林同志。"

这时，高长河已明显发现了省委书记刘华波和省委副书记马万里的微妙分歧，而陈红河的态度一时还看不出来，对这个敏感问题，女省长一言未发。

高长河嗣后回忆起这场谈话，仍有一种惊涛拍岸的感觉，并因此认定，就是从这场谈话开始，他不可避免地走进了暴风雨，几乎没有任何躲闪的余地了。

1998年6月24日11时　平阳市委

得知田立业经姜超林的批准参加接待记者工作，刘意如便想，姜超林算是把田立业捧上天了，也不怕闹笑话。见田立业兔子似的在楼上楼下窜来窜去，刘意如便不无讥讽地笑道："田秀才，瞧你这欢实劲，今天该不是过大年了吧，啊?"

田立业一脸庄严："过什么大年？刘大姐，这是市委、市政府的重要活动！"

刘意如拍拍田立业的肩头："知道是重要活动就好，可别给记者吐象牙！"

田立业脸上庄严依旧："哎，刘大姐，你可别变相污辱我的人格，我活生生一个人，哪来的象牙呀？就两颗门牙不小心还摔断了半个，真是的！"

正说着，办公室里的电话响了。

田立业忙跑去接电话，边跑边回头对刘意如说："可能是北京的记者到了。"

果然是北京新华社的一个女记者。是田立业大学同学"班花"白玲介绍来的，自报大名李馨香。据这位满口京腔的李馨香说，她是白玲的铁姐们儿，此行还顺便给田立业带来了白玲的一个"勿"。

田立业心情愉快，对着电话直乐："李小姐，不是'勿'，是吻。"

李馨香一副自来熟的样子，在电话里"格格"笑了起来："白玲没来嘛，那个'口'留在北京了，也就只能'勿'了。"继而又说，"哎，你田秘书长是怎么回事呀？白玲说你要开着你们市委的奔驰到机场接我们的，咋到现在连鬼影都不见？太不够意思了吧？"

田立业信口胡说道："李小姐，你还要怎么个意思，啊？我连专机都给你们派过去了，还不知足呀？是波音757吧，我们平阳市委专为你派的，我的提议！多高的规格啊，平生头一次吧？！"

李馨香说："怪不得白玲说你会吹，领教，领教！好了，快过来吧，我们已经在你们平阳宾馆住下来了，房号2335，等你请客！快手脚并用，奋勇前进！"

田立业连连应着："好，好，你们在房间等我，我马上带着奔驰接你们！"

然而，就在田立业打电话向市委小车班点名要那辆接待外宾的大奔驰时，刘意如进来了，说："田立业，你可别胡闹，咱市委这边就这一辆大奔驰，今天来宾又多，万一姜书记有重要客人要用，你又要挨骂了。"

田立业眼皮一翻："姜书记说了，北京的记者就是重要客人！"

刘意如担心田立业闯祸，正经劝道："田秀才，您哪，和你的记者姐们儿哥们儿用哪辆车都行，最好还是不要动那辆奔驰。我真是为你好。”

田立业根本不理：“刘大姐，这事你别管，我负责就是了！”

刘意如退一步说：“你今天真想动奔驰，就先和姜书记打个招呼吧！”

田立业不以为然：“刘大姐，你真是的，把姜书记当啥了？当小车班班长呀！”

这时，田立业已从走廊窗前看到了那辆他所熟悉的大奔驰，不愿和刘意如再啰嗦了，一边向楼下走，一边说：“姜书记真有客人要用奔驰，你就打我的手机，我让司机送去，不会误事的！”

刘意如追了两步说：“那你可快点把车送回来！”

田立业连声应着，一路小跑下了楼，风也似的消失了。

站在楼梯口，望着田立业下楼的背影，刘意如想，真难想象，就是这种自由散漫的同志，当年仅仅因为是个中文系的研究生，就飞快地得到提升，一年提正科，三年提副处，第四年就到烈山县做了县委副书记，嗣后又在堂堂中共平阳市委以副秘书长的资格一混六年，而且竟被以严厉出名的市委书记姜超林当成个宝贝。

刘意如和市委、市政府机关的同志都知道，姜超林确是宠着田立业的，田立业不是在烈山干好了调市委当副秘书长的，而是在烈山闹得呆不下去了，才调任市委副秘书长的，据姜超林说，是要“爱护人才”。

田立业也真是个“人才”，正事不干，尽写些带刺的文章，在《平阳日报》和《平阳晚报》上发表，还出了两本卖不掉的书。这两本卖不掉的书，姜超林让市委接待处买了不少，见人就送，四处宣传平阳市委有这么个能写“大作”的田秀才。许多干部对号入座，找姜超林告状骂娘。姜超林却说：“我看咱们田秀才的文章写得都还不错嘛，讽刺的都是社会上的不正之风和腐败现象，这有什么不好？你真认为写的就是你，那我可得让有关部门好好查查了！”这一来，再没人敢找姜超林告状了，姜超林也就稀里糊涂得罪了不少人。

这其实很不值得，作为一贯对领导认真负责的老资格市委办公室主任，刘意如曾婉转而诚恳地提醒过姜超林，不要这么护着田立业，甚至明确建议把田立业调离市委副秘书长的岗位。

姜超林却说："刘主任，你想想，这田秀才往哪里摆？摆到下面去，你就不怕他三天两头给你闹点小麻烦？我看，还是摆在我眼皮底下吧，这样总还能让他多少安分点！反正就养着他写文章呗，咱就权当多了个纪委宣传部长，对端正党风、社会风气总还有点好处。"

刘意如嘴上不说，心里却想，靠田立业这种人端正党风，只怕党风会越来越糟。

后来又发现，田立业实际上并不像一些同志想的那样胆大包天，他讥讽这个，讥讽那个，就没敢讥讽过姜超林，见了姜超林就像老鼠见了猫似的。

有一次刘意如故意问田立业："你咋不刺刺咱姜书记？"

田立业反问道："姜书记有什么地方该刺？你给我提供一下素材。"

刘意如一下子慌了，"田秘，我这可是和你开玩笑，你别当真！"

田立业偏紧追不舍："刘大姐，你别怕嘛，文章是我写，文责自负，只要你提供的素材真实准确，我就不卖你！"

刘意如自此不敢再和田立业说这个话题，此后还三番五次向田立业解释，怕田立业在姜超林面前乱说一通，给领导造成不好的印象。

现在，这甩子走了，她也能忙点自己的事了，想着昨夜女儿金华遇到的麻烦，心里总有点不塌实，便想往医院挂个电话，看看女儿走没走。没走的话，就让女儿过来，再商量一下那笔烫手的钱该咋处理。现在情况已经清楚了，省里马上要派个姓高的新书记过来，这个高书记还是省委马万里副书记提的名，这其中意味深长，平阳也许要发生一些变化了。

然而,正要打电话时,姜超林的电话偏先一步来了,点名调那辆奔驰,说:“刘主任,那辆奔驰在家吗?马上给我派到国际酒店来!”

刘意如当即给田立业上起了眼药,汇报说:“姜书记,奔驰刚被田立业要走,我反复对田立业说,要他换辆车,他就是不听;我明确告诉他,是您不让动奔驰,他就和我吵,说你是市委书记,不是小车班长。”

姜超林气坏了:“这甩子,开着奔驰去抖什么威风呀,啊?是不是以为我要下了,就不把我的话当回事了,啊?刘主任,你给我转告田立业,我就是要下了,也会在下之前的最后一分钟撤了他!”说罢,摔下了电话。

刘意如也放下了电话。放下电话后便想:田秀才,这回你可又闯祸了!也不想想,这是什么时候,老书记马上要下了,能不敏感么?你敢在这时候惹他,也是太没政治头脑了,就冲着这一点,就不配在市委当什么副秘书长!

1998年6月24日11时　省城 纪委

和省委主要领导同志的集体谈话结束后,刘华波又单独和高长河交代了一些情况,嗣后,高长河便轻车熟路地来到省委二号楼,走进了省纪委办公室。省委副书记马万里和省纪委的有关同志已经在等着他了。高长河一进门就感到办公室的气氛沉闷。主持工作的省纪委副书记龙飞没什么客套,待高长河一坐下便说,先和高长河通通气,看看怎么查处平阳这个“6·15”案件。

龙飞解释说:“……寄自平阳的这十四万汇款,我们省纪委是六月十五号收到的,所以,这案子就叫‘6·15’案。”又拿出一封信递给高长河,“这是汇款干部寄来的信,也是六月十五号收到的,原件已经存档，这份复印件你先看看。”

高长河马上看起了信，看罢便说：“看来真是个大案呀！”

龙飞点点头：“可能会涉及一批腐败分子。如果这位干部没讲假话，那么，他所处的那个所谓具体环境的班子肯定是烂掉了。现在的问题是，这个班子是个什么班子？是在平阳部委局办这些条条里，还是在县乡镇这些块块里？姜超林和平阳市委怎么就一点都没有察觉？联想到孙亚东反映的一些情况，就益发令我们深思了。”

高长河警觉地问：“孙亚东反映的是不是有关平轧厂的情况？”

龙飞点点头：“是的，还有不少群众来信，有些信是直接寄给马书记的。”

高长河不做声了，这事涉及市长文春明，他现在不便说话。

龙飞又说：“长河同志，我知道现在你也不好表什么态，还没去上任，情况不了解，不熟悉，当然不好多说什么。所以，我们今天也不要你表什么态，就是和你这个新书记通通气。希望你和平阳市委能全力配合我们的工作。”说罢，把目光转向了马万里。

马万里这才缓缓开了口：“长河同志，该说的，我们刚才集体谈话时大都说了，现在，我还想说的是：对平阳的腐败问题，平阳市委是负有失察之责的。长河同志，你想想看，平轧厂十二个亿扔到水里去了，连响声都没听到，姜超林、文春明这些负责同志没有责任吗？是十二个亿呀，同志！是多少人民的血汗！当然，对平轧厂的问题，我们现在还不敢断定就是腐败造成的。可这十四万是不是腐败呢？是确凿无疑的腐败嘛！而且腐败形成了一个小气候，连正派的同志也被逼着不能不腐败，这种严重情况是我省有史以来少见的，也是过去在我省任何一个地区都没出现过的！触目惊心呀，我的同志！”

马万里在办公室里踱起了步，情绪有些激动。

高长河能理解马万里的激动，这位省委副书记的清廉是出了名的。

“所以，在决定平阳班子时，我点了你的将，得到了华波书记、红河省长和同志们的一致赞同。为什么大家都赞同你呢？我个人认为，就是因为你高长河和平阳地区没有任何关系，可以无所顾忌地开展工作。”

高长河小心地插话说：“马书记，也不是一点关系没有，我岳父梁清平一九八三年以前在平阳工作过，做过平阳地委书记，一九八三年三月，刘华波书记接他的班……”

马万里挥挥手：“那都是很久前的历史了，和这次定班子没什么关系。顺便说一下，定这个班子时，我们也征求过梁老的意见，你猜梁老提的是谁？”

高长河笑道：“肯定不会是我吧？他可不会内举不避亲。”

马万里点点头：“当然不会是你，是文春明。”停顿了一下，又说下去，“无所顾忌地开展工作，并不是说就不讲策略。设身处地替你想想，也知道你很难，带着案子上任，一上任就要查处一些干部，哪个干部都会有三亲六故，得罪人呀！可不得罪人又怎么办呢？不得罪这些腐败干部，就要得罪人民，得罪党！所以，我们既要做事，又要讲策略，查处可以外松内紧，不要声张，对姜超林先不要说，以免他误解，一定要拿到事实根据后再和他通气……”

高长河忙说：“马书记，这……这我……我得先汇报一下，在此之前，我并不知道您的指示精神，所以，我已就和姜超林同志通气的问题向刘华波书记单独做了请示。”

马万里显然有点意外，愣了一下，问：“哦？华波同志是什么意见？”

高长河说：“华波书记的指示是，还是要事先和姜超林同志通气，这样更有利于案件的查处工作，更有利于新班子的团结，不至于造成一些不必要的误解。”

马万里想了想，平静地点点头：“那我收回我说过的话，你就按华波同志的指示办。华波同志的指示有道理，通气也有通气的好处嘛，这个问题我原来也是要讲的。我看今天先这样吧，啊？”

高长河如释重负，忙站起来说：“马书记，那我就走了。谢谢您对我的关心和支持，您的指示我一定记住，不管得罪多少腐败干部，决不得罪人民，得罪党！”

马万里握着高长河的手，轻轻拍打着说：“那就好，那就好啊！”

就在这时，手机响了。

高长河暗想：糟糕，今天真是忙糊涂了，和领导谈话竟忘了关手机！

马万里却和气地说：“接电话嘛，我们的事情已经谈完了。”

高长河这才挺不好意思地接起了电话。

是省冶金厅涂厅长，谈烈山县电解铝厂的项目。涂厅长说，烈山那位赵成全县长真操蛋，下午一到，谈了没多会儿，竟昏倒在他办公室里，现在已送往省人民医院。

高长河忙问：“是怎么回事？危险么？”

涂厅长说：“我怎么知道？我按你老兄的电话指示，把有关处长、专家都喊来了，联合办公，想给你们平阳来个特事特办，也算以实际行动支持你老兄上任，谁想到能闹出这一幕呀！”

高长河说：“好，好，我知道了。”

涂厅长又说：“高书记，我得说一句，你们平阳的干部真不错呀，赵县长都病成了这个样子，还坚持在第一线跑项目，怪不得平阳能有今天！”

高长河说：“那好，就看在这个份上，把项目给我批了吧！”

马万里得知这一情况，很感慨地说：“长河同志啊，对这样的好干部，你们市委一定要大力表彰，多树这样的典型，以正压邪！”

高长河想说，对烈山县班子可是有不少人盯着呢，包括孙亚东。可话到嘴边还是没说。真不好说啊，烈山到底发生了什么，他至今还是一无所知！

1998年6月24日12时　平阳宾馆

田立业坐着奔驰赶到平阳宾馆，怕撞上姜超林，没敢下车，用手机打了个电话给2335房间的李馨香，要她马上带着她的“名记”朋友们下来。李馨香便带着《人民日报》和首都另外两家大报的记者下来了，一共五个人，只能挤挤了。

上车时，李馨香就问：“田秘书长，咱们不会被罚款吧？”

田立业说：“也不看看这是什么地方，平阳谁敢罚咱的款？！”

司机小刘跟田立业出车不是一次了，知道怎么迎合这位散漫的秘书长，奔驰刚离开平阳宾馆大门口，根本没让田立业打声招呼，就拉起警灯、警笛，一路呜呜叫着冲上了繁华的上海路。

李馨香便感慨：“当官和不当官可就是不一样！”

田立业一本正经：“李馨香同志，不要这么说嘛，你们当记者，我当公务员，我们都是为人民服务！”

李馨香直笑：“这话我咋觉得不大对味？”

田立业也笑了：“对味就被你们当菜吃了！”

一路说笑着，来到了香港食府，田立业招待李馨香和她的记者朋友吃海鲜，说是白玲的姐们儿弟兄，全是他的姐们儿弟兄，要姐们儿弟兄好好喝。热情劝酒时，田立业便大谈平阳改革开放的伟大成就，大谈姜超林和平阳市委的英明领导，大谈跨海大桥的雄伟壮丽。还建议记者们联合采访一下姜超林，为这个干实事的书记喝喝彩。

没想到，李馨香却很不够朋友，当场将了田立业的军，拿出一份校样递给田立业，问：“田秘书长，你看，我能请你们姜书记就平轧厂的问题发表点高见吗？”

田立业接过校样一看，吓了一大跳。标题赫然醒目：“这十二个亿扔到哪里去了？”还有个副标题：“关于平阳轧钢厂投资黑洞问题的报告”。

年轻漂亮的李馨香明确说,这篇稿子想顺便核实一下发内参。

田立业匆匆看了一下稿子,脸沉了下来,说:“李记者,这篇稿子我劝你先不要急于发。你是白玲的朋友,也算是我的朋友,我得和你说实话,平轧厂问题比较敏感,是我们市长亲自抓的点。”

李馨香说:“是呀,你们市长当年立下过军令状的,三年出钢板,可至今没出一寸钢板,对不对?国家的十二个亿扔到水里去了,对不对?这里面能没有问题?能没有黑洞?我看给我们写这篇文章的同志还是比较了解内情的。”

田立业说:“这个同志了解什么内情?就算吃吃喝喝,也不能把十二个亿都吃到肚子里去吧?那么多进口设备摆在那里呢!平轧厂的事据我所知,是三方扯皮,条块矛盾造成的。”

李馨香说:“那你们平阳也有责任嘛!为什么要扯皮?你们那位文市长当真不把人民的血汗当回事呀?!”

另一个记者也说:“真是哩,对这种官僚就得揭露!”又说,“田秘书长,你甭怕,这事与你无关,文章既不是你写的,又不是你发的,你就装不知道嘛。”

田立业没理那个记者,只对李馨香说:“李小姐,你要真不怕惹事,我建议你就从北京到省城,再到我们平阳,把事情的全过程都好好采访了解一下!”

李馨香似乎觉得这里面有什么大文章,点点头说:“我是不怕惹事的,我只对事实负责。”又问,“剪彩活动结束后,我能不能见见文市长,和他好好谈谈?”

田立业说:“我先向我们姜书记、文市长汇报一下再说,好不好?”

李馨香同意了。

饭后,田立业把记者们全送到了平阳宾馆,马上找了姜超林。

这时,姜超林正在平阳宾馆五楼套房里向来参加剪彩活动的省委常委兼省委秘书长程义之和常务副省长吴柱国汇报工作。田立业赶到时，正见着姜超林从套房里出来，姜超林看到田立业愣了一下，黑着脸说："到我房间来一下！"说罢，头都不回上了电梯。

到了四楼姜超林的房间，门一关，姜超林没容田立业说一句话，劈头盖脸就是一顿训："田立业，你好威风呀，开着奔驰满世界转！转够了是不是？你还敢来见我，啊？我以为你要等到我下台后才见我呢！一天到晚写文章讥讽这个，讥讽那个，你咋就不讥讽讥讽你自己？你看看你还像不像一个副秘书长？我容忍了你六年，你别逼着我下台前最后一分钟撤你！"

田立业笑道："老书记，你不会。谁会在下台前得罪人呀！"

这话更把姜超林惹火了："田立业，我告诉你：我还非撤你不可！"

田立业忙收起笑，小心地说："老书记，你……你先听完我的汇报再撤我好不好？"

听完田立业的汇报，再看完那份校样，姜超林的火气全没了，再不谈撤不撤的问题了，拍打着手上的校样思索着，问田立业："新华社这个记者住哪个房间？"

田立业答道："2335 房间。"

姜超林沉默了片刻，说："田秀才，你代表我，代表市委，请她多留几天，到平轧厂好好看看，什么都能看，什么都能讲，实事求是！既然有些人就是看不到平阳的改革成就，光看到问题，而且老是拿平轧厂做文章，我们就只好陪他做了，光明正大，一切公开！无官一身轻嘛，反正我也不怕再得罪哪个条条块块的人了！"

田立业又说："首都各大报的这些记者要联合采访你。"

姜超林手一挥说："可以。叫上文市长，工作是大家一起干的。"

临走，田立业本想再和老书记开个玩笑，问问老书记：还撤不撤他了？可看到姜超林一脸沉重，便没敢，悄悄掩上门走了。

1998年6月24日15时　平阳 跨海大桥

一步步往望海岩观礼台上走时，姜超林又想起了市长文春明的话：这是一次告别演出。告别什么呢？告别权力，告别欢呼，也告别作为一座城市的领导责任。是的，不做市委书记了，他仍然是市人大主任，从理论上说人大才是最高权力机关。可中国的现实是共产党执政，任何一级人大都要体现党的意志。那么，离开了市委书记的岗位，离开了市委常委会，他就不是过去那个姜超林了。

职业性的微笑仍恰到好处地写在脸上，任何人也休想从这位政治强人的神情中发现一丝一毫的失落和沮丧。姜超林威严不减地跟在省委常委兼秘书长程义之和常务副省长吴柱国身后，向鲜花、彩旗和聚在跨海大桥东端的人群挥手致意。

这景象真是激动人心。姜超林当年一上任，就在全市党政干部大会上公开宣布，他最喜欢的就是两件事：开工奠基和竣工剪彩，只要有可能，平阳任何重大工程的开工，他都去参加奠基；任何重大工程的竣工，他都去剪彩。十年来，该有多少次红红火火的奠基和剪彩呀！数都数不清。也正是在这数都数不清的奠基和剪彩中，平阳飞起来了，一飞冲天。

就说面前这座跨海大桥吧，多么壮观，多么辉煌！像一条腾飞的巨龙，横跨南湾海峡，一举把繁华的中心区和处于半岛位置的国际开发区及民营工业园连为一体了。使得原属偏远地区的半岛新区变成了中心区的重要组成部分。两年前，跨海大桥的规划一公布，半岛新区的房价和地价就不断地飞速上升，据文春明说，至今整体升幅已达百分之一百五十三，民营工业园内的工业用地转让价竟翻了两番还多。

这完全在姜超林的预料之中，决定公私合作，动员那些民营企业家们集股投资时，姜超林就代表市委、市政府说过："在商言商，现在我不是作为一个市委书记在向你们下指示，而是作为一个代表政府的商人和你们这些商人谈合作。你们要赚钱，政府也要赚钱。我敢保证跨海大桥这个大买卖能让我们双方都赚到钱。第一，有十五年的过桥费可收；第二，新区地价、房价的升值。"

当时有人问："姜书记，那咋不让国际开发区的外资企业也参加入股投资？国际开发区不是也在半岛上吗？二十七个国家和地区四百多家企业，能集多少资啊！"

姜超林说："我们当然可以让外资入股，可我们不愿这么做。为什么呢？因为要保护和扶植民族资本，你们虽然是民营企业，可都是民族资本，有钱可赚的好事，我当然要先考虑你们，各国政府都是这么干的嘛。"

于是，就有了这座在全国尚无先例的公私合作的跨海大桥，就有了今天这最后的告别演出。两年前在民营企业家协会和那帮民营企业家们谈合作时，姜超林绝没想到自己的告别演出会是为这座跨海大桥剪彩。

在观礼台上站定后，主持仪式的市长文春明开始介绍参加剪彩活动的领导和来宾，接下来，领导和来宾们一一讲话。交通部一位副部长、省委秘书长程义之和常务副省长吴柱国都表示，平阳公私合作联建跨海大桥是个创举，为深化改革，加快基础建设的规模和速度，闯出了一条新路。事实证明，基础建设完全可以动员社会资金和社会力量一起参加，这是利国利民，于公于私都有利的大好事。因此，这座跨海大桥不但是跨过了南湾海峡，也跨过了一些在计划经济条件下形成的落后的陈规俗见，使平阳的改革开放具有了更强的说服力。

领导和来宾们讲话时，姜超林心里颇不平静，心想，不管程义之和吴柱国代表省委、省政府讲得多么好，事实是省委书记刘华波和省长陈红河都没来。兼任省人大主任的刘华波要会见独联体国家元首,来不了,省长陈红河不会见国家元首,可也没来。而据说明天送高长河上任,这两位领导却都要来。这无论如何都让姜超林从感情上难以接受,上午接到程义之和吴柱国,听他们一说,姜超林就不悦了。

脸面上却没露出来,直到现在也没露出来。面对电视台记者和摄影记者的镜头,姜超林仍一如既往地微笑着,直到文春明宣布请他代表平阳市委、市政府讲话,他才收敛笑容,走到了话筒前。

这场景太熟悉了,又是人山人海,又是彩旗如林!

也就在这时,东桥头的人群中突然打出了一条醒目的红布横幅——也不知道是什么人打出来的,上书十五个大字:“姜超林书记,九百万平阳人民感谢你!”

姜超林的眼睛一下子湿润了,甩开事先准备好的稿子,情绪激动地开始了自己最后一次直接面对平阳市民的讲话:“市民们,同志们,是我要感谢你们,是平阳市委、市政府要感谢你们啊,深深地感谢你们啊,没有你们的支持和流血流汗的拼搏,就没有我们面前这座跨海大桥,就没有平阳改革开放的今天……”

1998年6月24日16时　省人民医院

主治医生对高长河说:“你们这位赵县长实际上早就是肝癌患者了,半年前就在我们这里确诊了,他能活到今天都是个奇迹!”

高长河被惊呆了。竟有这种事!一个涉嫌腐败的县委班子的县长,竟是个晚期肝癌患者,竟带病支撑了半年,以至于昏倒在冶金厅谈项目的办公会上!那个烈山县究竟发生了什么?!

见到赵成全时,赵成全却很平静,仍在谈那个电解铝项目。

高长河真不忍心再听下去,紧紧握着赵成全的手说:“好了,好了,赵县长,这事你别操心了,涂厅长已经说了,他们特事特办,尽快批,你就好好养病吧!真是的,病成这样了还不休息,你不要命了?!”

赵成全凄哀地笑着说:“高书记,我还要什么命呀?半年前就被判了死刑,医生说我活不了三个月,可我又活了半年,又干成了不少事。”

高长河难过地问:“你这个情况,平阳市委和姜超林同志知道不知道?县委班子里的同志知道不知道?”

赵成全摇摇头:“不知道,都不知道,要是知道,啥也不会让我干了。”

高长河默然了。

赵成全又说:“高书记,你能不能也装不知道?就让我可着心再干几天?反正是不治之症,与其让我死在医院里,不如让我死在工作中。真的,有工作干反好,什么病不病的,就全忘了。”

高长河语气坚决地道:“不行,赵成全同志,你必须住院治疗!”

离开赵成全的病房,高长河马上找了值班院长,对那位院长说,对这位来自平阳的县长要尽一切力量抢救,有什么药用什么药,不要考虑经济代价。院长说,只怕困难呢,根据这位病人的情况看,用什么药也无济于事,最多就是延长个把月的寿命。高长河说,就算是个把月也好,我们不能抗天命,也还能尽人意。

从院长室出来,高长河看看表,才四点多,想着明天一早就要到平阳上任,咋说也得去看望一下老岳父了,便到了五楼高干特护病房。

夫人梁丽已在病房里坐着了,见了高长河的面便讥讽说:“高书记,你这封疆大吏现在还能想到老爷子呀?真是难得。”

高长河笑笑说:“这封疆大吏可不好当,还没上任头就大了。”

梁丽还想说什么,梁清平却用严厉的目光将梁丽制止了,随后又抬起手向外面的客厅指了指,示意梁丽出去。

高长河知道,老人家必是想和他谈平阳的工作,不愿梁丽在一边旁听。老人家算得上真正的布尔什维克,善于保守党的秘密,几十年来形成的规矩就是,谈工作时,家属亲人一律回避。

果然,梁丽一走,老人家便开口了:“长河,你去平阳主持工作,很好!”

高长河苦笑着说:“可能不太好,省委主要领导之间好像有分歧,很微妙,平阳的情况也比较复杂。”

梁清平挥挥手:“说说看。”

高长河说:“刘华波书记反复强调肯定平阳改革开放的成就,对姜超林评价很高,甚至说他是党的英雄,民族英雄;可马万里副书记则更侧重于反平阳的腐败,认为平阳的腐败问题很严重,是我省有史以来没有过的,认为姜超林对平阳的腐败负有责任。”

梁清平点点头:“不奇怪。”

高长河定定地看着梁清平:“哦?”

梁清平语调平和地说了起来:“说点历史。可能你知道,也可能你不知道。一九八三年以前,平阳的书记是我。刘华波接我的班,从一九八三年到一九八八年,在平阳干了五年零八个月,调到省委做了副书记。姜超林接的刘华波,从一九八八年到今天,十年。这样,我们三个书记在平阳的工作经历,就构成了平阳近二十年的改革历史。我们三人这二十年干了些什么呢?我五年多主要搞拨乱反正,把土地包下去了;华波同志五年多把乡镇企业抓上去了,使乡镇企业占了平阳经济的半壁江山,当然,也搞了不少基础设施;姜超林同志干的时间最长,应该说,也干得最好,几乎是重建了几个平阳,使平阳的经济全面起飞了。这就是历史。”

高长河意味深长地说:“所以,华波同志就充分肯定平阳的改革成就……”

梁清平抬起手,示意高长河先不要说,自己又说了下去:“再说点历史。一九八六年前后,在刘华波任平阳市委书记,姜超林任平阳市长时,马万里同志正做昌江市市委书记。昌江当然不能和平阳比,在历史上就是经济欠发达地区,不能希望它一下子就搞上去。可马万里在任七年，循规蹈矩，也确实没有什么大动作，以至于搞到市委接待处几个月无人可接待的地步。却还不服气别人，认为平阳是走过了头。当时的省委为了尽快打开昌江的改革局面，果断调整了昌江的班子。具体说，是在我的提议下，调马万里同志为省委组织部常务副部长，让马万里同志离开了昌江市。后来的事你就知道了，在组织部的岗位上，马万里同志倒是非常胜任的，事实证明，这位同志适合在条条工作，后来就做了部长、省委副书记。”

高长河会意地道：“那您的意思是——”

梁清平笑笑：“我没有什么意思，就是讲点历史嘛。”

高长河知道，老人的风格是点到为止，他也就不好再多问什么了。

沉思了一下，梁清平却又说：“腐败必须反，不反不得了啊，要出大乱子啊，会丧失党心民心啊！平阳有没有腐败呢？肯定有嘛，局部地方可能还很严重。但是，切记：当有人试图打着反腐败的旗号否定改革时，你高长河一定要给我硬着头皮顶住！另外，腐败现象也很复杂，是是非非纵横交错，不要把它看得太简单！”

高长河说：“是的，平阳有个县长被纪委盯着，涉嫌腐败，可得了癌症还顶岗工作，倒在了省城，现在就住在这里。我真说不清哪个形象是真实的。”

梁清平颇有意味地道：“说不清时就先不要说嘛！”

高长河又说起了日后和姜超林、文春明的合作问题，明确地提出了自己对平阳班子团结问题的忧虑。

梁清平略一沉思，说：“一年多前，你去做省委副秘书长时，我送你八个字‘多学多看，谨言慎行’；今天，我再送你八个字吧。哪八个字呢？‘有容乃大，无欲则刚’。”

高长河明白了：“爸，你放心，这八个字，我一定记住。”

梁清平点点头说：“去吧，好好工作，没事少往省城跑，平阳二十年改革开放的成果现在都交给你了，你要带着九百万人和一座城跨世纪哩，希望你能干得更好，超过我们这些老同志！”

高长河心里一热，“爸，等我干出了点新模样，请您和华波同志来视察！”

梁清平欣慰地笑着说：“好，好，长河呀，我等着哩！明天上任，先代我向超林同志、春明同志和平阳认真干事的同志们致以一个老同志的敬意和谢意！”

1998年6月24日21时　平阳市委

仅仅一天，新书记高长河即将到平阳上任的消息就四处传开了，因此，下午跨海大桥的剪彩仪式上出现了让姜超林意想不到的横幅。与此同时，姜超林也敏感地发现了办公室主任刘意如的微妙变化。刘意如过去从没在姜超林面前说过不字，可这晚姜超林要国际开发区的最新引进外资数据时，刘意如竟说时间太晚了，国开办有关人员都下了班，恐怕很难办。

姜超林心里很火，却又不能不压抑着，只好说：“好，好，刘主任，你就明早报给我吧，这些最新数据，我向新书记高长河同志交班时要用的。希望你不要误事。”放下电话时，姜超林说了句，“我们有些同志的眼头可是活络得很哟！”

田立业当时就在姜超林办公室，正向姜超林汇报如何安排新华社记者李馨香的采访调查工作，一听这话，马上说：“那是，老书记，权力崇拜嘛，谁有权力就崇拜谁。所以，人家才说，有权不用，过期作废嘛！”

姜超林感叹着：“是啊，是啊，有权不用，过期作废，所以呀，下台前就突击提干，就安排亲朋好友，就拿原则四处大送人情，好像这日子从此不过了似的！”

田立业揶揄地说：“就是嘛，那日子是人家的日子了，关你什么事?”

姜超林虎起了脸,“你这是什么意思? 像不像副秘书长说的话?!”

田立业笑了:“不像你撤我,只怕来不及了吧?”

姜超林也笑了:“你这人看来是改造不好了,我六年的改造工作宣告失败。”想了想,表情认真起来,“哎,说点正经的,前一阵子那么多人往我面前凑,想在我手上最后进一步,你咋没动这心思?”

田立业说:“我敢吗? 你没撤我,我就感激不尽了。”

姜超林点点头:“你这同志还不错,有点自知之明。”

田立业却又来了劲:“不是我有自知之明,是您和组织部门缺乏伯乐的慧眼。其实,按我这水平到哪个市县做一把手不是好样的? 没有伯乐,像我这种千里马只好卧槽了。”

姜超林佯怒道:“你千里马? 千里牛吧! 你自己想想,早先组织上是咋培养你的,啊? 就因为你是第一个分到平阳市委的研究生,又是党员,让你下去锻炼,镇党委副书记,书记,县委副书记还兼纪委书记,你倒好,牵着不走,打着倒退,在烈山和耿子敬吵成了一锅粥! 你还说什么说? 别人卧槽还情有可原,你叫活该!”

田立业不满地道:“你就是袒护耿子敬!”

姜超林道:“袒护耿子敬? 你有耿子敬那本事? 能把烈山搞成今天这样子?”

田立业不服气:“当初你要是把耿子敬调走,让我当烈山县委书记,没准我干得比耿子敬还好!”又咕噜道,“说真的,我也实在是讨厌官场上台上握手台下踢脚那一套,总也不习惯,所以总吃亏!”

姜超林说:“高长河书记来了,你就会渐渐习惯的,我相信他比我本事大,一般说来,会对你加大改造力度,我交班时,也会向他这样建议。”

田立业说:“让他改造好了,了不起我挪挪窝,副处级还得给我。”

姜超林说："是呀，铁交椅嘛，上去了就下不来，你算把干部政策吃透了。"

田立业却认真说："哎，老书记，我跟你去人大怎么样？不要你提我，平调，还做副秘书长——人大副秘书长好不好？我就喜欢跟你干！"

姜超林愣了一下，马上说："我到人大搞家天下呀？你是我的亲兵呀？"

田立业真诚地说："不是，老书记，是我服你，从心眼里服你！我还想为你写本书哩，书名都起好了：《一个人和一座城》！"

姜超林摆摆手道："秀才，这种为我个人评功摆好的书，我劝你别写。什么《一个人和一座城》？工作都是我一人干的？二十年改革开放，三届市委书记，起码应该是'三个人和一座城'吧？更重要的还是九百万人民的支持，没有平阳广大干部群众二十年的拼搏进取，现在这座城就不存在，所以，你就是真写这本书也应该是'九百万人民和一座城'。"

田立业说："好，我就这么写。"

姜超林却说："先不要写，新书记马上到了，你还是要安心工作，一定要记住，你田立业毕竟是平阳市委的副秘书长，不是作家。"这才想起了正题，"哎，秀才，你继续说，那位新华社的李记者想怎么逐级采访？具体怎么安排？"

田立业也回到了正题上："哦，老书记，是这样的，李记者在平阳准备呆一周左右，就住平轧厂招待所。然后，我陪她到省城和北京。在平阳期间，有些关于当初平轧厂上马的重要决策情况可能还要问到你和文市长。"汇报完后，又说，"李记者现在也服你了，说你接受他们联合采访时，简直像赵忠祥播新闻！"

姜超林呵呵笑着说："秀才，你别捧我了。这个事，我看这样办：一、不一定住平轧厂招待所，条件艰苦了点；二、在平阳你陪同，省城、北京你不要去，其他同志也不要去，以免给人家造成误会；

三、此后，这事不要再向我汇报了，可以向新书记高长河同志直接汇报。”

田立业明白了：“好，老书记，我全按你的指示办。”临走，再次认真地道，“老书记，我不是开玩笑，我是真想到人大去，您看能不能考虑一下？”

姜超林心里隐隐发热，拍拍田立业的肩头说：“先在市委好好干，高长河同志和你一样也是研究生，没准也会很看重你呢。当然喽，真弄到呆不下去的程度，我也不会看着你做待岗干部的，反正我是被你赖上了嘛。”

田立业又说：“要不，你向新书记推荐一下，让我到下面干个正职怎么样？只要是正职就行，哪怕是个乡，是个镇都行，我这辈子非得干出点模样给您老书记看看，别以为我只能在机关分苹果！”

姜超林根本没把田立业的话当回事，挥挥手说：“走吧，走吧，我还有事。”

田立业自觉没趣，悻悻走了。他走后没几分钟，市长文春明便来了。

文春明一进门就说，刚把交通部副部长一帮人送走了，明天走的客人也安排好了，剪彩活动大致可以算善始善终了。说着说着，就发起了牢骚，先怪省委书记刘华波和省长陈红河不来，后来又谈起平轧厂的事，道是忍辱负重也得有个限度，这回真该借新华社李记者的手好好反击一下了。

姜超林说：“春明呀，你看你，又带情绪了吧？反击什么？谁要反击呀？是有人往新华社递了材料嘛，我们只好实事求是地把平轧厂的问题公之于众！这样一来可能会得罪那些条条块块中的一些人，以后平阳有些工作可能会受到一些影响，可有什么办法呢？不是我们不愿忍辱负重了，是有人非要把它当个大问题来抓嘛！”

文春明问：“这事要不要向高长河汇报呢？”

姜超林说：“当然要和他通气了，交接时，我就把那份原准备发表的内参复印件交给高长河同志，光明磊落嘛！”

正说着，文春明的秘书拿着手机进来了，向文春明和姜超林汇报说，市防汛指挥部来电话，说是由于昌江上游广大地区连降暴雨，昌江平阳段水位已接近历史最高位，如果上游地区暴雨不停，新的洪峰再下来，县级市滨海和平阳部分城区可能会出问题。

文春明一听就急了，起身要走：“我得赶快到防汛指挥部去。”

姜超林嘱咐说：“还得向省防汛指挥部报告。”

文春明走后，姜超林想想仍觉得不安，便叫起已上床休息的司机和秘书，也驱车赶往位于城乡结合部的昌江江堤，突击检查防汛工作。

根据市里的安排，昌江沿线十几个乡镇已组织了几万人马上了江防第一线。

然而，0001 号奥迪一路往江堤赶时，平阳的夜空却明月高悬，满天群星灿烂异常，不说看不到电闪雷鸣，月边连一丝乌云都见不到。

这时已是一九九八年六月二十四日二十三时四十五分，迄至这一时刻，姜超林作为平阳市委书记的最后一天还没过完，他仍对平阳这座城市，对生活在这座城市和生息在这块土地上的九百万人民负有一份不可推卸的沉重责任。

坐在车里，目视着扑面涌来的满城灯火，姜超林想，这真是最长的一天。

第三章　升起的是太阳还是月亮

1998年6月25日10时25分　平阳市委

姜超林从市委主楼电梯里一走出来就看到，市长文春明和市委常委们已在主楼门前聚齐了，正准备迎接省委书记刘华波和有关省委领导同志。又注意到，市委副书记孙亚东情绪很高，正笑呵呵地和宣传部部长沈纯说着什么。

孙亚东说："……我早就说过，高长河在省委机关呆不长，看，说准了吧？"

沈纯说："这可真没想到，我原以为高长河会做省委秘书长，进常委……"

姜超林走过来，打趣道："怎么？你们又做起业余组织部长来了？"看了孙亚东一眼，问，"哎，华波同志他们的车队到哪里了？"

孙亚东回答说："刚刚接到公安局陈局长的一个电话，陈局长在前导车上汇报说，车队已经上了三环高架桥，马上就到了。"

姜超林点点头，走到了文春明面前，抽空又和文春明说起了防汛的事："春明啊，昨夜我到江堤上转了一圈，四处看了看，真吓了一跳，今年的汛情不但来得早，也确实很严重呀！我对王少波说了，滨海市委、市政府从现在开始，必须有人二十四小时在堤上值班，随时和市防汛指挥部保持联系。"

文春明有了些感动，苦笑着说："姜书记，你真算是站好了最后一班岗!”

姜超林笑道:“这不,马上就要换岗了,以后就不是我的事了。你们过去不是常说嘛,‘市委坐船头,政府在岸上走,人大举举手,政协晃悠悠’,我呀,以后也就是举举手喽……”

文春明道:“老书记呀,我看你不会光举举手的……”

正说到这里,两辆挂着平阳牌照的警车开进了市委大院,平阳警车后面,紧跟着省委书记刘华波和省委副书记马万里的专车以及随行车辆,最后,是省公安厅的一部警车。轿车在主楼门前顺序停稳后,刘华波、马万里和新任平阳市委书记高长河分别从各自的车里走了出来。

走在头里的刘华波上前握住姜超林的手说:“超林同志,你们等急了吧?”

姜超林笑道:“不急,不急,没超出我们的预料,二百六十公里,一路高速公路,也就是两个多小时的车程嘛。更何况,进了平阳地界还有我们的前导车一直汇报着,我们对领导们所在的位置很清楚。”

马万里呵呵笑着:“老姜啊,你就没想过我们坐直升飞机呀,啊?”

姜超林也笑道:“马书记,您总还不至于这么急于让我下台吧?”

刘华波这时已走到文春明面前,正和文春明握手,听得姜超林这话,马上回转身说:“哦,超林同志,你还真想在平阳打万年桩啊,啊?”

姜超林道:“打什么万年桩呀,就是要把这把老骨头埋在平阳罢了!”

刘华波连连说:“好,好,那么,在平阳迎海公墓里也给我留个位置,我呀,叶落归根后,也来和你做伴!‘此去灵台集旧部,旌旗十万斩阎罗’嘛。”

姜超林大笑起来:"华波书记,你还要拉我去改革阎王殿呀?!"

高长河握着姜超林的手,马上说:"老书记,我真服你和华波书记了,阎王爷面前真有了你们,不改革恐怕也不行!你们这旧部也算我一个好了!"

姜超林笑道:"你这个高长河,开什么玩笑?!你是跨世纪干部,算哪门子旧部?你得把这世纪跨好,带着咱平阳把这世纪跨好!"拍打着高长河的手背,又亲昵地说,"知道么,半年多前,我就动过你的心思,想把你挖到平阳来哩!"

高长河笑了:"是不是去年底我们在省委工作会议上见面以后?"

姜超林道:"是的,你那番关于姓公还是姓私的宏论让我深思不已呀!"

高长河道:"老书记,是您和平阳的同志们干得好呀,把姓公姓私的问题在实践中很好地解决了嘛!我当时正按华波书记的指示写一篇文章,觉得平阳民营工业园的事实很有说服力,就在会上找了您。"

姜超林关心地问:"这篇文章发在哪里了?我很想看看呢。"

高长河指了指刘华波,悄声说:"大老板后来不让我发了,说是有些事,我们还是先做不说吧,免得弄得全国议论纷纷。"

姜超林笑笑说:"我们大老板就是精明,当年他在平阳搞乡镇企业时,也是光做不说,闷头儿发展,人家骂到头上了,说是乡镇企业是不正之风的风源,他也装听不见……"

这话刘华波却听见了,马上叫了起来:"哎,超林啊,你别光说我的坏话了,快请我们屋里就座吧!咋老和高长河扯个没完没了?你们以后有的是时间嘛!"

姜超林一怔,这才走到队伍前面说:"请,请,请,各位领导,里面请……"

到市委会议室一落座,马万里悄悄提醒刘华波说:"华波同志,老姜的情绪我看不太对头呀！”

刘华波说：“有什么不对头？我看还好嘛。啊？”

马万里忧心忡忡：“说真的，华波同志，我有些担心未来班子的团结。”

刘华波摆摆手：“老马，我们现在都不要做预言家嘛，看一看再说吧。”

话虽这么说，刘华波心里却是有数的：姜超林对马万里不但有情绪，而且情绪看来还很大，一见面就在暗藏机锋的对话中流露出来了。这让他颇有几分吃惊和不安。刘华波认为，这不太符合姜超林的一贯风格。姜超林一贯是“讲政治”的，尽管一直不太看得起从昌江市上来的马万里，可过去在人前背后也从没说过马万里什么。今天却怪得很，竟把马万里急于让他下台的话都说了出来。这说明，姜超林对这次换届是心存芥蒂的，而且把账算到了马万里头上。

接下来的市委常委扩大会议开得倒还不错，气氛十分热烈。省委组织部齐部长代表省委宣布了任免决定后，姜超林马上表了态：坚决执行省委决定，协助新书记高长河做好平阳的工作。高长河也发了言，表示要向老同志和平阳的同志们好好学习，尽快熟悉情况，投入工作，力争不辜负省委和平阳九百万人民的重托。

让大家都没想到的是，高长河把昨天在省委谈话时说过的一段话又说了出来：“……说心里话，到平阳这个经济发达市来做市委书记，我真是战战兢兢呀。直到今天车子一路往平阳开时，我还在问自己：高长河呀高长河，你何德何能，伸手就摘了这么个大桃子？姜超林书记和上届市委班子树起了这么炫目的一根标杆，你和你的新班子跳得过去吗？！你这跨世纪可是不好跨呀！”

姜超林笑呵呵地插话说：“长河同志，不要这么说嘛！平阳标杆高了些，各方面的基础自然也就好，有这么好的基础，我相信你不但跨得过去，还会干得比我们老同志更好！别说什么摘桃子，要说摘桃子呀,你也不是第一个,第一个是我嘛。十年前,我从华波同志手里先摘下了一个大桃子!没有华波同志留下的大好基础,也没有平阳这十年的飞跃发展嘛。"

刘华波笑道:"那我又从谁手里摘了桃子呀?应该算是从梁清平梁老手里摘了桃子吧?"摆摆手,"我赞成超林同志的意见,不要说什么摘桃子嘛。我们的改革成就就是这么一茬人接一茬人前赴后继干出来的;我们的改革历史就是一代人接一代人押上身家性命用共同的心血写成的。谁也不可能包打天下,包揽历史嘛。作为个人,不论官做得有多大,在位的时间有多长,我们都只是时代洪流的一个浪头而已,冲击过,拼搏过,也就可以自慰了嘛,是不是呀,超林同志?"

姜超林点点头:"这话说得好!"

马万里也说:"华波同志道出了问题的实质,那就是:我们改革的历史从来就是靠人民的力量写就的。主席当年说过嘛,'人民,只有人民,才是创造历史的动力。'说得何等好啊……"

刘华波注意到,马万里说这话时,姜超林的脸色有些不太自然。

散会后,市长文春明张罗着要大家到平阳宾馆用餐。

刘华波却想和姜超林好好谈谈,便在出门时对姜超林说:"哎,超林,宾馆的饭我吃不惯,走,走,到你家吃手擀面去!"

姜超林颇感意外:"华波书记,你开什么玩笑?你们这么多大首长光临平阳,长河同志又头一天到任,咱们去吃手擀面合适么?"

刘华波笑道:"有什么不合适?你还怕马书记、高长河他们离了你我就不会吃饭了呀,啊?"

姜超林迟疑着说:"改天吧,下午三点还要开全市党政干部大会哩。"

刘华波指了指手表:"现在是十二点,到下午三点还有三个小时呢,来得及。"说着扯了姜超林一把,"走吧,走吧,吃手擀面,也能替你们平阳省点招待费。”

姜超林苦苦一笑：“省什么招待费？你省委书记不去吃，一桌饭还是一桌饭。”

话虽这么说，姜超林最终还是答应了。

于是，二人驱车前往姜超林家去吃手擀面。

坐到车里，刘华波才问：“超林呀，是不是有什么想不通呀？”

姜超林道：“有什么想不通？到点了，该下车就得下嘛。”

刘华波叹了口气：“明年我也得下了，跨世纪，我们这些老同志肯定跨不过去喽！未来的历史要由高长河这帮更年轻的同志来写喽！”

姜超林淡然道：“这是大自然的规律嘛，谁也没法抗拒。”

刘华波拍拍姜超林的手：“对头，你老伙计这样想，我就放心了！不瞒你说，大家都知道你在平阳的影响力，有些同志担心日后平阳的班子不团结呀……”

姜超林笑了笑：“这些同志多虑了吧？我已经离开平阳市委班子了嘛，日后也就是列席市委常委会了。你这个省委书记要是不放心我，我可以表个态，在常委会上只带耳朵不带嘴。好不好？”

刘华波虎起了脸：“这叫什么话呀，啊？将我的军呀？”

姜超林一点不怯：“大首长，是你将我的军哟。你大首长究竟是要去吃手擀面，还是要和我谈工作？要是谈工作，咱们就到市人大办公室去谈。我这个市人大主任向你这个省人大主任好好汇报。”

刘华波摇摇头：“老伙计，咱们十年前在一个班子里工作了这么多年，现在，当真连碗面都不想请我吃了，啊？”

姜超林叹息道：“我这碗面只怕不好吃呀……”

刘华波笑道：“好吃不好吃，我都得吃，还想像过去那样，一边吃着你的面，一边听听你的心里话。就是日后到了迎海公墓，咱们还要做伙计嘛！”

姜超林也动了真情，讷讷说："那好，华波，我就向你交交心吧！"

这时，轿车驰入了市委宿舍大院，在一座挂有"公仆楼"红牌子的公寓楼前停住了，已先一步得到通知的姜超林的夫人王玉珍正在楼下候着。

1998年6月25日12时　滨海市江堤

大潮汹涌，惊涛拍岸，浑浊的昌江水滚滚东流。

江堤上，一辆越野吉普缓缓行驶，手持报话机的滨海市委书记王少波，正对着报话机指挥着三十里江堤的防汛工作。天气晴朗，江风却出奇的大，时而带着一阵阵腥气和水汽猛然扑进车内，让王少波领略一下惊心动魄的感觉。

确是惊心动魄呀，王少波看着翻滚呼啸的江水想，这三十里江防线上万一出现缺口，哪里破了堤，那损失就不是几个亿的问题，很可能是十几亿，几十个亿！他领导下的这个滨海可不是一般的小县，而是个举足轻重的大型县级市，人口过百万，不但是平阳地区，也是全省经济实力最强的一个县级市。这些年，在全国乡镇企业普遍不景气的情况下，滨海的发展势头一直强劲不衰，已到了三分天下有其二的地步，用平阳市委文件里的话说，叫硕果累累。他无论如何不能让江防线在他手上失陷，把这累累硕果泡到江水里。

昨夜在江堤上见到姜超林时，姜超林就黑着脸说了："从现在开始，你们滨海市委、市政府要把工作重心放在防汛上，江堤上必须有主要负责人值班，必要时，连市委都得给我搬到江堤上来！若是在江防上出了问题，淹了滨海市，你们市委班子就得引咎辞职！"

从今天早上开始，市委班子里一大半人上了堤，分别把口，指挥民工日夜加固险段江堤，沿江七乡镇的一万多民工已经上了堤，加上轮换机动人员，近三万之众。农村的积累工和义务工全用上了,连机关人员也用上了。王少波代表滨海市委提出的口号是:“誓与江堤共存亡”。

现在,这个口号已变成标语牌竖在江堤上,王少波下车后看到不远处的一块标语牌下,许多民工和机关干部正在往草包里装土,装石头。几辆自卸车和轧路机也开了上来,机声隆隆,黑烟阵阵,远远看去,真有点像打仗。

这时,王少波手上的报话机响了:“王书记,王书记,听到了吗?请回话。”

王少波对着报话机答道:“我是王少波,我听着呢。”

“我是李圩子的镇党委书记李三立呀,我们这里出现了险情,由于江水冲击,二十多米大堤正在坍塌,情况……情况挺严重的,您……您是不是来看看?”

王少波一听就气了:“江水冲击?别的地方也有江水冲击,怎么都没坍塌,只你李圩子坍塌了?李三立,我问你:你们的防洪工作是怎么做的,啊?市委、市政府关于防洪防汛的一次次指示你们究竟认真落实了没有?!”

报话机里的声音带上了哭腔:“王书记,这……这真不能怪我们,我们这段大堤土质太差,你来看看就知道了……”

王少波不耐烦了:“好了,好了,你们先不要慌,我马上过去!”说着,跳上吉普车,对司机道:“快开,去李圩子!”坐在颠簸的车里,王少波仍在吼,“李三立,你可给我听好了,就算土质差,你们的责任也逃不了!这土质是今天才开始差的吗,啊?你们平时注意了没有?干什么去了?!实在不行,你们这些当官的一个个都给我往江里填!就这话!”

赶到李圩子段一看,情况真是蛮严重的。李圩子这段江堤是沙土筑就的,尽管在枯水季节加固过堤埂,有些地方还用石头修了护坡,可由于土质太差,石头下的沙土都被洪水冲走了,一段长约二十多米的堤埂垮落下来,连一辆停在大堤上卸石头的解放牌汽车也落入了水中。万幸的是，王少波赶到时尚无人员伤亡。

急了眼的王少波变得不讲理了，一边手持报话机在大堤上忙活着，一边指着李圩子镇党委书记李三立的鼻子骂个不休："……你们这是糊弄鬼！护坡为啥不往江底多砌砌，啊？为什么不能多跑几里地去取土？"

李三立争辩道："王书记，你不知道，我们这乡周围几十里大都是沙土……"

王少波根本不听，两眼紧盯着脚下拍岸的江水和仍在不时坍塌的江堤，对着报话机直吼："喂，喂，大泉乡听到了没有？快给我把你们的人和车给我调上来，马上到李圩子段，马上！车上全装石料，误了事，我把你们全撤了！"

李三立还在一旁叨唠："王书记，这真不怪我们，我们对市委、市政府的指示一直是认真落实的……"

王少波火透了："就落实成这种样子？别给我强调客观了，干活去，今天不破堤算你们运气，破了堤，你们都给我打辞职报告！"

有人好心提醒说："王书记，你往后站站，别掉到江里去，你面前还在塌哩。"

王少波却黑着脸，没好气地说："你们都给我往前站，党员干部带头！"

李三立和李圩子的党员干部们都老老实实往前站了，把一个个沙包和一块块石料抬起来往江里扔，溅起的水花飞得四处都是。一些附近的农民把大衣柜也献了出来，一个个大衣柜装上土石沉到江里，渐渐在坍塌的残坡和现大堤之间垫出了点模样，早先沉下去的那辆解放牌卡车露出了半边。

一点多钟，大泉乡运石料的车队上来了，人也上来了，王少波心里定了些，想起下午三点要到平阳开全市党政干部大会，便准备离开李圩子。

然而，偏在这时，天上乌云四合，豆大的雨点落了下来，尚未夯实的大堤仍是险象环生。王少波不敢走了,在报话机里告诉市长江昆华,让他先到平阳开会,自己晚些再去。

不曾想,却没去成,带着李圩子的民工于风雨之中打桩时,一个浪头把王少波和两个民工卷进了江水中,若不是王少波和那两个民工腰间拴了绳子,那可真就会随着一江春水向东流了。

被岸上的同志从水中拖上来,王少波满脸是血,昏迷不醒。

沉入江岸的那些石头差点要了王少波的命……

1998 年 6 月 25 日 13 时　平阳 姜超林家

一切都是那么熟悉,十年过去了,平阳发生了如此天翻地覆的变化,可市委书记姜超林的家却几乎没有什么变化。姜超林和他们一家依然住在当年市委命名的“公仆楼”上,依然是四楼的两个打通的中套。家具仍是那么杂乱陈旧,从折价处理的五十年代的办公桌、老式沙发,到七十年代流行的捷克式高低柜、大衣柜,没有一件跟上时代潮流的新东西。

刘华波吃着姜超林夫人王玉珍做的手擀面,四处看着,摇着头:“超林呀,你可是落伍喽,你这个市委书记的家和你们这个经济大市的形象可是不太相称哩！看看,一件新式武器都没有!”

姜超林笑道:“咋没有？这大彩电是前年才换的,二十五吋。”

刘华波这才注意到,高低柜上的彩电比以前大了些。

王玉珍也说:“刘书记,是换了不少新东西呢,冰箱也换成了双门的,你往那边窗前瞅瞅,还有空调,比往年好多了。”

刘华波仍是摇头:“不行呀,不行,我们省城一些小官僚的家都比你们这种封疆大吏强得多,一个个小窝豪华得像宾馆！一次装修动辄十万、二十万。”

姜超林“哼”了一声:“那我建议纪检部门好好查查这些小官僚！凭他们的合法收入,能把小窝整成豪华宾馆吗？哪来的这么多钱？我这个家也许和一个经济大市的形象不相称，可和我们的工资收入却十分相称，国家还没有实行高薪制，到目前为止，共产党的官还是穷官，只要不贪赃枉法，只能是这种生活水平！”

刘华波点点头，问：“超林，你说心里话，是不是觉得吃了亏？”

姜超林道：“做官就是要先天下之忧而忧，后天下之乐而乐。哦，对了，这话当年是你在市委常委会上说的嘛，好像就是决定盖这座公仆楼时说的！”

刘华波笑了，提醒道：“我还说过，想靠手中的权力发财的人，想先富起来的人，就不要住这座公仆楼！所以，看到你老兄没先富起来，我挺安然呀。”

姜超林叹息道：“你安然，我不安然。吃点亏我不怕，可吃气我不干！华波书记，你说马万里副书记是什么意思？这么多年了，怎么老是看着我们平阳不顺眼，啊？你听听他今天话说的：我们改革的历史从来就是靠人民的力量写成的。这话很对，昨天在跨海大桥通车典礼上，我也说过这话，十年来，没有平阳人民的支持，没有平阳人民的奋斗，就没有平阳的今天，走到哪里我都这样讲。”

刘华波说：“这不很好嘛，和马万里同志并不矛盾嘛！”

姜超林把碗往桌上一蹾：“不对，这里面的矛盾很大！马万里的意思是说，我们平阳市委不过如此而已。那我倒要问了：他马万里同志咋就没在昌江市也写下点让人们记得住的改革历史？是昌江的人民不行，还是他马万里无能？这样的同志怎么就做了省委副书记，今天反倒老对我们指手画脚？这公道吗！”

刘华波沉默了好半天才说：“昌江有昌江的情况，也不能都怪马万里，再说，每个同志都有所长，有所短嘛！马万里同志在地方工作缺些气魄，可在省委领导岗位上还是尽心尽职的。”

姜超林苦笑起来：“华波，现在我已经下了，我们又是谈心，你能不能放下省委书记的架子，和我说说心里话？这些很讲原则的官话我不想听！”

刘华波笑了:“好,好,我们妥协一下好不好?原则我们照讲,官话我们都不说。共产党人嘛,不讲原则不行呀!”

姜超林摇摇头:“我算服了你了!”

刘华波拍拍姜超林的肩头:“是我服你了,在省里敢这么和我较劲的,只怕就你一个!也是嘛,你有资本,是我们党的英雄,民族英雄!”

姜超林忙道:“哎,大首长,这话可是你说的,不是我说的!而且,我劝你今后也少说,别以为我听了这话就高兴,说真的,我很不高兴!不了解内情的人以为你把我捧到了天上,可我心里最有数,你这是抽象肯定,具体否定。”

刘华波认真了:“超林,你怎么会这样想?怎么会是具体否定?”

姜超林道:“那我就把话说透吧!为什么文春明就不能接任平阳市委书记?对这位同志你是了解的,是你做平阳市委书记时,把文春明从滨海县委书记任上调来做副市长的。你高升以后,春明和我搭班子,十年来力没少出,活没少干,为平阳的崛起做出了很大的贡献。前些时候汇报时,我就和你说过,春明一次次出国考察,一次次往国内背草种,连许多海关口岸都知道平阳有这么个好市长,都被他感动了,咋就感动不了你们省委?现在,平阳作为一个现代大都市的框架已经起来了,下一步的重要工作就是美化城市,向国际大都市的水平迈进,正是用得着文春明的时候,你们为什么就是不用他?怎么就是抓住一个平轧厂的问题不放?陈红河省长早几年在国家部委做过分管领导,平轧厂项目经她手批的,她怎么也不说句公道话?就看着马万里和我们市里的那个孙亚东四处乱说?我可以执行省委指示,做文春明的工作,可心里我真不服,我觉得你这个大首长和省委不太公道!”

刘华波沉思着,难得抽起了烟。

姜超林喝了口水,又说:“所以,我就想,有些同志是不是把平阳看成了我姜超林的独立王国？是不是要拿平阳做点什么文章，进而否定平阳二十年来的改革开放？我这不是没根据的胡思乱想，省城那边的风声不小呀，据说平阳的腐败问题很严重，据说马万里副书记发了大脾气。是不是呀，华波？”

刘华波这才掐灭了手上的烟，问：“超林，你说完了吧？”

姜超林点点头：“说完了，声明一下，因为曾经是一个班子的老同志，心里有啥就说了啥，但对你和省委的决定，我仍然会坚决执行，不打折扣，套用‘文革’时的一句话，就是：‘理解的要执行，暂时不理解的也要执行’。”

刘华波道：“好，有这个前提，我们就好说了。谈谈文春明的问题。对文春明，省委是有评价的，我要负责任地说，平轧厂的问题并没有在很大程度上影响对他的任用。省委在广泛征求意见的基础上启用高长河，主要是考虑到跨世纪接班的问题。文春明毕竟五十五岁了，只能干一届；而高长河只有四十七岁，起码干两届，也就是说，起码可以干到下个世纪的二〇〇八年。平阳这十年的发展经验证明，一个相对稳定的领导班子，对一个地区的持续发展是非常有利的。再谈谈反腐倡廉问题。超林同志，我们必须清醒地认识到，这是个关系到党和国家生死存亡的大问题。有的同志说，不反腐败要亡国，反了腐败要亡党，我不同意这种看法。我在省委工作会议上说过，不反腐败才要亡党亡国。基本点确定后，我就要问了，平阳有没有腐败？我看是有的，局部地方可能还很严重。我在这里可以透露一点：马万里同志确实有理由发脾气！当年处理昌江那个腐败副市长时，马万里同志也发了大脾气嘛。”

姜超林愣住了，几乎不敢相信这是当年那位老班长说的话。

刘华波继续说：“所以，超林同志，我们作为领导者就不能这么敏感，不能因为要在平阳调查处理一些腐败分子，就马上想到人家要砍旗。平阳二十年的改革成就摆在那里，这不仅仅是一面旗，是高楼林立的一座城呀，谁想砍也砍不了嘛！”

姜超林长长叹了口气，抽起了烟。

刘华波半开玩笑半认真地说："老伙计，你刚才说我和省委不公道，其实我也不服气呀，我觉得省委对你还是蛮公道的，上次谈话就和你说了嘛，想请你到省城，推荐你去做省人大副主任。你老兄再想想，是不是跟我去省城？"

姜超林一口回绝："谢谢了，老班长！我上次在省城也说过了，我从没想过把革命工作当成生意来做，也从没想过要省委对我或哪个同志搞论功行赏，我就在平阳扎根了，主要是习惯了。"

刘华波笑道："那可别怪我和省委不公道了。"

姜超林道："要说也只能在你这老班长面前说，组织原则我还懂。"

刘华波想了想，又说："这次班子的交接安排上也出了点意外，真没想到，这边定班子，那边洪水下来了，高长河情况又不熟，老伙计，你还得多负点责啊。"

姜超林点点头："这你放心，我可不会看着这么好的一个平阳城泡进洪水里去的。知道你们这些大首长要来，我就想，如果有可能，也请你们到昌江边看看。"

刘华波当即说："好，就去看看，抽点空去趟滨海吧，你陪我去！"

这次名为谈心的谈话啥也没谈透，走出这座陈旧的公仆楼时，刘华波心想，姜超林进门前说的话一点不错，这碗面确实难吃，而且怕也难以消化哩！

1998年6月25日13时10分　烈山县委

时间已过了一点，烈山县委常委会还没有要散的样子。主持会议的县委书记耿子敬仍在谈加强新区建设的有关问题。新区建设一直是县长赵成全抓的，身为县委书记的耿子敬却了如指掌，说起来如数家珍，让常务副县长金华不能不服气：耿子敬这个县委书记虽说霸道，却不官僚，所以，县长赵成全突然倒下，并没有影响新区的建设工作。耿子敬把新区里的一项项工程都说得很细，且当场一一落实到与会常委头上，金华也分了个电解铝项目。

最后，耿子敬很感慨地对大家说："……赵成全是个难得的好县长啊，干起工作不要命，硬是累倒在岗位上的！我们大家都要学习赵成全同志这种精神。县委宣传部前些时候已整了材料，报到市里了，省报记者还写了文章，今天也发表出来了，不知大家看了没有？标题很醒目，也很好，叫《我们的肩头扛起崛起的新区》。我想，我们还要进一步做工作，争取省里、市里把成全同志树为典型。成全同志是肝癌晚期，时间已经不多了，这事一定要抓紧。"

宣传部龙部长马上汇报说："耿书记，昨天我和成全通过一个电话，把你这意思和他说了，他死活不同意，先说工作是大家干的，后来又说这不好。对省报上的这篇文章，成全也不太赞成……"

耿子敬霸气十足，挥挥手："不要管赵成全怎么想，怎么说。我看这没有什么不好。他赵成全一条命都搭上了，还不能服人吗？"想了想，又说，"现在外面对我们烈山有些不负责任的议论呢，且又是在这种平阳班子交接的时候，消极作用不可低估。我们当然不争论，也没时间争论，可多宣传、宣传赵成全，树起赵成全这样的典型，就给那些不负责任的议论一个正面的回答了嘛！"

对耿子敬的这番话，金华一点也不吃惊。金华知道耿子敬所说的"那些不负责任的议论"是指什么，自己也想在这次县委常委会上验证一下这"不负责任的议论"有多少真实性。在平阳住院期间，大屯乡副乡长侯少俊跑来了，言之凿凿地对金华说，县委可能要提他做县乡镇企业局局长，请金华在常委会上多多关照，能说说好话就说说好话，只要不反对就行。就为得到一个不反对，这位副乡长在水果包里留下了一个装有八千元现金的信封。

真想不到，就在金华想到这个问题时，耿子敬竟把这个问题提了出来：

“新区的工作就谈到这里。时间不早了，散会前，咱们还得定个事：我们县乡镇企业局王局长到点了，要退下来，县委组织部考察了两个同志，一个是乡镇企业局原副局长，另一个是大屯乡副乡长侯少俊，大家议一议，看看哪个更合适？抓紧时间，下午三点，我们还要赶到平阳参加全市党政干部大会。”

组织部秦部长马上介绍起了考察情况，考察情况已显示了倾向性，所以，秦部长一介绍完，根本用不着耿子敬自己说话，常往大屯乡跑的县委陈副书记先提了侯少俊的名，众人纷纷表示赞同，于是，一个新任乡镇企业局局长转眼间便活生生在金华面前诞生了。

金华有一种恍然若梦的感觉：怎么真会这样？这事实说明了什么？为了一个不反对，她就在住院期间得了个八千元的红包，那一个个赞同的该得多大的红包？提名的陈副书记和耿子敬又该拿多大的红包？……

金华这么想时，耿子敬已站了起来，一边收拾着桌上的文件，一边说：“……好吧，这次常委会就开到这里，明天我到省城去看赵成全县长，再亲自做做赵成全县长的工作，龙部长，你们宣传部再以烈山县委的名义向平阳市委作个汇报……”

与会的常委们纷纷起身，准备离去。

金华脑子一热，不知道哪来的勇气，站起来道：“哎，耿书记，同志们，我……我还有两句话想说说……”

耿子敬没当回事，屁股根本没往椅子上坐，“好，好，小金，你说，你说。”

金华婉转地道：“耿书记，侯少俊提乡镇企业局局长是不是不太合适？这位同志从没在乡镇企业局工作过，听说，大屯乡的群众对他也有不少议论……”

耿子敬怔了一下，马上把脸拉了下来：“小金呀，你来烈山工作的时间毕竟太短，对侯少俊同志还是缺少了解呀。你知道不知道，侯少俊同志做副乡长一直管乡镇企业，很有一套哩！至于群众的议论，我们要做具体分析。现在的干部难当啊，想干事就要得罪人嘛！”

金华还想说什么，耿子敬却已很不耐烦了，挥挥手道：“好了，好了，不要说了，你个人可以保留意见，但是，任用侯少俊同志做乡镇企业局局长，这次常委会上大家已经通过了，你就是反对，也是一票！”

金华心里一惊，忙改口道：“耿书记，您误会了，我……我不是反对，而是……而是觉得如果把侯少俊同志提为大屯乡乡长也……也许更合适……”

耿子敬根本不理，甩手出了门，走到门口又回头说了句：“小金，电解铝厂的项目你可得给我抓紧了，你知道的，赵县长是昏倒在谈这个项目的会场上的，相信赵县长的精神也能感动你！”

金华连连应着，脊背上禁不住冷汗直冒。

1998年6月25日15时　平阳人民会堂

平阳市党政干部大会在北京路三号人民会堂举行，从会议一开始，门外便风狂雨骤，惊雷阵阵。风狂雨骤倒没什么，讨厌的是雷声。时而炸响的雷声，一而再，再而三地压住了省委书记刘华波和新任市委书记高长河的讲话声，让市委办公室主任刘意如一阵阵坐立不安。刘意如便一次次往主席台一侧的调音室跑，问工作人员，能不能把音量调大一些，再大一些？工作人员直摇头，说是外面打雷，怎么调效果也好不了。刘意如这才认定自己尽了职，悄悄松了口气，坐定下来听会。

主席台上，姜超林在微笑，不知是因为省委书记刘华波代表省委做出的高度评价，还是为了把政治强人的角色扮演到底，反正他在微笑，不时还勾过头和市长文春明说点什么。文春明绷着脸，嘴角带着一丝寻常人难以察觉的讥讽——这位曾经接班呼声很高的市长在讥讽谁？是讥讽正在讲话的新任市委书记高长河，还是在讥讽省委？在省委的高度评价后面难道没有点意味深长的东西吗？如果没有，姜超林的亲密战友文春明咋就没上去，而让那个高长河上了？这么说来，省委书记刘华波并不像私下传的那样是姜超林的后台吧？

刘华波老多了，刘意如记得，刘华波在平阳做市委书记时，曾经是多么意气风发呀，在办公室走廊上时不时地还会吹几声口哨，现在坐在主席台上，已十足是个老官僚了。你从他脸上能看到权力带来的威严，能看到一个政治家的成熟气派，却看不到多少当年的朝气了。当年这人多不得了呀，报上公开说了，乡镇企业是社会上不正之风的风源，刘华波在市委工作会议上桌子一拍，竟敢说：乡镇企业就是乡镇企业，该请客照请，该送礼照送，出了问题我负责。为搞煤炭，这位市委书记组织着一帮乡镇企业的头头们三下山西，硬是在能源最紧张的时候，让全市的乡镇企业开足马力向前冲。

都传说马万里副书记和刘华波书记不和，此刻，却看不出二人有什么不和的样子。两位省委领导在交头接耳。他们在说什么？难得一笑的马万里副书记居然笑了！是为姜超林这位老同志的驯服，还是为新书记高长河的姿态？

高长河的姿态不错，正说到要虚心向老同志学习，向平阳的干部群众学习，先做学生，后做市委书记。可这位擅长学习的高长河“同学”也真不简单，四十七岁就成了平阳这种经济大市的一把手，这究竟是托了他老丈人梁清平的福，还是真有水平？哦，不好，高长河的杯子里好像没水了，服务员也没想到过去倒水！

刘意如停止了胡思乱想，于一连串炸雷声中提着水瓶走过去，给高长河的杯子里续满了水，然后悄悄放在高长河面前，动作轻得如风似雾，几乎没让高长河察觉到她的存在。

做市委办公室主任，就应该于不存在中显示自己的无时不在和无所不在。

高长河喝了口水，又讲了起来："……同志们，你们对我有一个认识过程，我对你们也有一个认识过程。你们可以看看我是不是真心实意为平阳人民做实事，做大事。我呢，当然也要看看你们，看你们愿不愿意和我、和平阳新一届市委班子一起，为九百万平阳人民的根本利益奋斗拼搏……"

这话是什么意思？新书记高长河究竟要看什么？真是为九百万平阳人民的利益而奋斗，还是别的什么？他言下之意，是不是号召平阳干部都投靠到他旗下来？姜超林怎么还在笑？她刘意如都听出了这话中的深意，姜超林会听不出吗？这位在平阳举足轻重的政治强人会容忍这种公然的挑战吗？

根据经验判断，一个敏感、复杂而又痛苦的权力交接期已经开始了。这次权力的交接和以往不同，因为不是顺序接班，磨合的过程必将漫长而艰巨，作为一个市委办公室主任，她将面临着两难的选择：一边是以姜超林为代表的老市委，一边是以高长河为代表的新市委。她仍然是市委办公室主任——至少到现在为止仍然是，理论上讲属于高长河的新市委，可她又怎敢忽略姜超林这位老同志呢？姜超林毕竟在平阳经营了十年，六县市和各部委局办都是姜超林的人马，她对姜超林的势力必须有清醒的认识，这样才能进退有据……

这时，高长河的讲话已进入了尾声："……同志们，一个崭新的世纪就在眼前了，请同志们考虑一下，我们究竟以什么样的姿态迎接新世纪的到来？在从今天开始到二〇〇〇年的最后一年多的时间里，我们还能干些什么？我想，梁清平、刘华波、姜超林三任勇于开拓的市委书记带领九百万平阳人民创造的辉煌，应该是我们跨向新世纪的起点，而不是终点！同志们，让我们在小平同志建设有中国特色社会主义光辉理论的指引下，高举党的十五大的旗帜，向着新世纪前进!”

党政干部大会在一片热烈的掌声中结束。

刘华波、马万里、姜超林、高长河等领导同志纷纷起身,准备离开主席台。

刘意如在台口跟上了高长河,把一份及时记下的未到会人员的名单递给了高长河,特别指出:市委副秘书长田立业无故缺席,滨海市委书记王少波因指挥防汛,由市长江昆华代为临时请假。

刘意如说得很随意,高长河听得也很随意,甚至连脚步也没停下来,而且,没容刘意如说完,已追着省委书记刘华波和马万里谈起了昌江防汛的事。

这让刘意如于失落之中悟到了自己的失策。这种高官云集的时候,哪能凑上去和这位新书记谈工作呢?会议一散,人家新书记就成了平阳的主人,拍好省委领导的马屁,是新书记的当务之急,她这个老办公室主任咋就忘了这一点?这真是聪明一世,糊涂一时哩!再说,姜超林会怎么看?会不会以为自己要改换门庭了?

于是,他便又在移动的人群中四处寻找老书记姜超林的身影……

1998年6月25日18时　滨海市医院

吊着输液瓶,王少波昏昏沉沉睡了一觉,且于睡梦中找回了自己遗落在江底的报话机。报话机找到后竟还能用。他对着报话机又喊又叫,要各乡民工支援李圩子,各乡都不回话。江水眼见着疯涨,先是没了他的腿,后又没了他的脖子,这才一下子把他吓醒了。醒来一看,病床边聚了许多人,大都是下面的乡镇长,还有些市委机关的同志。床头柜上和窗前的地上堆满了水果鲜花,几乎可以开杂货店了。

王少波一下子火了,挣扎着坐起来,沉着脸扫视着众人问:“你们都跑到这里来干什么,啊？给我开追悼会呀？我现在还死不了!”

大泉乡党委书记老管说:“王书记,您看您这话说的,好像我们盼着你壮烈似的,我们听说您在李圩子受了伤,放心不下,就赶来看看,也是人之常情嘛!”

王少波根本不领情,盯着老管问:“管书记,你们都跑来看我,大堤上谁负责？出了问题怎么办？你们这些乡镇长来了,别的乡镇长来不来？各部委局办来不来？都跑到我这里来,那么多事谁做?!”

老管不敢做声了。

王少波指着满屋的东西,又说:“你们给我说说看,这些东西你们谁掏腰包了？还不是慷国家之慨,慷集体之慨?!你们说我不讲理也好,说我不近人情也好,我就是这样了,这些东西谁送的谁拿走,别摆在这里给我出洋相!”

老管说:“王书记,这也太过分了吧？别人我不敢保证,我送的鲜花可真是自己掏了腰包,就在医院门口临时买的,三十块,不信你可以派人调查。”

王少波也觉得话说得有些过分,便挥挥手说:“好,好,鲜花都留下,别的拿走,别管是公家掏腰包,还是个人掏腰包,这都不好!另外,你们回去后给下面的同志带个话,就说我说的,谁再放下防汛工作跑来看我,我撤他的职!你们真要把我当回事,就给我呆在大堤上,守住大堤,别让姜超林书记问我个失职的罪过!”

老管说:“王书记,你还不知道吧？姜超林下了,今天下午三点的党政干部大会就是宣布这事的,新来的市委书记叫高长河。”

王少波愣了一下,马上说:“姜超林书记下了,咱该做的工作还得做,你们马上回去,进一步落实防汛措施,别再给我闹出李圩子那种事……”

赶走了这帮乡镇长,市长江昆华来了。

江昆华见面就唏嘘着说:“少波,你看这事闹的,咋差点永垂不朽了?!”

王少波苦着脸说:“算我倒霉,让一个浪头打到石头上去了,前额头上缝了十二针。好了,好了,不说这事了,说说党政干部大会的情况吧,听说姜书记下了,来了个高长河?高长河这人怎么样呀?”

江昆华迟疑了一下,说:“高长河给大家的印象还算好,讲话挺实在的,人也年轻,据说省委头头们对他很支持,不但是刘华波,连马万里也很欣赏他。”

王少波又问:“姜书记的情绪怎么样?还好吗?”

江昆华说:“还好吧,我看他坐在主席台上挺精神的,刘华波讲话时又高度评价了平阳的工作,姜老板应该算是体面离任,我看不出他有什么失落感。”

王少波摇摇头:“姜老板能让你看出他的失落来,也就不是姜老板了!”想了想,又说,“昆华,姜老板对我们滨海的工作一直支持很大,我们又是姜老板一手提起来的,别人怎么样咱不管,咱们在这时候得讲点情义,你明天去看看姜老板,也代表我。如果姜老板乐意,你就以我们滨海市委、市政府的名义,请老爷子到我们的金海岸度假区休息一阵子。老爷子十年来没日没夜地工作,为平阳人民办了这么多好事,这退下以后,也该好好歇歇了。”

江昆华先是点头,继而却又迟迟疑疑地问:“少波,你想清楚了,让姜老板在这时候住到我们金海岸来好么?新书记高长河会不会有想法呀?”

王少波指点着江昆华,一脸的不快:“你小子没胆了是不是?别忘了,没有姜老板的支持,就没有金海岸!老爷子为金海岸奠基,为金海岸剪彩,却从没在金海岸住过一天!”

江昆华有些窘:“那是,那是,咋着也该请老爷子休息一下,去年剪彩的时候,我们不就邀请过老爷子么?是他自己不愿来。好,这次我去请，你市委书记不怕事，我怕什么！”

王少波叹了口气：“人总得讲良心，如果高长河真为这事不高兴，就让他冲着我来。我王少波过去没拍过哪个领导的马屁，今后也不会去拍哪个领导的马屁，官场上那一套对我不起作用！”

江昆华苦笑起来：“所以，我们跟着你尽倒霉……”

1998 年 6 月 25 日 19 时　平阳市委招待所

吃过晚饭，市委副书记孙亚东就寸步不离地跟着高长河，一直跟到市委第一招待所小红楼。因为高长河家不在平阳，市委办公室便把小红楼二层的两间客房和一间小会客室让出来给高长河做宿舍了。

高长河在孙亚东的陪同下走进小红楼时，禁不住想起了十八年前的往事——

他和岳父梁清平的第一次见面就是在这座小红楼里。那时，他大学刚毕业，分配在北京某部机关，是利用出差的机会来平阳探望未婚妻梁丽的。岳父梁清平时任平阳地委书记，正在真理标准大讨论中，顶着压力推行农村联产承包责任制试点。

梁清平带着他在这座小红楼里参观，讲述曾在这座小红楼里生活过的俄国人、日本人和美国人，讲述这座小红楼所代表的这座世纪之城的近一百年历史。他由此而得知，这座外表挺不起眼的小红楼，曾是旧平阳最好的建筑，竟做过俄国人的领事馆，日本人的特务机关部，东部日军受降处，国共两党军调部办事处和中国人民解放军的前敌指挥部。许多决定平阳历史的会谈和会见都是在这里进行的。

他当时感叹不已——这里既代表历史，又象征着权力，多么让人着迷啊。

记得最清的一个细节是，有一天晚上，在他和岳父梁清平谈话的过程中,市委办公室主任陪同当时主管组织工作的市委副书记刘华波进来了。刘华波把一份印有长长名单的文件交给梁清平签字,梁清平看罢名单,签完字后,对嗣后做了省委书记的刘华波缓缓说了一句话:“——就这样吧,对平阳来说,一个时代结束了,我们今天任命的这批年轻干部将决定本世纪最后二十年平阳的历史。”

岳父凭借当年手中的权力,在那一瞬间决定了平阳后来近二十年的历史,姜超林就是那批被同时任命的三百多名县处级干部中的一个。岳父把他由烈山县大泉乡党委书记提升为烈山县委副书记,主管农业……

现在,十八年过后,又到了一个决定历史的紧要关头,他高长河来到了平阳。

孙亚东也很感慨,感情真挚地说:“高书记,你来得真是时候啊!”

高长河知道孙亚东要和他谈什么,故意摇摇头道:“也许不是时候。”

孙亚东问:“你什么意思?怕矛盾?不敢揭平阳的盖子?”

高长河皱起了眉头:“亚东,你看你,怎么开口就是揭盖子?!”

孙亚东却不管高长河的脸色:“有盖子就要揭嘛!”

高长河不接这个话题,白了孙亚东一眼,走进了楼下会客厅。

安置高长河的住处,是市委办公室主任刘意如一手操办的。高长河和孙亚东在会客厅坐下时,刘意如正领着招待所几个正副所长,逐房认真检查,最后落实着高长河日后的生活起居细节。高长河和孙亚东不时地听到楼梯上的脚步声和刘意如安排工作的说话声。

高长河没话找话道:“刘主任工作真是细心周到呀。”

孙亚东说:“你是市委书记嘛,她能不细心周到?她对姜超林也是这样。”

高长河说："这很好嘛，办公室的事又多又杂，也真要有这么一个女管家。"

孙亚东冷冷一笑："高书记，我可告诉你，这个女管家也许不像你想象的那么好哩！她跟了姜超林十年，从市委办公室副主任干到主任，是姜超林的铁杆部下，整个平阳，她只认一个姜超林！你要愿意听我一句话，我就劝你把这位女管家从市委办公室调离。这对她对你可能都有利。高书记呀，这位女管家也是五十出头的人了，女儿都当了烈山的常务副县长，我看，她再做这种伺候人的工作也不合适嘛。"

高长河半真不假地道："亚东呀，我头一天上任，你咋老进谗言呀，啊？"

孙亚东揭盖子的念头十分固执，又说："高书记，你别给我打哈哈，我真是为你好！你心里应该清楚，平阳这些年来工作有成绩，他们的干部一直都是很牛的，眼睛盯着的都是深圳、上海，连省城都不放在眼里，你老兄人家就看得起？"

高长河这才严肃起来："干得好，平阳的干部群众当然要自信嘛！亚东，我和你说句心里话，我还就是看不惯那些假模假式的'谦虚'，我把经济搞上去了，发展的经验总结出来了，还瞎'谦虚'什么，啊？我当然要理直气壮前排就座嘛！"

孙亚东提醒说："不是你把经济搞上去了，是人家把经济搞上去了……"

高长河实在忍不住了，沉下脸，挥挥手说："现在没有什么'我们''人家'了，都是一回事，那就是：平阳班子，平阳人民！"

孙亚东叹了口气："你猜文春明市长今天散会后说了些什么？"

高长河注意地看孙亚东一眼："文市长说了什么？"

孙亚东"哼"了一声："文市长说了，现在是雷鸣电闪看不清呀，日后升起的也不知是太阳还是月亮？！"

高长河不动声色地"哦"了一声。

孙亚东又说:“文春明这话的意思还不明白么?太阳自己发光,月亮是借太阳的光,他是把平阳过去的经济建设成就比作太阳,讥讽你是借了他们的光!”

高长河笑了笑:“能借好这个光我看也不错嘛。啊?”

就在这时,服务员小姐走了进来,说:“高书记,服务台有您的电话,省委刘华波书记找您。”

高长河不敢怠慢,马上去服务台接了刘华波的电话。

刘华波在电话里说:“长河呀,我明天要回省城了,今晚天色不错,想去趟滨海,看看那里的防汛情况,超林同志带路,你作陪,马上出发,你看好不好?”

高长河正想甩开孙亚东的纠缠,心中一喜,忙道:“好,好,我马上过来。”

在小红楼门口匆匆和孙亚东道了别,高长河便钻进自己的车里,让自己的车汇入了警车开道、由三辆奥迪车构成的小小车队里。

车上北京路,高长河注意到,他前面的一辆车正是前市委书记姜超林的,0001号牌照在汽车尾灯红光照耀下,显得莫名的庞大,莫名的赫然。

平阳即将升起的,是太阳还是月亮?

文春明的话禁不住再次回响在耳畔,让高长河深思不已。

他高长河当然要做太阳,做新世纪的太阳。省委几经反复,慎之又慎,才在最后时刻选择了他高长河,才定下了平阳这个跨世纪的班子,显然也是希望他做新世纪的太阳。如果仅仅是为了守成,为了让他过渡一下,就决不会把他派到平阳来。那么,从现在开始,他实际上已经没有什么退路了,他只能目视着前方,开拓通往未来的航道,只能在辉煌的基础上创造新的辉煌。任何怀疑的目光,都将在他的决心和行动面前被击溃,被粉碎。因为,他高长河从来就没想到过要做借别人的光的月亮,从来没有!

第四章　风 波 乍 起

1998 年 6 月 25 日 20 时　车上

刘华波坐在姜超林的 0001 号车里，和姜超林叙起了多年前的旧事，一时间，让姜超林有了点恍然若梦的感觉。光阴过得也真是快，这一转眼，十几年就忙忙碌碌过去了，甚至连咀嚼回味的时间都没有。一路半眯着眼，听着刘华波的述说，姜超林感慨良多。

刘华波的话题一直停留在过去，停留在他们搭班子的时候：

"超林呀，我记得，平阳地区最早崛起的一批乡镇企业大都在滨海市吧？当然喽，那时候，滨海还不是市，是县。滨海这地方地广人稀呀，又靠着江边和海边，历史上就多灾多难，洪水、海啸三两年来一次，人均收入好像一直都是全市倒数第一吧？"

姜超林睁开眼说："一九八二年前全市倒数第一，一九八三、八四年倒数第三。"

刘华波点点头："一九八四年后，滨海的日子就好过多了嘛，先是把水产养殖业搞上去了，后来又把石英开采搞上去了。我记得，当时有个抓养殖业的副乡长，挺能干的，两年搞出了两个万元村，我们市委、市政府还给他发过贺电，是不是？"

姜超林想了想："你是说王少波吧？当时是李圩子乡党委副书记，不是副乡长，他蹲点抓出的第一个万元村是海埂村，对不对？"

刘华波道："对，对，就是海埂村，一九八五年的事！"

姜超林感叹说："现在这个海埂村可不得了了，搞了个金海岸度假区，光旅游收入一年就是八千万，他们养殖集团的股票也上市了，家家小洋楼，每户的存款都不下几十万，比我这个市委书记阔多喽！"

刘华波也很感慨："好啊，好啊，让老百姓过上这样的好日子，我们这些领导者也就问心无愧了。"转而又问，"哎，超林，当年那个副乡长，哦，就是那个乡党委副书记王少波，干什么去了？还在我们平阳吗？"

姜超林笑道："这样能干的家伙，我能放他走？省乡镇企业局调过，我没放，让他老老实实在平阳给我做贡献哩！哦，这个王少波已经是滨海市委书记了，现在可能就在大堤上抓抗洪！前天去看水情时，我和王少波说了，淹了滨海，他这市委书记就别干了！"

刘华波指点着姜超林呵呵直笑："你这家伙，还是那么不讲理。"

姜超林道："哎，老班长，这可是当年你支持我这么做的呀，咋地位变了，立场也变了？你不想想，没有我这不讲理的市长，你当时那些英明决策咋落实！十公里的拦海防波大堤谁给你负责建?!"

刘华波又笑："那这么说，你这家长作风的根源还在我身上了？"

姜超林别有意味地道："那当然，平阳的事好坏都有你一份，所以，这些年有人告状我也从没怕过。"想了想，又说，"不过，你也别听有些人瞎说，其实，我还是挺民主的，我说得不对，下面也敢顶回去。就说那个王少波吧，你真以为他这么驯服？才不是呢！搞金海岸度假区时，我坚决反对，那地方根本没有沙滩，你搞什么度假区呀？还金海岸！"

刘华波说："是呀，我记得海埂村附近的海边都是岩石。"

姜超林说："不但是海埂村，我们平阳海岸线上全是这样。你猜王少波能想出个什么主意？嘿，到外地一船船去运沙，搞人造海滩。我真发了大脾气，对王少波说："你到哪里去搞沙我不管，有本事，你就是把天上的月亮摘下来挂到你滨海也行，就是有一条，产值和利润下来了，你别怪我摘你的乌纱帽！"

刘华波直乐："这小官僚就不怕？"

姜超林摇摇头："王少波还就不怕，还敢请我去为金海岸奠基。我真不想去，可想想，不去也不好。我在全市党政干部大会上说过的，我就喜欢奠基和剪彩，别的地方我去，金海岸我就不能不去。我去了，一句话没说，一个笑脸没给他们。没想到，两年后，这金海岸还就搞成了，还就赚了大钱，把我惭愧得呀，不知说啥才好。王少波他们几次请我去金海岸休息，我都不好意思去哩。"

刘华波大笑不止："好啊，好啊，你这家伙也有被部下将军的时候！"

姜超林说："这军将得好，也把我将醒了。在为金海岸剪彩时，我就代表市委号召全市干部群众向滨海学习，向这个会干事、能干事的王少波学习。"

刘华波深有感触地说："是要向这些会干事、能干事的同志们好好学习呀！我们二十年改革开放，就是摸着石头过河，谁在摸？我们上面在摸，下面也在摸嘛，许多成功的经验还就是下面创造的哩！当年的联产承包，不就是安徽凤阳的几个农民搞起来的吗？我们的改革就因此破了题嘛，也才有了今天的辉煌成就嘛。"

姜超林点点头："说到改革的成就，我觉得还有个重要成就谈得不太多，也不太够，那就是：二十年的改革开放，造就了一大批适应改革的好干部呀，像王少波这样的同志，我们平阳有一大批！"

刘华波击掌叫道："你这观点很好，也颇有新意，不妨结合平阳这些年发展的实际好好谈一下，我让省报给你发，好不好？"

姜超林笑道："算喽，我会写什么文章？日后只想在地方法规上做点工作了。"

刘华波也没勉强，话题一转，说起了反腐倡廉问题："二十年改革开放，造就了一大批适应改革局面的好干部，这是大实话，也是我们干部队伍的主流。可是，不容讳言，不太好的干部，腐败的干部也不在少数，而且这种腐败的严重程度，也是以前从来没有过的，老百姓意见很大。这种腐败干部哪里都有，欠发达地区有，发达地区也有。你说是不是？"

姜超林说："这我不否认，你和省委不是不知道，我们平阳在这十年里就处理了不少这样的坏干部，六个副处级以上的干部判了刑，撤职、开除党籍的还有十几个。对这种腐败干部，我的原则一直是，发现一个处理一个，决不姑息！"

刘华波赞道："好，这个原则要坚持下去，在这个问题上，你老兄一定要旗帜鲜明支持高长河和省纪委……"

姜超林听出了刘华波话中的含意，马上补了一句："只要真是反腐败，而不是别有用心打着反腐败的旗号做否定平阳的文章，我嘛，一定支持！坚决支持！"

刘华波苦笑着摇摇头："超林，现在是我在和你谈这个问题，不是马万里同志和你谈这个问题嘛，你总不会怀疑我做否定平阳的文章吧，啊？"

姜超林淡然道："否定平阳，并不是否定我一个，包括平阳干部群众，也包括你这个省委书记。我刚才就说过的，平阳的事，好坏都有你一份……"

他们一路说着，0001 号奥迪在不知不觉中驰进了灯火通明的滨海城。

在滨海市防汛指挥部门口一见到江昆华，姜超林就问："哎，江市长，你们王书记呢？我和华波同志一路都在谈他，他咋不露面呀，啊？"

刘华波笑着说："可能在江堤上吧？怕出了事你撤他嘛！"

江昆华看看刘华波，又看看姜超林，讷讷说："王书记住院了，今天下午在李圩子指挥防汛，被浪头打到江里的石头上了，头上缝了十二针……"

姜超林的心一下子揪紧了："有没有生命危险？"

江昆华说："没有生命危险，只是轻度脑震荡。接了市委值班室的电话，知道你们要来，王书记还想来迎接你们，医生坚决不允许……"

姜超林点点头："医生是对的，回头我去看他。"

高长河也当即指示说："王少波同志的事迹要报道，你们滨海准备一个材料，我让《平阳日报》的记者来写文章。另外，转告少波同志，安心养伤，不要多想工作了，我抽空也会去看他。好了，江市长，你来汇报一下滨海的防汛情况吧。"

于是，江昆华指点着沙盘和水位示意图，翻着笔记本，开始汇报，从历史上的重大水患，曾经出现过的最高水位，说到今天的严峻现实，甚至连半小时前的水位数据都报了出来。

江昆华汇报完，刘华波挥了挥手说："好了，情况大家都知道了，天要下雨，娘要嫁人，该来的反正都要来，走，上大堤上看看去。"

到了大堤上，看着近在脚下汹涌激荡的江水，刘华波面色凝重起来。

江堤上的风很大，刚下过雨的地又很湿，不知谁在刘华波身后滑倒了。

刘华波根本不回头，像不知道，看看老书记姜超林，又看看新书记高长河，缓缓说开了："这条流经我省的昌江，造福了我省八千万人民，也祸害了我省八千万人民啊。大家可能都知道，昌江城郊有个归海坝，北川附近也有个归海坝，历史上的情况是：昌江上游的水一旦大了，政府就炸开归海坝，让洪水由昌江地区或北川地区归海。于是，昌江地区和北川地区就一次次变成洪水走廊，肥水地气都被冲走了，地区经济总是上不去。”

姜超林插话说：“华波书记，我看也不能光说困难吧？总还有人的主观因素吧？北川不也是洪水走廊吗？这十几年北川就搞上去了，面貌大变样。”

刘华波知道姜超林暗指马万里，便没接这话茬，自顾自地说：“我听大军区老司令员说，一解放，周总理就对归海坝提出了批评。总理对当时我省的主要军政领导同志说：什么归海坝？我看这叫害民坝！我们的人民政府决不能再制造这种洪水走廊了。”

高长河也插上来说：“这事我也听我岳父提起过，解放后，我们在治理昌江上是花了大力气，下了大本钱的，包括我们平阳。”

刘华波说：“是呀，花了大力气，下了大本钱，才有了四十多年的平安，可一九九一年，我们还是被迫在北川地区泄了洪，光撤离人员安置费一项，就是一亿多。当然，也是没办法，水利专家们说，一九九一年碰到的是二百年来没有过的大洪水。”

姜超林提醒说：“华波书记，今年的洪水也不小，很可能接近一九九一年……”

刘华波吁了口气：“但愿它别超过一九九一年，但愿吧！再说，一九九一年后，昌江江堤又进行了两次大规模的加固，抗特大洪水的能力增强了许多，所以，我们一定要有信心，人定胜天！”

说这话时，刘华波再次想到：现在定平阳这个班子，看来真不是时候。

1998 年 6 月 25 日 20 时　平阳轧钢厂

田立业陪着新华社记者李馨香在平阳轧钢厂采访了整整一天。上午开了个中层以上干部座谈会，下午开了个一线工人座谈会，两个会开得都火爆异常。干部们叫苦，工人们骂娘。尤其是一线工人座谈会，几乎开成了个诉苦斗争会，眼见着控制不住局势了，田立业才拉着李馨香匆匆收场。

晚上吃饭，面对着一桌子酒菜，李馨香吃不下去了，当着田立业的面，对轧钢厂厂长何卓孝说："这桌酒菜咱别吃了，不是我讲廉政，下面单位的招待宴会我参加了不少，澳洲龙虾照吃，可这桌菜我不敢吃，也吃不下去。"

何卓孝很为难，说："姜书记和文市长都打了招呼的，要招待好你，这……"

李馨香说："何厂长，你别这那的了，咱就吃便饭，你们省下点招待费，帮一线工人解决点实际困难吧！算是我参加扶贫济困好不好?!"

李馨香这态度让田立业肃然起敬，田立业便也说："那就吃饭吧。"

匆匆吃了顿便饭，田立业把李馨香带到了平轧厂招待所。

在招待所，李馨香仍是愤愤不平："……田秘，我真没想到，这个平轧厂作践了国家十二个亿不算，还坑了这么多工人！工人手里那两个钱来得容易么？你没本事轧出钢板来，强迫工人集什么资呀?"

田立业马上解释说："李记者，这你就误会了。工人反映的情况也有片面性，集资情况我知道，根本不存在强迫。当时，平轧厂是个热门国营单位，又有国家的大投资，谁也没想到它会垮，都想往厂里挤。文市长一天就收到十几张条子。实在没办法了，何厂长他们就本着改革的思路，搞起了自愿集资，凡进平轧厂的，一人交三千块，后来，要进平轧厂的人还是很多，又改成了五千。"

李馨香问："怎么就一直不还呢？这么长时间了，工人能没意见么?!"

田立业苦着脸说："怎么还？连工资都发不上了。再说，这集资款也有风险抵押金的性质，总不能赚了算自己的，亏了算国家的吧？这也不符合改革原则吧?"

李馨香很认真:“田秘,你这话不对,工人拿出的这些钱是集资,不是入股。入股当然要风险共担,集资就是另外一回事了……”

刚说到这里,一个剃着小平头的大脑袋伸进了门,随着大脑袋伸进门的,还有高喉咙大嗓门的吆喝声:“好你个田蜜蜜,故意躲我呀?!”

田立业瞧着那只大脑袋乐了:“胡司令,你咋找到这里来了?”遂又对李馨香介绍说,“这是我们镜湖市委副书记兼常务副市长胡早秋,胡司令。”

胡早秋冲着李馨香点点头,和李馨香礼节性地握了握手,又盯上了田立业,滔滔不绝地说起来:“我说田蜜蜜,你要我是不是?当真不把我们从七品的农村干部当回事了,啊?上次在镜湖不是说定了么?跨海大桥通车典礼后,你就把北京和省城的记者全带到我们镜湖来,帮我吹吹,咋到现在一个鬼影没见着?今天全市党政干部大会你也不参加,害得我牵着狗架着鹰满城找你。找到你家,你妈说,你小子又不知在哪里接受‘酒精考验’了……”

李馨香在面前,田立业不敢太放肆,便说:“什么‘酒精考验’?我有工作!”

胡早秋仍是没正形:“可不是有工作么?到平轧厂访贫问苦来了!新书记高长河头一天上任,你就访贫问苦,被高长河知道了,能不提你?佩服,佩服,兄弟实在是佩服!”

田立业急了:“胡司令,你别老胡说八道好不好?这位是李记者,新华社的主任记者,人家把你这话记下来,报道出去,我看你就能连提三级了!”

一听说是记者,而且是新华社的主任记者,胡早秋态度大变,忙扑过去和李馨香重新握手,以示庄重,边握手边说:“李记者,幸会,幸会,你们新华社的《每日电讯》我是每天必看的,比《人民日报》办得都好!”

田立业说:“李记者,你可别上这小子的当,他是见了哪家报社的记者夸哪家报纸办得好,其实,只有一个目的,就是让你们吹吹他……”

李馨香被逗得“格格”直笑:“田秘,我看人家胡市长能知道我们有个《每日电讯》就不简单了,是不是呀,胡市长?我们的报,你恐怕不大看吧?”

田立业讥讽说:“只要你们报上吹了他,他就会看了。”

胡早秋一点不窘:“李记者,你是田秘的朋友,在你面前,我也不说假话,我是想让你们多宣传宣传我们镜湖,我们镜湖可是个好地方,这几年大变样了!你们不宣传,外界就不知道,我们干了那么多实事,上面也看不见……”

田立业又插了上来:“因此,我们胡司令就老是提不上去,现在还是从七品。”

胡早秋直叹气,也不知是真是假:“是呀,是呀,从七品,田秘做了市委领导,也不想法把我这个副字拿掉,我们这些农村干部就是累死,人家田秘也看不见。”

田立业说:“你从七品,我也不是正七品呀,不还副着吗?”

李馨香又笑……

气氛因此大变,平轧厂带给他们的沉闷压抑转眼间消失得无了踪影。

胡早秋是天生的外交家,很会和记者套近乎,趁着这股热乎劲,热情洋溢提议出去兜风,说是一路高速公路,四十分钟可以赶到镜湖吃鱼,顺便也可以视察一下他正上着的几盘大买卖。

李馨香动了心,用目光征求田立业的意见。

田立业不干,说:“李记者,你可别上他的当,只要咱们上了他的车,这一夜就别想安生了,他那几盘大买卖非让你看到天亮不可,为吃几条鱼犯不上。再说,咱们明天还有事,要和文市长谈轧钢厂的问题。”

胡早秋眼珠一转,又建议:“那就到我们镜湖市开的新天地娱乐城去怎么样?不远,在平阳城里,也有鱼的,四眼鲤鱼,还有保龄球、卡拉OK什么的,顺便,我也向新华社李领导和市委田领导汇报一下工作。机会难得嘛,你们也得给我们农村干部一次密切联系领导的机会呀!”

这回,没让田立业表态,李馨香先说话了:“行,胡市长,我们就去吃你一次大户了!”

田立业看得出,面前这位女记者对胡早秋产生了好感,也乐得顺水推舟,没再多说什么,和李馨香一起,上了胡早秋开会带来的那部桑塔纳。

坐在车里,李馨香问:“我看你们两人的关系好像不太一般吧?”

田立业说:“那是,在大学我们就是同学兼室友,我上铺,他下铺,做作业他尽抄我的,一直抄到毕业,连论文都是我帮他做的。哎,胡司令,我对你真可以说是情深义重了吧?!”

胡早秋马上反唇相讥:“那可真是情深义重!抄你一次作业,我就得请你喝上一次酒,家里寄来的钱老不够花,连我爱人送我的回力球鞋都被迫卖给你了。李记者,你是不知道,我们田领导上大学时就有经济头脑,喝酒从来没花过钱!”

田立业说:“看看,为一双臭鞋,现在还耿耿于怀,你这个朋友,我算是白交了!你回忆一下,那双球鞋产权转移以后,你穿没穿过?穿脏了洗没洗过?”

胡早秋笑了:“总还是我吃亏吧?鞋我是五块钱卖给你的,酒是我们一起喝的,鞋的产权又归了你。所以,一看到你穿着那双球鞋神气活现的样子,我心里就很不平衡,就希望它是劣质产品……”

李馨香笑得喘不过气来:“你们都别说了,笑岔气就吃不成鱼了!”

田立业这才正经起来，叹了口气说："那时候也是穷呀，我父亲是建筑工人，一月工资六十七块，家里七口人吃饭，如果当时也像今天这样，上大学要自费，我是上不起的，研究生就更别想了。"

李馨香说："今天上大学自费不错，可大家手里有钱了，也上得起。"

田立业摇摇头："并不是所有人都上得起，我妹妹的儿子今年就要上大学了，一家人愁得要死。我妹妹下了岗，妹夫厂里的效益又不好……"

这让李馨香颇为吃惊："你们官至县处级，也还有这种烦恼啊？"

田立业苦起了脸："县处级咋啦？工资就那么多，不贪不占，也就是落个两袖清风，一肚子酒精嘛！当然喽，我们手头的钱比一般老百姓经花一些！"

1998年6月25日21时　平阳宾馆

在宾馆房间看完天气预报，马万里给宾馆总机打了个电话，指示接线员帮他要通昌江，找昌江市委书记钱一伟听电话。等电话的当儿，孙亚东敲门进来了，说是要汇报工作。马万里让孙亚东坐下后，便有一搭没一搭地听着，一颗心仍在昌江水情上，眼睛时不时地看一看桌上的橘红色电话机。

孙亚东察觉了马万里的心不在焉，便说："马书记，您要是忙，我就先回去，改天到省城去专门向您做个工作汇报……"

马万里这才专心了，手一摆说："不用，不用，高长河同志刚上任嘛，事情不少，你们没大事都少往省城跑。哦，亚东，你说，你说！"

孙亚东只得硬着头皮说："马书记，平阳的工作真可以说是千头万绪，从我分管的角度来看，重点还在反腐倡廉上。现在看来，情况比较有利,长河同志接了姜超林,不是文春明接了姜超林,平阳的盖子应该揭开了。平阳的干部群众好像也有这个敏感,从昨天开始,市纪委门口的举报信箱就塞得满满的,反映的问题涉及方方面面,口气也都比较激烈。”

马万里问:“这个情况长河同志知道不知道呀?”

孙亚东说:“我原想先向高长河同志汇报,没想到,晚饭后刚说了几句话,还没切入正题,长河同志就被华波书记叫到滨海去了。”

马万里点点头:“我知道,滨海在防汛第一线,省委有些担心呀。”

孙亚东继续汇报说:“平阳的腐败问题,尤其是负责干部的腐败问题看来比较严重,焦点主要集中在平阳轧钢厂、烈山县,过去我也向省委和您汇报过……”

马万里挥挥手:“不要老汇报,该做的事你们就做起来,你们打算怎么办?”

孙亚东说:“我个人仍然希望省委能派个过得硬的工作组,和我们一起一查到底。当然,这事还得听长河同志的意见,看他的决心。”

马万里沉思着:“你们新班子是要先拿出个意见来,你们权限范围内的事,你们自己处理,不要老想着把问题和矛盾往上交。我再强调一下,在原则问题上,谁也别想做老好人,这话我也和长河同志说过,我们不得罪那些腐败干部,就要得罪党,得罪人民。当然喽,真是大案要案,省里会牵头抓,也不会推。但是,亚东同志,你要记住,反腐败问题是个很慎重的问题,一定要有事实根据。”

就在这时,办公桌上的电话响了,马万里一面走过去接电话,一面又意味深长地说:“……亚东,我还要提醒你一下,揭盖子什么的你少说。省委对平阳的工作是有高度评价的,这不是华波同志的个人评价,是省委的评价,华波同志的讲话是经过省委常委会讨论通过的,你知道不知道,啊?”

孙亚东连连点头道:“马书记,你提醒得很及时,这个问题我一定注意……”

马万里摆摆手,不让孙亚东再说下去了,伸手抓起了电话:“钱一伟吗?昌江的情况怎么样呀,啊?天气预报上说,降雨过程还在继续,下三河一带又成水乡泽国了吧?”

电话里,昌江市委书记钱一伟说:“马书记,您放心,问题不大,五万人上了堤,市防汛指挥部二十四小时有市委、市政府主要领导人轮流值班,出不了大娄子。哦,对了,马书记,顺便汇报一下:昨天我专门到下三河看了一下,还见到了您老父亲,老人家身体很好,家里的情况也挺好,连院子里都没积水……”

马万里火了:“钱一伟,这种时候,你往我家跑什么,啊?什么影响?怎么尽干这些让老百姓骂娘的事!我问你:下三河地区是不是淹了?”

钱一伟沉默了好半天才说:“有两个乡淹了……”

马万里火气更大:“两个乡淹了,我不问你不说,我家院子里没积水,你马上汇报,这就是你的工作成就?要我表扬你是不是?你钱一伟是昌江市委书记,要对昌江八百万人民负责,而不是对我马万里个人负责!”

钱一伟不敢做声了。

马万里缓了口气,又问:“顶住这场大洪水,你们有没有信心?”

钱一伟道:“有信心!马书记,我们昌江市委提出的口号是:抗洪防汛,保卫家园,保卫改革开放取得的建设成果。干部群众的积极性都很高。尤其是沿江干部群众,现在是吃睡在大堤上,好人好事不断涌现,马书记,我向您汇报一下……”

马万里说:“好了,好了,好人好事就不要汇报了。我想问一下,如果水情接近一九九一年,估计损失会有多大?群众的生产和生活会不会出大问题?”

钱一伟说:“真要达到一九九一年的程度,就算昌江不出问题,估计也会出现比较严重的内涝。但是,有您和省委的支持和关怀,我们一定会像一九九一年那样渡过难关,不太担心群众的生产和生活问题。”

马万里又不高兴了:“钱一伟,你别指望我和省委,就是有困难,你们也要立足于自力更生,别让人家老戳我的脊梁骨!在这方面,你们都要好好学学平阳!”

放下电话后,马万里意犹未尽,指点着孙亚东说:“亚东,你也要好好学学平阳干部的长处!像姜超林,像文春明,哪一个不自信心十足?再看看咱昌江市出来的干部,能和人家比吗?!”

孙亚东叹息道:“所以,调来这半年,我开展工作很困难。”

马万里在沙发上重新坐下说:“现在,长河同志来了,情况会有所好转。”

孙亚东想说什么,迟疑了一下,却没说,只点了点头。

马万里这才又说:“好吧,亚东,你继续说说平阳的情况吧!平轧厂和烈山县到底是个什么性质的问题?那十四万匿名汇款有没有线索?”

孙亚东便又汇报起来……

1998年6月25日23时　滨海市医院

王少波没想到姜超林会在下台当天半夜三更跑到滨海医院里来看他。

看着姜超林熟悉的笑脸,王少波眼中的泪差点儿下来了,挣扎着坐起来说:“老书记,您咋来了?这不是要折我的寿么?”

姜超林笑道:“来给你道喜呀,我这个有家长作风的市委书记下台了,你们就没有引咎辞职的危机了,这不好吗?啊?”停了一下,又说,“哦,对了,高长河同志向你问好,说了,抽空也会来看你。”

陪同姜超林前来的市长江昆华也说："少波，高书记刚才还做了指示，要报社来人好好报道你呢。"

王少波摆摆手说："算了，少来这一套吧，只要高书记日后能像姜书记那样多多支持我们滨海市的工作，就比啥都强了。"

姜超林眉头一皱："少波，你这叫什么话？啊？长河同志我看就不错，头一天上任，就陪着刘华波书记到你们滨海来，你们滨海市的面子多大呀？啊！"

王少波不以为然地说："昌江发大水，他当然得来，他是冲着昌江来的，又不是冲着我们滨海来的，你老书记往他脸上贴什么金？"

江昆华也说："老书记，下午党政干部大会上，高长河的讲话你注意了没有？我听着话里有话呢！"

姜超林注意地看着江昆华："哦？"

江昆华从姜超林的目光中看到了鼓励，便又说："高长河说，我们看他，他也要看看我们，这话是什么意思？看我们什么？是不是看我们跟不跟他？"

姜超林挥挥手："长河同志说得很清楚嘛，是看看你们有没有干大事，干实事的精神，你们不要往歪处想，更不要到处乱说，这不好，不利于干部队伍的团结。"

江昆华不敢再说了。

姜超林想了想，却又说："我是你们的老领导，却不是你们的老家长，你们对我的感情我理解，可我要求你们在这种班子交接的时候，一定要顾全大局，不要疑神疑鬼，破坏了平阳干事的大好局面。"

王少波笑了笑，对江昆华说："昆华，老书记说得很好，我们一定要学习老书记的党性原则，布尔什维克精神，与高长河保持高度一致。不过，老书记，恕我直言，自从传出你要退居二线的风声后，平阳和省内可就谣言四起了，都说平阳的腐败问题很严重，省委为了揭开平阳的盖子，才否了咱文市长，让高长河到平阳来的。还有人说，高长河是带着尚方宝剑来上任的，要处理一批干部……”

姜超林说：“这些不负责任的议论你们就信？就传？哪里换班子不是谣言四起？我劝你们都别计较，一笑置之也就算了。”

王少波说：“算了？老书记，人家诬蔑到我们头上，我们也算了？”

姜超林不悦地说：“不算了你怎么办？你找谁算账去？能找到算账的主吗？还干不干事了？还有没有心思干事？咱平阳的成就是干出来的，不是吹出来的，谁不服也没用！”停了一下，又说，“现在水情很严重，你们的心思得多往防洪防汛上用，少往这些无聊的事上用。”

姜超林这番话说完，好半天没人做声。

最后，还是王少波先打破了沉寂：“老书记，您反正也是下来了，辛苦了这么多年，也该好好休息一下了，我们请您到金海岸住一阵子好么？哎，昆华，这事你和老书记说了么？”

江昆华点点头，“在路上就和老书记说过了，可老书记还没点头……”

姜超林手一挥：“现在我点头了，就到你们金海岸躲一阵子，免得大家老往我那里跑，和我说这说那，影响高长河同志的工作，也影响我的情绪。”

王少波乐了：“那好，我也搬过去，一边养伤，一边陪你老书记。昆华，你马上安排一下……”

姜超林想了想，又交代道：“昆华，你记住，这事要保密，除了你们和文春明之外，不要让任何人知道。我明天和长河同志办完交接，后天就住到金海岸去，不在平阳市里多呆一天！”

离开滨海医院时，姜超林心里热呼呼的，默默想，像王少波、江昆华这样有人格、讲正义的好干部平阳可是不少，任何别有用心想在平阳做他文章的人，必然是自找麻烦！

1998年6月25日23时　平阳 公共电车上

胡早秋实在是不够意思，先把李馨香骗到“新天地娱乐城”，后来，便和李馨香迅速打成一片，竟要和李馨香一起连夜“私奔”镜湖。田立业担心李馨香明天上午十点前赶不回来，会误了原先约好的和市长文春明的谈话，心里便急，死活不让胡早秋和李馨香走，口口声声指责胡早秋背信弃义。

胡早秋笑嘻嘻地说：“老同学，这不是我背信弃义，是李记者火线起义了！”

李馨香“格格”笑着说：“也不是火线起义，是身不由己上了贼船。”

胡早秋说：“上贼船？这话多难听，起码也得说被我的人格魅力吸引了！”

李馨香又笑，说：“胡市长，你那点魅力不咋的，就是还有点工作精神。”

田立业火透了：“胡司令，那我可和你说清楚，明天上午十点前，你不把李记者给送到市政府文市长的办公室来，我一定在新书记和文市长面前进点谗言，奏你一本，让你枉费心机，哭都来不及！”

胡早秋说：“好，好，田领导，你放心，明天上午十点前，我负责交人。”

二人“私奔”之后，田立业独自一人也无心再在“新天地”呆下去了，便想问市委值班室要辆车回家，电话都通了，田立业又想了起来：现在的市委书记可不是姜超林了，自己这么晚要车，且是到娱乐城来，传出去影响可不太好，便又挂了电话，很不情愿地到门口去坐电车。

夜班电车上人不太多，稀稀拉拉有七八个人，售票员倒有两个,前门一个,后门一个。田立业是从后门上的车,在后门售票员那里买了张三角钱的票,便坐在最后一排座位上打起了盹,根本没注意到前门的情况,更没想到前门售票员会是自己下了岗的妹妹田立婷。

车到解放路站,前门上来五六个人,田立婷的声音响了起来,怯怯地,带着讨好和求助的意味,问后门那个年轻售票员:“哎,靳师傅,到滨江路多少钱?”

田立业仍没听出是自己妹妹,他从没想过快四十岁的妹妹会被单位安排到公共电车上来再就业。

后门那位年轻售票员很不耐烦,先远远地叫着:“老田,你怎么这么笨?背了一天站牌和票价,还是记不住。四角!”后来,又走过去,当着车上顾客的面训斥田立婷说,“先数人,心里记着是几个,看好他们坐在哪里,然后再去卖票,别这么呆!你说说,解放路上来的是几个?”

田立婷讷讷着说:“是五六个吧?”

年轻售票员很火:“是五个还是六个,都坐在哪里了,看清了么?就你这个售票法,国有资产能不流失?喏,有一个到后面去了!”

确有一个人坐到了田立业身边。

田立婷走过来售票时,田立业这才借着车厢里的昏暗光线看清楚,售票员竟是自己的妹妹,一时间,田立业愣住了,妹妹田立婷也愣住了。

田立婷忘记了售票,问田立业:“你咋也跑来坐公共电车?”

田立业说:“这你别管,你咋跑到这里当售票员了?”

田立婷说:“是厂里安排的,订了一年合同,自愿报名,我就报了名……”

话没说完,年轻售票员又叫了起来:“哎,老田,你尽和熟人聊啥呀?马上又到站了,你这票还卖不卖了?老田,就这样你们还想重新上岗呀?!”

田立业实在忍不住了,周身的血一下子热了,把妹妹手上的票夹夺过来,冲着年轻售票员道:“你凶什么凶?‘老田’的孩子差不多也有你这么大了!‘老田’当师傅的时候,你还不知在哪里呢!下车,立婷,这岗咱不上了!”说罢,把票夹扔给了年轻售票员。

年轻售票员也不是饶人的主儿,接过票夹,冲着田立业直吼:“你是老田的什么人?说这些不三不四的话给谁听?你以为我想带老田吗?不是队长直跟我说好话,我才不带呢!你们下车,现在就下!”

车没到站便停下了,田立婷还在迟疑,田立业一把把田立婷拉下了车。

一下车,田立婷就哭了,说:“哥,你找什么事?我重新上岗容易么?!你当我也是市委副秘书长呀?我就是个电焊工,下岗后能到公共电车上售票就不错!”

田立业说:“我不是看不起售票员的工作,是看不惯那个小姑娘的态度,下岗工人也是人,而且,你和我还不一样,是劳动模范,十五岁学徒,干了二十几年电焊工,弄得一身病,谁也没权利这么对待你,这不公平!”

田立婷挂着满脸泪说:“现在有多少公平的事?你这位副秘书长一天到晚从这里喝到那里,就公平?如果今天遇到的不是我,是另一个素不相识的下岗女工,你会发火吗?会觉得不公平吗?”

田立业默然了。

田立婷又说:“我下岗两个月多了,家里的情况你又不是不知道……”

田立业这才说:“立婷,我给你联系个好一点的单位吧,至少是尊重你的单位……”

田立婷抹去脸上的泪说:“什么单位都行,出力干活我不怕,就是要多挣点钱,强强今年高考,成绩不会有大问题,我愁的就是四年的学费……”

田立业说：“这我不是表过态了吗？学费我帮着筹……”

说这话时，田立业真心酸，突然觉得自己这个市委副秘书长做得很不真实，倒是过去那个建筑工人的儿子、现在这个下岗女工的哥哥做得挺真实。这一刻，他深切地感受到，自己从来就不属于平阳市委大院，而属于正忍受着改革阵痛的工人群众。

这阵痛既痛在田立业身上，也痛在田立业心上。

走在满天星光下，田立业想，他得抽空写篇文章，谈谈如何尊重下岗工人的问题，就从自己妹妹谈起，给那个年轻售票员，也给这个社会上一课……

1998年6月25日23时　途中

一路回平阳时，刘华波仍是忧心忡忡，一再叮嘱高长河：在目前情况下，要注意抓好两件事，一是抗洪防汛，二是新班子的团结。刘华波明确向高长河表示，如果一个月前知道老天爷要捣乱，能预料到汛期提前到来，平阳的班子省委就不会急于动了，至少要等主汛期结束后再定。

刘华波目视着道路前方，深思着说：“谁都知道，一个地方换班子的时候，往往是矛盾最突出的时候，也是问题暴露得最多的时候，这种现象也是我们中国特有的。我们各级政权组织说起来是集体领导，可在相当程度上是一把手说了算。一把手不是圣人，工作中难免得罪人，也难免会用错人，做错事。在台上，手里有权，谁也不敢说什么；下了台，后遗症就来了，一些潜在的矛盾就公开化了，各种版本的传言也就出来了，真真假假，虚虚实实，让你哭笑不得。我们有些同志也很会利用这种机会，以自我为轴心，以利益为半径，察言观色，窥测风向，决定进退取舍。这种时候，一切都会变得敏感起来，哪怕在平时是很正常的一件事，很随意的一句话，这时都可能成为矛盾的焦点，甚至成为未来班子长期不团结的重要根源。过去，这种教训实在不算少啊，有些地方的矛盾至今未得到有效的调解。”

高长河点点头说：“华波书记，您道出了问题的本质，其实，这也是我想向您汇报的。省纪委收到的十四万匿名赃款，如果在姜超林任上查处，不会有任何问题，可在我任上查处，可能就成了问题，如果按马万里的意思背着姜超林搞，问题就更大；再比如说，平轧厂，是老问题，并不是今天才冒出来的，马万里和孙亚东也希望我能马上查，这势必要造成姜超林和文春明的误会，可不查又不行，上上下下反应都这么强烈……”

刘华波打断了高长河的话头：“平轧厂先摆一摆，这个问题我心里有数，陈红河省长心里也有数，不能把账算到文春明同志头上，更不是什么腐败问题，你在这件事上的表态一定要慎重。而十四万匿名款却非查不可，一点不能含糊，我相信超林同志会理解的，这么大一个市，出几个腐败分子并不奇怪嘛，我已经把招呼和姜超林同志打到了前头。”

高长河仍是不解：“那么，平轧厂的问题究竟是什么问题？”

刘华波叹了口气：“主要是投资主体不明，当时拍板上这个项目时，陈红河省长还在国家部委，参加了拍板，你查谁呀？查陈省长？陈省长当时不也是好心么？资金那么紧张，还一下子批了三个亿给我们平阳上轧钢厂！”

高长河倒吸了一口冷气，怔了好半天才问：“这内情马万里书记知道么？”

刘华波说：“多少知道一些吧，意见挺大，和我说过两次，说是就算缴学费，也得弄清楚是替谁缴了学费！还怀疑里面有别的漏洞。开始我也怀疑，专门让文春明彻底查了一次才知道，这些年为跑后续资金和贷款，花了一些钱，都有账。长河同志，你说怎么办吧，啊？跑到北京有关单位一家家收回那些送出去的礼品？你们平阳还想不想再和人家打交道了？以后还怎么工作呀？啊？”

高长河领悟了：“华波书记，谢谢您的及时提醒。”

刘华波又说：“对此，文春明同志和姜超林同志也有些误会呀，以为省委最终没选文春明任平阳市委书记，是因为文春明受了平轧厂问题的拖累，我明确告诉姜超林同志，不是这么回事。”叹了口气，“长河同志，现在你清楚了吧？平轧厂涉及的矛盾太多，涉及的层次也太高，处理不好，不但影响平阳班子的团结，可能也会影响省委班子的团结，所以，这些我本来不想说的话，今天也非说不可了，你自己掌握就是，不要在公开场合乱讲。”

高长河点点头：“华波书记，我明白您的一片苦心了！”

刘华波拍了拍高长河的手：“平轧厂的事，我的意见是尽快解决，该卖掉就卖掉，该让人家兼并就让人家兼并，不要再心存幻想了，至于最后怎么办，也要尊重文春明同志的意见，这个点一直是他抓的，限于客观条件没抓好，却抓出了感情。”

高长河说：“我明天就和春明同志商量这件事，来个快刀斩乱麻。”

刘华波提醒道：“也不要太急，先商量个解决方案，搞点优惠政策，鼓励人家来买，来兼并，在资产重组上做点文章。据我所知，这几年有意兼并平轧厂的国内大型钢铁企业有好几家，有的还是上市公司。今年股市上最热闹的，据说就是资产重组嘛，你们不妨凑一回热闹，把平轧厂重组出去！”

高长河十分感慨：“华波书记，真没想到，您连今年股市上的热点都知道！”

刘华波笑了：“你这个高长河呀，真以为我这么官僚？别忘了，平阳的乡镇企业可是在我手上起来的，经济账我算得比谁都清哩，不信你去问梁老！”

高长河说：“我岳父常和我谈起您，说是您为平阳打下了良好的经济基础，才有了平阳在姜超林同志手上的飞跃式发展……”

刘华波摆摆手,笑道:“长河呀,现在我们三个前任平阳市委书记打下的良好基础可都交给你了,下个世纪怎么办呀?能不能把平阳的事情办得更好一些,就看你们的了!”

高长河的心骤然热了:“华波书记,请您和省委放心,我和平阳这届班子会尽心尽力的。在你们二十年创造的辉煌面前,我和平阳这届班子不敢说大话,我要说是只能是这么一句话:鞠躬尽瘁,死而后已!”

刘华波拍拍高长河的肩头:“很好!我再加上一句:团结起来,再造辉煌!”

奥迪在入夜的高速公路上疾驰,车轮飞速转动着,在一个省委书记和一个市委书记的推心置腹的谈话中,逼近了万家灯火的平阳城。

1998年6月26日0时20分　平阳市委招待所

高长河怎么也没想到,市委办公室主任刘意如一直在等他。

走进小红楼门厅,高长河最先看到的是招待所的一位服务员小姐,服务员小姐见他推门走进来,忙迎上来打招呼,说是办公室刘主任一直在等他。

高长河这才注意到,刘意如正坐在门厅一旁的沙发上打盹。

刘意如真不愧是老办公室主任,打盹时都保持着高度的警觉,几乎就在服务员小姐说到她的同时,马上从沙发上站了起来,精神抖擞地走到高长河面前,笑容可掬地问候道:“高书记,回来了?”

看着刘意如花白的头发,高长河心里不禁有些不安和歉意,和气地责备说:“刘主任,这么晚了——你看,都夜里十二点多了,你咋还不回去?我又不是孩子嘛,难道连觉都不会睡了?”

刘意如说:“高书记,您是头一天来,人生地不熟的,我不安排好哪敢走呀?不是工作失职么?!走吧,高书记,我带您看看,二楼一层是您的生活区,套间做卧室,对门是第二办公室,旁边还有个小会议室,我自作主张布置了一下,也不知您满意不满意?如果不满意,我明天再派人重新布置。”

上了二楼四处一看,高长河愣住了:一切设施和布置都是那么高雅、温馨,宾馆惯有的那种千篇一律的呆板陈设不存在了,一种家的氛围活生生出现在他面前,除了夫人梁丽,就像是省城的家搬了过来。更让高长河意外的是,第二办公室和小会议室里竟放着他喜爱的根雕和奇石。

高长河端详着一座如骏马奔驰的根雕,问刘意如:“刘主任,你怎么知道我喜欢根雕和石头?谁告诉你的?”

刘意如笑笑:“高书记,是我瞎蒙的。我觉得像您这样年轻的领导,和姜超林书记肯定不一样,可能会喜欢这些东西,加上我平常也收集了一些,就随便从家里拿了几样做摆设。”

高长河更高兴了:“刘主任,等忙过这一阵子,就到你家看看,欣赏一下。”

刘意如连连说:“好,好,高书记,随时欢迎您去参观。”

临别,刘意如又说起了工作:“——哦,高书记,还有件事得向您汇报一下:我们市委副秘书长田立业不是没来参加下午的全市党政干部大会么?这件事会后我曾向您汇报过。我觉得田立业太没有组织纪律性了,就了解了一下,这才知道,他是根据姜超林同志的指示,到平轧厂去了,协助新华社一位女记者了解情况。”

高长河开始并没在意,可听到“平轧厂”三个字,神经一下子绷紧了,敏感地问:“这位田副秘书长带新华社女记者去平轧厂了解什么情况?刘主任,你知道不知道,姜超林同志什么时候安排的这件事?”

刘意如说:“好像是昨天安排的,姜超林和文春明都没有专门和我说起过这件事,可从他们谈话的只言片语中透出的意思看,是想把平轧厂问题公开报道一下。田立业这同志就逮着理了,连党政干部大会都不来开。其实，陪记者采访有的是时间嘛，哪在乎这一下午呢？高书记，机关纪律您在适当的场合恐怕还要强调一下。”

高长河心不在焉地点点头。

刘意如这才告辞：“高书记，您明天还有工作，我就不打扰了。”

送走刘意如，高长河一下子睡意全无，看着窗外的夜色，陷入了深思。

为什么姜超林、文春明不在以前的任何时候公开报道平轧厂的问题，而专要在他来平阳上任时公开平轧厂的问题？这是什么意思？想搞什么名堂?！联想到一路上刘华波语重心长的交底，心里更有数了，那就是姜超林和文春明要拉响平轧厂这颗定时炸弹了！这颗定时炸弹一旦爆炸，弹片就会从平阳飞向省城，飞向北京，平阳这么多年建立起来的工作关系网将遭到重大破坏，陈红河省长、马万里副书记，甚至刘华波书记，都会被搅到矛盾的旋涡中去……

真猜不透姜超林这位老同志为什么要这样干?！仅仅是意气用事吗？这里面会不会还有别的文章？马万里副书记在其中又起了什么作用？他抓住平轧厂的问题不放，和姜超林、文春明的动作有没有必然的联系？怎么在这个问题上，他们高度一致起来了？原有的阵营是不是又在重新分化组合？

好在炸弹现在还没拉响，他还有阻止炸弹爆炸的可能性。

高长河默默想，那么，就让一切都从平轧厂开始吧，不论是如何激烈的一场较量，也不论姜超林和文春明后面有什么人在支持，他都决不能允许这颗炸弹在他手上爆炸，哪怕最终使用权力来否决！

第五章　你以为你是谁

1998年6月26日8时　镜湖市委招待所

昨夜陪着李馨香看项目，折腾到快三点，可早上八点之前，胡早秋不但起来了，还把该办的事全办完了。朦朦胧胧一睁眼，就歪在床上用电话办公，先向市委书记白艾尼作了个热情洋溢的电话汇报，报告了新华社女记者的到来和未来组织北京各报记者宣传镜湖的设想；继而，要通了中美合资的镜湖飞鱼服装集团公司和工艺品公司，要他们送点“广告礼品”来。怕这两个公司玩忽职守，又打了个电话给政府办公室主任高如歌，让她再落实一下。八点十分，赶到招待所时，两个公司的“广告礼品”都送到了服务台，高如歌也来了，守着礼品忙活得挺欢实。

胡早秋四处看看，脸却挂了下来，没好气地问高如歌：“哎，我说高主任，你还能为咱镜湖市人民政府办点正经事不，啊？”

高如歌不知就里，擦着一头汗水，挺委屈地问：“又怎么了，胡市长？”

胡早秋指着面前的礼品：“你看你搞来的这堆破烂，能送人家记者么？还有活鱼，也不知你是怎么想的！人家北京缺鱼么？还是困难时期呀！”

高如歌更委屈了：“胡市长，上个星期办公会上，不是你说的么？要节省交往开支，再说了，上次市委田秘书长来都送这些，北京那个记者的级别不会比田秘书长更高吧?”

胡早秋哭笑不得:“这是两码事,你咋搞不清?! 咱糊弄田立业没关系,北京的记者是重要客人,也能糊弄? 这不是人家要的,是咱送的,帮咱做广告!”

高如歌便埋怨:“那你当市长的也给我说清楚嘛,人家飞鱼集团倒是送过来两套新款全毛衣裙,我一问,出厂价都好几百,就本着节约的原则,让他们拿回去了。要不,我再让他们拿回来?”

胡早秋挥挥手:“算了,算了,你回去吧,这事我亲自处理。”

高如歌很热情,临走时还说:“胡市长,那有事你招呼,我随叫随到。”

胡早秋却想:姑奶奶,我可不敢再招呼你了,愚蠢而勤劳,我可吃不消。

这么一耽误,陪着李馨香吃早饭时已是八点半了。

吃饭时,市委书记白艾尼来了一下,就组织记者团全面采访镜湖的事,发表了重要意见,说是能趁着李大记者在平阳采访调查期间来最好,“……一万年太久,只争朝夕嘛——主席说的。”白艾尼书记两眼盯着李馨香,笑得真诚而甜蜜。

李馨香被这笑感动了,说:“那我就争取吧,和北京各报的朋友们打打电话,看看他们能不能在最近挤出点时间来,走一趟穴。”

胡早秋马上说:“一定要让他们挤出时间来,李记者,昨天我们工地上挑灯夜战的壮丽情形,你是看到了,你不是说了么,‘深受感动’,那么,也让你的兄弟姐妹们来受受感动吧! 你们在这时候受了感动,对我们非常有利,新书记高长河刚上任,镜湖一定要引起他的注意……”

白艾尼皱起了眉头,用指节敲了敲桌子:“哎,哎,早秋同志,又胡说了吧,啊? 我们的工作是做给谁看的吗? 这叫宣传镜湖,宣传改革开放的伟大成就嘛……”

李馨香笑道:“胡司令,看看你这水平,再看看白书记这水平,怪不得你这副字老拿不掉……"

白艾尼也笑了："李记者，你也知道他叫胡司令呀？我告诉你，我们这胡司令可不是戏台上的那胡司令，工作起来可真是不要命呢，办法也不少！我们市长岁数大了些，身体又不好，三天两头住院，政府这头主要靠他抓了。他这人缺点呢，就是说话随便了点，不了解他的人可能一下子接受不了。"

李馨香说："我是接受了，要不，昨夜也不会跟他'私奔'镜湖了。"

白艾尼说："那好，那好，希望你拉着更多的记者私奔镜湖，一切费用算我们的，写不写文章都没关系，就是写点批评文章也没关系，我们现在就是想让大家来评头论足，进一步促进我们各项改革事业的发展……"

胡早秋忙说："哎，李记者，批评文章你们可千万别写，你们真写了，白书记可不会让我有好日子过，准给我缝双三寸小鞋！"

李馨香看得出，胡早秋和白艾尼的关系很不一般，便说："就为了让你胡司令能有双三寸新鞋穿穿，我也得带头写篇批评文章，就批你这个干给领导看的臭毛病！"

胡早秋笑眯眯地说："你批评我个人没关系，只要别批评镜湖就成。你批我，我还可以给你提供素材哩……"

白艾尼看看时间不早了，挥挥手："好了，好了，早秋，别胡说了，快送李记者回平阳吧，不是说十点钟还要采访文市长吗？别误了正事，你代表我送一下。"

有市委书记的明确指示，胡早秋便陪李馨香回平阳。上车前，把新要的两套高级全毛衣裙和一件精致的玉雕工艺品扔上了车，说是一点小意思，不成敬意了。

这点小意思倒弄得李馨香有些不好意思了，说："胡司令，这不太好吧？"

胡早秋说："有什么不好？你李大记者穿上我们镜湖的飞鱼服

装在北京大街一走，整个就是个美人广告嘛，我正考虑是不是让飞鱼集团的李总付点广告费呢！”

李馨香乐了：“那我现在就把广告做起来吧！”说着，飞快地跑到房间换上了一身“飞鱼”，整个人一下子变得精神起来。

在平阳市政府门口见到田立业，田立业也认出了李馨香身上的飞鱼，故意问：“李记者，你这是去了趟镜湖，还是去了趟美国？咱就算是女大十八变，这一夜之间也变不出个‘华籍美人’吧？”

胡早秋忙说：“哎，哎，田蜜蜜，你可是好眼力，这叫外销飞鱼，中美合作的最新产品，是根据美国流行款式打的样，你说李记者出了趟国也不算大错。”

田立业马上叫了起来：“好你个胡司令，我去你那里，除了牛仔裤衩，就是棉毛衫，好东西你可没送给我一样，就这种表现，还想我在领导面前说你的好话？”

胡早秋笑道：“这不怪我，怪你长得不好，歪瓜裂枣的样子，诋毁我们产品的形象嘛！我真不是小气，完全是为了对镜湖服装企业的效益负责，如果因为你穿了我们时装的缘故，我们时装都卖不出去，你说我这市长对得起镜湖人民吗？！”

田立业佯怒道：“滚吧你，我算是没你这号老同学了！”

胡早秋临走仍没忘记自己的计划：“李记者，我和白书记可就候着你们了！”

李馨香说：“好，好，就冲着你胡司令这么奉承我，我也得尽力争取！”

差五分十点，田立业陪着李馨香走进了市政府二楼的市长办公室。

这时，市长文春明已经在办公室里等着了，面前的办公桌上摊满了陈旧的文件和报表。田立业走进来时，文春明正阴着脸翻弄着那些发黄的文件，秘书一处的处长在一旁怯怯地立着，田立业很敏感地嗅到了一股近乎悲哀的气息。

1998年6月26日9时　平阳宾馆

在平阳宾馆门前送走刘华波、马万里等省委领导，高长河正准备和姜超林好好商谈一下平轧厂的事，孙亚东却把高长河拖住了，说是有事要汇报。高长河正迟疑时，姜超林先说话了："长河同志，那你们先谈吧，我在办公室等你。"说罢，上了0001号车走了，甚至没再多看高长河一眼。

高长河有些不快，姜超林的车一启动，就对孙亚东说："有什么事非现在汇报不可？我今天事不少，要和超林同志具体交接一下，还想抽空去趟平轧厂。你要汇报就简明扼要一些……"

孙亚东说："我想说的就是平轧厂和有关腐败的问题。高书记，昨晚我就想向你汇报的，可还没说到正题，你就被华波同志叫走了。我等不到你，就去看了看马万里同志，顺便把已掌握的有关情况和马书记扯了扯……"

高长河怔了一下，益发不高兴了："亚东同志，你这闹的算哪一出？我刚刚到职，具体交接都没办完，咱们新班子也没碰过一次头，你向马书记汇报什么？有什么好汇报的?!"

孙亚东想说什么，看看面前人来人往，又止住了，推了高长河一把，说："高书记，我们开间房间谈，我不多占用你的宝贵时间，最多半个小时。"

到房间一坐下，孙亚东情绪便激动起来："高书记，你可别误会了，我这么做完全是为你的工作着想！你说得不错，现在新班子还没碰头，我说的只能是我个人的看法，不代表你，也不代表新市委，这样，你今后的活动余地不就大了么？再说，我向省里有关部门反映平阳的问题又不是第一次，就是姜超林和文春明也不好说我是搞突然袭击吧？找马书记之前，我是认真考虑过的，觉得于公于私都是应该的。于公我不能放弃原则，于私我得支持你老兄的工作，哪怕替你担点骂名……”

高长河挥挥手说:“好了,好了,你的心情我理解,可老兄啊,要知道,班子交接的时候总是最敏感的时候,也是矛盾最多的时候,在这种时候,我们的头脑要清醒,一定要以团结稳定的大局为重,不能感情用事。你和平阳原班子在团结上出了点问题,所以,一定要特别注意团结。”

孙亚东脸上挂不住了:“高书记,那么请问:这团结要不要讲原则?要不要讲是非?平轧厂明明把十二个亿扔到了水里去,问题一大堆,怎么就是查不下去?这正常么?顺便汇报一下,昨天新华社记者已经到平轧厂去了,听说是核实一份内参稿子,平轧厂的问题谁想捂也捂不住了。”

高长河狐疑道:“你怎么对平轧厂就了解得这么清楚?连新华社要发内参都知道?亚东同志,请你向我说句实话,新华社的内参稿是谁写的?你知不知情?”

孙亚东想了想,正视着高长河反问道:“高书记,那我先问你一下,你还是不是过去那个高长河?是不是地位变了,人也变了?你还有没有坚持原则的勇气?”

高长河没回答,拍了拍孙亚东的肩头,叹了口气:“别搞得那么严肃,亚东,你说吧,平轧厂究竟是怎么回事,你到底掌握了些什么过得硬的材料。”

孙亚东胸有成竹地说:“讲三个事实:一、最早从国外引进的轧钢设备三分之一不合格,国际索赔官司打了五年多,直到去年才结束,直接经济损失四千多万,当初的考察团该负什么责任?这么多不合格设备是怎么进来的?二、根据我们最近一次调查,这个项目上马十年来光送礼报账就是六十七万三千多,都送给谁了?三、工人们四百三十二万集资款也让他们缴了学费,至今没个说法,已造成了极坏的影响。就冲着这三个事实,你高长河说,该不该好好查一查?可姜超林在任时,坚决不同意查下去,说是影响面大,问题复杂,搞不好,平阳会很被动。还说,从几次查账的情况看,没有太大的出入,也就是有些违纪现象。六十七万送出去了,仅仅是违纪吗?送礼的人拿没拿好处?是真送出去了,还是装到自己口袋里去了?”

高长河道:“于是,你就背着姜超林和市委向新华社发了内参稿,是么?”

孙亚东点点头,坦承道:“是的,这种事不能捂!”

高长河说:“你这也是违纪,明确表个态:我反对!”

孙亚东呆住了,愣愣地看着高长河不做声。

高长河沉下脸:“当初设备考察的情况我不太清楚,现在没法回答你,可关于十年送礼六十七万的问题,我认为也是特定条件下造成的。我们都不是生活在真空中,送礼这个现象是客观存在。逢年过节,哪个地方不往上级部门和关系单位送礼?我在省城时就送过嘛。十年送了六十七万,多不多?也许多了,也许不算多,平均每年不到七万嘛,那么多关系单位要洒香水,一处洒不到就是事,是不是呀?”

孙亚东很不客气地道:“是的,中国特色嘛,所以,才有了平轧厂这种只会送礼不会轧钢的烂摊子,才有了那么多腐败分子和无能之辈,我们的人民才要不断缴学费!也正因为这样,才要设各级纪委,才要高悬反腐利剑!”

高长河摆摆手:“好了,亚东,先这么说吧,我还要和姜超林同志谈工作。最后说一下,如果你真支持我的工作,我希望你能以合作共事的大局为重,和超林同志、春明同志消除误解,带头搞好团结……”

孙亚东冷冷道:“团结是有前提、有原则的,不是和稀泥。”

高长河实在想不到面前这位老朋友会这么固执,这么不理解自己,于是,便拿出市委书记的威严,毫不退让地说:“亚东同志,我说的团结当然是有原则的,问题在于我们对原则的理解目前也许有些不同。现在我明确说一下，对平轧厂的问题，你不要多过问了，我亲自调查处理，如果你认为我违反了原则，可以向省委，甚至中央反映，这是你的正当权利。但是，有一点我也要先声明：今后谁要违反组织纪律，背着我和市委把内部事情捅给新闻界，我一定要严肃处理。我看就这样吧。”

高长河话一落音，孙亚东甩手走了。

1998年6月26日10时　烈山县政府

早上一上班，烈山县经济开发公司年轻漂亮的女经理林萍就把一个大信封送到金华办公室来了。大信封里装着整整八千元，林萍说，是公司的一季度分红。金华说，我从没在你们的公司入股，分什么红呀？林萍说，耿书记和赵县长没告诉你？你们县委领导用奖金入了股，我们都有账的。金华又说，你们不会弄错吧？我调来才半年，烈山县怎么会有我的入股奖金呢？林萍直摇头，说，那我就不知道了，耿书记叫我发，我就发，你只管签字就是，不清楚的地方就问耿书记。

签了字，拿了钱，金华越想越不对头，联想到这家经济开发公司的背景和买卖新区土地的一笔笔生意，益发觉得问题严重：这个林萍原是县委办公室副主任，现在还在县委办公室拿工资，人却在经济开发公司干活。这经济开发公司原属县委机关，上面要求脱钩以后，马上变成了股份制，可做的仍是政府的生意。据金华暗中了解，外地的投资者在烈山新区买地皮，许多都是经她的手。

于是，金华反锁上办公室的门，使用保密线给刘意如拨了个电话，把今天发现的新情况向刘意如说了，胸有成竹地道：“妈，我拿到耿子敬他们集体腐败的有力证据了！这一个季度的分红就是八千，一年是多少？！多少人拿了这所谓的分红？烈山的班子我看是彻底烂掉了！”

刘意如在电话里好半天没做声。

金华有些着急了，不由提高了音调："妈，你听到了没有？我觉得这事必须向市委汇报了！"

刘意如这才问："你没把自己的怀疑在烈山干部面前说吧？"

金华压低声音道："刚才和林萍说了一下，林萍要我去问耿子敬，耿子敬昨夜去省城看赵县长，现在还没回来，所以，我没来得及找耿子敬查实。"

刘意如道："那就好，这样吧，你赶快回来一趟，把这八千块钱和几天前收下的三万七千元都带来，当面向新任市委书记高长河做个全面汇报！"

金华又想了起来："哦，对了，妈，我住院时来送钱跑官的那个侯少俊，真就被县委常委会讨论通过，成了乡镇企业局局长了，我提了点不同看法，耿子敬就挂下了脸……"

刘意如打断她的话："不要在电话里多说了，你马上找个借口到平阳来，我等你！"

不料，这边刚放下电话，那边林萍又敲门进来了，一脸的不好意思，进门就道歉，说是弄错了，八千元分红不是金华的，而是三个月前退下来的原副县长的。金华只好把八千元钱拿出来还给了林萍。又故意问，那我也拿些钱入股行不行？林萍马上说，行，行，咋不行？金县长，我们经济开发公司不但保你的股本金，还保证你的每年分红收入不低于入股资金的50%。金华便说，那好，那好，这股我就入定了。

送走林萍，金华和办公室打了个招呼，谎称省冶金局一个副局长到了平阳，自己要去平阳谈那个电解铝项目，上车就走。

办公室主任追到门口说："金县长，这耿书记去了省城，赵县长又病倒了，县里有事我们找谁呀？"

金华说："谁分工的事找谁，找我就打手机，我手机开着。"

小车沿高速公路向平阳疾驰时，金华想，母亲今天是怎么了？

咋一下子变得这么果决了？这和新书记高长河的到任有没有关系？昨天才开的全市党政干部大会，刚刚宣布高长河出任平阳市委书记，母亲难道就发现机会了吗？

然而，对母亲刘意如的政治智慧，金华是不敢怀疑的，她能有今天，能在八年中从市团委的干事成长为正处级的常务副县长，全是因为有这么一个具有政治智慧的母亲。唯唯诺诺的父亲不行。父亲永远走不出他的第二十三中学，他的政治智慧永远停留在中学生的水平上。而且，还不是九十年代的中学生水平，最多不过是七八十年代的中学生水平。

又想，这会不会是她的一个晋升机会呢？姜超林下了，高长河上了，烈山的问题要揭开了，问题一揭开，烈山的班子必然垮台，县委书记耿子敬，也许还有县长赵成全都将被押上庄严的法庭，那么，她就算做不成烈山的县委书记，也会成为烈山县县长，最年轻的一位女县长！

这是她应得的报偿，从市团委书记职位上转岗，她就应该名正言顺的做县长、县委书记，而不是括号“正处级”，姜超林主持的前任市委这么安排是不合理的。

1998 年 6 月 26 日 10 时　省人民医院

耿子敬接过手机，再次走进病房时，脸色很不好看，气呼呼地对躺在病床上的赵成全说：“老赵，你说说看，这金副县长是个什么东西，啊？一个乳臭未干的黄毛丫头，毛病还就是不少！昨天县委常委会上，为侯少俊提拔的事，和我较了半天劲，今天又追查起林萍来了，白给她八千块，反倒得罪她了！”

赵成全问：“刚才是林萍的电话吧？”

耿子敬点点头，又说：“也怪你，我说别给她分红吧，你就是坚持。”

赵成全讷讷道："都在一个班子里，你说这种事能长期瞒下去么？她又是常务副县长，咱班子里的福利不分给她，被她知道了更不好。子敬，你咋处理的？"

耿子敬没好气地说："我让林萍把八千块钱收回了！"

赵成全说："这不是欲盖弥彰嘛！"叹了口气，又说，"子敬，说真的，我心里真不踏实哩。上面三令五申不准在职领导干部进行经营活动，姜书记和文市长在全市干部大会上反复说过好几次，咱还暗地里这么干，只要传出去准得挨批，受处分。我是要死的人了，无所谓，子敬，你怎么办？当真不要这七品乌纱了？"

耿子敬满不在乎："不就是给同志们搞点福利吗？有什么了不起?!"

赵成全耐心说："现在情况变了，市委书记是高长河，真查出咱参与经营活动，乱搞福利，没准真抓咱的典型。我看，这福利最好还是停了吧，早停早好，林萍就让她自己混去，不愿干，还回县委上班。"

耿子敬黑着脸，沉默着，一言不发。

赵成全定定地看着耿子敬，又恳切地说："子敬，你就听我这一回劝行么？"

耿子敬这才心烦意乱地说："好，好，这次我听你的，就这么定吧！我们各人六千块的股金收回来，把账上积存的三十万一次分光，以后这种福利再也不搞了！"

赵成全一怔："账上咋还有这么多钱？这又分，一人又是两三万吧？就不烫手呀？子敬，我劝你慎重。"

耿子敬激动了，在病房里来回走动着："两三万怎么了？老兄，你都累成这样了，这两三万还不该拿么？别说这是你的投资分红，就算是谁送你的，你也该拿！要是没有你的日夜操劳，哪来的烈山新区？新区里多少不三不四的家伙发了大财，你落了什么？落了个绝症！你知道么？一听说你倒在省城了，我一夜吃了三次安眠药都没睡着！我心疼呀！老赵，我问你，万一你去了，你老婆孩子怎么办呀？你家大明今年要上高中了吧？进省重点中学要不要花钱？三年后上大学要不要花钱呀？他们将来靠谁？”

赵成全脸部抽搐了一下，眼里滚出了浑浊的泪水。

耿子敬说：“就把这三十万一次性处理掉，我做主了！这次不按股份，按贡献，就算这几年的奖金吧，你赵县长贡献最大，多分点，五万，出了事我兜着！”

赵成全噙着泪说：“别，别，那……那还是按股份分吧……”

耿子敬手一摆：“这事你就别管了，我们共事一场，又处得这么好，我总得多少尽尽心，至少不能让你辛苦一生，带着担心和遗憾走！”

赵成全一把拉住耿子敬的手，泣不成声了……

耿子敬眼圈也红了，坐到赵成全床前，动情地说：“老赵，古人说，人生得一知己足矣，我得了你这么个知己，也知足了。多少地方的班子一二把手不团结呀，咱烈山因为有了你这么个不争权夺利、只知道干实事的好县长，大矛盾就从没有过！连姜超林书记都当面和我说，‘子敬呀，你要是连赵成全都团结不好，这一把手就别当了，整个平阳只怕再也找不到像赵成全这样老实巴交的县长了’。”

赵成全仰起脸说：“子敬，你……你提到姜超林书记，我……我想起来了，咱……咱得派人去看看姜书记呀，哪怕是问声好呢?!你刚才只说咱亏，姜书记不亏么？平阳搞成了这种气派，你看看他的家，哪点比咱强？他现在也下了，咱要是能帮他一把，就……”

耿子敬忙打断赵成全的话头道：“哎，哎，老赵，你看你，又糊涂了吧？姜书记是什么人，谁敢往他那里送礼？找没趣呀？你忘了？前年挨家送年货时，在姜书记家挨的那顿骂？没记性呀?!”想了想，又说，“对这老爷子，去看看表表忠心就行了，我亲自去，也代表你，好不好？”

赵成全哽咽着说:“代我向姜书记问好。”

见赵成全有点累了,耿子敬站起身告辞。走到病房门口,想起什么,又转回来,说:“老赵,昨天省报上表扬你的那篇大块文章你看了没有?题目很响亮,《我们的肩头扛起崛起的新区》,写得真好……”

赵成全愣住了:“还……还真发出来了?”

耿子敬点点头:“所以,我要和你商量一下,我和县委一定要树树你,准备把你的事迹向平阳市委和省委做进一步汇报,给那些流言蜚语一个正面回答……”

赵成全一下子变了脸:“别,别,子敬,我求求你了!你可千万别这样!可不能这么干。说心里话,子敬,我心里有愧呀,总觉得对不起姜书记和市委呀!”

在得了绝症的赵成全面前,耿子敬仍像往常那么专横:“老赵,这事在昨天的常委会上说定了,愧不愧的话你就别说了,只管好好养病就是!宣传你,是因为你为我们烈山经济建设出了大力,做了大贡献,同时,也是政治上的需要!”

1998年6月26日10时　平阳市政府

“李记者,你说得很对,能拿出这种材料的人是知情人,还不是一般的知情人。一般的知情人怎么知道这个项目十年送礼花了六十七万三千多?数据这么准确?所以我想,我非和你好好谈谈不可,不但全面回答这份内参稿上的三个问题,还想更深入地谈谈平轧厂是怎么落到今天这一步的。从项目筹建上马到今天的材料,我让有关同志全找出来了,都在这里,你随便看,写文章需要的,还可以复印带走,对你不保密。

“先说平轧厂上马的背景,最早提起这个项目是一九八八年前后,当时,我们的省委书记刘华波同志还是平阳市委书记,这个项目是在他任平阳市委书记的最后一年提起的。当时全国是个什么情况呢？经济过热，物价疯涨，尤其是一些生产资料价格高得离了谱，什么都缺，钢材、电力、能源，没有不紧张的。平阳历史上就不是重工业城市，能源、钢材缺口很大。解决能源问题，建了个大型热电厂。解决钢材问题，就想上这个大型轧钢厂。大跃进年代，我们建了一个平阳钢铁厂，年产二百万吨，有上这个轧钢厂的条件。所以，几次论证下来，从国家到省里到平阳，三方认识一致，都认为从平阳，乃至整个东部地区的整体工业布局来看，这个轧钢厂都得上。一九八八年底，平阳轧钢厂正式立项列入国家重点项目。国家部委给了三个亿，省里专项资金给了一亿五，平阳地方原说也是三个亿，后来追加到三亿五。这是多少了？八个亿吧？有一点请记住：这八个亿不是一下子到位的，经济建设上的事你们当记者的可能不太清楚，从来没有一次到位这一说，就是你名下的专项，你用一点也得一趟趟跑北京，跑省城，这先不说。

“再说设备引进。落实到设备引进谈判时，已经是一九八九年底了。一九八九年发生了什么？一场政治风波。原先谈定的那家大公司因为他们国家的制裁政策，不和我们谈了。AAT 钢铁公司趁机发出了邀请。现在我们知道 AAT 公司是家信誉不好的中小型公司了，当时却不知道呀，至少我不知道，我那时是主管工业的副市长，筹建总指挥只是挂名，具体工作是何卓孝同志负责。更要命的是，和 AAT 一接触，我们经济账没算，先算政治账，说是打破了人家的经济封锁，取得了伟大的成绩，当时的报纸上还报道过。经济问题一变成政治问题就麻烦了，国家部委的一位分管领导发话了：和 AAT 的合作一定要争取成功。这还有什么可说的，就千方百计往成功的道路上奔吧！

“这盘大买卖一开始不就是三方出资么，所以，总指挥也是三个，除了我，还有省冶金厅的陈厅长和国家部委的王副司长。我们平阳方面主要负责基建，设备的引进考察则由王副司长和北京的一些同志负责。几次到AAT公司考察，都是王副司长带队去的，我们何卓孝同志跟着去过两次，一次被王副司长带着考察到印第安人丛林里去了，还有一次就是签字仪式。我当时就有些担心，可又不敢说，对轧钢设备我和何卓孝都不是专家，人家王副司长才是专家，我哪有什么发言权。好，AAT先是拖，后是赖，进来的设备三分之一不能用。这就是算政治账的结果。好在这时我们头脑清醒了，经济账不能不算了，于是就打国际官司。官司一打五年，直到去年三月才算最后完结。这五年，王副司长可又风光了，一次次理直气壮往国外跑，打官司嘛，重要工作嘛！结果也不知是悲剧还是喜剧，官司没结束，王副司长在美国十号州际公路上出了车祸，连随从一起'壮烈牺牲'！唉，你说王副司长跑到美国十号公路上干什么去？AAT公司和讼诉法院又不在美国！向上反映？李记者，你说得轻松，我们敢吗！以后不找他们批项目了？这样一来，造成的直接和间接经济损失都很大，工期便一再拖延，加上物价上涨等因素，早先的预算就一次次突破，一次次追加。从最初的八个亿，追加到九亿八千万，又到今天的十二亿，光我们平阳方面就陆续追加了两个亿，成了最大的倒霉蛋！好在姜超林同志和平阳的同志们都很理解，平阳经济情况又一直比较好，我们这两个亿才能顺利追加上去。

"考察呀，花钱呀，这些好事，大家都争着上，都认为是自己的当然权利。要负责任了，找不到主了。王副司长'牺牲'了，遗志没人继承，一片烂摊子就甩在平阳了。李记者，你说说看，我怎么办？这烂摊子是甩在平阳，还是甩在省城，甩在北京！况且，当年我不知道会碰上这种局面，又说过大话，我只能硬着头皮上。我忍气吞声收拾这烂摊子，为国家部委和省里的追加预算和及时拨款等等问题，一次次给省里，给北京那帮官僚说好话，磕头作揖。李记者，你是不知道，人家一个科长、处长都能教训我这个市长，不瞒你说，有一次回到招待所，我砸了玻璃窗，人家还以为我是疯子呢！这还不算，去一次就花一次钱，替那些有权管我们的部门搞福利，请那些科长、处长一次次喝酒，就这样十年花了六十七万三千多！有人说，他心疼，我就不心疼吗？我是心在滴血！李记者，现在，你可以按我提供给你的这个名单去好好查查，看看最终能落实这六十七万三千多吗？我告诉你，只会多不会少！哦，我没落泪，是眼里落了点灰，过去的旧文件嘛，灰太大！

“名单你当然可以复印，我让田秘书长给你复印。好，我继续说。我是市长，又挂了个总指挥的名义，气虽气，还是要顾全大局，不但自己不能把这些事往外说，也不能让别人往外说。说出去影响咱国家改革开放的形象呀，还会得罪不少人。李记者，在这里我可以向你透露一下，当年算政治账的那位国家部委分管领导，现在已经做了我们省的省长，是位女同志，对，陈红河同志。所以，姜超林书记一再和我讲：春明同志，咱们就忍辱负重吧，啥都别说了，死活把平轧厂搞上去，落个问心无愧就行了。今年初，我们好不容易把轧钢厂建成了，市场机遇却又失去了，钢材市场全面萧条，一生产就赔钱，谁敢开工生产？所以，试生产两个月，又停了，一直停到今天。李记者，你可能知道的，目前我们国家最困难的几个行业，其中一个就是钢铁，几乎是全行业普遍亏损。

“至于说工人们的集资款，情况是这样的：开头我根本不主张集资，国家投资的重点项目，道道地地的国营大型轧钢企业，刚上马时又不缺那几百万，我集资干什么？不是自找麻烦么？可后来一看，不收点钱还真不行，都看好这个平轧厂呀，都想到国家这口可靠的大铁锅里扑腾呀，热情高得让你受不了。这时，厂长何卓孝提议说，收点钱吧，名义可以叫风险抵押金，于是，就三千、五千地收了几百万。对，是四百三十二万，我这里也有账。就像我想不到十二亿会扔到水里去一样，工人同志们也没想到国家的大买卖也会靠不住，大锅饭也会烫伤你的嘴。工人同志自然不干了，从去年开始就有人提出退还集资款的问题，听说私下里还有个自发成立的清退领导小组，到市政府找过几次。我的看法是：这些钱现在不能退，至少轧钢厂的出路没找到前不能退，既是风险抵押金，就要和国家一起风险共担，让大家都有点风险意识，别以为这大锅饭就这么好吃。当然，李记者，你的意见我们也会考虑，工人同志们是不容易，可这事到底怎么解决，我个人说了也不算，我们市委、市政府还得慎重讨论。这里，我有个初步想法：一、平轧厂找到出路后，连本带息一次退还；二、愿意马上离职的，可以在办理离职手续时一次付清。

"大体就是这个情况了，原来不想说，可你不说，人家要说，你想忍辱负重都不行，那就得认真对待了。这是不是说就不顾全大局了？也不是。今天毕竟不是过去，造成平轧厂困境的旧体制正在打破，中央决心很大，这么多部委合并，职能和过去也不同了，省里也在动。那么，在这种背景下，我们好好总结一下平轧厂的教训也是好事嘛，至少能给大家提供一些深入的思索。好，李记者，既然你也有这个认识，那你就来个'铁肩担道义，妙手著文章'吧，你著出的文章，送给我看看也行，不送给我看也可以，文责你自负，事实我负责……"

1998 年 6 月 26 日 11 时　平阳市委

文春明和李馨香谈话时，高长河正在市委办公室和姜超林办交接。

就在办交接的过程中，刘意如匆匆进来了，说："高书记、姜书记，真对不起，打扰你们一下，出了点事——市委大门被平轧厂的工人们堵住了，看样子有五六百人，要求见高书记，正静坐哩。"

高长河和姜超林都大感意外。

姜超林问："工人们要见高书记干什么？"

刘意如说："要求高书记做主，退回当年的集资款。"

姜超林手一摆:“这事让他们找文市长去!”

刘意如说:“文市长正在接待新华社记者,我已经打了电话过去。”说罢,看了高长河一眼,又吞吞吐吐道,“据说昨天那位新华社记者在平轧厂呆了一天,在我们田立业副秘书长的陪同下开了两个座谈会,工人们就以为退款有希望了……”

姜超林怔了怔,一下子火了:“刘主任,你这话是什么意思?田立业陪那位记者去平轧厂采访是我同意的,你是不是说我指使田立业为难高长河同志?你这个同志说话怎么变得这样不负责任了!”

刘意如不敢做声了。

姜超林阴沉着脸对高长河说:“长河同志,刚才我们在谈平阳未来发展的大思路,如何向国际大都市方向努力,像平轧厂这种比较具体的问题,我还没来得及和你谈,关于平轧厂不是谁硬要做文章,是我们个别同志背着平阳市委把它捅出去了!了不得呀,送礼就送了六十七万呀,多大的案子!”

高长河先挥挥手,让刘意如出去,其后才对姜超林说:“老书记,您别生气,我也是今天才知道,那份内参稿是孙亚东同志捅出去的,我已经严肃地批评了他,告诉他:这是违反组织原则和组织纪律的。”

姜超林“哼”了一声:“恐怕不仅仅是违反组织原则和组织纪律吧?”想了想,又说,“长河同志,这样吧,晚上我个人为你接风,就让这个田立业副秘书长安排,我请他当面向你汇报对平轧厂的采访情况。”

高长河点点头说:“好,就这么定,酒你就不要管了,我岳父让我带了两瓶‘五粮液’给你,我就高消费一次,沾光喝你的‘五粮液’了!”

正说到这里,办公室的电话又来了,说,文春明市长已到了市委门口,工人们都轰他,一定要见高长河,问高长河见不见?

高长河考虑了一下，同意去见。

市委门口的群访工人真不少，加上看热闹的，五六百都不止。不但大门堵了，门前的道路也堵了。公安局来了不少同志，在街面上和市委院内分别组织了警戒线。市长文春明正在政府办公室几个同志陪同下，大声向工人们说着什么。

工人们根本不听，有节奏地喊着："欠债还钱，欠债还钱……"

就在这时，高长河来到工人们面前。

文春明看见了，先和高长河说了句："我已经叫何卓孝他们来领人了。"遂又高声对工人们说，"同志们，大家不要吵了，高长河书记来见你们了！"

静坐的工人们一下子安静了，都把充满希望的目光投向高长河。

高长河挥挥手："同志们，大家都知道，我刚刚到平阳工作，今天是头一天上班，对平轧厂的情况还不是十分了解，但是，有一点我可以先表个态：欠债当然是要还钱的，国家不会赖大家一分钱的债！绝不会赖！"

这话一落音，先是一片沉寂，继而，便是一片热烈的掌声。

在热烈的掌声中，一个头发花白的中年工人冲破警戒线，跑到高长河面前跪下了，仰着满是皱纹的黑脸，口中连连呼叫着"高青天"，"高书记，高青天呀，您和新市委可一定要为我们做主！高青天呀……"

高长河这边正要拉起中年工人，警戒线外，一片工人全跪下了，"高青天"的呼声顿时响成一片……

这场面着实可谓惊心动魄。

高长河浑身的血一下子涌上了脑门，眼睛也湿润起来，大声说："同志们，起来，你们都起来！你们这是干什么？你们是工人阶级，你们的膝头怎么能这么软！同志们，全站起来，都给我站起来！"

工人们这才陆陆续续站了起来。

高长河稳定了一下情绪，又说："不要喊我'高青天'嘛，青天时代已经过去了，早就过去了！今天的平阳不是人治的平阳，今天的中国也不是人治的中国，我们是法制的社会。法制的社会靠什么？不是靠哪一个人的英明，而是靠一整套完善的法律制度，靠一个适应今天形势发展的健全的体制！同志们呀，你们只看到自己的集资款扔进了水里，就没想到国家十二亿的投资也是血本无归吗？据我初步了解，这和哪个领导的无能关系并不太大，倒是和我们过去的旧体制关系很大，很大！也正因为这样，我们才要坚定不移地走深化改革之路，才要把那些不适应现在社会主义市场经济发展的不合理的旧体制一点点改革掉，使平轧厂这种伤国伤民的情况再也不要发生了！"

又一片热烈的掌声响了起来。

有个工人在人群中喊："高书记，请你说说，这改革该怎么搞？怎么深化？"

高长河说："同志们，这要说心里话，对平轧厂，现在我也没有底。你们要给我一点时间，给我们这届班子一点时间，同时，也和我们一起想想办法，有建设性的意见，可以向厂里反映，也可以向文市长和我本人反映，好不好？同志们，大家先回去吧，我再强调一遍，国家一定不会赖你们的债的！"

工人们却不愿离开，一双双充满希望的眼睛仍紧紧盯着高长河看。

人群中又有人大声问："高书记，那你们究竟啥时还我们的集资钱呢？"

这问题太具体，高长河一时真不知该怎么回答。

文春明马上插上来："高书记只是定个大原则，管不了这么具体！"

这时，平轧厂厂长何卓孝一头汗水赶来了，先是连声向高长河和文春明检讨，继而，便冲着工人们吼："你们集资款冲我要，市委、市政府什么时候收过你们的钱？你们又跑到这儿来干什么？高书记、文市长不办公了？回去，回去，大家都跟我回去！"

工人们的情绪又上来了，七嘴八舌和何卓孝吵了起来。

看着门前乱成一团的人群，高长河心里真不是滋味，闷闷地对文春明说："文市长，我看平轧厂的问题不能再这么拖下去了，要有个彻底解决的办法！"

文春明面无表情地说："好，好，高书记，我等着你拿主意就是！"

高长河心里真火，可当着这么多工人同志的面，又不好多说什么，不满地看了文春明一眼，又大声对工人们呼喊起来："同志们，大家先不要闹了好不好？我再说一遍，请同志们给我一点时间！给我一点时间……"

1998年6月26日17时　平阳市人大

和高长河办完交接，从市委办公室回到人大办公室时，姜超林意外地发现，办公室的正面墙上出现了许多大小不一的鲜艳锦旗。锦旗上都赫然绣着他的名字，书有："人民公仆"、"风雨同舟"、"无私奉献"等等赞扬的词句。送锦旗的，有单位也有个人，甚至还有一批"原下岗职工"。

市人大办公室主任说："姜主任，今天送来的锦旗真不少，还有许多没挂。"

姜超林心里热呼呼的，嘴上却说："都不要挂了，这不好，过去十年的工作并不是我一人做的，是大家一起做的，不能把成绩算在我一人头上……"

话未落音，文春明进来了："——有什么不好啊？老书记，人家愿意送锦旗给你，说明人家心里有你，天地之间一杆秤嘛！挂起来，都挂起来，让大家都看看，我们老书记这十年是不是在搞人治，偌大的平阳是不是只有个平轧厂！”

姜超林马上听出文春明话里有话，便问：“又怎么了，春明？”

文春明“哼”了一声：“没人给你汇报呀？人家对平轧厂的群访工人说了，青天时代过去了，平阳不是人治的社会了，平轧厂的问题人家要来解决了，一再强调要工人给他一点时间。”

姜超林笑了：“春明，高长河这话说得不是很好嘛，哪里错了？过去咱平阳是人治社会呀？你我是封建时代的官老爷呀？不是嘛，我们都是共产党员，国家干部。你这家伙呀，有时候就是太敏感！”

文春明抱怨说：“可我们平阳也并不是只有一个平轧厂……”

姜超林连连点头说：“是的，是的，国际开发区、民营工业园、跨海大桥、国际展览中心，还有一片片的高楼大厦，多的是，谁看不到呀？一时看不到也不要紧嘛，一时看不到，并不是说永远看不到，更不是说就不存在。”

文春明说：“不是我敏感，我总觉得这里面有文章。”

姜超林摆摆手说：“心胸要开阔点，先不要下这种结论，这不利于合作共事。哎，对了，春明，晚上我以个人的名义为长河同志接风，你来陪一下好不好？”

文春明摇摇头：“算了吧，老书记，我不陪了，长河同志一小时前刚向我下达了英明指示‘抗洪防汛是头等大事’，要我严阵以待，我可不敢玩忽职守！晚上准备上江堤，检查防汛。”苦苦一笑，自嘲道，“老书记，你老市委坐船头，人家新市委还是坐船头，可怜我老文还在岸上走！”

姜超林笑道：“春明，你这家伙别不凭良心哦，我光是坐船头呀？没和你一起在岸上走呀？没帮你拉过纤呀？啊？一碰到矛盾，你这家伙马上找我，都不过夜！得罪下面各路诸侯的话都是谁替你说的？你想想？”

文春明不好意思地笑了:“但愿高长河也能有你老书记这样的拉纤精神!”

姜超林说:“你怎么就知道人家没这种拉纤精神?没准比我拉得还好。哦,这个防汛确是头等大事,不能马虎,长河同志刚来,对防汛情况不太了解,你一定要和我多通通气,我们帮他拿点主意。”

文春明点点头:“那你们好好喝吧,但愿能喝出个酒逢知己千杯少。”

文春明走后,姜超林马上交代市人大办公室主任,要他把已经挂到墙上的锦旗取下来,和那些还没挂的锦旗一起,全都收到仓库里去。

1998 年 6 月 26 日 18 时　平阳 刘意如家

得知女儿金华已从烈山回来,在家里等候多时了,刘意如破例在高长河离开办公室前先下了班。临走,和高长河打了声招呼,高长河也没在意,看了看表说,六点了,也该下班了,以后到点你就走,不必再和我说。还交代:正常情况下不要把工作安排在下班以后,晚上能不开会尽量不要开。

这一来,刘意如便发现了新老书记的不同点:老书记姜超林没有什么上下班的概念,说开会就开会,哪怕深更半夜,有时候,一个市委常委会或者一个重大工程的决策会议能从深夜开到凌晨。常委们和底下的干部都说姜超林喜欢“熬鹰”,姜超林却说,这叫革命加拼命。说句良心话,也正因为有了姜超林和平阳干部这种革命加拼命的劲,平阳才能在这十年里飞起来。新书记高长河可就潇洒多了,下午空闲了不过几分钟,就向她打听,平阳有没有大型音乐会?平阳足球俱乐部的那支“宏大”足球队有没有进军甲 A 的可能?刘意如回答这些问题时就想,这个新书记可真是个“玩主”,比老书记真差远了!老书记满脑子都是工作,新书记满脑子的音乐会、足球,加班延点还不太愿干,便怀疑他嘴上说的“再创辉煌”之类的话恐怕是美好的官场许诺。

然而,刘意如却丝毫不敢把这种怀疑表现出来。老书记姜超林无论如何能干,现在也不是市委书记了;高长河不论是不是“玩主”,都是大权在握的市委书记。作为办公室主任,她除了适应高长河,不可能有别的选择。

回到家后,家里的那位迂腐的中学副校长还没下班,女儿金华已等急了,见面就抱怨说:“妈,你看你,火急火燎地让我回来,我回来了,你又老不和我照面,你再不来,我可要回烈山了!”

刘意如说:“你不要回烈山了,明天就到市委去,向高长河做个汇报,我想,高长河可能正需要你的汇报,你们烈山县委书记耿子敬算是做到头了!”

金华得意了:“妈,这也是我的判断!高长河新官上任总要烧几把火的!”

刘意如不接金华的话茬儿,只根据自己的思路说:“明天一早,你去汇报,汇报重点摆在耿子敬身上,赵成全的问题,我看先不要谈。”

金华不解地问:“为什么?入股分红也有赵成全的一份嘛。”

刘意如说:“你看没看过这几天的报纸?省报上给赵成全评功摆好的那篇大文章你就没注意到?”

金华不以为然地说:“我注意到了,耿子敬还在昨天的常委会上专门说过。可我知道,耿子敬这是欲盖弥彰嘛,我一眼就看透了!”

刘意如摇摇头,深思熟虑道:“你没看透。赵成全是老先进,过去就宣传过,现在又宣传了,耿子敬有什么目的你先不要管它,你只记住一点:我们重点宣传过的人物,上面一般是不会轻易否定的。这个赵成全肯定是有问题,可最后会怎么处理,完全看市委的态度。所以,你先别给市委和高长河出难题,让市委和高长河自己去发现赵成全的问题。你呢，就抓住那个经济开发公司做突破口，促使有关部门立即收审林萍，以防她毁账。”

金华急切地说：“要不，我今天晚上就去向高长河汇报……”

刘意如摇摇头：“不要这么急，这个高长河和姜超林不一样，不喜欢人家在下班以后找他，你晚上去汇报，效果就不好。今晚你好好准备一份书面材料，和高长河当面讲不清楚的话，可以让书面材料来说明。还有那个县乡镇企业局局长的不正常提升也要谈清楚，我估计这是卖官，还不知以前卖过多少哩……”

金华想了起来，说：“哦，对了，妈，还有件事我忘记说了，林萍发给我的那八千块分红钱又被要了回去，这事好像还是缺点儿过硬的证据……”

刘意如说：“这你别担心，只要迅速拘捕林萍，什么证据都少不了！”

这时，身为二十三中副校长的丈夫金大洪回来了，身后还跟着两个穿校服的学生。刘意如知道，这位模范校长今晚又要让她和女儿不得安生了，忙关上自己房间的门，和金华一起在电脑面前坐下，准备帮金华打举报材料。

不料，举报材料刚打了几行，金大洪便推门进来了，说：“意如，盖新教学楼的事你帮我们办了没有？今天我们基建办的王老师又来找我了。”

刘意如没好气地说：“你烦不烦？我不是和你说了么？这种事我不好插手，你们自己找教委去嘛！盖教学楼是公事，教委该办的嘛！”

金大洪叹着气说：“意如，如今办事你又不是不知道，人家要看来头的，我们教书匠哪有你们市委这么大的面子？报告早送上去了，至今音讯渺茫。你要能让姜书记在报告上批一下，我们就一路绿灯了。”

金华从电脑桌前转过身，插上来说：“爸，你看你这个人，不读书不看报吧？姜书记下了，咱平阳市委书记现在是高长河了，知道不知道？”

金大洪说：“那就请高长河在我们的报告上批一下嘛！”

刘意如断然回绝道：“高书记刚上任，我就替你去开后门，什么影响？啊！”

金大洪怔了一下，搓起了手：“也是，这……这倒也是！”

这时，客厅里响起了一个男学生的声音：“金老师，你给我看看这道题！”

金大洪应着：“来了，来了。”出了门。

金大洪走后，金华悄悄笑着，问母亲：“妈，你当初咋看上我爸的？”

刘意如心里酸酸的，嘴上却说：“你爸哪里不好？老实厚道！”

金华眼皮一翻，毫不客气地评论道：“老实厚道就是窝囊无能！”

刘意如真生气了：“不许这么议论你爸！快工作吧，你口述我记录！”

1998 年 6 月 26 日 19 时　平阳 国际展览中心

老书记姜超林要请客，田立业不敢不精心，地点选了几个，最后定在位于海滨的国际展览中心宴会厅。国际展览中心的老总听说新老书记同时光临，高度紧张起来，陪着田立业一起忙活，还坚持要由自己请客，说是老书记为国际展览中心奠过基，剪过彩，就是没在这里吃过饭，中心说什么也得请一次。田立业乐得替老书记省钱，便说，那好，到时候你就悄悄签单，别让老书记知道就行。

六点半钟，先是姜超林到了，紧接着，高长河也到了。

高长河一下车就说：“嘿，我们这个国际展览中心好气派呀！”

姜超林很得意，马上乐呵呵地介绍说：“这个中心干了三年多，政府投资一亿三，招商引资五个亿，总盘子六亿三，这还不算填海的费用。长河呀，你知道么？咱们现在站的这个位置当初就在海边，我们向大海填了一千五百米，这才有了海滨大道和这个占地比天安门广场还大零点一平方公里的超大型广场。去年，我们在这个广场上搞过一次国际啤酒节，一次国际服装节，盛况空前呀！世界各地的著名啤酒厂商和法国时装界的大师、名模都来了，中央电视台还做了专题。”

高长河眺望着落日余晖下的壮阔广场，不由得赞道：“老书记，我算服你了，怪不得华波书记夸你是党的英雄、民族英雄！”

姜超林摆摆手：“人民是真正的英雄，这番事业是平阳人民干出来的！”

上了观光电梯，到了十二楼宴会厅，陪同的老总和其他随从人员都退下了，田立业也要退下。姜超林却一把把田立业拉住了：“哎，田秀才，你不要走嘛，陪高书记好好喝一点，客我请，酒可是梁老的，五粮液呢！”

田立业看看姜超林，又看看高长河：“你们首长谈话，我在面前，这好么？”

姜超林笑道：“有什么不好呀？高书记正要听你的汇报呢！你和那个新华社女记者去了趟平轧厂不要紧，人家工人同志今天可就找到门上了！”遂又对高长河介绍说，“哦，长河，这就是我们平阳市大名鼎鼎的田立业田大秀才，大甩子一个，当着市委副秘书长，就是不务正业，一门心思写挖苦人的文章，据说叫什么杂文，是‘匕首与投枪’。对此人，我改造了六年仍然没改造好，长河，你任重道远呀，继续改造下去吧，要是怕被他的‘匕首与投枪’伤着，就送到我们市人大来，让我这老同志继续敲打他！哎，哎，我说田秀才呀，今天带书了么？不送一本给高书记‘雅正’一下呀？”

田立业有些窘：“老书记，你和我开什么玩笑？人家高书记的文章写得多了，都上过《人民日报》和《光明日报》，我那些臭豆腐干小集锦哪敢送给高书记看？那不是关老爷面前耍大刀嘛！”

高长河挺高兴，笑了：“哦，田秘书长，你还真看过我的文章呀？”

田立业忙说：“看过，看过，我最欣赏你那篇论‘三边’问题的文章，文章的题目好像是《讲点科学，讲点法制——关于三边现象的思索》，发了半个版。你在文章里谈到，我们经济建设中的边设计，边施工，边审批，实际上是一种无序和人治的现象，是过去极左年代不讲科学的大干快上的派生事物，危害极大。而从法制的角度看，则是一种严重的违法行为。我原来还以为你是经济专家呢，后来才知道你是省城市委副书记，后来又做了省委副秘书长……”

高长河益发高兴了：“省城市委副书记和省委副秘书长就不该懂点经济了？不过，关于三边问题的思索写得并不算好，还给我惹了不少麻烦，省城有些搞经济的同志不太高兴哩。其实我最得意的文章因为种种原因还没发表出来，是分析平阳民营工业园的，咱们老书记可是给我提供了不少素材和想法哩，发出来又要吓他们一大跳！”

姜超林可没想到田立业会认真看过高长河的文章，见他们一见面就谈得那么投机，便说：“好，好，你们大秀才碰上了大秀才，看来真要酒逢知己千杯少了！来，来，长河，田秀才，都坐下，边吃边谈，你们就来它个‘青梅煮酒论英雄’吧，我也跟着长长学问。”

高长河笑道：“老书记，你是我们平阳市委班子的老班长，是我们要跟你长学问呀！你看国际展览中心这篇大文章做得多好，多大气！这一篇大文章就够我学一阵子的！我在昨天的党政干部大会上说了，现在先做学生，好好学习。”

田立业不知轻重地插了一句：“对，对，好好学习，才能天天向上。”

姜超林白了田立业一眼：“又甩了吧？你这是和谁说话呀！”

高长河又笑：“老班长，这不是你个人请客么？又不是市委的工作晚宴,既无外宾,又无内宾。酒桌上嘛,咱就放松点,不谈职务大小,也不讲官话。来,来,田秘书长,我们先敬老班长一杯,就为老班长写在平阳大地上的一篇篇好文章!”

田立业老老实实响应了高长河的号召,把满满一杯五粮液一口干了。

姜超林又和田立业开起了玩笑:“田秀才,你这一口可是喝掉了下岗工人一两天的生活费哟,是不是也写篇文章讥讽一下你自己?”

田立业夹了口菜吃着,阴阳怪气地说:“老书记,你以为我不知道下岗工人的苦恼啊?我是没法和你说,天天‘苦恼人的笑’。我妹妹就下岗了,昨天夜里被我在夜班电车上撞见,弄得我一肚子气。我正说呢,这几天就写篇文章,谈谈如何尊重下岗工人的问题。”

高长河当即表示说:“很好!这篇文章要写,可以从两个方面谈:一、社会要尊重下岗工人,帮助下岗工人;二、我们的下岗工人也要自信、自强。另外,还有一个基本道理也要讲清楚,不能把下岗问题算到改革的账上,一些国企工人的下岗不是改革造成的,而是过去的旧体制造成的,我们今天是在替历史还债。”

姜超林说:“是啊,说起来伤心,在过去那种计划经济情况下,我们有些国营企业从投产就没赚过钱。先是靠拨款,后是靠贷款,现在怎么办?贷了款还不起,越生产越亏损,不痛下决心进行产业结构调整怎么行?这就势必要造成了一部分工人的暂时牺牲。”

田立业闷闷不乐地道:“工人们在做牺牲,干部呢?怎么不牺牲?”

高长河笑道:“你别急,快了,中央机关动作幅度很大,马上就轮到我们了,你这个市委副秘书长要是还不务正业,也许会被我牺牲掉。”

田立业心里“格登”一下,不做声了。

姜超林也跟着上劲:“不精简人员倒罢了,真精简人员,是得刷下来一批不干正事的同志,像这位田秀才。哎,我说田秀才呀,陪记者去平轧厂前,我是不是和你说过,要你向高书记汇报,你倒是汇报了没有?怎么听文市长说,你把记者带到镜湖市去打秋风了?”

田立业压着一肚子火说:“不是我让李记者去的,是镜湖常务副市长胡早秋把她拐走的,老书记,你又不是不知道,胡早秋这家伙鬼精鬼精的,想组织北京各大报记者看镜湖,进行大规模采访活动……”

姜超林笑了,又对高长河介绍说:“镜湖那位胡早秋也是个甩子,算个二号甩子吧,根本没个县处级干部的样子,和我们田秀才好得那是割头不换哩。不过,这位同志有一点比咱田秀才强,那就是干实事,他们市长身体不好,这几年一直住院,镜湖政府的工作都是他在干。看看,这次又逮住个宣传镜湖的机会!”

高长河想了想,对田立业说:“田秘书长,这我可要批评你了!胡早秋鬼精鬼精的,你怎么不鬼精鬼精呀?你是平阳市委副秘书长嘛,咋不让记者们顺便也看看我们平阳呀?看看老书记领导九百万人民干出来的这番大事业呀?平阳可不只有一个镜湖嘛,可看的地方很多嘛!像滨海市呀,烈山县呀,搞得都不错嘛!哦,对了,烈山有个叫赵成全的县长,那是昏倒在省城谈项目的会场上的,得了绝症还坚持工作,事迹很感人哩,最近省报上还登了他的事迹!”

田立业马上说:“好,好,高书记,既然你有这个指示,我就执行,叫胡早秋他们停下来,就搞个‘首都记者看平阳’的活动!”

高长河说:“也不能让人家停下来,咱别搞官大一级压死人那一套,还要尊重人家的发明权,咱们就搭个顺风车,明天我先和市委宣传部打个招呼。来,还是喝酒,田秘书长,这杯酒我是敬你的,为你看了我那么多文章!顺便说一下,你的文章我也要看,还要看看新华社那位女记者的文章,这话我已经和文市长说过了。”

田立业敏感地问:“高书记,这就是说,记者的文章你要审?”

高长河点点头,看了看姜超林:“和老班长一起审。”

姜超林手一摆:“长河,我就不审了,事实摆在那里,记者爱怎么写就怎么写嘛,你们写文章的秀才们不是有一句话吗:‘文责自负’,我看很好嘛!”

高长河摇摇头:“老班长,不瞒你说,我不太同意发表这篇文章。上午我就说过,孙亚东同志在对待平轧厂的问题上不太冷静,有些感情用事,而您老班长则一直保持着清醒的头脑。您说得很对,平轧厂问题太复杂,涉及面太广,根据几次调查的情况看,困难局面也并不是哪个人的个人腐败行为造成的,而是因为投资主体不明,责任不清,由于计划经济的旧体制造成的。这个观点,我今天也对来群访的工人同志们说了。现在我还想说的就是:老班长,你们老同志在二十年改革实践中摸索出的丰富经验,是我们新同志的宝贵财富。”

姜超林笑道:“长河,你别捧我了,我们这二十年有了些经验,可教训也不少呀!平轧厂就是个很大的教训嘛!你们这些跨世纪干部在继承财富的同时,也应该正视这种教训!所以,我意见就是:支持那位新华社记者把文章发出来。”

高长河笑了:“老班长,您能不能和我说点实话?”

姜超林也笑了:“长河啊,你怀疑我刚才说的是假话呀?”

高长河喝了口酒,摇摇头:“老班长,您是不是觉得自己退下来了,就不管我们的死活了?看着我们在省里、在北京四处出洋相?为孙亚东同志的不冷静,您就赌这么大的气?”

姜超林笑得坦荡:“长河,说真的,开始呀,我是有些气,还不但是气孙亚东同志,也气马万里同志,觉得他们连我们的忍辱负重都不允许,实在是有点欺负人了。可冷静下来一想,又觉得怪不得他们,他们也是好心,也是负责任嘛!换一个角度,如果我是他们也要问:这十二个亿怎么就扔到水里去了？六十七万三千元怎么就送出去了？田立业,有关这方面的情况,你一定要好好向高书记汇报!”

田立业点了点头:“好,我听高书记安排。”

高长河根本不安排,看都不看田立业,只看着姜超林:“老班长,我们还是先喝酒吧！我岳父可是和我说过,说您酒量不小哩,你们过去常在一起喝两盅吧？好像就在我现在住的小红楼上,是不是呀?”

姜超林抿了口酒:“这倒不假,有时候谈工作谈晚了,就着花生米就喝两口,那时可没有五粮液哟,就是八角五分钱一斤的散酒。有一次喝多了,就在梁老的客厅里打地铺睡着了。现在老了,不行了,今天不是因为给你接风,我是一杯白酒不喝。来,长河,我用梁老的酒敬梁老一杯,你替他干了,好不好?”

高长河点点头,把酒干了,提议说:“田秘书长,我们给老班长献首歌吧?”

姜超林大感意外,怔了一下,说:“长河,你还这么多才多艺呀?”

田立业不知是讥讽姜超林,还是讥讽高长河,皮笑肉不笑地看了姜超林一眼,说:“老书记,您以为大家都像你,只会工作,不会生活?”

说罢,和高长河一起起身拿起话筒,唱了起来:

古老的东方有一条龙,她的名字就叫中国……

田立业和高长河唱歌时,姜超林呆呆地在酒桌前坐着,失神的眼睛既不看两位业余歌手,也不看电视机屏幕,显得挺无聊的。待等一曲唱罢,姜超林眼睛里才又恢复了惯有的神采,且礼貌地鼓起了掌,应付说:“唱得不错,不错!”

高长河指指田立业:“是田秘书长唱得好,我看够专业水平!”

田立业得意了："那我再为二位领导献上一首歌吧！《北国之春》——"

田立业尽情高歌时，高长河又不屈不挠地谈起了平轧厂，恳切地对姜超林说："老班长，对平轧厂的问题，您就不能站在我的角度上考虑一下么？"

姜超林叹了口气说："长河呀，我是站在你的角度上考虑过的。你不想想，平轧厂问题不揭开，马万里、孙亚东那边你怎么应付？和我一样忍着受着顶着？让文春明也再忍着受着？再说，我也替你们想过了，现在情况和过去不太一样了，党的十五大以后，随着中央的大动作，国家部委已经没有过去那么大的权了，谁想卡我们平阳一把也不是那么容易了。至于说涉及到省里个别领导，我的意见是：第一，尽量避免涉及；第二，真涉及了也不必怕，我们就是要总结一下教训嘛，并不是针对谁的。就是那个车祸死去的王副司长，我看也不要多指责。有过去那种不合理的体制，就必然有一大批不负责任的'王副司长'。长河，你说是不是？"

高长河想了想，也不知是真想通了，还是故作姿态，终于点了点头，说："老班长，你算是把啥都看清了！你说得不错，马万里副书记和孙亚东同志也都希望查清楚，今天我批评了孙亚东同志，孙亚东同志意见就很大，情绪也很大，没准还会找马万里副书记汇报，他这个人倔得很！"

姜超林意味深长地说："所以，长河呀，平轧厂你是绕不过去的嘛！"

高长河平静地说："那我就再好好考虑一下吧，也请老班长您帮我再想想。"

姜超林摆摆手："算了，为了便于你的工作，我想找个地方躲一阵子，也休息一下。长河，咱们现在订个君子协议好不好？华波同志当市委书记时，我带十几万民工修过海堤、江堤，不敢说是水利专家，在民工中还有点威信。今年汛情来得早，又比较严重，所以，防汛这事我照管,除了抗洪防汛这种事,你最好别来找我。”

高长河直摇头:“老班长,你还真不管我们的死活了?”

姜超林说:“下了就是下了嘛,还垂帘听政呀!”

这时,田立业已把《北国之春》唱完了,走到桌旁坐下后,又不知轻重地插了句话:“老书记,人家高书记一口一个老班长叫着,你老班长就不经常查查铺,给高书记掖掖被角?就不怕高书记受凉感冒吗?”

姜超林狠狠瞪了田立业一眼:“田秀才,你这嘴怎么就管不住了?你看你这话说的,也太没规矩了吧?还有一点副秘书长的样子吗?当真想当待岗干部了!”

高长河表面上不像有气的样子,还笑了起来,说:“田秀才,请你放心——看,我也喊你田秀才了,我不会因为你在酒桌上说这种带刺的话让你下岗的,那也太小家子气了。是不是?可你也得给我记住了:咱们工作就是工作,你要真像老班长说的那样,上班不干正事,光写讥讽人的文章,那我这个市委书记可要公事公办。别说你是秀才,就是举人老爷我也不客气!”

这话虽是笑眯眯说的,田立业却听出了暗藏杀机的弦外之音。

田立业这才后悔起来,心想,这场酒恐怕是喝伤了,只怕酒宴一散,高长河就得给他加紧赶制三寸小鞋了。于是,接下来益发装疯卖傻,一会儿给老书记献首歌,一会儿给新书记献首歌,把个接风宴会变成了个独唱音乐会,吵得姜超林头都大了。姜超林让田立业过来喝酒。田立业便又把邪劲儿使到了酒桌上。一会儿敬老书记一杯,一会儿敬新书记一杯,一个人竟把大半瓶五粮液灌了下去,让高长河带着一脸的嘲弄直夸他海量,问他是不是想学学诗圣李白,来个“斗酒诗百篇”?田立业便气壮如牛地说,“百篇”太少,要“斗酒诗千篇”。

回家后,田立业越想越觉得平阳市委是“换了人间”,自己和老书记姜超林的关系又人所共知,认定高长河无论如何是容不得自己的，于是，便在酒意朦胧之中连夜写了份请调报告，自愿要求调到市人大去，“为我国的人民代表大会制度和平阳地方立法工作做出新贡献”。

把笔一扔，田立业仍然气壮如牛，酒气熏天地对夫人焦娇大嚷大叫：“老婆，我告诉你，对这届平阳市委，我老田是不打算伺候了！当年李白醉草吓蛮书，今天我老田是醉打请调报告……”

夫人焦娇怕他的声音传到外面影响不好，上去揪他耳朵，叫他轻点声。

田立业又把焦娇假设成了高长河，叫得更起劲儿：“高长河同志，你不要过高地估计了自己的才能！你以为你是谁？不就是写过几篇空对空的文章么？当真来指导我们平阳干部群众了？试看今日之平阳竟是谁家之天下？要我老田说，它不一定就是你高长河的天下，不一定……”

就这么胡闹了一通，田立业连脸和脚都没洗，便倒在床上呼呼大睡了，气得有洁癖的焦娇连连骂着“脏猪”，对他又捶又拧，却硬是没把他拖起来洗脸洗脚……

第六章　背叛与忠诚

1998年6月27日8时　平阳市委

差五分八点，高长河来到了办公室，刚进门还没坐下，刘意如就拿着当天的日程安排过来了，向高长河汇报说：八点半是市委书记、市长例行碰头会，九点是市委办公会，十点是下岗工人再就业经验交流暨自立市场开业典礼会，十点半是精神文明建设表彰会，十一点半会见亚洲开发银行代表，十二点举行招待宴会。这是上午的主要活动。下午的主要活动是：两点，民营宏大集团和日本合资兴建的中央空调城第二基地开工奠基；三点，当地驻军首长和中央部委驻平阳机关企业负责同志前来新市委拜会；四点十分某中央首长途经平阳作短暂停留；六点，为中央首长送行；七点……

高长河实在忍耐不住了，挥挥手打断了刘意如的话头："好了，好了，七点以后的事先别说了，七点下班了，不在今天的工作范围内。"接过日程表，提笔把精神文明建设表彰会、再就业经验交流会和宏大集团的开工奠基划掉了，不悦地说，"刘主任，昨天我不就说过么？这三个活动我就不参加了。"

刘意如微笑着说："高书记，精神文明和再就业都是当前的大事，这两个会早就定下来要开的，市委常委都参加，您不去合适么？尤其是再就业问题，从中央到省委都很关心，新闻联播里天天谈下岗再就业。再说，这也是老百姓最关心的事，平阳下岗工人也有十万,您如果不在这种会上亮相,是不是会有不利影响?”

高长河想了想,认可了刘意如的分析,在“下岗工人再就业会”上打了个圈。

刘意如似乎受到了鼓励,又说:“高书记,精神文明建设也不能忽视……”

高长河不耐烦地说:“我知道,我知道,精神文明这个会也很重要,可我刚到平阳,最重要的不是陷于文山会海里,而是要一个一个地方跑,多掌握些情况,认真解决点实际问题,比如那个平轧厂!”

刘意如不做声了。

高长河却意犹未尽:“刘主任,我先和你打个招呼,马上也还要在书记、市长碰头会上说,在市委常委会上说,以后,一些可开可不开的会最好都不要开,非开不可的,谁分管谁去参加!不要开什么会都市长、常委坐上一大排,干什么?是真的很重视,还是瞎应付?!这种形式主义的东西今后不要搞了好不好?让我们的常委、市长们各司其职,省下点时间多考虑点方针大计,多干点正事行不行?!”

刘意如轻叹一声:“高书记,您是把我们现行体制下的一些顽症看透了。”

高长河“哼”了一声:“都看透了,就是谁也不愿改变这种习惯的做法!”

刘意如似乎才想起来:“哦,对了,高书记,我还得多句嘴,对重大项目的开工和竣工,姜书记的习惯做法都是要去的。超林同志说过,他最喜欢的就是开工奠基和竣工剪彩……”

高长河毫不掩饰地道:“我不喜欢这么四处凑热闹!累不累呀?难怪姜书记没个上下班的时间,早上一睁眼忙到十二点!没有领导去奠基,去剪彩,人家就不动工了?就不竣工了?只要你这里的投资环境好,能让人家赚到钱,人家该来照来。你这里投资环境不好，就是一天到晚啥事不干，专搞奠基和剪彩，人家不来还是照样不来。所以，我们要多在改善投资环境上做工作，少在去不去参加这种活动上费心思。当然，这也不是绝对的，有些重大项目我有时间的话也会去。”

这时，已是八点十五分了，高长河办公室对过的市委第一会议室的门打开了，高长河透过半掩着的门，看到孙亚东和文春明相继进了会议室，便收拾着文件准备去会议室，参加书记、市长碰头会。

刘意如却又开口了，说话时，神态仍是那么自然随意，“哦，高书记，还有个事，烈山县委常委、常务副县长金华同志一大早就来了，一直在我的办公室等您，说是有重要情况要向您当面汇报。”

高长河没在意，看了刘意如一眼，问：“为什么一定要找我？我现在哪有时间听她一个人的汇报？你和她说一下，有什么事，等我去烈山再说吧，烈山、滨海、镜湖六县市我准备抽空跑一下……”

刘意如这才不得不把话说开了，声音一下子低了许多，“高书记，烈山县委书记耿子敬涉嫌重大经济犯罪，如不马上采取措施，可能要出大问题！”

烈山果然有问题！而且涉及县委书记！

高长河想了想，问：“刘主任，你怎么知道的？那位金副县长和你谈了？”

刘意如点点头，迟疑了一下说：“高书记，您可能不知道，金华是我女儿。”

高长河又是一怔：“你这个刘主任呀，真能沉得住气，这个会那个会，和我说了一大堆，这么重要的事咋不早说?！因为是你女儿就不好开口了?!”手一挥，当即做了决定，“这样吧，我到会议室和文春明同志打个招呼，让他们先把碰头会开起来，刘主任，你去请金华同志过来，就说我马上听她的汇报！”

听了金华的汇报，高长河十分吃惊。他再也想不到，烈山县委书记耿子敬和他的同伙胆子这么大，竟敢通过林萍的所谓“股份制”的烈山经济开发公司倒卖国有土地使用权。这哪是什么违纪经商？分明是以权谋私，贪赃枉法！联想到孙亚东和马万里通报的情况，和早些时候寄到省纪委的那十四万赃款，高长河便估计那十四万赃款很可能就寄自烈山，甚至可能是县长赵成全寄的。既然烈山县委五个书记、常委都入了股，那么身为县委副书记和县长的赵成全就不可能硬顶着不入股，这个老实县长明哲保身，不敢斗争，也就在情理之中了。那封匿名信中说得很清楚，“他是斗不过，也斗不起。”是呀，赵成全知道自己得了绝症，又想多干点事，当然是斗不起了。为了保住自己的清白，也就只好把赃款往省纪委寄。金华都能想到把被迫收下的礼金以送礼者的名义捐给希望工程，赵成全怎么会想不到这一点呢?!

金华在汇报中却一字未提县长赵成全，说来说去都是县委书记耿子敬。说耿子敬作风一直很霸道，是典型的一言堂堂主，有时训赵成全都像训儿子似的。

高长河禁不住问:“这样的人怎么就做了烈山县委书记？而且一做六年!”

金华说:“不知道，我只听烈山的老同志说，这六年中的头两年就换了三个县长，干得最短的一个只有三个月，谁都吃不消耿子敬那套家长作风。赵成全比较忠厚，脾气好，又不抓权，所以才干到今天，才有了耿子敬所说的班子团结。”

高长河“哼”了一声:“是的，班子团结，团结起来集体腐败!”

这一来，就把书记、市长碰头会和市委办公会都冲了。高长河只在书记、市长碰头会开始时露了一下面，和尚未见过面的副市长们打了个招呼，整个会议就让文春明主持了。直到临近会议结束，文春明让刘意如过来问他还有什么事，高长河才交代刘意如说，让文春明和市委副书记孙亚东留一下，有重要事情必须马上研究，而九点的市委办公会则改期了。

这时，金华也谈得差不多了，她慎重地说："……高书记，鉴于这种情况，我有个建议，立即采取有效措施，阻止经济开发公司经理林萍毁账。据群众反映，这个女经理和耿子敬的关系很不一般。"

高长河点点头："这个问题我们会考虑，你放心。哦，金华同志，还要说一句，我和平阳市委感谢你！感谢你的正直和勇气，现在反腐败也是要有些勇气的！"

金华有些腼腆地说："高书记，其实，我也不是那么勇敢，不是您来做市委书记了，我可能还不敢来举报，我是信任您。"说着，站起来告辞。

高长河有些感动，注意地看了金华一眼，突然问："金华同志，你多大了？"

金华怔了一下，说："三十岁。怎么了，高书记？"

高长河笑笑："没什么，随便问问。"停了一下，终于还是说了，那口气不像市委书记，倒像是金华的大哥哥，"金华，你长得那么漂亮，又年纪轻轻的，穿得咋这么老气？像你母亲。"

金华有些窘，说："当着常务副县长，穿得花花绿绿的，怕老同志看不惯。"

高长河亲切地说："小金县长，不要怕嘛，你要有勇气改变一下老同志的思想观念嘛！"说着，把金华送出了门，自己径自去了第一会议室。

第一会议室里，文春明和孙亚东正不冷不热地说着什么。

高长河进门就沉下了脸，"文市长、孙书记，咱们现在临时开个小会，马上决定一件事：查处烈山县委领导班子，根据金华同志举报和以往群众的反映，估计这个班子问题很大，很严重……"

文春明怔住了。

孙亚东却不动声色地说了句："对烈山早就该好好查处了！"

1998 年 6 月 27 日 8 时 30 分　田立业家

早上起来，酒完全醒了，看着昨夜于醉意朦胧之中写下的请调报告和夫人焦娇在报告上的“批示”，田立业马上惭愧起来，真觉得对不起全人类。看这事闹的，陪新老市委书记喝酒，多大的面子？硬闹得没了面子。回家后又瞎嚷嚷了些什么？全记不住了。

焦娇的“批示”只两句话：“狂妄分子你听着：遇事三思而行，不要头脑发热！试看今日之平阳也不是你田立业的天下！！！”后一句话竟用了三个惊叹号。

正于无限追悔的惭愧中研究着这“批示”的指导意义，有人敲门了。

田立业以为是焦娇，急忙跑过去开门，开门一看，竟是妹妹田立婷。

田立婷进门就闻到了残存的酒味，没好气地说：“喝吧，喝吧，哥，你们这些官僚都多喝点，改革攻坚战就有胜利的希望了，我们下岗工人就能迅速上岗了！”

田立业也没好气：“见面就是下岗下岗！你烦不烦呀?！告诉你，我也快下岗了，陪你一起去自立市场摆地摊，这你没话说了吧?！”

田立婷说：“你们当官的真能去摆地摊，我们下岗工人还真没话说了。”

田立业说：“这就是毛病，不患穷就患不均！也不想想，像我们这种社会中坚、国家栋梁都去摆地摊了，改革方向谁掌握？我们这个民族还有什么希望?！”

田立婷说：“哥，我不和你胡说八道，反正和你扯不清，咱说正事，我再就业的饭碗让你一脚踢了，咋办吧？你现在想把我安排在哪个有人格的地方再就业？”

田立业这才想起来,妹妹的事还没来得及安排,可嘴上却不承认:“正联系着呢,都还没回话。”继而,又埋怨,“立婷,你也是的,你嫂子不关心我,你也不关心我!我原以为你一大早跑我这儿来堵我,是因为我喝醉了慰问我呢,敢情也是来兴师问罪!”

田立婷说:“哥,你别转移话题,现在就打电话给我再问问。”

田立业被逼到了墙角,再无退处,这才想起了镜湖市在平阳开的那个“新天地娱乐城”,马上给胡早秋打了个电话。

也是巧,胡早秋刚到办公室,接了电话就乐了,问:“田领导,是不是来什么好事了?这一上班就给我打电话?”

田立业任何时候和老同学都没正经,信口胡说道:“大好事呀,胡司令!我代表市委、市政府向你推荐个人才,这人叫田立婷,是个女同志,想到你们新天地娱乐城再就业,你们看能不能安排一下?”

胡早秋知道田立婷是田立业的妹妹,便说:“一句话!只要别让我安排总经理、董事长什么的,我今天就办。说说吧,田领导,让我们这位劳动模范田立婷同志干什么?在收银处收收钱行不行?五十、一百的票子她该能分清吧?”

田立业捂住电话征求妹妹的意见,妹妹高兴地直点头。

田立业便说:“好,就这么定吧!你老兄马上和新天地打个招呼。”

胡早秋道:“没问题,我今天就打电话安排一下,你明天就让立婷到新天地去上班。不过,田领导,咱把话说清楚,你可又欠我一次情了……”

问题解决了,田立婷仍没好话,说:“哥,看看,这就是公仆和百姓的区别,百姓愁得上吊的事,公仆打一个电话,开着玩笑就办了!”

田立业真不高兴了:“立婷,你对我们当干部的意见这么大,还找我干啥?”

田立婷笑道:“不因为你是我哥吗?再腐败我也得认!”

田立婷走后,田立业一看表,已经是八点半了,想到九点要开市委办公会,且是高长河就任后的第一个市委办公会,再不敢迟疑,忙下楼穿过市委大院后门进了自己办公室。

刚进办公室,李馨香的电话就到了。

李馨香情绪激动地向田立业通报说,她已就平轧厂的问题向社领导做了电话汇报,长途打了一个多小时,引起了社里有关领导的高度重视。社领导指示说,平轧厂很有典型意义,这种在计划经济旧体制下因为投资主体不明,责权不清和条块矛盾造成的重大失误不仅仅存在于平阳市,在全国许多地方也存在,根据中央有关领导的指示精神,必须有选择地公开报道。

李馨香在电话里说得起劲,田立业却毫无反应。

李馨香问:“哎,哎,田秘,你怎么了?咋不说话呀?”

田立业这才叹着气说:“李记者,情况有些变化,我们新上任的市委书记和前任市委书记看法不太一样,新书记不赞成公开报道平轧厂。”

李馨香不以为然地道:“你们新书记说不报道就不报道了?他以为他是谁?党和国家领导人呀?我可不归他领导!”

田立业说:“你不归他领导,我可归他领导,你总不至于逼我上吊吧?”

李馨香不高兴了:“田秘,这贼船可是你拉我上的呀,你现在说变就变,我怎么办?你要讨好你们新书记,我也得执行我们领导的指示呀?难道你要逼我上吊吗?你说说看,现在不报道了,我咋向我们领导交代?”

田立业没话说了。

李馨香又说:“田领导,我也不让你为难,平轧厂和有关方面我也熟了,我自己搞下去吧,你就把骨头缩到壳里,哪里平安哪里去吧!”

田立业又惭愧了:“李记者,你先别这么说,我马上参加市委办公会,会后就去找你,咱们再好好商量商量,看这事能不能既不让你上吊,也不让我上吊……”

放下电话,田立业手心和额头上全是汗,禁不住想:看来他真得离开平阳市委了,不说别的,也不管高长河今后给不给他穿小鞋,就冲着目前平轧厂这个难以调和的大矛盾,他就没法再呆下去。

1998 年 6 月 27 日 9 时 30 分　平阳市人大

看到高长河、文春明和孙亚东三个市委主要领导关起门来开会,刘意如知道关于烈山的激烈斗争就要开始了,自己得向老书记姜超林通报一下情况了。不通报可不行,耿子敬和赵成全都是姜超林提起来的,是姜超林的人,她和女儿虽然归新书记高长河领导,却也必须在老书记姜超林那头留条退路。官场险恶,世事难料,姜超林又是平阳的实力人物,她和女儿不能不十分小心。

市委大院和人大、政协大院只隔一条街,步行不过十分钟,可为了抓紧时间,不招摇过市,刘意如还是要了一辆车。车到人大楼下,刘意如让司机在下面等着,自己独自一人上了楼。

走进姜超林办公室时,姜超林刚刚放下电话,也不知是和谁通的话,又生了什么气,反正脸色很不好看,见刘意如进来,郁郁地问:“刘主任,有事么?”

刘意如赔着笑脸说:“老书记,不是送文件么?就顺便来看看您了。”

姜超林一脸不快:“有事就说,我马上还要出去。”

刘意如仍是赔着小心:“老书记,有件事想请您帮着拿拿主意哩。”

姜超林心不在焉地问:“什么事?”

刘意如吞吞吐吐说起了女儿金华和烈山，说罢，还以一副同谋者的口气对姜超林说："……老书记，你说说看，子敬这人怎么就敢这么胡闹？你过去没少敲打过他呀！可他就敢！中央三令五申不准在职干部经商，他偏顶风上……"

姜超林冷冷插了一句："刘主任，这是贪赃枉法！"

刘意如便又改了口："可不是么，估计问题不小，闹不好要进去！老书记，您看这事怎么办？是不是让金华向高长河书记做个汇报？"

姜超林怔了一下，问："怎么？刘主任，你还没让金华去汇报吗？"

刘意如说："不和您老书记通个气，我就能让金华汇报了么？！"

姜超林更没好气了："刘意如同志，我告诉你，耿子敬不是我儿子，烈山也不是我的个人领地，对这种腐败分子该抓要抓，该杀要杀，这还要和谁通气吗？！"

见姜超林火气这么大，刘意如想，自己可能是触到姜超林的痛处了，便说："老书记，既然您这么说，那我现在就打电话给金华，让她今天就到市委来，向高长河做个汇报。"说着，当着姜超林的面，给女儿拨起了电话。

刘意如拨电话时，姜超林在一旁冷冷看着，问："刘主任，你是老同志了，你和我说句老实话，烈山和耿子敬的问题你是今天才发现的吗？过去金华回家就从没和你说起过？你这人身上是不是少了点忠诚？"

刘意如握着电话愣住了："怎么？老书记，您怀疑我过去对您不忠诚？"

姜超林"哼"了一声："不是对我，是对组织，对人民，对事业！"

刘意如满腹委屈，声音都有些变了："老书记，您怎么能这样说？十年来，我哪里对不起您？"

姜超林叹着气说："刘意如同志，认真地说，你没有哪里对不起我，不论是早年做办公室副主任，还是后来做副秘书长兼办公室主任，在具体工作上，在为市委领导的服务上，你周到细致，甚至可以说是兢兢业业，几乎很难挑出什么毛病。可你这个人呀，也有个大毛病，过去我只是疑惑，现在看得比较清楚了，那就是太崇尚权力，太会窥测风向，不忠于党！”

刘意如呆呆地看着姜超林：“老……老书记，我……我真不知道您今天是怎么了……”

到这地步了，姜超林仍不说透，反而带着近乎悲悯的目光，定定地看着刘意如说：“刘主任，你看你，头发都白了一大半了，青春年华都在机关里消磨完了。说真的，现在想想我也后悔，早知你会变成今天这种样子，我该在十年前就把你调出市委机关，让你到下面干点实实在在的事情。你这人不笨呀，更不是没能力呀，就是眼头太活嘛。哦，顺便说一句，你这一套，千万不要传授给你女儿金华，那会害了她的……”

刘意如这时已预感到事情不妙，一句话也不敢说了。

姜超林这才把话说穿了：“刘意如同志，告诉你吧，关于烈山班子和耿子敬的问题，高长河同志刚刚和我在电话里交换过意见，就是在你刚进门的时候！你呀，就不要在我们新老书记之间搞名堂了好不好？就算我们新老书记之间有些问题看法不同，可有一点是相同的，那就是：我们都忠诚于党和人民的事业！”

刘意如像挨了一枪，一时间只觉得天旋地转，四肢冰凉。她再也想不到，这一回真是聪明反被聪明误了，竟送上门来出了这么大个洋相！在平阳市委机关二十年，她经历了多少风风雨雨，看着多少人上台下台，她凭着自己的小心和智慧，绕过了多少激流险滩。现在是怎么了？是她老了，跟不上新形势了，还是这位新来的权力执掌者太不可捉摸？高长河怎么就把烈山的问题马上捅给了姜超林？他为什么不抓住烈山的问题好好做一篇杀鸡儆猴的好文章呢?!

看来,这个高长河不简单,可能在搞“阳谋”上很有一手!

面对着二十年来最大的、也是最丢脸的一次失败,刘意如窘迫过后,仍努力镇静着情绪告诉姜超林,她这么做也是没办法,正因为要忠诚于党,所以,她才得支持女儿金华去高长河那里举报;又因为要对得起老领导,所以,也得事后通一下气,以免日后产生什么不必要的误会。

说到后来,刘意如几乎要哭了:“老书记,您设身处地替我想想,我难不难?在这种情况下,我有什么办法?!我真是出于好意,想落个忠孝两全,没想到,还是让您老书记产生了这么大的误会……”

姜超林拍起了桌子,怒形于色:“刘意如同志,你又说错了!什么‘忠孝两全’?谁要你去做孝子?你是谁的孝子?!不要再说了,请你出去,马上出去!”

刘意如缓缓地转过身去,走到门口时,眼中屈辱的泪水终于落了下来。

回过头,刘意如又哽咽着说:“老书记,我知道您现在心情也不好,您骂我什么都没关系,我不会计较,今后有什么事,您……您尽管招呼我就是……”

1998 年 6 月 27 日 9 时 40 分　平阳市委

这时,高长河和文春明、孙亚东在市委的小会也快开完了。

高长河最后总结说:“……既然大家都没什么意见,超林同志又态度明确,坚决支持,那么,亚东同志,你们纪委和有关部门就赶快行动吧,特事特办,尽快立案,并尽快进驻烈山县调查取证。特别提醒一下,对县委书记耿子敬和经济开发公司的那个林萍,最好立即采取必要措施,以防走漏风声后他们毁账串供。”

孙亚东点点头:“好,高书记,我回去就布置。”

高长河想了一下，又说："根据金华同志提供的情况，耿子敬现在可能在省城，亚东同志，我看你们可以派几个得力的同志去一趟省城，将耿子敬在省城就地扣下，让他们两边失去联系，这样可能对工作更有利。同时，也向赵成全调查一下，看看汇到省纪委的那十四万是不是他的。"

孙亚东说："那好，兵贵神速，我现在就走，十点钟的那个再就业会我就不参加了，你们书记、市长去参加吧，我请假！"

高长河挥挥手说："好，快去吧。"可话音刚落，又想起了平轧厂，便又说，"哦，亚东同志，还有个事得再和你郑重打个招呼，平轧厂的事你就不要插手了，我和春明同志负责，这段时间你就集中精力抓好烈山腐败问题的查处！"

孙亚东想说什么，可最终还是没说，点点头道："好吧，高书记，平轧厂有你们一二把手负责就好，我也省心，巴不得呢！"

孙亚东走后，文春明才抱怨道："高书记，谁和你一起负责呀?! 平轧厂你让孙亚东同志一并查清楚多好？他不查，新华社的记者也在查，反正是包不住了。"

高长河说："我知道，都知道，有些看法昨天吃饭时也和老书记说了。现在我倒又有个想法了，春明同志，你看我们能不能先着眼于解决问题呢？把过去的方案都拿来再研究一下，看看能不能给平轧厂找到一条比较好一些的出路？先立后破嘛！旧体制造成的问题，我们现在根据社会主义市场经济的规律解决了，事情有了转机，就给人们带来了希望嘛。那时再谈平轧厂的教训，不是更有说服力吗?"

文春明说："还是过去那一套，丧事当做喜事办！"

高长河笑道："也不是，主要是考虑你市长大人的形象，你老兄把这么大的难题解决了，那形象多高大呀？咱说清楚，我只做你的后台，前台的戏还是你唱。"

文春明不为所动："高书记，你以为事情就这么简单？真这么简单的话，平轧厂的事还不早解决了，何至于拖到今天，把我头发都拖白了一大半！"

高长河又笑："不要这么沮丧，咱们就试试看吧，最近抽个空咱们到平轧厂去看看，和平轧厂的同志们一起，好好研究一下这个平轧厂……"

这时，刘意如进来了，提醒说："高书记，文市长，现在是九点五十了，你们得走了，会场上又打电话来催了。"

高长河这才和文春明一起出了门。

在走廊上并排走着，高长河又说："哦，春明同志，还有个问题你恐怕也得过过脑子。烈山的班子估计是垮了，至少是部分垮了，耿子敬看来是完了，那个县长赵成全就算没多大的问题，也没几天活头了，这烈山的新班子怎么办？江山不可一日无主呀，派谁去烈山主持工作好呢？你要考虑考虑。"

文春明觉得有点突然，怔了一下，手一摆说："高书记，这可是你的事，一把手管组织，你呀，和组织部商量这事去吧，我可管不着。"

高长河一本正经道："你咋管不着？你是市长，又是市委副书记，啥事没你一份？再说，在干部使用问题上不能搞什么一把手说了算，这不好！民主一些，集思广益，集体研究，不更全面嘛，不至于再出现较大的片面性嘛。"

这真让文春明陷入了五里云雾之中。这位新书记搞什么名堂？在干部使用问题上也玩民主？这种民主好玩么？以后的平阳市委当真互相监督，集体领导了？姜超林都做不到的事，这位高长河同志能做得到？

权当是听戏吧！

1998年6月27日12时　姜超林家

姜超林再也想不到耿子敬会出这么大的事。接到高长河电话时,姜超林真是呆住了:这么有出息的一个同志,怎么就会走到了今天这一步,怎么就堕落成了腐败分子?当年这个耿子敬多能干呀,当副县长时就在六县市中第一个带头修路,在各乡镇和村与村之间修通了宽阔的水泥大道。一当上县长,马上上烈山新区,在小烈山下摆开了二十四平方公里的战场,六年时间搞出了一片崛起的天地。

过去,姜超林只担心耿子敬的坏脾气,背地里没少批评过耿子敬,可为了让耿子敬放开手脚干事,也没少迁就过耿子敬。上烈山新区时,田立业是县委副书记兼纪委书记,对耿子敬的专权的作风很看不惯,在县委常委会上公开和耿子敬干了起来,姜超林立马把田立业调离了烈山;四年前,耿子敬做了县委书记,前前后后和三个县长都没法共事,姜超林嘴上批评的是耿子敬,调走的却都是那些县长。最终派去了个不争权的赵成全,烈山班子终于团结了,也就终于腐败了,不但毁了耿子敬,也搭上了忠厚老实的赵成全。姜超林实在搞不明白,这都是怎么回事?自己对烈山班子的决策究竟在哪里出了问题?怎么一有监督就不团结,一团结了就出事?

想到赵成全就心疼,耿子敬可以说是自作自受,那赵成全呢?不是他这种决策的牺牲品么?这位县长昏倒在烈山新区工地上不是一次了,有时挂着吊针还上工地。那时谁知道他会患上这种绝症呀?!现在好了,烈山新区起来了,耿子敬进去了,赵成全只怕也要落个不得好死了。

然而,就在姜超林想到耿子敬“进去”时,耿子敬却还没“进去”,非但没“进去”,还一头汗水捧着个花皮大西瓜乐呵呵地跑到姜超林家来了。

姜超林大感意外，可又不好在脸面上露出来，只得硬着头皮与之周旋。

耿子敬一坐下就说："老书记，成全倒在省城了，情况很不好，医生说，也就是这个月的事了，我就到省城去了，所以，您下了，我也没能及时来看您。"

姜超林摆摆手说："我没什么看头，老脸老皮老面孔，你们还是得多把心思用在自己的工作上，少用在这种没有意义的客套上。"

耿子敬说："老书记，我可不是客套，我是真心佩服您。十年了，您为平阳人民做了这么多好事，搞起了这么红火的一座城市，可您自己落了个什么？落得个一身正气，两袖清风，想想就让我感动。"

姜超林平淡地说："子敬，这些话你就不要说了，我都听腻了。"

耿子敬仍在表忠心："老书记，您听腻了我也得说。我是您一手提起来的，没有您，也就没有我耿子敬的今天，没有我们烈山的今天。今天，省里派了个高长河来平阳，没让咱文市长接班，许多人的态度就变了，就想跟高长河了。老书记，我在这里向您表个态，我们烈山不跟风，就认您老书记。这话成全在省城也和我说了，要我务必向您致意问好。"

姜超林不耐烦了："子敬，请你不要再和我说这些了好不好？没意思嘛！"

耿子敬激动了："老书记，您是怎么了？咋连我都不相信了？这么多年来，我可是对您忠心耿耿，只要是您的指示，我落实起来不过夜。老书记，您说心里话，您觉得我耿子敬会背叛您吗？"

姜超林叹了口气："背叛不背叛我都不要紧，要紧的是，不能背叛党和人民的事业呀！我当年建议你做烈山县委书记，不是因为你忠于我个人，而是因为你能干事，也真干了不少事，就是刚才，我还想到了修路的事……"

耿子敬说："干事我不怕，就怕有些同志不理解，还四处造谣，四处上访，搞得你没法工作。老书记，您说说看，成全是个多好的同志呀，我们县里竟也有人造他的谣……”

这时，隔壁房间里的保密电话响了，夫人王玉珍走过来，要姜超林接电话。

电话是孙亚东打来的，口气倒还恭敬，开口便问：“姜书记，耿子敬现在是不是在您家里？”

姜超林觉得有些奇怪，反问道：“孙书记，你是怎么知道的？”

孙亚东说：“是省城那边传过来的信息，赵成全说的。”

姜超林不做声了。

孙亚东问：“我们现在去您家方便吗？”

姜超林仍没做声。

孙亚东又说：“要不，我们在楼下等，他一出门我们就扣留。”

姜超林想了想，毫无表情地说：“你们马上到我家来吧！”

放下电话，走出房间，姜超林冲着耿子敬招了招手，“吃饭吧，在我这里也没什么好吃的，老规矩，手擀面一碗。”

耿子敬高兴地说：“老书记，我可最喜欢吃您家的手擀面了，让我老婆学着做，就是做不好……”

姜超林摇摇头，一声长叹：“只怕是吃一次少一次喽！”

耿子敬仍笑呵呵地说：“哪能啊，您不干市委书记了，时间就多了，我们这些老部下会常来看您的，少不了吃您的手擀面……”

姜超林心里既痛苦又愤怒，再没做声，只是自己吃，也让着耿子敬吃。

耿子敬一碗面没吃完，孙亚东亲自带人进来了，当着姜超林的面对耿子敬说：“耿子敬同志，我代表平阳市委宣布一个决定：从一九九八年六月二十七日，也就是从现在开始，对你的经济问题进行立案审查……”

耿子敬惊呆了，半口面条挂在嘴边竟没咽下去。

姜超林挥挥手，对孙亚东说：“孙书记，让他吃完这碗面再走。”

耿子敬却再也吃不下去了，放下碗，一把拉住姜超林的手，强作镇静道："老书记，我……我肯定被他们诬陷了！您看看，您看看，您下来才几天，他们就对您提拔的干部下手了！可老书记，您放心，我……我耿子敬是经得起考验的！我倒要看看他们想搞什么名堂，想冲着谁发难！"

姜超林的愤怒一下子发作了，吼道："耿子敬，现在是什么时候了，你还敢在这里骗我？！还敢钻我的空子？！你是我个人提拔的吗？我姜超林有这么大权力吗？！过去让你当烈山县委书记，是市委研究决定的；今天对你立案审查，也是市委研究决定的，是我知道情况后坚决支持的！你这个败类！"

说罢，没容任何人做出反应，姜超林就打了个电话给自己的司机，"小王，马上给我出车，去滨海市！对，就是现在！"

孙亚东不知是客气，还是故意将姜超林的军，下令带走耿子敬时，又恭敬地问了一句："姜书记，您还有什么指示吗？"

姜超林手一挥："八个字：依法办事，严惩不贷！"

孙亚东和手下的办案人员把耿子敬带走后，姜超林看着面前耿子敬带来的那个花皮大西瓜，眼中的泪水禁不住落了下来……

那花皮大西瓜真像一颗被砍落的人头！

1998年6月27日16时　省城 医院

翻滚在脑海里的一阵阵疾风暴雨过后，赵成全渐渐平静下来，甚至在市纪委那个钟处长的帮助下，略微活动了一下身子，使自己躺得舒服了一些。躺定后，赵成全又大睁着两眼，盯着天花板想心事。

钟处长坐到床头，语气平和地说："……赵县长，你应该知道，我们不会无缘无故从平阳赶来找你的，我们现在来找你，还是想挽救你呀。你的情况和耿子敬不同，从职务上看，你是二把手，不是一把手，经济开发公司不会听你的。再说，耿子敬的霸道在整个平阳都是出了名的，就连向我们举报的同志都很同情你，说是耿子敬骂你像骂儿子似的。这就有了主从的区别。所以你不要怕，要老实把情况向市委和组织上讲清楚，实事求是。”

赵成全仍在看天花板，像似没听见钟处长的话。

钟处长一点不急，仍是和风细雨地和赵成全谈：“你也不要有一些不切实际的想法。你不开口，别人也会开口，耿子敬会做交待，林萍也会做交待，他们都主动交待了，你赵县长就被动了。成全同志，你看看，前两天的报上还表扬了你，我们看了都很感动，现在落得个不清不楚，算怎么回事？”

赵成全这才说了一句：“报上的文章不是我要发的。”

钟处长说：“是的，我知道，这都是过去安排的，是不是姜超林书记安排的？你是老先进了，姜超林书记这样安排也很正常嘛。哦，顺便问一下：姜超林书记临下来之前，有没有找你或耿子敬谈过什么？”

赵成全注意力一下子集中了，敏感地问：“你们这是什么意思？姜书记找我干什么？”说着，激动起来，“除了正常全市干部开大会，我三个月没见过姜书记了，连电话都没通过一个！”

钟处长说：“好，好，赵县长，你别发火嘛！这是题外话，我随便问问。”

赵成全抚着胸口，长长地吁了口气，说：“钟处长，我和你说句心里话，我早就知道耿子敬这么搞福利不好，迟早要闹出麻烦！可你们一定不要搞错了，我们烈山县委、县政府的同志们入点股，搞点福利，与姜书记可真是一点关系没有！都是我们私底下干的。”

钟处长说：“那么，你就实事求是和组织上谈清楚好不好呢？”

赵成全萎黄的脸上现出了一丝痛苦的神情，沉默了片刻，终于开了口：“好吧，我得对组织上忠诚老实。也就是入股分红的事。最早是耿子敬提起来的，说是大家都挺辛苦，多发奖金又不敢，就变相搞点福利吧。我虽然觉得不太妥当,可也没怎么反对,就同意了。入股也是真入股,我、耿子敬,还有县委老常委、老副县长们一九九六年年度奖没分,平均一人六千元,由耿子敬做主,入了林萍公司的股。一九九七年底一人分了一万五的红,上个月一人分了大约两万的红,合计三万五。昨天,耿子敬来了一下,和我商量,想把账上余下的三十万再分了,我也同意了,现在看来可能没分下去。大体就是这么个情况。你们不相信可以到林萍的公司去查账,大家领钱时都签过字。"

钟处长问:"这些分红钱是哪来的呢?你们知道林萍在做什么生意么?"

赵成全摇摇头:"不该我管的事我从不插嘴,这你们得去问耿子敬和林萍。"

钟处长说:"那我提醒你一下,林萍的公司专门倒卖国有土地使用权,你们的分红就是林萍公司转让土地使用权产生的差价。"

赵成全呆住了,讷讷着:"这……这我不知道,真不知道!"

钟处长显然不相信,"那么,赵县长,你这个县长是怎么当的?啊?国有土地的审批权究竟在谁手上?林萍这个公司究竟经手转让了多少块土地?每亩土地的差价是多少?你难道心里一点数都没有?这太难让人相信了嘛!"

赵成全解释说:"批地这种事,一直是耿子敬管。早年当县长时他管,当了县委书记还是他管。他不放手,我也就不好去争。县国土局的孟局长直接对耿子敬负责。不过,林萍的公司批过一些地我是知道的。据我所知,共有四块,二百多亩。"

钟处长问:"这二百多亩地林萍干什么用了?她的公司搞了什么开发?是不是都转让出去了?这转让的差价款起码在六百万以上吧?"

赵成全想了想,老老实实说:"按当时批下来的地价和现在的实际地价看,可能还不止六百万,起码也在八百万左右。"

钟处长说:“是呀,差价八百万,你们搞所谓的福利,实际分了不到四十万,还有三十万挂在账上,这就是说耿子敬和林萍弄走的差价地款多达七百万。”

赵成全吓白了脸,呼吸也急促起来:“钟处长,你……你的意思是……是不是说,这七百万被耿子敬和……和林萍合伙贪污了?”

钟处长说:“这个结论现在我们还不敢下,组织上正在深入调查了解。”

赵成全紧张地回想着,仍是半信半疑:“不太可能……耿子敬这同志挺热心,就是想为大家搞点福利,不会这么大胆,不会!……七百多万呀,抓住那是要掉脑袋的呀!……”

钟处长叹了口气说:“赵县长,我劝你现在不要再说什么福利不福利了,我可以明确告诉你,从我们目前掌握的情况看,这不是什么违纪搞福利的问题,而是一起重大经济案件,涉嫌经济犯罪!”

赵成全木然地点着头,不做声了,脸色很难看。

钟处长又问:“对这种不正常的情况,市委领导同志就一点没察觉?”

赵成全木然地摇了摇头,仍没说话。

钟处长穷追不舍:“这么长时间了,市委领导连一点怀疑都没有过?”

赵成全几乎要哭了:“你们纪检机关都……都没察觉,没怀疑,市委、市政府的领导又……到哪儿去察觉?又从哪里疑起呀?这……这次若不是内部有人捅了出去,谁……谁会知道呢?!”

钟处长这才问:“那么,赵县长,一次次这么分红时,你害怕不害怕?”

赵成全犹豫了一下,说:“有些担心,说不上怎么害怕,就以为是变相搞福利……”

钟处长紧盯着赵成全:“就没想过把这些不该拿的钱寄到有关部门去?”

赵成全摇摇头,“我真这样做,不就把耿子敬和其他同志害了么?那时我真觉得耿子敬是好心,心里还认为耿子敬有气魄呢!……钟处长,我糊涂,我真糊涂呀!……”

钟处长再次问:“就是说:你从来没有把这些不该拿的钱交到纪委去?是不是?包括省纪委?”

赵成全不知道发生了什么,茫然地看着钟处长,肯定地点了点头。

这时,医生来查房了,见钟处长和记录员拿着笔记本守在赵成全床前,马上不客气地对钟处长说:“你们现在就不要再和赵县长谈工作了好不好?人都病成了这个样子,你们就忍心呀?!”

女医生话音未落,赵成全再也支持不住了,抱着头哽咽着抽泣起来。

1998年6月27日17时　平阳轧钢厂

耿子敬被立案审查的消息,当天便四处传开了,各种版本的说法都有。

下午四点,田立业陪着李馨香采访轧钢厂厂长何卓孝时,手机突然响了,是夫人焦娇打过来的。焦娇在市政府“扭亏办”工作,办公室在市政府主楼上,接近中枢,历来是小道消息的发祥地和转播站之一。

刚接电话时,田立业还没当回事,以为夫人打电话来是向他请安,关心一下他的请调问题,便开玩笑说:“怎么了,老婆?你早上留下的批示我已经认真学习过了,原则上同意你的意见,由于现在的平阳还不是我的天下,所以,我决定继续苟且偷生,日后再图大举。”

焦娇格格笑着说:“我知道你酒一醒就会学乖的。哎,听说了么?出大事了!”

田立业仍没当回事:“出什么大事了？是不是你们‘造亏办’又制造出什么新亏损单位了？向我们市委报喜?”

焦娇说:“田大甩子,我不和你开玩笑！知道么？烈山的耿子敬被立案审查了！现在烈山正抓人呢,经济开发公司的一个女经理、国土局局长,还有不少当官的,都被扣起来了,简直是秋风扫落叶……”

田立业吃了一惊:“我这个市委副秘书长都不知道的事,你们咋就知道了？该不是路透社消息吧?”

焦娇道:“告诉你,百分之百新华社消息！更严重的是,耿子敬是在姜书记家被堵住的！据说正和姜书记订攻守同盟时,被当场抓获……”

田立业没听焦娇说完便道:“这不可能！姜书记是什么人,我们还不了解吗？焦娇,我可警告你,这种话你可千万别去四处乱说,那是要出大乱子的!”

焦娇不悦地说:“我傻呀？会去传这种话?！不过,立业,你真得小心点,别再和新来的那个高长河过不去,这个人可是不简单,杀鸡给你们这些猴子看呢!”

田立业没好气地说:“那是妄想！我们猴子根本不看!”

焦娇说:“那你当心人家杀猴!”

田立业心里乱极了,说:“好了,好了,焦娇,你少啰嗦！你放心,我不会以卵击石的,我现在正陪同李记者采访,就是要伺机做她的工作,帮她改邪归正,以挽救我的政治前途。”

刚合上手机,还没回到何卓孝办公室,胡早秋的电话又来了,开口就抱怨说:“田秘,你看你这个人,就是不够朋友！今天一早我还帮你办事,平阳出了这么大的乱子,你也不和我通个气!”

田立业说:“早秋,不瞒你说,我也是刚才才知道的,说是烈山班子出事了。”

胡早秋说:“是呀,你说姜书记咋这么糊涂？咋把耿子敬藏到了自己家里？你说说看，让人家堵到门上算哪一出？万一耿子敬今天真从姜书记家跑了，姜书记可怎么交待！"

田立业哭笑不得："早秋，你这都是从哪来的谣言呀？啊？对老书记我了解，你胡市长也该了解呀，他是这种人吗?！我和你说，就算耿子敬是老书记的儿子，只要犯了法，老书记都不会藏他！"

胡早秋那边沉默了片刻："倒也是，没准又是谁恶意造谣。"

田立业忿然说："肯定是造谣嘛！老书记在台上干了十年，又是那么个不给人留面子的工作作风，能没有冤家对头？这种时候人家能不兴风作浪？胡市长，你不是一般群众，可得保持清醒的头脑，不能在这种时候给老书记新书记添乱！"

胡早秋忙说："对，对，你老兄说得对！这么多年了，你也就是这一会儿像个市委副秘书长了！"

再次合上电话，田立业陷入了沉思：今天这情况太奇怪了，怎么这多脏水都泼到了老书记头上？

耿子敬这种人出事并不奇怪。八年前，田立业在烈山做县委副书记时就认识耿子敬。那时，耿子敬只是个副县长，就要权不要命，常跑到老书记面前打他的小报告。他最终被调离烈山，除了自己的原因，也有耿子敬的原因。老书记不相信别人的话，却相信耿子敬的话，耿子敬表忠心的本事大得惊人。当了县委书记，耿子敬大权独揽后，田立业曾多次提醒过老书记：失去监督的权力会十分可怕。老书记不听，反倒说：班子不团结尽打架就不可怕?！

现在，耿子敬终于被他自己葬送了，也坑死了老书记……

尽管这样，田立业仍是想不通：耿子敬出事归耿子敬出事，这种事过去也不是没出过，怎么现在一下子都冲着老书记来了？这一天之中平阳怎么就掀起了这么大的风浪？针对老书记的谣言怎么会这么凶猛？这就让他不能不怀疑新书记高长河了。高长河在里面起没起作用？起了多大的作用？高长河是不是因为老书记坚持要公开平轧厂的内幕，才突然来了这一手？

如果真是这样，那么，他田立业现在已处在旋涡之中了！

胡思乱想了好一阵子，田立业才想起给老书记打个电话，问问情况。

1998年6月27日18时　滨海市 金海岸

姜超林在滨海金海岸的人造沙滩上接到了田立业的电话。

听完田立业激昂慷慨的宣泄，姜超林才平静地说："田秀才，你说的这些情况我都知道。其他同志也和我说了，传得更邪乎的还有，我不想再接这种电话了，正准备关机，可你又把电话打了进来。那么，我也和你说几句吧。首先，耿子敬确实是从我家被带走的，这是事实。可是，我既没把耿子敬藏起来，更没和这个人订立什么攻守同盟，我既不要攻，也不要守。对此谁有疑问，就请他到孙亚东同志那里去了解一下。二、长河同志在此之前和我通过气，我对立案审查耿子敬包括烈山班子是坚决支持的，这是很正常的反腐倡廉工作，不存在什么做手脚之类的问题，你们这些小官僚们都要有点头脑，不要无端地中伤长河同志。三、一定要全力支持高长河同志的工作，不要感情用事，让屁股指挥脑袋，更不要轻信谣言，破坏我们平阳安定团结的大好局面。至于说平轧厂的采访搞不搞了，我的意见是搞下去！记者同志和他们的领导说得很对，这不仅仅是个平轧厂的问题，是旧体制下发生的具有典型意义的大问题，只要你有党性，有良心，对改革还有点责任心，就不会反对这么做。好了，田秀才，我就说这么多吧。哦，对了，还有一点，提醒你一下，那个记者把平轧厂的稿子写出来后，不论记者是什么态度，你都一定要把稿子拿去请长河同志和春明同志审阅一下，这是组织原则问题。"

关上手机，姜超林长长叹了口气，对头上缠着绷带的滨海市委书记王少波说："少波，你看看这事闹的，才一天的时间，就折腾得满城风雨了！这个耿子敬真气死我了！”

王少波笑了笑，说：“老书记呀，说句不中听的话，您这也是自作自受。”

姜超林嗔怒地盯着王少波道：“怎么？你也气我呀？”

王少波笑着说：“不是，老书记，我是想帮您总结一下经验教训。您回忆一下，对耿子敬，同志们是不是提醒过您？我记得田秀才和文市长就和您说过好几次，有一次我也在场，您不听，被耿子敬哄得团团转。耿子敬会奉承您呀，落实您的指示不过夜，哪像我们，老给您提点不入耳的意见，有时候还敢和您顶几句。所以，见到我们您脸板得像火石，动不动要把我们撤了，我请您给金海岸奠基，您能从始到终不理我，真做得出来。可见到耿子敬，您就喜笑颜开。耿子敬和田立业及三个县长都处不好，你咋就这么迁就他？不是太过分了嘛！”

姜超林叹了口气：“是呀，看来这个人是用错了，教训深刻呀！”

王少波又说：“不过，老书记，在平阳干部队伍中，耿子敬只是个别的，您也别太放在心上，人非圣贤，孰能无过？”

姜超林忧悒地说：“一颗老鼠屎会坏了一锅汤呀！更何况，耿子敬这种时候还跑到我家里来！竟在我家被孙亚东堵住了！少波，你说说看，这叫什么事？！”

王少波沉默了一下，说：“老书记，你不觉得这里面有名堂么？”

姜超林问：“有什么名堂？”

王少波说：“为什么一定要在您家动手？他孙亚东就不能等耿子敬回烈山再动手吗？耿子敬的问题暴露了，已经在孙亚东和有关部门的监视之中了，还怕他逃了不成？我看孙亚东是别有用心！联想到一天之中又出现这么多似是而非的谣言，我更怀疑这里面有鬼！”

姜超林停住脚步，久久目视着大海，一言不发。

王少波又提醒了一句：“老书记，您要警惕！”

姜超林这才缓缓转过头说："少波，这些话现在都先不要说。就算孙亚东故意看我的笑话，给我制造麻烦，我也得先好好想想，总结一下教训。是教训呀，家长制，一言堂，权力失去监督，不但害了耿子敬，也害了赵成全和烈山这么多干部！"

王少波显然十分惊讶："老书记，您现在怎么这样想了？你过去不是一直强调班长的领导权威吗？不是最讲雷厉风行吗？说您家长制，是孙亚东他们的攻击！"

姜超林苦笑起来："所以呀，我这个大家长，就带出了你们这一批小家长！我口口声声撤了你们，你们就口口声声撤了人家。现在，我开始考虑这个问题了，你们反倒想不通了，是不是呀？"

王少波说："实际上您这十年在平阳真没为工作撤掉哪个干部嘛！"

姜超林摇摇头："不在于撤没撤哪个干部，而在于我们这种传统的用人思想和思维方式有问题……"

就在这时，文春明的电话打来了，是打到王少波手机上的。

文春明向姜超林通报说："迄至半小时前，烈山涉案干部已有十人被隔离审查，问题相当严重，可能是平阳二十年来空前未有的大案要案。除县委书记耿子敬外，还有县长赵成全、两个县委副书记、三个常委和副县长涉及此案。领导班子之外，国土局局长、县委办公室主任和经济开发公司经理林萍问题尤其严重。仅利用职权倒卖土地一项，即涉及非法谋利六百万以上。"

姜超林忧心忡忡地问："这么说，烈山县委、县政府两套班子都垮了？"

文春明情绪也不好，"这还用问吗？县委常委中，除了刘意如的女儿金华，全卷进去了，非常委副县长中可能还会有人陆续卷进去。老书记呀，你有个思想准备就是了，这下子咱平阳可要名扬全国了！"

接完电话，姜超林愣怔着，好半天没一句话。

王少波关切地问:“老书记,看来人家要做大文章了,是不是?”

姜超林一下子火了:“少波同志,你们怎么老是这么想问题?!这是为我着想吗?你们就不想想,我现在是个什么心情?烈山那帮败类给人民造成了多么大的损失,给党造成了多么恶劣的影响!我心里愧疚不愧疚呀?!”

第七章　同志之间的战争

1998年6月28日8时　平阳市委

田立业早上一上班，还没走进自己办公室，就在走廊上碰到了刘意如。

刘意如故作惊讶地问："哟，田秘书长，你看，这还差五六分钟呢，你咋就跑来上班了？就不趁着早晨凉快多睡一会儿？"

田立业一本正经地说："改邪归正了，从今以后要向你刘主任好好学习了……"

这时，高长河夹着只公文包上了楼，看见田立业，马上说："哦，田秘书长，我正要找你呢，你过来一下！"

刘意如冲着田立业诡秘地一笑，走了。

田立业忐忑不安地跟着高长河走进办公室，问："什么事，高书记？"

高长河自顾自地在办公桌前坐下，也让田立业坐下，从公文包里拿出了一本薄薄的书，往桌面上一放，说："随便和你谈谈。"

田立业注意到，高长河拿出的那本书正是自己的第二本杂文集《也算一说》。

高长河指着书笑道："田秘书长，你这书不送我雅正，我还是雅正了一下，让刘主任到接待处要了一本。不错，不错，催眠效果比较好，没雅正完就睡着了。"

田立业心里很火，却不敢表露出来，只道："能让你们领导同志睡个好觉，我也略有安慰了，也算没白写吧。"

高长河拿起书翻了翻，看了看版权页："哦，印了两千本，是不是都卖给了我们市委、市政府接待处了？"

田立业摇摇头："接待处买了一千本，那一千本我自己买了，怎么？高书记，是不是也要反反我的腐败了？"

高长河笑了："我没这个考虑，真没有。一千本书不过几千块钱，就算要反你的腐败，也用不着我亲自抓嘛，杀鸡哪能用宰牛刀？再说了，让同志们多读点书，哪怕是让人打瞌睡的书，也总比多喝酒好。几千块钱喝酒一次就喝掉了，倒不如买点你的书送送人，也显得我们平阳市委人才荟萃嘛，是不是？"

田立业虽说知道自己的麻烦迟早要来，可是真没想到来得会这么快，而且会是在这种事上。由此看来，知识分子整知识分子，那可真是整得得心应手。老书记就说不出高长河这么内行，这么"风趣"的话，让你恨得咬牙，却不好发作。

高长河给自己倒了杯水，也给田立业倒了一杯，话说得那么尖刻，脸上笑得却非常自然："当然了，田秘书长，你心里也可以不服，也可以认为自己这本书写得很好，甚至和鲁迅先生的杂文一样好，那是你的权利。可我作为一个读者，得出的结论只能是：你这个田作者并没有多少才气嘛，这种文章有空闲写写也可以，没时间不写也不是损失，一般来说不会影响中国文坛的繁荣局面。声明一下，这完全是一个读者的意见，不是一个市委书记的意见。讨论这种学术问题的时候，咱们完全平等。"

田立业却根本没感觉到这间市委书记办公室里有什么平等的气氛！

高长河当完了读者，马上又当起了市委书记："哦，今天也向你表个态，田秘书长，只要你还愿意写下去，再出书时，我们市委接待处还可以买一千本，老班长鼓励写书、鼓励读书的好风气在我的任上决不会中断。”

田立业勉强笑了笑：“高书记，我看我直接去研究安眠药算了！”

高长河戏谑道：“不一样，不一样，安眠药对身体有副作用，读你的书催眠没有什么副作用。”

田立业实在忍不住了：“高书记，你到底想和我说什么呀？”

高长河这才切入正题：“谈谈你的工作。按说，这也用不着我和你谈，咱们市委王秘书长和你谈就可以了。可你这情况比较特殊，好歹也算是我到平阳来最早交下的一个朋友，就想和你直接谈了。你好像也四十出头了吧？”

田立业郁郁说：“四十二岁。”

高长河点点头：“小我五岁。这个岁数一般来说经验比较丰富，也正是能干点事的时候。从写作上看，我估计你不会有大发展了，至少成不了鲁迅、高尔基、马尔克斯那样的大文豪。那么，何不做点扎扎实实的工作呢？我们市委的每一个副秘书长都跟着一个副书记做协调工作，你六年来谁都没跟，也没具体分管过哪个口子，是不是？”

田立业脸色阴沉下来：“是的，打了六年杂，尽分苹果，管卫生评比什么的，算市委机关不管部部长吧。不过，要声明一下，这可不是我不愿干，是老书记姜超林同志不让我干。我三番五次要下去，姜超林同志都不批准，我想去当个乡镇长都没戏，只好在机关当撞钟和尚了。”

高长河注意地看了田立业一眼：“为什么？”

田立业自嘲道：“老书记怕我一不小心吐出个象牙来！”

高长河哈哈大笑起来，笑罢，说：“田立业同志，我不怕你给我吐象牙，你嘴里真能吐出象牙来，那可算得上特等保护动物，够国宝级。告诉你吧，我个人有个想法，准备让你动一动，到下面干活去！别再在机关里泡了，再泡就泡馊了！你回去后也想想看，有没有点吃苦精神？能不能多做点实事，少空谈误国？！”

田立业试探地问：“高书记，你的意思是说，要我调离市委机关？”

高长河点点头，很明确地说：“是的，你不能在市委机关这么混下去了。”

田立业马上悟到，面前这位新书记向他下手了，想都没想，当即表示说：“那么，高书记，我就调市人大吧，这话我早想说了，连请调报告都写过。不瞒你说，就是在和你一起吃过饭后，我准备去市人大的。”

高长河冷冷一笑：“田立业同志，你就这么点出息？离开姜超林书记，你就不会工作了？再到人大去当不管部部长吗？就没点做人的志气？就这么人身依附？”

这话说得太刻薄，也太一针见血，田立业觉得自己一下子被逼到了墙角上，呆住了。

高长河又盯了上来：“怎么？你还非要去追随姜书记吗？”

田立业想了好半天，终于狠下了心，“好吧，高书记，我听从组织安排！”

高长河脸色这才好看了一些，口气也舒缓了：“就是嘛，你田立业是党员干部，就是要听从组织安排嘛！你自己刚才也说了，早就想下去，现在我满足你的良好愿望，真让你下去了，你又吵着要去人大了，是不是存心和我过不去呀？”

田立业愤愤地想，高大书记，不是我存心和你过不去，是你存心和我过不去！

高长河却没有什么和田立业过不去的样子，离开办公桌，端着水，走到田立业对面的沙发上坐下了，说：“听说六年前你在烈山干得还是不错的嘛，完全不是现在这个样子嘛！我要是姜书记就不会把你调回来。”

田立业言不由衷地应付说：“那你早来平阳就好了！”

高长河含意不明地笑笑:“说说看,当年你为什么大闹县委常委会?”

田立业忿忿道:“怎么是我大闹县委常委会?我是坚持原则,不同意耿子敬一手遮天,胡作非为!起因就是查小金库嘛,他耿子敬县政府的小金库掖了十七万,谁都不敢提,我还就不信这个邪,就是把问题摆到桌面上了嘛!不应该吗?”

高长河似笑非笑地问:“结果怎么样?”

田立业没好气地说:“十七万追缴上来了,老书记却把我调到市委当副秘书长了。”

高长河意味深长地点点头,说:“在这件事上,老书记赏罚不明啊!”

田立业马上警觉了,高长河是在离间自己和老书记的关系!于是便说:“这不涉及赏罚问题,县委副书记是副处级,市委副秘书长也是副处级,而且许多同志还宁愿调上来做副秘书长呢!”

高长河看看田立业,问:“如果当时调走的不是你,而是耿子敬,又会怎么样呢?”

田立业仍保持着应有的警惕:“高书记,任何事情都没有‘如果’。”

高长河问得益发露骨了:“这么多年,你对姜书记就真没有一点意见?”

田立业硬生生地说:“姜书记一直对我挺好,又没打击报复我,我能有什么意见?”

高长河“哼”了一声:“那是,姜书记一直帮你卖‘匕首和投枪’嘛!”

田立业反唇相讥道:“高书记,你不也要帮我卖‘匕首和投枪’吗?你刚才不也说了么,我再写书,你也要接待处继续买?!”

高长河把手上的茶杯往茶几上一蹾:“田立业,你还真想再搞安眠药?啊?我可警告你,这种梦别再做了!下去干活就是下去干活,要准备脱层皮!"说罢,挥挥手,"好了,好了,你先回去吧,我还有事,马上要和文市长一起去平轧厂!"

田立业也不惧怕,起身掉头便走。出了门就想:高长河离间失败,那将要套到他脚上的小鞋只怕会很小、很小。然而,心里却不后悔,甚或有点悲壮,为老书记这样的老领导,值得!

1998年6月28日9时　烈山县委招待所

从二十七日上午九点,到二十八日上午九点,在这二十四小时中,孙亚东带着一支由三十多人组成的队伍紧张工作着,忙得像打仗。这仗打得实在漂亮,初步掌握的十名涉嫌者全部落网,可能留存赃证的场所全贴上了封条。第一轮突击审查到凌晨五时结束,烈山经济开发公司这座藏污纳垢的巨大冰山浮出了水面。建筑在这座冰山上的中共烈山县委和烈山县人民政府轰然垮落下来。

尤其是县委,硕果仅存者一人:金华。

现在,这位硕果仅存的烈山县委常委、常务副县长正站在孙亚东面前。

孙亚东熬了一夜,两眼血红,忍不住直打哈欠:"金县长,有事么?"

金华请示道:"孙书记,您看这事闹的,这么多领导同志突然出问题,我们烈山的工作可怎么办呀?谁来主持?您看看,今天一天就有三个重要的会,原来都是耿子敬主持,下午省里还有个检查团过来……"

孙亚东不经意地说:"金县长,这事我昨天不就代表市委和你说清楚了么?在烈山新班子确定之前,由你临时主持工作嘛。"

金华说:"孙书记,您这话是昨天下午三点说的,可三点之后,县委这边又被你们叫走了一个,政府那边又是两个,我真是没法应付了哩。"

孙亚东叹了口气说："我知道，都知道，事先情况估计有些不足，加上事情发生得也太突然，所以，市委有点措手不及。不过，你放心，这种情况只是暂时的，市委马上要研究决定烈山新班子，就是这两天的事吧。你再坚持一下，尽量不要影响日常工作。有些可开可不开的会先不要开了，有些不是太急的工作可以往后推一推。金县长，你看先这样好不好？我还有很多重要的事要处理。"

金华不好再说什么了，点点头出去了。

正走进门的市反贪局刘局长冲着金华的背影笑笑，对孙亚东说："这个小女人可真不得了啊，一份举报材料端掉了烈山两套班子。"

孙亚东脸一绷："刘局长，你这话说得可不好呀，好像缺点原则性嘛！怎么，这两套腐败的班子不该端吗？如果我们能早一点接到这样有名有姓的确凿举报，我们的干部队伍中能多几个像金华同志这样的反腐英雄，烈山的盖子早揭开了！"

刘局长说："也没这么简单，孙书记，你知道耿子敬和姜超林的关系嘛，现在是因为姜超林下了，他不下，就算有这种举报，只怕也查不下去。"

孙亚东挥挥手说："这你就错了，怎么会查不下去？我们不是一直就在查嘛，包括平轧厂！烈山的班子群众反映这么大，请客送礼之风这么盛，送礼收礼动辄几千几万，正常吗？没问题真见鬼了！不过，这个经济开发公司倒也是太隐蔽了，好像连匿名举报都没接到过吧？"

刘局长点点头："没有。上个月倒是接到过一封反映耿子敬生活作风问题的匿名信，也不知怎么寄到反贪局来了，因为是匿名，又是生活作风问题，我们也就没当回事。现在想想，如果当时就动手去查，没准就把耿子敬和林萍都查出来了。"

孙亚东说："是啊，是啊，做我们这种工作，心一定要细，眼一定要亮。"停了一下，又问，"平轧厂那边的情况怎么样啊？"

刘局长说:“我正要向你汇报呢,现在基本可以断定平轧厂厂长兼党委书记何卓孝有经济问题。孙书记,你都想不到这个何卓孝能搞出什么鬼来!”

孙亚东注意地看着刘局长,“哦?是不是那六十七万请客送礼账目有问题?”

刘局长摇摇头说:“根据我们深入调查,那些账目看来出入不大,毕竟是十年的费用,大多数用项又是购买实物送关系单位,何卓孝经手也不多。何卓孝的问题出在医药费上。最近两年,此人利用职权在平轧厂报销的医药费高达三万九千多元。我们在平轧厂副厂长牛千里等同志的配合下,比较彻底地查了一下,把原始证据都搞到手了。孙书记,何卓孝这人你是见过的,壮得像头牛,哪来的癌症啊?他胆可真不小,竟敢自己签字把这三万九千多元悄悄报销了!”

孙亚东“哼”了一声:“不是都说平轧厂没什么经济问题吗?连高长河也跟着这么说!好,就这么继续查下去,马上到一家家医院去落实,看看何卓孝这三万九千多块钱的医药费单据是怎么开出来的?谁给他开的?再重申一下,在调查取证的过程中一定要注意严格保密!”

刘局长又不无担心地说:“孙书记,对平轧厂,从姜超林、文春明到高长河的态度都这么明确,我们还是这么干,万一……”

孙亚东平静地道:“万一出了事,由我这个市委副书记兼市纪委书记负责,我决不会把任何责任往你们做具体工作的同志身上推,这一点请你们放心。前年在昌江市查处那个腐败副市长,我压力小吗?光恐吓电话就接过好几个,还碰到一次奇怪的车祸,最后怎么样?我孙亚东不还是孙亚东吗?!”

刘局长婉转地说:“孙书记,这次不太一样,这次咱是私下里查,再说,你和高长河同志过去关系又很好……”

孙亚东手一摆:“不论我个人和高长河是什么关系,只要涉及反腐倡廉这种原则问题，我孙亚东就六亲不认！我一上任就和你们说过，我这个人就是倔，就是要做平阳的反腐之剑！组织上把我放在这个岗位上，我就别无选择；你老刘做了这个反贪局长，也别无选择！谁也别指望我们把手上的剑换成鲜花，剑就是剑，不是鲜花！”

刘局长不敢再说下去了。

孙亚东却又说：“老刘，我再强调一下，责任我来负，具体工作都得你们做，现在情况又比较复杂，所以，不论是烈山还是平轧厂，都不能掉以轻心啊！”

刘局长点头应着，出去了。

恰在这时，省城马万里的长途电话打了过来。

马万里一开口就表扬，说是在对烈山班子问题的查处上，长河同志和平阳市委决策果断，措施得力，头开得很好。并要孙亚东不要有任何顾忌，要一查到底，不论涉及到什么人，涉及到哪一级干部，都不要怕。

孙亚东说：“马书记，您是了解我的，怕我倒是不怕，可也非常希望省委能在这种时候多给我们一点实际支持……”

马万里在电话里爽朗地笑道：“亚东同志呀，我打电话给你，就是要告诉你，省纪委的工作组下午就出发，今天将在烈山和你们共进晚餐。”

孙亚东高兴了，问：“马书记，这事通知平阳市委没有？”

马万里说：“我已经和长河同志打过招呼了。”

接下来，孙亚东就案件的最新进展情况向马万里做了汇报，特别提到，早些时候汇到省纪委的十四万赃款仍然没有线索。

马万里说：“那就加大力度，继续调查，如果这十四万的线索不在烈山，那么，就把视野放开些，把调查面扩大些。但是，一定要注意掌握政策，无论如何都不要搞得满城风雨，平阳班子刚刚交接，大家都很敏感……”

本来,孙亚东还想向马万里汇报一下暗查平轧厂的事,可话到嘴边终于没说。这倒不是怕日后查不出厂长何卓孝的问题,而是不想把平轧厂的难题过早地交给马万里,引发出马万里和高长河的矛盾。

因此,和马万里通过电话好久了,孙亚东还在苦恼地想着:我们今天面对的腐败现象真是太复杂、也太难查处了,有时候真是剪不断,理还乱,关系套着关系,利益联着利益,再加上有些领导干部既有私心,又有顾虑,纪检部门工作起来实在是太不容易了!

正这么想着,省城钟处长的电话又打来了,把赵成全最新交待出来的线索汇报了一下,又说,这个案子对赵成全的刺激和压力都很大,赵成全的情况很不好,病情趋于恶化。

孙亚东心情有些沉重,沉默了片刻,指示说:"钟处长,请你代表平阳市委告诉医院方面,对赵成全要像以前一样全力抢救,该用什么药用什么药,该享受什么待遇还享受什么待遇,一点都不要变!另外,你们绝对不能对赵成全搞疲劳战术,也不要讲任何刺激性的话,这个同志是老先进,是一步步干上来的,和耿子敬不是一回事!"

1998年6月28日9时　平阳轧钢厂

从副厂长牛千里这阵子的反常态度上,何卓孝预感到自己将面临一场风暴。昨天烈山一出事,厂里也谣言四起了,说是孙亚东和市委正在暗中调查他,他这个厂长兼党委书记没几天干头了。何卓孝发现谣言的源头在牛千里那里,便连夜把电话挂到文春明家,问文春明这是怎么回事?文春明断然否定,说市委绝没有做过这类决定,要何卓孝在高长河到平轧厂现场办公时,直接向高长河反映。

于是,高长河和文春明一到平轧厂,何卓孝马上把这一情况向高长河反映了，满腹委屈地说："……高书记，市委怎么查我都可以，该立案立案，我能理解，可暗地里来这一手，厂里又有人兴风作浪，我就实在没法工作了。高书记、文市长，今天当着你们两位领导的面，我正式提出辞职。"

这时，高长河正和文春明一起在偌大的厂房里巡视，高长河一边走一边说："何厂长，你反映的这个情况我不太清楚，市委确实是没做过这种决定或类似的决定，这一点你可以请文市长证实。至于说有没有人背着市委搞点名堂，我不敢向你打包票。我要强调的是，就是真有谁背着市委这么做了，你也要坦荡一点，为人不做亏心事，不怕半夜鬼叫门嘛！你急着辞职干什么？啊？心虚了？"

何卓孝不敢做声了。

高长河指着空荡荡的厂房又说："你看看，你看看，十二个亿呀，就这么不死不活地扔在这里，你何厂长就看得下去？就不着急？虽然说投资责任不该由你负，其他责任你就没有一点吗？所以我说呀，你这个同志要把精力放在改变这种被动局面的大事上，不要老想着个人的委屈。要说委屈，文市长不更委屈？文市长这委屈又说给谁听了？"

文春明这才说："老何，高书记说得对，我们现在必须立足于解决问题。"

接下来开会，以往各种讨论过好多次的方案又拿了出来，从和省内有关钢铁企业联合组建集团公司，到种种兼并破产和资产重组计划，几乎没有什么新内容。

让何卓孝想不到的是，得意忘形的副厂长牛千里突然拿出了个新东西。

牛千里说："既然市委、市政府这么重视从根本上解决平轧厂的问题，高书记和文市长两个一把手一齐到场，我就有个新想法了，而且，保证一实施就见效！"

高长河、文春明和所有与会者都把目光转向了牛千里。

牛千里侃侃而谈:“现在,国有企业的股份制改造是个热点,三天两头有新的股份公司在上交所和深交所上市。我们是不是可以考虑把平轧厂改制成上市股份公司呢?当然,这里的前提是省里、市里支持,能给我们平轧厂上市额度……”

与会众人先是窃笑,后来便哄堂大笑起来。

何卓孝没笑,且于众人的哄笑声中冷冷开了口:“牛副厂长,你是不是炒股炒糊涂了?睁着眼睛说起梦话来了?我提醒你一下,我们平轧厂根本不具备变成上市公司的起码条件,迄今为止没有一分钱利润,只有债务!”

牛千里不满地瞟了一眼何卓孝:“何厂长,声明一下,作为副处以上的干部,我没炒过股,但是,我对中国股市倒是十分关注,还小有研究!”声明过后,又继续说,“同志们,大家都不要笑嘛,我这个想法不是凭空而来的,是有根据的,因此,也就是可行的。这段时间,我研究过一些去年上市的股份公司,上市报告写得都天花乱坠,一家家都溢价好多倍往外卖股票,一块钱的净资产敢卖到五六块。深入了解一下,嘿,不少都是严重亏损企业,情况甚至比我们平轧厂还糟。后来才知道,这叫‘包装上市’。所以,只要能到证券管理部门争取到上市额度,把平轧厂好好包装一下,做出盈利报告只是个技术性问题……”

高长河听不下去了,摆摆手说:“这个设想不要谈了,完全没有实施的可能性,这是弄虚作假,祸国殃民!牛千里同志说的这种情况有没有?有,还不是一家两家。这种所谓的包装上市公司,我省就有嘛,因为涉及到我们和兄弟地区的关系,我在这里就不点它的名了。不过,请同志们记住:这种事我们平阳不能搞!不但是今天不能搞,以后也不能搞!”

文春明马上赞同说:“对,当真把我们的老百姓当傻瓜玩了呀?”

高长河看了文春明一眼,说:“文市长,你可别说,还就有人把老百姓当傻瓜玩嘛！前些时候我看到一篇经济理论文章，大讲中国老百姓手头有几万个亿，并由此计算出能把多少陷入困境的国有企业改造成股份制公司。同志们，不瞒你们说，我看了这篇大文章真是吓出了一头汗呀！大家设想一下，如果像平轧厂这样的企业都包装上市了，我们会面对一种怎样的局面？从表面上看，国家的包袱是轻了，可别忘了，这一个个包袱并没有消失在大气层中，是背到我们老百姓身上去了。当我们的老百姓背上了这一个个包袱，发现自己上了当，危机就会像火山一样爆发，情况将比前不久发生的东南亚危机更严重，甚至会动摇国基！”

大家都被高长河的深刻见解震慑住了。

高长河略微停顿了一下，又继续说：“所以，这种祸国殃民的事想都不要想。当然，我说这番话不是针对牛千里同志个人，是针对这种经济现象。牛千里同志这个设想不可取，可启发作用还是有的。刚才有个兼并方案引起了我的注意，就是上海那家上市公司提出的兼并方案。”

何卓孝问：“高书记，是东方钢铁集团吧？”

高长河点点头：“对，就是东方钢铁集团公司，他们不是对平轧有兴趣吗？不是正在搞资产重组吗？市里给优惠政策，你们好好和他们谈下去，不要一开口就否了人家的方案，也不要怕脸面上不好看。我看，没有什么不可以谈的，零兼并可以谈，减免税费可以谈，部分贷款挂账也可以谈。我们要是这也不谈，那也不谈，老想赚人家的便宜，那就只能把包袱背在自己身上，而且越背越重。在这里说个观点：我一直认为，这个世界上的好生意都是双赢的，单赢就不是好生意。我们一定要搞清楚，人家是来兼并，不是来济贫，我们一定要充分考虑人家合理的经济报偿！”

与会者都没想到，高长河对经济工作这么内行。

更让与会者，包括文春明都没想到的是，接下来，高长河竟明确指示何卓孝在东方钢铁集团的方案上立即开始谈判。

高长河说："老何，你们就不要再瞻前顾后了，马上以东方钢铁集团提出的方案为基础开始谈判，可以在平阳谈，也可以到上海或北京谈，马上谈！市委、市政府领导只要有空就去参加，我和文市长有空也会参加。"转而又问文春明，"文市长，你看呢？"

文春明觉得高长河没征求自己的意见就表态，实在太轻率，太不把他这个市长放在眼里了，心里很火，可当着这么多与会同志的面又不好反对，只得支吾着，违心地点了点头。

文春明的暧昧态度，何卓孝看出来了，何卓孝便不敢轻举妄动。文春明刚回到办公室，何卓孝便把电话打了过去，请示文春明，这事到底怎么办？和东方钢铁集团是不是真的马上开谈？文春明的回答仍然很暧昧，要何卓孝看着办。

何卓孝真不知道该怎么办才好，他放下电话，当即失态地骂起了娘。

1998年6月28日9时　平阳 新天地娱乐城

田立婷可不知道新天地娱乐城是上午十点上班，八点整就到了，前门进不去，就从边门找到了总经理办公室。总经理办公室锁着门，田立婷先在门口等，后来就帮着值班看门的师傅拖起了地。地快拖完时，一个胖子摇摇晃晃来了。看门师傅悄悄说，这个胖子就是陈总经理，田立婷便怯怯地喊着"陈总经理"，跟着胖子进了总经理室的门。

胖子几乎没用正眼瞅一下田立婷，表情态度也很不耐烦，没容田立婷开口就说："又是来找工作的吧？我们的广告上写得很清楚，是招小姐，不是招杂工。"

田立婷有点发愣，说："陈总，您……您可能搞错了，我……我是你们胡市长胡早秋同志介绍来的……"

话没说完，胖子的态度就变了："哦，你是不是姓田？田大姐？

你哥哥是不是平阳市委的田秘书长？哎呀，你怎么不早说呀！快坐，坐，田大姐！”

田立婷坐下了，小心地问：“陈总，胡市长给您打过电话了吧？”

胖子热情地说：“打过了，打过了，其实，根本用不着惊动胡市长嘛，就是田秘书长和我打个招呼，我能不办吗？田大姐，你看看你，也是太认真了，来得这么早，一来就拖地，这让田秘书长知道了多不好！”

田立婷心里很反感，嘴上却说：“陈总，您真是太客气了，干点活又累不着。”

胖子倒了杯水摆在田立婷面前，又说：“田大姐，你也是的，咋不昨天来？接到胡市长的电话，我立即落实，当天下午就把原来那个收银员炒了鱿鱼，以为你会过来，结果你没来，当晚差点儿抓瞎……”

就这么说着，一个中年妇女出现在门口，明明开着门，却不敢进，轻轻敲着门问：“陈总，我……我能和您说两句话么？”

胖子一看到那个中年妇女，脸就挂了下来，“老孙，你怎么又来了？昨天不是叫你去结账了吗？！”

中年妇女眼圈红了，可怜巴巴地说：“陈总，我……我没去结账，您……您知道的，我家里太难了。我下了岗，我家男人也下了岗，男人身体又不好，这……这可怎么办呀？”

胖子一点不为所动，说：“你怎么办我咋知道？我这里又不是民政局。”

中年妇女乞求地说：“陈总，我……我不当收银员了，在娱乐城做杂工行不行？”

胖子头一摇，断然回绝：“不行，这里不需要杂工。”

田立婷这才知道，新天地娱乐城原来的收银员也是下岗女工，现在就站在自己面前，心一下子被撕痛了，忙让那中年妇女坐下。

中年妇女不敢坐，感激地冲着田立婷点点头，又对胖子哀求：

“陈总,您就当是帮我个忙好不好?让我再干几个月,不论干啥都行。有这几个月的时间,我也能再到别处找找工作……”

胖子火了:“老孙,你别再烦我了好不好?没看见我正和这位新收银员谈工作吗?你以为整个中国就你一人下岗呀?人家田大姐不也下岗了吗?你知道田大姐是什么人吗?他哥哥是咱平阳市委秘书长,人家该下岗照下!改革的阵痛嘛!”

中年妇女怔住了,盯着田立婷看了好半天,一句话没说,眼泪却下来了。

田立婷心里难受极了,也窘迫极了,对着这张善良的泪脸,真不知如何是好。

就在田立婷不知所措时,中年妇女突然一把拉住田立婷:“大妹子,我……我求求您了,您哥哥既然在平阳市委当大干部,您就……就别和我抢这个饭碗了行不?是官大于民,你们干部家属想干啥不能干?哪里能少了您大妹子一碗饭吃?大妹子,我……我给您跪下了……”说罢,倚着田立婷的身子,真要往地上跪。

田立婷拼力支撑住那中年妇女全身的重量,脱口道:“大姐,您坐,快坐下,您这情况我一点不知道。这……这收银员我不干了,你继续干下去吧!”

胖子马上急了眼,对田立婷说:“田大姐,你可别和我开玩笑!你这工作可是胡市长亲自安排的呀,就是你不干,我也不能让老孙再干了!”

田立婷对这位只会看长官脸色的胖子实在是气不过,也不知哪来的勇气,竟指着胖子的鼻子说:“陈总,我告诉你,就是冲着少看见你这张脸,我也不想在你们娱乐城当这个收银员了!不过,我也把话撂在这里,你要是真敢不让这位孙大姐干下去,我就让我哥哥去找你们胡市长算账!”

胖子呆住了。

一不做,二不休,田立婷又把哥哥田立业的电话留给了中年妇女,“这是我哥哥在市委的电话,只要陈总无缘无故赶你走,你就打这个电话!”

中年妇女却又替胖子说起了好话:“大妹子,您误会了,真是误会了,其实……其实,我们陈总也是大好人一个,平常可关心我们下岗工人了……”

田立婷直想哭,连一分钟也不想再呆下去了,逃也似的冲出了办公室。

这一次的再就业饭碗可不是哥哥踢掉的,是她自己主动放弃的,可是,她仍然得找哥哥算账:哥哥不当这个市委副秘书长,那中年妇女说到干部家属时,她就不会那么难堪。当然,即使没有这个当副秘书长的哥哥,她也不可能去强夺人家的再就业饭碗。

中年妇女说得不错:有这样一个做官的哥哥,她找碗饭吃总比别人容易。

然而,把电话一挂到市委办公室,这个做着平阳市委副秘书长的哥哥就火了,说,田立婷,你以为平阳是我的天下呀?告诉你吧,我这市委副秘书长马上就要下了,要做待岗干部了,你就等着跟我一起到自立市场摆地摊去吧!

田立婷还想再说几句什么,哥哥那边已挂断了电话。

1998年6月28日16时　滨海市金海岸

文春明原本没准备到金海岸度假区去,可是,在滨海市长江昆华的陪同下检查完滨海的防汛工作以后,江昆华要到金海岸去向王少波汇报工作,文春明想到姜超林也在金海岸,便随着江昆华一起去了。

一路上文春明一声不吭,别的事没顾多想,老想着高长河在平轧厂的指示,越想心里越气,因此,到了金海岸半山别墅见到姜超林时,一肚子火便发作出来了:“……老书记,你看看这叫什么事!

这个高长河招呼都不和我打一个，就代表市委、市政府表态了，要按东方钢铁集团早些时候提出的方案进行谈判！这个方案我早就向你汇报过，也和何卓孝这些厂里的同志认真研究过，整个一个卖国条约！零兼并不算，一部分贷款要停息挂账，还问我们市里要优惠政策。这就是说，我们辛辛苦苦白忙活了十年，养大了姑娘，还得搭上嫁妆赔给人家。真这么搞，我们的面子往哪里摆？说句不负责任的话，我宁可让它先扔在那里，也不愿这样送出去！我们平阳不论怎么说还是经济发达市，别说只一个平轧厂，就是十个平轧厂也拖不垮平阳的经济。平轧厂与高长河无关，他当然不怕丢脸，就想赶快甩包袱！”

姜超林只是听，不发表任何意见。

文春明又说：“才几天的工夫，怪事就出了一大堆，满城风雨满城谣言。有些事似是而非，有些事事出有因。这些事先不说，还是说平轧厂，平轧厂也快乱成一锅粥了，老书记，你知道吗？孙亚东一直就没停止暗中对平轧厂的调查，也不知高长河是真不知道，还是装不知道。今天，何卓孝当面向高长河提出辞职，说是真干不下去了。”

姜超林仍是什么也没说。

文春明看着姜超林，“老班长，你说话呀！”

姜超林叹了口气，说：“有烟吗？给我一支！”

文春明诧然说：“你知道的，我又不抽烟？哪来的烟？哦，我去给你找一支吧！”

姜超林说：“算了，这里你不熟，我去找吧！王少波也在这里，他抽烟的。”

不料，到了王少波房里，正见着头缠绷带的王少波在给女儿毛毛洗脸，毛毛脸上有指甲抓出的血痕，头发乱蓬蓬的，一问才知道，是在学校和同学打架了。

姜超林挺喜欢毛毛的，便说：“过来，过来，和爷爷说，是怎么回事呀？”

毛毛马上哭了起来，委屈地说：“我们同学说，你们这些当干部的都是贪官污吏，让你们站成一排挨枪毙，可能会有几个冤枉的，要是隔一个毙一个，就有漏网的。我就和他们吵，说我爸爸不是贪官，这阵子天天在江堤上抗洪，差点把命都送了。他们说那是假象，后来我们就打了起来。”

王少波尽量平静地说：“毛毛，我刚才不是和你说了吗？爸爸像你这么大的时候，爸爸的爸爸也被当成了反革命，同学也骂爸爸是狗崽子嘛，爸爸不也挺过来了吗？现在有些人是胡说八道，你心里要坚强……”

这时，文春明也过来了，站在一旁听。

姜超林忘记了讨烟，一把搂住毛毛，对王少波说：“现在怎么能和‘文革’那种时候比？‘文革’是有大气候、大背景的，好人都受气！现在呢？不是这种情况嘛！”

王少波一下子失了态，激动起来：“老书记，你真以为我不知道呀？可我怎么和孩子说？说什么？更糟糕的毛毛还没说呢，毛毛找到了他们班主任老师，你猜老师怎么说？老师说：你敢保证你爸爸就是好人？烈山那帮贪官一个个不都抓起来了吗？滨海只怕也快了，不信你看着好了！”

文春明听不下去了，桌子一拍：“这个老师也太不像话了，别说没什么事，就是真有什么事，也不能这么和孩子说话嘛！少波同志，你不要老想着自己是滨海市委书记，你还是家长，你到学校找去，问问这个老师想干什么？问问他，什么叫滨海也快了？！”

姜超林摆摆手：“少波，你不要去。这不是那个老师的问题。”

文春明郁郁地说：“算了，不行我们都辞职吧，就让高长河这帮人折腾去！”

姜超林脸沉了下来，盯了文春明一眼：“春明，你是市委副书记、市长，怎么能这么不注意影响？对平阳九百万人民创造的这番改革大业，你当真就不当回事了？就算你不当回事，我姜超林还当回事呢！”说罢，从王少波那里要了支烟抽着，拨起了电话，“市委值班室吗，我是姜超林，给我找高长河，找到后请他打电话给我。”

等高长河电话的时候，文春明又说起了平轧厂的事，“……老书记，如果高长河硬要把平轧厂的包袱这么甩掉，我建议人大从不造成国有资产流失的角度提出议案，责问市委、市政府。”

姜超林摇摇头说：“我看现在还不至于搞到那一步！”

这时，高长河的电话挂过来了，开口就说：“老班长，你还真躲起来不管我们的死活了？好，这下子我知道你的根据地了，有事就往滨海打电话。”

姜超林冷冷地说：“你打也没用，我不会接。”

高长河说：“不公平了吧？老班长，你让我回电话，我马上回，我给你汇报工作你就不听？你不听我也得说……”

姜超林很不客气地打断了高长河的话：“长河同志，你不要再说了，就让我老头子说几句吧，我向你汇报！我对烈山耿子敬和那帮败类的态度你和市委是很清楚的，可现在事情怎么闹到这一步了？好像洪洞县里无好人了？怎么谣言满城风满城雨呀？向我姜超林身上泼点脏水不要紧，向其他无辜的同志身上泼脏水就不好了，会影响工作，尤其又是在这种主汛期，搞不好会出大事的！你知道不知道？滨海市委书记王少波的女儿今天在学校被同学打了，为什么？就因为谣言！请问：当你看到一个差点儿在江堤上送了命的市委书记连自己的女儿都保护不了，你心里是什么滋味？如果不是凭着一份事业心，如果平阳这番事业真是哪个个人的，谁还会替你卖命？当然，我也不敢保证除了烈山别处的班子就都是好的，我的原则是，腐败的，烂掉的，就去挖，就去抓，可是，无原则无根据的话少说一些，这很不好！你不必解释，长河同志，我完全相信，这不是你和平阳市委的意思。可事情怎么会变成了这种样子？你这个市委书记不该问一声为什么吗？这正常吗？还有平轧厂，如果何卓孝有问题，就立案审查，不要一边让人家工作，一边又不放心人家，至于怎么解决平轧厂的问题，那是你们的事，我不会多过问，可有一条：不要以党代政。就说这么多了，你口口声声叫我老班长，那我就当一次老班长吧，你可以理解为忠告，也可以理解为责问，可以听，也可以不听！”

说罢，姜超林根本没给高长河解释的机会，“啪”的一声挂上了电话。

房间里一时间静极了，连彼此的心跳声都能听到。

在吓人的寂静中，姜超林抱起毛毛说：“毛毛，你爸爸是滨海市委书记，他不能到学校去，明天爷爷陪你到学校去，就和你们的老师同学谈谈你爸爸，谈谈我们这个滨海市！爷爷要让你的老师和同学们都知道，共产党里的腐败干部不少，为老百姓拼上命干事的好干部也不少！没有他们，就没有平阳和滨海的今天！”

说这话时，姜超林眼睛湿润了，眼角有晶亮的泪珠挂落，在苍老的脸上缓缓流下。

毛毛看到了，仰起脸问：“姜爷爷，你怎么哭了？”

姜超林努力笑了笑，对毛毛说：“爷爷哪会哭？爷爷眼里进了粒沙子。”

1998年6月28日17时　平阳市委

高长河一放下电话，怒气就蹿上了脑门。接电话前，他再没想到姜超林会向他发这么大的火。尤其让他无法忍受的是，这位前市委书记竟连他的解释都不听就挂断了电话。高长河认定：姜超林这既不是忠告，也不是责问，而是发难！

看来，姜超林的失落情绪十分严重，敏感度也太高了，只因为自己在平阳当了十年市委书记，就觉得自己是天生的市委书记，永远的市委书记，就容不得任何不同的声音。接到姜超林电话前，高长河根本不相信什么“满城风雨满城谣言”,更不相信谣言会波及到滨海市。对烈山班子腐败问题的正常查处,怎么就变得这么不正常了?是真的传言四起,还是他姜超林借题发挥?

为慎重起见,高长河还是叫来刘意如和田立业,询问一下。

田立业马上来劲了,说:“高书记,您不问我我也不好主动向您汇报,您现在既然问了,我就得实话实说了,确实是满城风雨满城谣言嘛,传的真叫邪乎!说姜书记和耿子敬在家里订攻守同盟时被孙亚东当场抓获,说耿子敬是苍蝇,姜书记才是老虎,哎,刚才又传出‘绝密’消息了,说这些年姜书记提起来的干部大部分都有问题,省里已经把一个庞大的工作组派过来了,要彻底揭开平阳的盖子!”

高长河气恼地道:“四处讲这种话的人,我看是别有用心,惟恐天下不乱!”

刘意如看着高长河的脸色,小心地说:“是别有用心,这些谣言我也听到了不少,都是冲着姜书记来的,还有些匿名信寄到市委,全是些毫无根据的攻击谩骂,像‘文革’期间的大字报。”

高长河这才冷静下来。设身处地地想想,觉得姜超林这么做也情有可原,谁遇上这种事都难保不发火!

于是,孙亚东的面孔便自然而然浮现到高长河眼前。高长河本能地感到,这位市委副书记兼市纪委书记肯定没起什么好作用。烈山的案子是他一手抓的,耿子敬是他亲自领着人从姜超林家带走的,现在谣言这么多,这么邪乎,他孙亚东能没责任吗?更何况此人胆子也太大了,他再三要他不要多过问平轧厂的事了,他竟还是暗中盯着何卓孝不放。这一来,姜超林、文春明能没意见吗?就是他这个市委书记也忍无可忍!

孙亚东这么做,一方面公然向他的领导权威提出挑战,另一方面也势必要破坏他迅速解决平轧厂问题的设想。按他的设想,平轧厂必须接受兼并。他在现场办公会上的表态看似随意,实则却是精心设计的。他早看透了文春明的心思,知道这个市长是死要面子活受罪。听厂里同志反映,包括厂长何卓孝在内的平轧厂干部都比较倾向于在东方钢铁集团的方案上谈判,文春明就是不干。他表了态,造成了一个既定事实,文春明不干也得干了。有情绪不怕,可以做工作。现在倒好,孙亚东暗查何卓孝,节外生枝,又给解决平轧厂问题设置了障碍。

真想不通孙亚东为什么非要这么干不可?这个口口声声支持他工作的老朋友,非但没支持他的工作,还尽给他添乱!他到底想干什么?他究竟是在和姜超林、文春明作对,还是在和他高长河作对?他究竟归省委马万里副书记直接领导,还是归他高长河直接领导?

越想越生气,高长河当即给烈山打了个电话,要孙亚东马上回来汇报工作。

孙亚东却又一次抗命,沙哑着嗓门说,省纪委的工作组已经到了烈山,他和同志们正和工作组的同志研究工作,实在走不开,要高长河有话在电话里说。

高长河真是火透了,冷冷道:"好,很好,孙副书记,你就好好研究工作吧!不过,我提醒你一下,我高长河是平阳市委书记,背着我和市委搞小动作是决不能允许的,我不管你有什么理由!另外还要提醒你的就是,不要感情用事,破坏平阳的大好形势,不利于平阳干部队伍团结的话少讲一点,尤其是涉及到姜超林同志的话!更不要向无辜的同志身上泼脏水!"说罢,挂上了电话。

孙亚东的电话马上打了过来,不是检查道歉,却是发火,开口就责问:"高书记,你刚才的指示是什么意思?我真是弄不懂。我现在毕竟还是平阳市委副书记兼市纪委书记,反腐倡廉是我分管的分内工作,可我怎么工作起来就这么难呀?什么叫感情用事?谁感情用事了?请问:烈山耿子敬这帮腐败分子不该立案审查吗?和姜超林、和你所说的那些无辜的同志到底有什么关系?是不是谁找你说情了？至于说到小动作，我必须声明一下，对平轧厂何卓孝的调查在你出任平阳市委书记之前就进行了，不是你高书记一声令下就能停的，因为此人有经济问题，现在已经掌握了证据。如果你想看，我可以请反贪局的同志带着证据向你做专题汇报！"

高长河吃了一惊，愣了好半天才问："何卓孝的经济问题，确凿吗？"

孙亚东很有情绪地说："不确凿岂不真成搞小动作了吗？"

高长河想了想，又问："性质严重不严重？"

孙亚东反问道："高书记，你仍然想保这个何卓孝吗？"

高长河字斟句酌地说："有个特殊情况，平轧厂和东方钢铁集团的兼并谈判马上就要开始，不能再拖了。何卓孝一直是平轧厂的厂长兼党委书记，和东方钢铁集团有过多次接触，我和文市长都还希望他在这方面做些工作。"

孙亚东更不高兴了："高书记，平轧厂除了何卓孝没别人了？副厂长牛千里他们就不能干呀？何卓孝虚开医药费报销，数额巨大，不是违纪，而是经济犯罪，你和文市长如果坚持让何卓孝继续干下去，那是你们的事！"

高长河忍着一肚子火气问："那你的意见呢？"

孙亚东没好气地说："我能有什么意见？谁嘴大我听谁的呗！"

高长河实在是忍不下去了："亚东同志，我这是和你谈工作，你不要这么情绪化好不好！平轧厂的情况你清楚，是矛盾的焦点，我们必须着手解决。何卓孝的问题如果仅在医疗费报销上，我看就先不要动，有问题我负责！在这里我要说一句：孙亚东同志，不论是作为老朋友，还是作为平阳市委副书记，我都希望你能理解我，支持我，别老是给我添乱！"

话说到这份上了，孙亚东仍不退让："高书记，我知道你刚刚上任，困难不小，碰到的矛盾不少，我能理解你。可我也请你理解理解我！人人都知道反腐倡廉要好好抓，过去姜超林逢会就说，现在你也是大叫支持，但实际情况又怎么样呢？动辄得咎！高书记，我给你添什么乱了？在这里，我以党性和人格向你保证，我孙亚东绝没有利用烈山的问题做过姜超林同志任何文章，更谈不到向哪个无辜的同志头上泼脏水！我正是怕出问题，才亲自到姜超林同志家里宣布对耿子敬的审查决定的，从始到终，我对姜超林都恭恭敬敬。高书记，如果你发现哪句谣言是从我这里流传出来的，你撤我的职，开除我的党籍！”

高长河对孙亚东实在没办法，只得叹着气说：“你不说，挡不住你手下的办案同志都不说。姜超林同志在平阳工作时间比较长，工作力度又比较大，得罪一些人是不可避免的，这些人可能就会利用你们那里传出来的一些似是而非的消息，趁机攻击姜超林和其他同志。这就把问题搞复杂了，势必要影响工作，也包括很正常的反腐工作。所以，我建议你们在内部再重申一下纪律，如果发现谁不遵守纪律，违反保密原则，立即进行严肃的组织处理！另外，对金华同志的举报更要严加保密，以免出现对她的人身报复和攻击。”

孙亚东口气这才缓和了些：“我今天就传达落实你这个指示，如果你高书记认为对工作有利，我也可以到姜超林同志那里当面做一下解释，仍然恭恭敬敬！”

高长河情绪沮丧地说：“算了，算了，姜超林同志那里，还是我抽空解释吧，你就安心抓好烈山的案子，一定要抓实抓细，办成铁案，不要留下什么后遗症。”

放下电话，高长河心里窝囊透了，禁不住一阵阵发呆。姜超林没错，孙亚东也没错，事情却闹得一团糟！想发火骂人，却不知道该向谁发火，该去骂谁？更要命的是，那个何卓孝还真就有问题，孙亚东背着他偏搞出了名堂，既成功地向他的领导权威挑了战，又把他推到了一个非常窘迫的位置上。

正想着，刘意如进来了，迟迟疑疑地说：“高书记，市民营企业家协会刚才打了个电话过来，说是您答应的，要去参加他们和市交通局联合举办的跨海大桥营运庆祝酒会，不知有没有这事？我的工作安排表上好像没有。”

高长河想了起来：“对，我是在电话中答应过宏大集团于国强的。”

刘意如显然有些意外，怔了一下，轻声提醒道：“高书记，姜书记过去从不参加民营企业家的任何酒会、宴会，很注意影响……”

高长河面露愠色：“姜书记是姜书记，我是我。”看了看手表，快六点了，遂从办公桌前站起来，一边收拾着桌上的文件，一边说，“刘主任，我这酒会也不是随便参加的，得让民营企业家协会的那帮大款们给我出点血，为下岗职工干些实事！刚到平阳嘛，大事一时还干不了，小事总还能先干一点！”

刘意如这才连连说：“那就好，那就好！”

收拾好文件，高长河努力抹去脸上的忧悒，振作精神出了门。

1998年6月28日18时30分　平阳国际酒店

平阳市民营企业家协会和宏大集团总部都设在国际酒店二十四楼。高长河在刘意如和市委王秘书长的陪同下走出电梯时，二十四楼楼层里便响起了一片热烈的掌声。年轻精干的宏大集团董事长兼市民营企业家协会会长于国强和几个男女副会长风度翩翩地迎上来，一一和高长河握手，刘意如和市委王秘书长便在一旁介绍。

面对这帮年轻而有朝气的民营企业家们，高长河的心情一下子好多了，在宏大集团总部参观时就笑呵呵地对于国强说：“……于董事长，你可是大名鼎鼎呀，以前在省委工作时就听华波书记说起过你，具体内容记不住了，只记住了一点，你这个人很难见。华波书记说，他三下平阳想见你，你都有事出国了，最后还是把你请到了省城，才见了你一面。是不是？”

于国强笑道：“那是不凑巧，也怪华波书记没事先打招呼嘛。姜超林书记哪次找我都找得到，高书记，不信您去问问姜书记。”

高长河感叹说：“都说我们这些当领导的忙，我看你们这些企业家更忙！”

于国强说：“你们忙的比我们更有意义，没有你们各级领导同志的忙活，就没有我们中国二十年改革开放的伟大成就！”

高长河赞道：“说得好！可话也要说回来，中国二十年改革开放的成就是十二亿中国人民干出来的，其中也包括你们这些民营企业家的勇敢拼搏。就说你们这个宏大吧，一年产值二十多亿，生产的中央空调行销全球，经济效益综合指数全国第一，市场占有量全国第一，员工收入超过了外企，了不起，真是了不起呀！”

于国强马上汇报说：“高书记，这主要是因为我们在溴化锂直燃技术上一直处于国际领先地位。从一九九二年研制成功第一台直燃机到今天，我们宏大一直走着一条高科技开发的道路，七年来先后获得二十多项直燃机国际发明专利。前两天，中央空调城二期工程又上了马，顺利投产后，我们宏大集团将成为全球最大的直燃机制造商和国内空调行业产值最高的企业。”他指了指正面墙上的一行镏金大字，又说，“高书记，您看，这是我们最新拟定的厂训——”

两行大字金碧辉煌：“把卓越和荣誉推向世界，把财富和积累留在祖国！”

高长河连声说道：“好，好！把卓越推向世界，打振奋民族精神的中华牌，而把积累和财富留在祖国，留在平阳，这是何等好啊！”想了一下，又说，“于董事长，我再给你们加句话好不好？——把精神和理想传给后人！”

于国强当即道：“好，高书记，我明天就加上这句话！”

走出宏大集团总部，来到民营企业家协会座谈时，高长河益发平易近人了，先是认真倾听民营企业家们的简短汇报，还听取了大家对民营工业园和跨海大桥营运管理工作的意见，明确表示：市委、市政府对民营企业的支持和扶植政策没有任何改变，今后只会越来越宽松，越来越有利于民营企业的发展壮大，而不是相反。

话头一转，高长河又说："不过，同志们，也得和你们说句心里话，今天到你们这里来参加跨海大桥营运庆祝酒会，我还真是有点犹豫呢！不知道你们听说过没有？现在老百姓可有个说法呀，说是改革开放以后，我们共产党也嫌贫爱富了，只想交富朋友，不愿交穷朋友了！"

民营企业家们都笑了。

高长河也笑，笑罢却说："可我还是来了。我这个市委书记呀，既要交穷朋友，也要交富朋友。再就业经验交流会和自立市场开业我去，会会穷朋友没坏处嘛，能明白自己肩上的担子有多重。会会你们这些富朋友就更没坏处了，有钱好办事嘛，有时候也能请你们这些富朋友帮我那些穷朋友一点忙。诸位千万不要误会，在下不是要开第二税务局，也不会狮子大开口，敲你们的竹杠，而是想请你们这些富朋友帮个小忙。诸位都知道，我们平阳虽说是经济发达市，可全市下岗职工仍然有十万，我们国家的改革已经进入了攻坚阶段，产业结构正在调整，这些下岗职工在忍受着改革阵痛。市里一直在想办法，做工作，搞了自立市场，许多下岗工人也走上了街头提篮小卖，有些地方有些乱，遮阳用品五花八门，影响市容。我看到这个情况就想了，我们能不能给这些穷朋友送点温暖呢？给那些在烈日暴晒下的下岗职工送上一把统一制作的遮阳伞呢？我的要求不高，在这里求捐两万把，这两万遮阳伞上捐赠企业可以做广告。当然，完全自愿，有实际困难的朋友也不必勉强。"

话音一落，民营企业家们都叫了起来，纷纷认捐，要高长河放心。

高长河马上笑着起身，给大家深深鞠了一躬，说是代表自己的那些穷朋友——下岗职工们，向诸位致谢了，转身便对于国强说：“于会长，那么，这事就由你替我落实了。”

于国强忙说：“高书记，您尽管放心，我明天就落实这件事。”

六点十分，酒会在国际酒店二楼宴会厅正式开始，高长河代表市委、市政府讲了话，高度评价跨海大桥的成功筹建、成功营运，高举酒杯预祝入股民营企业和市交通局都财源滚滚，日进斗金。在这之后，于国强和民营企业家们有的即兴走上演歌台讲话，有的唱起了卡拉OK，气氛一片欢快热烈。

这时，不知谁提议，要高长河唱支歌，宴会厅里立即响起一片呼应的掌声。

高长河见这阵势，自知推不掉了，潇洒大方地走到演歌台上，唱了一首《我的中国心》，唱得动情而投入，博得了满堂真诚的掌声，大家便要高长河再唱。

高长河笑了，说：“同志们，不要把酒会变成我的独唱音乐会嘛！我提议我们大家合唱一首歌好不好？《团结就是力量》！”

说罢，高长河带头唱了起来，众人纷纷响应，瞬时间，激昂雄壮的歌声响成了一片。

1998年6月28日19时　车上

不管你看得惯还是看不惯，不管你是批评还是赞扬，这个既会唱流行歌曲又会唱革命歌曲的市委书记都成了既定事实。这个事实意味深长，既宣告了一种终结，又昭示了一种开始。

然而，很显然，高长河的开始并不顺利。在国际酒店听着那首熟悉的关于团结的歌，刘意如禁不住敏感地想：高长河为什么要在这个时候和大家一起唱这首歌？

同车回去的路上又发现，高长河的潇洒像似都留在酒会上了，坐在车里一副心事重重的样子。刘意如小心翼翼地问起明天的日程安排，高长河才沉着脸交代说："明天的日程改变一下，有的事往后推推，一上班我就要去一下滨海。"

刘意如说："上午不是和文市长一起到镜湖的围堰乡检查防汛么？也改期？"

高长河略一沉思："和文市长打个招呼，推迟两小时吧。"

刘意如又试探着问："到滨海是看望姜书记吗？"

高长河点点头，叹了口气："这个老同志对我有些误会呀！"

看来新旧交替中必然要产生的矛盾已经产生了，然而，刘意如脸面上却没动声色，只淡然劝道："高书记，您也别太在意这种小事情。姜书记当了这么多年市委书记，下来后一时不太适应，加上现在又谣言四起，有些情绪也正常。再说，他也不只是对您一个人，对谁都一样，昨天姜书记也冲着我发了一通火哩。"

高长河注意地看了刘意如一眼："哦，为什么事？"

刘意如苦笑道："还不是烈山的事嘛。您和姜书记通报过烈山的情况后，姜书记就把我叫过去了，怪我没在金华向您举报之前先和他打声招呼，以为我故意出他洋相。高书记，您说我怎么办呀？通气不通气是你们领导的事，我能事先泄密吗？我对姜书记再尊重，也不能只讲感情不讲原则呀！"

高长河点点头，又问："那么，刘主任，我也想问一下，如果现在的平阳市委书记还是姜超林，你会让你女儿金华同志来举报吗？"

刘意如摇摇头说："高书记，作为一个党员，我得在您这个市委书记面前说老实话，我肯定会有很大的顾虑，相信你能理解。"

高长河沉默了好半天，才叹息着说："是啊，我能理解。"看着街面上流光溢彩、不断驰过的街景，又说，"刘主任，你说说看，这不是超林同志的悲剧吗？像你这样长期在他身边工作的老同志都有顾虑，别的同志岂不是更有顾虑吗？作为一把手，在这种听不到真话的情况下，不就成了聋子和瞎子了吗？下面怎么能不出问题呢？！"

刘意如连声应道："是的，是的。"

高长河话头一转:“当然,今天超林同志和我发火也不是完全没有道理,有些谣言实在是太难听了。可怎么办呢?你根本不知道这谣言的源头在哪里,想找对手都找不到,尽让你和风车作战!我看,这也算是中国的一个特色吧!”

刘意如也随之感叹:“是呀,是呀,所以,高书记,您工作起来就太难了!”

此后,高长河再没多说什么,一路看着窗外,皱着眉头想心事。

车到市委招待所小红楼前,要下车了,高长河才想了起来:“哦,对了,刘主任,有个事你得帮我盯一下,滨海市委书记王少波前几天在抗洪防汛第一线受了伤,我让市委宣传部和报社的同志搞个材料,配合抗洪防汛宣传一下,不知他们搞了没有?告诉他们,没搞赶快搞,发《平阳日报》头版!现在滨海市的谣言也不少,王少波的女儿在学校被同学打了,我们发这篇文章也能帮滨海方面辟辟谣!”

刘意如点点头说:“您放心,高书记,我明天一上班就安排这件事。”

第二天上班后,刘意如正想打电话给市委宣传部,无意中发现,写王少波的那篇文章已经在《平阳日报》上发表出来了,不过不是发在头版,而是发在三版上。头版头条发的是高长河在国际酒店的讲话,二条是篇题为《市委书记和他的朋友们》的通讯文章。文章配发了大幅照片,照片上的高长河神采飞扬,正和民营企业家们谈笑风生,根本看不出有什么沮丧和困顿。

第八章　意外的任命

1998年6月29日8时30分　滨海金海岸

虽说已经决定听从组织安排，田立业还是跑到滨海金海岸向老书记姜超林诉了苦。怕“叛徒”刘意如上眼药，更怕高长河找碴，白天没敢轻举妄动，下班后便摸黑去了，也没敢用市委小车班的车，而是让滨海方面派的车。

到了滨海，一见到姜超林和王少波，田立业便说：“嘿，总算到解放区了！”

姜超林当即责备道：“田秀才，又胡说八道了吧？！”

田立业根本不怕，拍着王少波的肩头问：“你们这里红旗还能打多久？”

王少波指着自己头上的绷带，笑道：“人在红旗在，轻伤不下火线！”

田立业连连道：“好，好，少波，那我也投奔你这解放区了！”

姜超林说：“田秀才，你不在市委好好工作，半夜三更跑到我这里干什么？当真想做待岗干部了？你当高书记也能容你当不管部长呀？！”

田立业这才说：“老书记，你真英明！要我说，可以称得起‘伟大的预言家’，——你预言得不错，高长河和我谈过话了，我这不管部长马上要卸任了。”

姜超林显然有些意外:"哦,都和你谈过话了?这么快?"

田立业点点头:"人家可是有水平呀,整死你,还让你有苦说不出。"

姜超林认真了:"明确你离开市委了吗?"

田立业说:"不但明确了,还连讽刺加挖苦弄了我一通。"

姜超林略一沉思说:"田秀才,那你回去就和高长河同志说一下,调到我们市人大来吧,我说过不会看着你当待岗干部的,这话算数。你可以告诉高长河同志,就说我同意接收你。"

田立业苦笑起来:"我的老书记呀,你当我是傻瓜呀?这话我当场就说了,人家也就当场批评了,严肃指出:这是人身依附,要我有点志气!你说我怎么办?当真离了你老书记就不活人了?我就向人家表态,服从组织安排。看看这人厉害吧?他给你缝小鞋,还不亲手给你穿,让你自愿把小鞋往脚上套,服了,服了!"

王少波关切地问:"立业,你估计会把你弄到哪去?"

田立业摇摇头:"不好估计,弄到平轧厂当个党委副书记什么的,不可以吗?市委副秘书长副处级,平轧厂党委副书记也是副处级,你有什么话说?高长河把话撂在明处了,要我做好思想准备,等着脱几层皮!"

王少波说:"要是真去平轧厂的话,还不如到哪个县市干个副职。"

田立业"哼"了一声:"这种好事我想都不想,我已经做好了最坏的思想准备,就到平轧厂这种困难企业去,为国企改革做贡献!"继而,又埋怨姜超林,"老书记,这事我看也怪你!早几年我那么想下去,你就是不让,现在好了,听任高长河摆布吧!"

姜超林说:"立业,这你别怪我,去年调整处级班子的时候,我征求过你的意见,问你愿不愿意到镜湖市去,协助胡早秋同志工作,你自己不愿干嘛!"

田立业怨气更大:"我协助胡早秋?咋不让胡早秋协助我?他

胡司令哪点比我强？上大学时他作业都抄我的！算了，算了，老书记，我不和你争了，别让你老领导产生误会，以为我想要官！我就是想干事，想问组织上要个舞台！”

王少波开玩笑道：“这回高长河给你舞台了，你老兄就好好唱一出国企走出困境的重头好戏吧！唱好了，我和老书记一起去为你祝贺！”

姜超林严肃地说：“少波，你别再夹在里面煽风点火！立业，你也不要胡思乱想，要我看，去平轧厂的可能性并不大。你从没在任何工厂呆过一天，既没这方面的经历，也没这方面的经验，从干部合理使用的角度看，一般不会这么安排。”

田立业叫道：“老书记，你说的是合理使用干部，是你的思路，不是高长河的思路。高长河的思路是拿我开刀，杀鸡儆猴！老书记，我算是被你坑了，人家明确反对新华社记者公开报道平轧厂，你还非要我搞到底……”

姜超林便问：“哦，对了，记者那篇文章怎么样了？”

田立业说：“采访和调查基本上结束了，李记者想找个地方躲起来写，这样干扰会少一些，我准备把她安排到镜湖市胡早秋那里去。”

姜超林点点头：“好。不过，你不要用自己的情绪去影响人家。不论高长河怎么想，我们心里要有数，公开平轧厂的历史内幕，并不是要和哪个人作对，而是总结过去的经验教训。烈山班子出问题是教训，平轧厂同样是教训，都要好好总结。”又交代说，“立业，不管组织上把你安排到哪里，你都先去干着吧！”

田立业神情沮丧：“不先去干着咋办？当真做待岗干部吗？！”

谈得晚了，田立业便在王少波挽留下住了一夜，说好第二天一早回平阳。

不料，却睡过了头。早上一睁眼，已经七点半了。洗漱过后，到餐厅随便吃了点东西，已快八点了。和老书记告别时又耽误了点时间，这就在金海岸度假区门口，和一大早赶过来的高长河撞上了。

这让田立业很意外，也让高长河很意外。

高长河一看见田立业就挖苦说："田秘书长，我真没想到你会这么有出息，连夜来找老书记了！是诉苦还是求援呀？"

田立业窘迫地道："不……不是，高书记，我……我是来看王少波的，少波同志伤得不轻哩……"

高长河像是没听见田立业的解释："老书记给了你什么宝贵建议呀？"

田立业知道躲不过去了，只得硬着头皮道："老书记能说什么？他要我服从组织安排，其实，高书记，这态我也表过的嘛……"

高长河"哼"了一声："能服从组织安排就好，你等着吧，我会找你的！"

田立业也不示弱，硬戗戗地说："好，好，高书记，那我就等着你的召见，准备为我们的改革攻坚战做贡献了！"

话虽这么说，一钻进回平阳的车里，田立业的情绪还是十分低落，像被霜打过的树叶似的，蔫了一路。

1998 年 6 月 29 日 9 时　滨海金海岸

高长河是在半山别墅的客房里堵住姜超林的。姜超林虽说脸色不好看，可仍是客客气气，情绪并不像高长河预想的那么糟。当时，王少波也在面前，高长河和姜超林打过招呼，便询问起王少波的伤情，要王少波好好养伤。后来又谈起了防汛情况。

王少波说："老天爷还算帮忙，第一次洪峰过去了，水位落下不少。"

高长河说："看来，你们的精神感动了上帝呀。"

王少波说："是老书记的精神感动了上帝，老书记每天都要去一趟江堤。”

高长河便冲着姜超林笑：“老班长，我知道你不会不管我们死活的，所以，滨海这边我放心得很，就是不来！”

姜超林也笑，说：“长河，你可别这么放心，我在滨海是休息，防汛的事还得你一把手挂帅抓。别以为晴了几天，麻烦就没有了，昌江水位可还在警戒线附近，大水患发生的可能性仍然存在。”

高长河便对王少波说：“老班长的指示听明白了么？不能麻痹大意，防汛工作丝毫不能放松……”

王少波说：“是的，高书记，昨天我就和我们江市长说了，抗洪防汛仍是目前的头等大事……”

姜超林又笑：“长河，你这市委书记当得可真轻松，一边赖我，一边赖少波。”

高长河说：“哎，老班长，你可别冤枉我，我今天就约了文春明检查防汛！”

姜超林说：“那好，那好！”说罢又道，“走，走，长河，既来了，就到海滩上遛遛去，看看王少波这片人造沙滩是不是有点意思！”

高长河以为姜超林想避开王少波，单独和自己谈工作，马上答应了。

王少波也很识趣，说是自己还要到医院换药，就不陪了。

出了门便是度假区的林荫小道，姜超林和高长河踏上林荫小道时，林荫小道上一片寂静。树林里有叽叽喳喳的鸟叫声，时而还可见到一两只小松鼠在松树枝梢上蹿来跳去。海边吹来的风带着淡淡的湿腥味，挺清新，也挺好闻的。

漫步穿过林荫小道，一路向海边走，高长河便一路解释，说是昨天接到老班长的电话后，就批评了孙亚东。孙亚东对谣言四起也很意外，并以党性人格保证，绝没有说过什么不利于安定团结的话，还表示要追查。又说，想不到平轧厂的何卓孝真是有些经济问题，从当前的工作出发，还是准备先保一下。

姜超林不做声，只是听。

高长河这才说到了实质性问题："……老班长，至于说'以党代政'，我知道你是指平轧厂的兼并问题。我为什么明知道春明同志会不高兴，还是要先表这个态呢？这是为了工作呀！东方钢铁集团提出这个兼并方案已经三个月了，平轧厂的同志们都倾向于在这个基础上谈，可就是说不通春明同志。春明同志的心情我能理解，可太不实际呀！老班长，你想想看，人家东方钢铁集团是大型轧钢企业，既有市场，又有专业管理经验，还是上市公司，我们让人家来兼并有什么不好？平轧厂在我们手里是包袱，在人家手里就是经营性资产；我们没有市场，人家有市场份额；我们生产成本高，一生产就亏本，人家有规模效益，开机就赚钱；不论从哪个方面讲，都是好事嘛。你说是不是？"

姜超林既不说是，也不说不是，在海滩上停住了脚步，指着大海前方的一块岩石说："哎，长河，你看那像个什么景？少波说，他正悬赏征求风景点命名哩，帮我想想？"

高长河心不在焉地看了一眼，顺口说："'猴子望海'，好不好？"

姜超林摇摇头："不好，这种景点名太多了。"

刚刚九点钟，海滩上一个人没有，两位新老书记在沙滩上席地坐下了。

高长河又把话题拉回来："老班长，现在，我也得和你说实话了，对平轧厂的问题，连华波书记都很关心，送我到平阳来上任的那天，华波书记就私下和我交代，要我立足于尽快解决问题，而不是进一步扩大矛盾。——华波书记担心矛盾波及到省委一些领导同志呀！"

姜超林这才说了句："没这么严重吧？！"说罢，又指着那块岩石说，"哎，长河，你看叫'金猴观天'怎么样？从这个角度看，这只猴子并不是在望海，而是在看天嘛，真有点不知天高地厚的样子呢。"

高长河心里一怔，觉得姜超林话里有话，嘴上却道："挺好，人家采用了，你老班长可得分一半的好处给我！”

姜超林说：“好嘛，那咱就多给他们起点好名，别把一个个景点都搞得那么俗气，什么‘老龙抬头’呀，什么‘早得贵子’呀……”

高长河说：“是的，是的，平阳正在往国际化大都市的方向发展嘛，风景点命名的问题是得注意。可是，老班长呀，我今天是专程来和你商量一些迫在眉睫的大事情，想请你帮我出出主意，做做工作，景点命名的事咱们还是先往后推推吧！”

姜超林道：“长河，你看你说的，也太客气了。现在你是市委书记，你拍板嘛！平阳的事情该怎么办就怎么办，不听话的，你撤了他。别以为我昨天对你说了几句不太入耳的话就是有情绪。说真的，我什么情绪都没有，而且也难得清静几天。”

高长河说：“老班长，你想得倒好，你清静了，我可累死了，这不公平！现在人大也不是二线，是一线，我当然得赖着你！你刚才的话我又听出意思了：是不是田秀才也来找你诉苦了？”

姜超林笑笑说：“哦，长河，你不提田秀才我倒也不说了，既然你提了，我就说一句吧，其实这话我已经和你说过，万一怕他那‘匕首和投枪’误伤了你，你把他交给我，我继续敲打他嘛！”

高长河不屑地说：“什么匕首与投枪呀？老书记，你可别上田立业的当，他那些杂文不咋的，倒是有几篇涉及经济的文章还有点意思。所以，我就找田立业谈了谈，给他泼了点冷水，要他离开市委机关，做点实际工作。”

姜超林问：“打算怎么安排呢？”

高长河笑呵呵地说：“老班长，我这不是正要和你商量嘛，考虑到田立业六年前就在烈山当过县委副书记兼纪委书记，烈山又是这么个现实情况，我就想建议市委把田立业先安排到烈山临时主持工作，做县委代书记吧！下一步再考虑整个烈山班子的调整，老班长，你看好不好？”

姜超林一下子怔住了，呆呆地看了高长河好半天，一句话也没说。

高长河又问:“老班长,你觉得田立业这人怎么样?”

姜超林又愣了好半天才说:“人是好人,本质不错,正派,忠诚,也有一定的工作能力,我们曾经把他当做后备干部重点培养过。可这人的毛病也不小,总是管不住自己的嘴,一不小心就露颗大象牙给你看看。六年前在烈山,因为这张臭嘴得罪了不少人,惹了不少麻烦。”

高长河说:“我听说了一些,当时田立业管纪检,难免得罪几个人嘛。可对耿子敬他就得罪对了,把县政府的小金库查了,干得还不错嘛!”

姜超林点点头:“是的,在这件事上我支持了田立业,对耿子敬进行了全市通报批评。”

高长河婉转地说:“可是,事情过后,您却把田立业调走了。”

姜超林道:“调田立业离开烈山,和耿子敬没多大的关系,是因为这位同志主管纪检还胡说八道。长河,你猜这宝贝能和被查处干部说什么:‘贪那些身外之物干什么?你当着共产党的官,小车坐着,好房子住着,好酒喝着,老百姓一年要在你们身上花二十多万,你们何必再搞存款搬家呢?你们收了人家三万五万,把个乌纱帽搞丢了,多不划算呀!’你说说看,这颗象牙大不大?啊?当时,听了汇报我真是哭笑不得。”

高长河却意味深长地说:“老班长啊,我看田立业这话说得倒也挺有道理嘛,把问题的本质说出来了……”

姜超林不以为然地说:“什么本质?因为工作需要,配备房子和车子以及必要的待遇,与利用职权搞腐败是完全不同的两码事嘛……”

高长河笑了笑:“好,好,老班长,我会让田立业注意管好他这张臭嘴的。老班长,我继续汇报吧,镜湖市常务副市长胡早秋,实际上已经做了两年多的市长工作,要名符其实,这次我也准备提议他做代市长。这两天组织部正搞材料，下午开会研究，当然，重点是研究烈山县委县政府的班子，不知你还有什么想法和建议没有？”

姜超林想了想，摇摇头：“干部人事问题你们要慎重，我真不便多说什么。”

高长河又说：“下午的常委会定在两点，有什么建议也可以在会上说。”

姜超林淡淡地笑笑：“长河，下午的会我就请假不列席了吧，该说的都说了嘛。”

高长河也没再坚持，又和姜超林说了几句闲话，便告辞了。临走，仔细看了看海边那块岩石，眼睛一亮，突然说：“哎，老班长，我倒想了个挺好的景点名：‘思想者’怎么样？”

姜超林有些茫然，“什么‘思想者’？”

高长河说：“罗丹的‘思想者’嘛！”

1998年6月29日10时　滨海金海岸

高长河走后，姜超林没再去想罗丹和那个什么“思想者”，而是揣测起高长河此次来金海岸的真实意图。很显然，高长河是来求和做姿态的，此人非常清楚他在平阳的影响力，以及他和田立业、胡早秋这些部下们的密切关系。于是，昨天他在电话里一发火，高长河今天就来了，就做出了一副尊敬老同志的姿态，且试图以重用田立业和胡早秋，来换取他对自己工作的支持。高长河太需要这种支持了，别的不说，光一个平轧厂就够此人折腾的。平轧厂这个烫手的烂山芋现在抱在了高长河怀里，文春明情绪又很大，不积极配合，高长河能不急吗？能不希望他出面做做工作吗？更何况省委书记刘华波也密切关注着平轧厂问题的早日解决。

姜超林仔细咀嚼着刚才的谈话，自觉得把高长河的焦虑心态看得十分清楚：平轧厂厂长兼党委书记何卓孝有经济问题，高长河仍出面保，说明高长河明知是碗苦药也得先喝下去，不过，何卓孝出现经济问题倒也让人想不到。那么，田立业这个未来的烈山县委代书记是不是高长河被迫喝下去的另一碗苦药呢？这碗药会苦到什么程度？万一不治病反泻肚子，高长河又怎么办？

想到后来，姜超林坐不住了。这个高长河，胆子实在是太大了，竟敢拿烈山县的一方平安和烈山县一百一十万人民的前程到他这儿送人情！他真不敢想象，田立业这个县委代书记会怎么当，又怎么当得好！

这才急急忙忙用保密线路给文春明打了个电话，讲了一下高长河来访的情况，并把高长河建议田立业到烈山主持工作的事重点提了出来，问文春明，高长河这么做到底是什么意思？

文春明迟疑着说："我看人家还是好意吧？派田立业去烈山，没派个对你老书记不满的同志去烈山，明显是讨你的好嘛。"

姜超林不悦地问："拿平阳下属的第三大县讨我的好，文市长，你不觉得这太可怕吗？你说说看，田立业这同志真要在烈山捅了娄子怎么办？咱对得起一百一十万烈山父老乡亲么？再说，不也害了田立业么？"

文春明说："老书记呀，你看你，瞎操心了吧？现在的市委书记是高长河，他敢拍这个板自然要负这个责。你我又没向他推荐过田立业，咱着哪门子急呀！再说了，高长河敢用田立业，一定会有他的道理嘛，也不一定单为了送人情。"

姜超林直叹气，"春明啊，就是不为送人情，这么安排也是很不妥当的嘛。高长河新来乍到，可能对情况还不是太了解，咱们这些老同志可不能看着他这么胡闹呀。就算有些矛盾，我们也不能在这种事上看他的笑话！这不可笑，搞不好我们要付大代价的！"

文春明沉默着，不做声。

姜超林又说："高长河来找我时，我因为心里有气，也是一时糊涂，没当面把这些话向高长河都说开。高长河说，他和你约好要去镜湖检查防汛，一路上你再和长河同志好好谈谈行不行？一句话，烈山已经出了这么大的乱子，今后再也不能出乱子了，这个县委代书记一定要慎重选择，决不能用田立业！田立业这个同志可以到市人大做副秘书长，也可以到市政府做副秘书长，就是不能把一百一十万人民的身家性命交给他！”

文春明忙说：“哎，哎，老书记，咱可把话说清楚，我可不要田秀才到我们市政府做副秘书长呀，你能容忍他，我不能容忍他……”

姜超林便说：“看看，让田立业到你市政府做个副秘书长你都不干，让他到烈山主持工作你就放心，这本身就很不正常嘛！春明，我再重申一下，在这种大是大非面前，我们一定不能有任何私心。就算田立业是我自家孩子，我再希望他好，也不能让他去做这种责任重大的地方大员。”

文春明这才说：“好，好，老书记，你的意思我明白了，我再和高长河说说就是，至于他听不听我就管不着了……”

接下来，文春明又满腹牢骚说起了平轧厂的事，大骂何卓孝不是东西，偏在这种时候又出了事，竟虚报冒领几万块钱的医药费，让孙亚东抓住了把柄。又说何卓孝真操蛋，又是电话，又是电传，和东方钢铁集团联系上了，明天就要飞上海了。

文春明火气很大：“……老书记，你说说看，何卓孝咋就这么蠢？我叫他看着办，这意思还不明确吗？他竟这么积极，还说这不是看高长河的眼色，而是厂里绝大多数同志的意见。厂里绝大多数同志既然有这个意见，我怎么不知道？”

姜超林说：“这我倒要说一句真话了，当初何卓孝和厂里一些同志确实是比较赞同东方钢铁集团这个兼并方案的，我是因为你不同意，才没好表态。这事高长河到这儿来也和我说了，我看你就别坚持了。高长河说得有道理，咱不能光要脸面，不顾屁股嘛。在这一点上，我觉得高长河倒比我强，能拉开脸面。”

文春明一下子发作了，语气很激烈："老书记，你是不是又要我做出牺牲？别人不知道，你老书记也不知道吗？我为这个平轧厂受了多少窝囊气？关键的时候，省里那些官僚谁替我说过一句公道话了？不论是刘华波书记，还是陈红河省长！他们心里就一点都不愧呀？尤其是陈红河省长，当初不是她算政治账，说啥也不会搞得这么被动！现在好了，都是我老文的事了！是我的事我不赖，既然十年我都受过来了，我现在凭什么要这样让东方钢铁集团来兼并？"

姜超林耐心地劝道："春明，你的委屈我心里都知道，所以，我支持公开报道平轧厂的事情，我的这一态度你是很清楚的。可是，老兄啊，教训要总结，问题更得解决嘛！除非你能拿出更好的解决方案来。"

文春明说："既然给优惠，我们为什么不优惠自己？我想了一下，能不能让平阳钢铁厂来兼并平轧厂呢？或者把这两家联合起来，成立一家钢铁集团公司？"

姜超林长叹一声："春明啊，你不是不知道，平阳钢铁厂也是困难企业，能自保就不错了，怎么可能兼并平轧厂呢？拉郎配硬捏在一起更不好，局面会更糟嘛。"

文春明显然很不高兴，说："好，好，老书记，那我就不说了，反正你和高长河都比我英明，不英明省委也不会安排你们坐船头！"

姜超林说："春明，对总结经验教训，我的态度一点没有变，说到底，就是华波同志出面反对，我这个态度也不会变。我觉得这既是对历史负责，也是还你一个公道。但是，平轧厂问题必须解决，不管是由高长河来解决，还是由你文市长来解决，我们不能这么不负责任！"

文春明啥都不说了。

姜超林却又说："春明，见到高长河的时候，你可一定要提醒他呀，还有，在下午召开的常委会上也得发表意见，我们用错一个耿子敬，惹出了这么大的一个乱子，不能再眼看着高长河用错田立业造成新乱子！”

文春明阴阳怪气地答应着，放下了电话。

1998年6月29日11时　镜湖市围堰乡

和高长河一起前往镜湖市围堰乡检查防汛时，文春明却什么也没说。

没什么好说的。高长河知道送人情，他文春明又何尝不知道送人情呢？只要田立业不到市政府来当副秘书长他才懒得管呢。高长河既然敢拿田立业赌一把，就得为这场赌博的输赢负责，关他什么事？他上够当了，再也不想往这种是非里搅了。

细想想，觉得姜超林也在耍滑头。田立业是这位老书记捧了六年的活宝贝，平阳干部没人不知道，现在姜超林偏反对田立业做烈山县委书记，却又不当着高长河的面反对，这又是怎么回事？是真反对，还是欲盖弥彰？搞不好这位老书记已经和高长河达成了某种妥协，又拿他当猴耍了。从电话里的态度看，在解决平轧问题上，姜超林已经和高长河达成了一致，这不能不让他起疑。

于是一路上，文春明只字不提田立业，只和高长河大谈抗洪防汛，说是围堰乡乡长兼党委书记周久义是个先进典型，平时并不显山露水，这次抗洪抗得却极为出色，带着乡党委一班人日夜吃住在大堤上，顶住了第一次洪峰，赢得了老百姓的广泛好评，乡政府和乡党委的威信空前提高。

高长河拍拍文春明的手，笑呵呵地说：“我就是看到了防汛简报上的介绍，才点名要去围堰乡的嘛。像周久义这样的同志要好好宣传，报纸、电台要多做些报道，别让老百姓以为我们的干部都是大大小小的耿子敬。哦，对了，文市长，还有滨海的王少波同志，我也让报社写文章宣传了！”

文春明两眼望着车窗外，不满地“哼”了一声，说：“高书记，我看倒不是老百姓把我们看成耿子敬，而是我们有些干部惟恐平阳天下不乱！”

高长河看得出文春明的情绪，脸上却仍是笑：“我看平阳这天下乱不了，老百姓心中还是有杆秤的嘛。我听说跨海大桥通车典礼时，老百姓就打出横幅，向姜超林同志表示敬意，是不是？”

文春明注意地看了高长河一眼：“你也听说了？”

高长河道：“听说了，我看，这才是平阳人民对姜超林同志的真正评价嘛！”

文春明心里益发认定姜超林和高长河是达到了某种程度上的一致。

到了围堰乡，镜湖市委书记白艾尼和围堰乡乡长周久义等人已经在大堤上等着了，大堤下停着不少轿车、吉普车，还有一辆电视台的新闻车。高长河和文春明的车一停下，摄像机镜头马上对了过来。

高长河下了车，热情地和周久义及围堰乡的干部群众一一握手，道着辛苦。

周久义看上去又老又瘦，见到高长河显得十分激动，结结巴巴地说：“高……高书记，是……是你们当领导的辛苦，这……这么忙，还跑到乡下来看我们。”

高长河说：“周乡长，是你们辛苦呀！你们干得好啊，战胜了第一次洪峰，保卫了家园，也保卫了改革开放的胜利成果！”拉着周久义粗糙的大手，又问，“老人家，有六十多了吧？啊？还没退下来休息呀？”

周久义听得这话，“嘿嘿”直乐。

高长河有点茫然，看了看文春明。

文春明道：“高书记，看你说的，老周算什么老人家呀？他比我还小两岁呢！”

高长河心里一沉，感叹说：“我们农村基层干部太不容易了！”

周久义说：“高书记，是咱们的老百姓太好了！这次抗洪，那真是要啥给啥，没有哪个人和我们乡政府讨价还价的！我们这些基层干部还有啥话可说？只有带着老少爷们好好干！十天前，领着老少爷们上大堤时我就说了，人在堤在，要是围堰乡破了堤，我周久义就一头跳下去！”

高长河连连赞叹道：“好！好！就是要有这种破釜沉舟的精神，人还是要讲点精神的嘛！不过，周乡长，万一破了圩，也不能当真跳下去呀，啊?!”

镜湖市委书记白艾尼插上来介绍说：“高书记，周乡长说跳下去是绝对了些，不过，他们乡政府、乡党委一班人确实向我们市委、市政府和围堰乡八万百姓立下了军令状：只要破圩，两套班子集体辞职！”

高长河又是连连表扬，表扬过后，对文春明说：“文市长，你说说看，有周久义这样的干部群众，我们还有什么困难战胜不了?!我们应该信心百倍嘛！”

文春明点点头：“那当然！”

然而，话虽这么说，高长河和文春明还是不敢掉以轻心，在接下来的一个多小时里，还是沿着环绕镜湖的大堤巡察了一圈。四下里看到的情形，让高长河和文春明都十分满意。周久义不是个耍嘴皮子的浮夸干部，防洪防汛工作——都落到了实处，大堤不但加固了，还整体加高了大约一米。护堤的干部群众布满堤岸，每村每个干部分工哪一段都很明确，一块块写有责任范围的“生死牌”赫然立在堤上，让人禁不住想起战争年代的前沿阵地。

于是，和白艾尼、周久义等人在堤上一起吃面条时，高长河和文春明便指示电视台和报社的记者们，要记者们多报道报道这个围堰乡，把围堰乡防洪防汛责任到人的经验尽快宣传出去，促进其他各县市的抗洪防汛工作。

1998年6月29日15时　平阳市委

一片白灿灿的阳光透过南面落地大窗铺洒到会议桌上，把会议桌前的党旗辉映得火一样红艳。会议室里却并不热，中央空调日夜开着，市委主楼内的温度就永远在二十三度到二十五度之间浮动。

下午三时整，平阳市委专题研究烈山班子问题的市委常委会准时召开。

开会前，高长河先和大家扯了几句抗洪防汛的事，接着便言归正传，提出了烈山班子问题，声明说，在干部问题上不能搞一言堂，一定要发扬民主，充分研究。

高长河向市委常委会建议，调现市委副秘书长田立业任烈山县委代书记。

根据惯例，组织部龚部长首先向与会常委们介绍田立业的有关情况。

尽管时间仓促，龚部长拿出的材料还是比较充分的，其中包括近几年来的机关群众评议材料。让大家感到意外的是，这些机关群众的评议材料都不错，大多数都是肯定田立业的，说田立业公道正派，平易近人，敢于坚持原则，如此等等。

龚部长介绍完情况，会议室里一片沉寂。

高长河笑呵呵地道："田立业这位同志怎么样呀？大家都谈谈吧。"

大家还是不做声，都盯着高长河看。

高长河也不客气，说："好，你们不说我先说，我建议的嘛。首先声明一下，对近年来的群众评议材料，我个人的看法是，仅供参考而已，不能作为我们市委任用田立业的主要依据。大家心里都有数嘛，现在的情况是，只要干工作就有矛盾，就会得罪人，群众评议能有个三七开就很不错了。倒是一些不干事的人往往好评最多，现在田立业就是个证明嘛，几年不干事，好评一大堆！”

文春明含蓄地笑了笑：“高书记，这么说你也不糊涂嘛！”

孙亚东也说：“这种情况很不正常，干事的同志动辄得咎，不干事的人反倒有功！这么下去怎么得了？谁还愿干事呀?!”

高长河环顾众人，微微点着头，继续说：“既然我并不糊涂，为什么还要提田立业呢？这就有我的考虑了，现在提出来和大家商量，看看有没有道理？”

文春明和孙亚东都注意地看着高长河。

高长河一副胸有成竹的样子：“对田立业这个同志，我认为还是要做些具体分析。这个同志当了六年市委副秘书长，打了六年杂，没干多少实事，这是事实；我想问的是：这是田立业自己不愿做事呢，还是我们不让他做事呀？我们不让人家做事，现在反过来指责人家就没多少道理了吧？这和自己不愿做事不是一回事吧？”

这话说得一针见血，与会者马上听出了高长河的弦外之音。

然而，高长河并没有发挥下去，又说起了正题：“所以，对田立业，我们要历史地看，全面地看。这个同志曾经是市委重点培养的后备干部，六年前就在烈山当过两年县委副书记，资历、经验和实际工作能力都还行，先去烈山把工作抓起来，应该没什么大问题。我特别注意到这位同志的工作思路，觉得颇有新意。请大家注意一下龚部长刚才介绍的一篇文章，是田立业三年前发表的，谈政府采购制。田立业表述了这样的观点：作为一种公开、透明的制度，政府采购是对付腐败的有效武器。反腐倡廉不能只是道德约束，更需要有效的体制来制约。这里还有一篇文章，是谈不受监督的权力导致的腐败问题，文章没有展开，写得不算好，可问题提得好，发人深思。如果烈山原班子的权力没失去监督，如果六年前我们不把这位田立业撤回来，如果三位换掉的县长能坚守在岗位上，烈山两套班子不会在短短两三年里烂到这种程度！田立业的文章我看了不少，真正引起我注意的，就是这两篇，哦，对了，还有两篇谈经济的文章也有些道理。对这位同志的才气我不太看重，看重的是他的工作思路。”

龚部长马上接着高长河的话头大谈田立业思路对头，有政治头脑和经济头脑，许多常委便也跟着应和，气氛一下子热烈起来。

惟一来自下属地方的常委白艾尼更是为田立业大说好话，说是因为田立业常到镜湖来，对田立业的了解就比较多一些，觉得这个同志确是像高长河所言，头脑清楚，有工作思路。

“……更重要的是，”白艾尼加重语气说，“田立业的心是热的，在这种没法干事的情况下，还是想积极干事的，而且，明里暗里真帮着我们镜湖市办成了不少好事。比如说，为了给镜湖市电子城搞贷款和胡早秋一起四上北京，六赴省城……”

文春明先是一言不发，抱着茶杯不停地喝茶，听白艾尼说到田立业这么多“功绩”，才不冷不热地插了句：“老白，这四上北京，六赴省城，可不是他市委副秘书长该干的分内工作吧？！”

白艾尼说：“总是热心帮我们地方做好事吧？”

文春明不再说话，又吹着茶杯上漂浮的茶叶片，喝起了茶。

高长河注意到了文春明的态度：“文市长，你接着说呀！”

文春明笑笑：“我没啥要说的，用不用田立业，还是你一把手定吧！”

高长河说：“哪能我一人说了算？大家研究嘛！”

这时，孙亚东发表了一些不同意见：“高书记，我虽然调到平阳工作时间不长，可对这位田秘书长也多少有所了解，据说该同志被市长、书记们私下评为平阳干部中的‘第一号大甩子’。我们使用这样的干部，会造成什么样的影响？形象好不好呀？”

高长河笑了：“我知道有些同志会提形象问题。那么我倒要反问一句了，我们的县委书记们究竟应该是个什么形象呀？耿子敬形象不错嘛，一脸官气，什么官，贪官！田立业有毛病，说话随便了些,可身上毕竟有正气嘛,他冷嘲热讽也是有原因的,我看大多也是有道理的。这几年,我们没把他摆在适当的位置上,没让他负什么具体责任,他说话随便一点,表现散漫一点不奇怪嘛。”

孙亚东很认真:“高书记,烈山可是个大县呀,又刚出了耿子敬的案子,就敢说田立业去了能干好?你就一点不担心?”

高长河沉默了一下,说:“同志们,说实在话,建议使用田立业,我也是下了很大决心的。我的依据不仅仅是他过去的资历和工作思路,我觉得这位同志身上还有不少长处,最主要的是有一腔报国为民的热情,刚才白艾尼同志也提到了。据我了解,这几年他也一直想下去做点实际工作,我们却一直没安排。那么,田立业上任后,是不是就一定能干好?我不是算命先生,也不是太有把握的,所以,我现在只是建议田立业临时去烈山主持工作,做县委代书记。干得好,留烈山;干不好,重新安排,不要怕。在这里,我想说明一点,就是要不拘一格用人才。只要是人才,就要大胆地用起来,不要让他闲置了。不是怕他出问题吗?那就管起来嘛。靠什么管?靠一整套真正行之有效的规章制度。这个问题我们要进行专题研究,不是针对田立业一个人,而是针对我们平阳整个干部队伍。”

宣传部沈部长又从不拘一格用人才方面,对任用田立业做了进一步肯定。

任用田立业的决定就这么顺利通过了,包括孙亚东,也没再提出明确的反对意见。后来,又通过了胡早秋出任镜湖市代市长、金华出任烈山县委副书记兼代县长的决定。

这时,已经五点多了,高长河作起了总结讲话,龚部长、沈部长和镜湖市委书记白艾尼等常委们都在正儿八经做记录,文春明却仰靠在椅子上闭目养神,直到高长河讲话结束,点名问他还有什么话要说。文春明才摇摇头说:没有。

散会后走出门,文春明长长嘘了口气,没头没脑地说:“真累!”

1998年6月29日17时30分　高长河办公室

市委常委会一直开到下午五点二十分，散会后，孙亚东主动留下来向高长河汇报烈山班子的查处情况和平轧厂厂长何卓孝的经济问题。

孙亚东说，烈山案子又有了新进展，县委书记耿子敬问题极为严重，此人打着为机关干部谋福利的旗号，大肆侵吞国有资产，数额巨大，情节恶劣。又说，对平轧厂厂长何卓孝的调查仍在进行中，这几天就会有最后结果。

高长河想着平轧厂的事，心里便急，又对何卓孝其人不是十分有底，开口就问："亚东，何卓孝这人究竟是怎么回事呀？据文市长说，他一直很俭朴，也很谨慎，怎么就敢在医疗费上做这么大的手脚？"

孙亚东说："谁知道呢？商品社会嘛，这种经不起考验的干部也不是一两个，处理的多着呢！高书记，文市长的话，我看不能全信，文春明这人对自己手下的干部多多少少总是有些袒护的。"

高长河摇摇头："话不能这么说，何卓孝从平轧建厂就跟着文市长，文市长对他很了解，讲的情况我看也比较客观。"想了想，又问，"亚东同志，除了医疗费问题，何卓孝没有其他问题吧？"

孙亚东说："目前没发现有其他问题。"

高长河放心了，又和孙亚东说了几句闲话，便回了自己办公室。

没想到，老书记姜超林竟在自己办公室坐着了，办公室主任刘意如正有一搭无一搭地和姜超林说着什么。

高长河进门就笑了，说："好啊，老班长，搞突然袭击来查岗了？"

姜超林也笑："查什么岗哟？来向市委汇报工作。想来想去，还是跑一趟，非汇报不可，长河呀，这回你听也得听，不听也得听！”

高长河连连道：“好，好，老班长，您说就是！我也正想向您汇报哩！”遂又批评刘意如说，“刘主任，你看你，老班长来了，你也不和我打个招呼。”

刘意如笑道：“老书记也是刚进门。”说着，退出去，轻轻把门带上。

刘意如一走，高长河马上说：“老班长，还是我先向您汇报吧！田立业的任命常委会一致通过了，开始有些不同意见，我做了些工作，总算说服了大家……”

姜超林一怔，“还真通过了？到烈山主持工作？”

高长河挺高兴，点点头说：“通过了，我和龚部长准备明天和田立业谈话，当天就送他到烈山去上任。”

姜超林一脸懊恼：“长河呀，怎么就通过了呢？我今天就是为这事来的！我知道你是一片好意，可我的意见是，派田立业同志到烈山县去主持工作不太合适哩！这话我要是不明确说出来，就是对你，对组织不负责任。”

高长河有些意外，心想姜超林这又是玩的哪一出？早上到金海岸征求意见时，这位老同志并没提出什么明确的反对意见，这常委会一开完，任命成既定事实了，他又来明确反对了，他到底想干什么？！

他面上却不动声色，只听姜超林说。

姜超林说的没有多少新东西，有些话常委会上孙亚东等人都说过。说到后来，姜超林提起了文春明，说是自己在此之前曾反复和文春明交代过，希望文春明能在常委会上提出明确的反对意见。

高长河这才平淡地说了一句：“春明同志没提出什么明确的反对意见，倒是孙亚东同志提了些不同意见，但最终被我说服了。”

姜超林深深地叹了口气，说是文春明又做老好人了，太没有原则性，这正是他担心的问题，所以，他才在金海岸呆不住了，跑到市委来了:“……长河同志,你不想想,对田立业你能比我更了解吗?他要真是做县委书记的那块料,我能不用他吗?他真不是那块料呀!这个同志是好同志,却不能独当一面做地方大员,他从来就没干过正职,没有这方面的经验嘛。”

高长河笑道:“不对吧,老班长?田立业好像还是干过正职的吧?九年前就当过镇党委书记嘛!后来在烈山当县委副书记兼纪委书记不也是正职吗?再说了,就算他没当过正职,也不能说就不能去做烈山的县委代书记,经验不是天生的,是在实际工作中积累的嘛,让他试试看嘛,不试怎么知道他不行呢?”

姜超林根本听不进去,两眼紧盯着高长河问:“哎,长河,你和我说句实话好不好?让田立业去烈山主持工作,你是不是送人情?”

高长河愣住了:“送什么人情?”

姜超林说:“你知道田立业和我的关系,是不是看在我的份上提了田立业?”

高长河摇了摇头:“老书记,我真不明白,您咋会这么想问题?您说说看,我敢拿一个一百一十万人口的大县送人情吗?我建议使用田立业,与您一点关系也没有,完全是从工作考虑。真的。”

姜超林无言以对了。

高长河又说:“老班长,还有个问题,我也请您想一想,退一万步说,就算您都是对的,可您毕竟还是说晚了,我们对田立业的任命已经通过了,总不好不算数吧?真不算数,我这个市委书记怎么办呀?市委怎么办呀?还有什么权威可言吗?我想,您老班长总不至于将我的军吧?”

这话于恳切与含蓄之中透着指责。

姜超林听出来了,说:“长河同志,对此,我要向你向市委检讨!说实在话,在这件事上我是有些意气用事了,早上一时糊涂,就没把话和你说透。你看这样好不好?由我出面向市委检讨,我做检讨,我承担责任,只要别把田立业这个同志派到烈山去就行。”

高长河笑了:“老班长,你看你,还检讨!要你检讨什么呀?市委对田立业的任命是正常的干部使用,又不是你开了什么后门。你要怕日后谁说闲话,我代表市委做解释好不好?”

姜超林不高兴了:“长河,你不要总在我身上打圈子行不行?我不是怕谁说闲话,而是怕烈山的班子再出问题!耿子敬的教训够深刻的了,用错了一个人,烂掉了两套班子!”

高长河也不退让,点点头说:“是的,教训深刻,不过,老书记,我认为这其中最重要的教训就是权力失却了监督和制约!刚才在常委会上我已经说过了,如果六年前我们不把田立业从烈山撤回来,如果赵成全之前的三个县长不换掉,烈山可能不会出现今天这种局面。”似乎觉得这话有些刺激性,便又解释了两句,“当然,我说这话也不是怪您。我也知道耿子敬这个人很能干,从开创烈山工作局面考虑重用他,也不是没有道理,问题在于耿子敬手中的权力失去了监督。我听说田立业早就向您反映过耿子敬的问题,您这么了解田立业,却听不进田立业的意见嘛。”

姜超林闷闷地问:“这是田立业向你反映的?”

高长河摇摇头:“不是,这是其他同志反映的。所以,我就说田立业这同志不糊涂,对很多问题的认识是清醒的。包括对一些经济问题。坦率地说,老书记,我对您把这样一位年富力强的同志摆在市委机关冷冻六年是有些想法的。”

姜超林的脸完全挂下来了:“长河同志,你怎么可以这样理解呢?我把田立业摆在市委副秘书长的岗位上是冷冻他吗?你知道不知道,机关两个大院里的同志都说我护着他?!你这种议论我是头一回听说,真够新鲜的!”

高长河平静地说:“事实上这六年田立业是荒废了嘛!”

姜超林黑着脸:“那怪他自己,他根本不能干事,只会闯祸!”

高长河问:“老班长,那么请您说说,他都闯了些什么祸?”

姜超林想了半天，却没说出什么实质性的东西，田立业除了平时随便一些，还真没闯过什么祸。不过，姜超林强调说，这是没给田立业闯祸的机会，而现在把烈山交给田立业，就给了田立业闯祸的机会。

高长河说："老班长，我认为这是给了田立业干事的机会。"

因为双方的观点截然相反，这场谈话不欢而散，姜超林临走时郑重声明，自己保留意见。高长河要留姜超林吃饭，姜超林也没答应，出门上车又去了金海岸。

站在办公室窗前，看着姜超林的车驶出市委大门，高长河有一阵子心里也动摇起来，暗想：自己在任用田立业的问题上是不是真错了？如果田立业真像姜超林预言的那样在烈山闯下大祸，他可就没有退路了。

不过，对姜超林的不徇私情，高长河也留下了深刻的印象。

正沉思时，桌上的电话响了，是平轧厂厂长何卓孝的电话，口气恭敬，却也带着明显的怨气："高书记，您说说看，这都是怎么回事呀？我和东方钢铁集团约定了明天飞上海谈判，文市长却不让我走了，说是要听你的指示。高书记，那你就指示一下吧，我明天去不去上海了？"

高长河一怔，握着话筒半天没做声。何卓孝的经济问题孙亚东已经向他明确汇报过了，万一何卓孝明天一飞冲天没了踪影，这麻烦就大了。孙亚东可不是省油的灯，必然要告到马万里书记那里，说他包庇何卓孝。

何卓孝却不清楚个中隐情，又问："高书记，是不是您和文市长的意见还没统一呀？你们领导同志意见不统一，我们下面的同志就难办了。"

高长河想了想，问："何厂长，你现在在哪里？"

何卓孝说："我在厂里。"

高长河说："那你马上回家吧，我们到你家谈！"

何卓孝说:“高书记,要不我到您办公室汇报吧!”

高长河命令道:“别说了,就到你家谈,我现在就出发,你也过来。”

1998年6月29日19时　平阳 何卓孝家

高长河在刘意如的陪同下走进何卓孝家门时,何卓孝刚到家。

何家的残败景象着实让高长河吃了一惊。一套小三居的房子空空荡荡,没有一件像样的家电和家具。朝南的一间屋里,一个病危的老人躺在床上不时地高一声低一声地呻吟着,整套房子里弥漫着一种说不出来的味道。

何卓孝很不安地说:“高书记,您看您,说来就来,我真是措手不及。”

高长河指着住着老人的房间问:“这是你什么人,好像病得挺重嘛?”

何卓孝说:“是我母亲,癌症,五年了。”

高长河问:“怎么不送去住院?”

何卓孝苦笑起来,“哪住得起?我母亲是农村户口,没有公费医疗,光看门诊就吃不消了,这不,家电家具都卖光了,老婆也闹得离了婚。”说罢又恨恨地加了一句,“不离也不行,这娘们儿整天折磨我母亲。”

高长河“哦”了一声,又问:“那你上班,你母亲谁照顾?”

何卓孝说:“请了个小保姆。”

高长河没再问下去,心里啥都明白了。心情真是沉痛,一个县处级大厂的厂长兼党委书记连自己的母亲的医药费都付不起,人家凭什么再给你卖命?凭什么!不是亲眼所见,他真不敢相信会有这种事。

何卓孝却谈起了工作:“高书记,上海还是要赶快去呀,平轧厂真不能再拖下去了！我知道文市长要面子，我们也会尽量争取最好的兼并条件，但是，必须马上谈呀。高书记，文市长那里，您恐怕还得做做工作。”

高长河点着头说：“是的，你明天就飞上海吧，家里的事不要担心，市里会派人处理，把你母亲送到市人民医院住院，我让刘主任安排。”

刘意如说：“好的，我明天一早就过来安排。”

何卓孝忙说：“别，别，高书记，刘主任，我没钱去住院。”

高长河不悦地说：“钱的事你不要管，我请民政局破一回例，让他们解决。”又对刘意如交代，“刘主任，明天你就以我和市委的名义找民政局，要他们想想办法，找一个合理合法的开支渠道交纳住院费。和他们说清楚，特事特办，决不能让何厂长以后再有后顾之忧！如果实在没法解决，就请他们从我的工资里慢慢扣！这种状况再也不能继续下去了！”

何卓孝眼中的泪一下子下来了：“高书记，您……您可千万别这样！真解决不了就算了，哪能扣您的工资呢？再说，我母亲恐怕也没几天活头了……”

高长河痛心地说：“何厂长，你别说了，我已经来晚了，很多事情已经没法挽回了！”继而又问，“这些情况，你过去向文市长、姜书记说过没有？”

何卓孝摇摇头：“家里的私事，和你们领导说什么？”

高长河气道：“为什么不说？别说是领导，就是同事也得帮你想点办法嘛！”

何卓孝益发感动了：“高书记，您别说了，有您今天这番话，我何卓孝就是累死也不抱怨啥了！您放心吧，我一定会按您的指示把兼并谈判工作早日圆满完成。”

当晚，回到小红楼住处，高长河马上给孙亚东打了电话，没说别的，只要孙亚东抽空到何卓孝家看一看。

孙亚东一时摸不着头脑,问高长河:“你让我到何卓孝家看什么?”

高长河说:“你看到什么就是什么!”说罢,放下了电话。

刚放下电话,文春明的电话又到了,谈田立业去烈山主持工作的事,说是姜超林打了电话给他,火气很大,怪他没在常委会上说真话。

高长河便问:“那你说真话没有?”

文春明吞吞吐吐地说:“要我说真话,我也认为派田立业到烈山不太合适。”

高长河恼火了,说:“这话你为什么不在常委会上说?我再三强调要畅所欲言,点名要你说,你为什么都不说?”

文春明辩解说:“我以为你也是走走过场。”

高长河没好气地说:“春明同志,请记住,在我这里没有什么走过场的事,会上不说,会后也就不要说,说了也没用。我们总不能自己刚刚研究决定的事,马上又自己推翻吧?开玩笑呀!”

文春明自知理亏,不做声了。

高长河便也不谈田立业了,将话头转到了何卓孝身上,把自己在何家看到的和想到的都告诉了文春明,最后不无痛惜地问文春明:“……春明,你说说看,你这个市长是不是有些官僚主义呀?和何卓孝共事十年了,都不知道自己下属干部的困难这么大,眼睁睁地看着何卓孝落到这一步,你说可惜不可惜?”

文春明显然很吃惊,也很意外,沉默了好半天才说:“高书记,你批评得对,这事怪我,我确实太官僚主义了,只知道让他干活,忽略了他的生活。事已如此,你说怎么办呢?你能不能和孙亚东打个招呼?请纪委和有关方面再给何卓孝一次机会?老何真这么毁了太可惜了!”

高长河长长地叹了口气:“等孙亚东把情况都搞清楚后再说吧!”

1998年6月29日19时　镜湖市委招待所

田立业把李馨香带到镜湖市，安排在镜湖市委招待所住下来了，曾在电话里声称要夹道欢迎的胡早秋却连鬼影也没见着。市长办公室没人，手机关着，打传呼胡早秋也不回，气得田立业直骂娘。看看表，已经七点了，田立业决定不等了，自作主张请李馨香到镜湖小吃一条街吃小吃。

不料，喊着司机正要出发，胡早秋兴冲冲来了，进门就道歉："二位，二位，对不起，实在是对不起，我们市委白书记和我谈话，来晚了！"

田立业郁郁地说："不晚，不晚，离天亮还早呢！"

李馨香也道："胡司令，你该不是故意要整我们吧？"

胡早秋连连打着哈哈："哪能呀？我就是整田领导，也不敢整你李领导呀！"

到餐厅吃饭时，胡早秋仍是一脸兴奋，找着各种名目灌田立业的酒。田立业被灌得晕头转向时，先是刘意如的电话打来了，说是市委书记高长河要找他谈话，请他明天早上八点准时到高长河办公室去；继而，老婆的电话又来了，说是烈山来了两个干部，还带来了不少土特产，看望他这个老领导。这让田立业很茫然，搞不清到底发生了些什么？高长河找他谈话肯定是工作调动，烈山的同志来干什么？难道他的工作调动会与烈山有关系？真闹不清。

胡早秋咧着大嘴直乐，说："闹不清就别去闹，田领导，你只管喝酒！"

田立业本能地感到胡早秋知道些什么，饭后把李馨香送回房间，便以一副开玩笑的口气问胡早秋："胡司令，你老兄今天这一脸的幸福都是从哪里来的呀？"

胡早秋说："幸福来自市委的关怀呀，辛辛苦苦干了这么多年，市委总算看见了！知道吗？今天下午市委刚开过常委会，把我这‘副’字拿掉了，让我做了代市长，我们白书记告诉我的！”接下又感叹，“高长河这人真不错，我没去找过他一次，他根本不认识我，却提了我，世间自有公道在，这话我真信了。”

田立业笑了：“哦，你小子还真从从七品变正七品了？这么说，我在高书记面前说你的那些好话还起了点作用？”

胡早秋笑骂道：“立业，你狗东西能在领导面前说我的好话？别给我上眼药我就谢天谢地了！”停了一下，又说，“不过，这次我还是不如你，你做烈山县一把手、县委代书记，看看，高书记有肚量吧？知道你和姜书记关系密切，人家照提你！这叫啥？叫用人为贤！你不服不行呀，我的同志！”

尽管田立业有了些心理准备，可此时听胡早秋这么说，还是觉得有点突然，怔怔地看着胡早秋问：“什么？什么？烈山县委代书记？我？你没喝多吧？”

胡早秋大大咧咧地说：“没喝多，白书记说的。白书记还说了，你老兄去做烈山县委代书记，我们镜湖和你们烈山的关系就好处了。耿子敬那小子不行，就是不搞腐败也不行，牛皮太大，整个平阳市除了姜超林书记，他谁都不认。你们临湖镇两家小纸厂一直往镜湖排污，狗东西硬不认账，还说北半湖是烈山的，年年械斗，年年伤人……”

田立业却没心思听下去了，说：“胡司令，你先别给我说这些，现在我还不是烈山县委代书记，小纸厂和北半湖是怎么回事我也不清楚，你别骗我上当……”

胡早秋却纠缠不放：“怎么是骗你上当？老同学，从上大学到今天一直是你在骗我吧？我什么时候骗过你？咱这么着吧，你老兄一上任，咱们两个班子的主要领导成员就搞一次联谊活动好不好？”

田立业应付着：“再说吧，再说吧。”

驱车回到平阳家里，已是夜里十点多了，两个来自烈山的“老部下”已经走了，把四瓶五粮液、四条玉溪烟和一大堆土特产留了下来。

焦娇带着讥讽的口吻告诉田立业：“你这两个老部下可真是一对活宝贝！一进门就赤裸裸地表忠心，比赛似的大骂耿子敬和赵成全，说是这几年烈山坏人当道，好人受气，你这次一回烈山，烈山就大有希望了，他们这些好同志就大有希望了！立业，怎么？你真要去烈山当县委书记了？”

田立业点点头，有些矜持地说：“有这么一说吧！”看着满桌子的礼品，心中便有气，开口就骂，“这两个宝贝是他妈哪国的好同志？我调离烈山六年了，他们一次不来看我，这一听说我要回烈山了，马上跑来了。老婆，你怎么不让他们把东西拿走？恶心不恶心！”

焦娇说：“你以为我不觉得恶心？我叫他们带走，他们不干嘛！”

田立业愤愤地道：“那好吧，我叫他们吃不了兜着走！”

焦娇拍起了巴掌：“田书记，什么叫廉政模范，我今天总算看到一个了！”

田立业“哼”了一声：“老婆，以后你会经常看到这种拒腐蚀永不沾的情景的。”

说罢，拨起了电话。

焦娇问：“这么晚了，给谁打电话？是老书记还是新书记？”

田立业说：“当然是新书记。”拨电话的时候，又感叹说，“高书记这人真是不可捉摸，我原以为他要整我，把我弄到平轧厂那种鬼地方去，没想到，他会派我去烈山主持工作！”

焦娇说：“你以小人之心度君子之腹了嘛！”

这时，电话拨通了，高长河一听是田立业，马上说：“田秀才，关于你的工作安排，好像用不着我通知你了吧？路透社的新闻已经出来了，是不是？”

田立业老老实实地说：“是的，高书记，我是在镜湖听说的。”

高长河问：“有什么想法呀？这么一个上百万人口的大县，担子不轻哩。”

田立业说：“高书记，说真的，我一点思想准备都没有，很突然。高书记，您是不是重新考虑一下，我到烈山主持工作是不是合适？毕竟离开烈山六年了，烈山的变化又这么大，加上耿子敬和赵成全两套班子都出了事，万一我顶不起来，让别人看您和市委的笑话，就说不过去了，我现在真有点诚惶诚恐呢！”

高长河笑了：“田秀才，你这人难得谦虚嘛！不错，不错！有这种诚惶诚恐的心情就好，我到平阳就是带着这种心情来的，你就多跟我学着点吧！”接下来，口气严肃了，“田立业，你可给我记住了，从此以后，你的身份不同了，不再是不管部部长，而是烈山县委代书记，要对烈山的一方平安负责。烈山出了任何问题，市委都惟你田立业是问！”

田立业也认真了：“高书记，我会随时向你和市委请示汇报。”

高长河说：“那就好。现在烈山情况比较复杂，党政两套班子都烂掉了，烈山腐败案是大案、要案，省委、市委都在盯着，你们这个新班子要全力配合办案。你们当前的任务是，下大决心抓好反腐倡廉工作，尽快把工作关系理顺，稳定人心。人心不能乱，人心一乱，就什么事也干不成了。”

田立业马上表态道：“高书记，您放心，我和金县长都会注意这个问题。”

高长河叹了口气：“立业，今天，我也坦率地告诉你，对你到烈山去主持工作，同志们的意见并不是那么一致的，是我说服了大家。我说了，过去组织上没给你舞台，也就不能怪你没唱好戏。今天舞台可是给你了，让你到烈山当主角了，你就得使出吃奶的劲唱几出好戏，得押上身家性命去唱，把荒废的六年时间找回来，不能再浪费生命了！”

田立业有些激动了：“高书记，我……我保证！”

通话结束后，田立业愣了好半天，才轻轻放下了电话。

焦娇关切地问：“高书记都说了些什么？”

田立业不耐烦地说：“工作上的事你别多问！”

焦娇提醒道：“该咋开展工作，要不要听听老书记的建议？”

田立业这才想起，这事还没和姜超林说呢。遂又打了个电话到滨海金海岸，问老书记知道不知道自己工作调动的事？

姜超林说：“我知道，今天下午市委常委会研究决定的，长河同志和我说了。”

田立业问：“那老书记，你说我到烈山该怎么办呀？耿子敬、赵成全都出了问题，只怕连个交代工作的人都找不到呀！”

姜超林说：“是啊，烈山现在真是人心惶惶呀，听说了么，烈山的干部们现在见面都不问好了，都互相问‘你没出事吧？’你说说看，在这种局面复杂的情况下，你去主持工作合适么？顶得下来吗？不瞒你说，立业，我很替你担心！”

田立业有点吃惊，他可没想到老书记会是这么个态度。

姜超林又颇动感情地说：“立业，这么多年了，我一直把你当做自己的孩子一样看待，不管是骂你，批评你，都是为你好。今天我也得坦率地告诉你：对你去烈山主持工作，我是持反对意见的。为什么？仍然是为你好。”

田立业心里不是滋味，对着电话却只能连连称是。

姜超林仍是意犹未尽：“高长河这么做目的何在呢？我看无非是两种可能，第一，给我送人情；第二，把你当张牌打。高长河不承认是送人情，那就是打牌喽？打赢了他得分，打输了烈山一百一十万人民缴学费！对此，你田立业要清醒！”

田立业再没想到老书记的意见这么激烈，惊出了一头冷汗，连声问：“老书记，那你说怎么办？你知道的，这不是我跑官跑来的，是市委的决定……"

姜超林说:"你可以不去上任嘛,做不了这种地方大员就不要硬撑嘛,真想弄个正处干干,可以到我们市人大做秘书长,明年换届时我向高长河和市委建议。"

田立业忍不住说:"老书记,我也不一定就不能做这种地方大员,你没让我做过,怎么就知道我做不了?起码和耿子敬、赵成全相比,我还不算太差吧?至少没他们这么贪吧?"

姜超林毫不客气:"对一个县的一把手的要求,不仅仅只有一个廉政,内容多着呢!一百一十万人民要吃饭、要穿衣、要生存、要发展,马上又要跨世纪,方方面面,你负得了这个责吗?田秀才,这可不是你写文章,可以随心所欲,稍有疏忽,老百姓就要遭殃,我们共产党就要挨骂!"

田立业真生气了,说:"老书记,这请你放心,我想我去烈山还不至于让老百姓遭殃,更不会让共产党挨骂!现在让共产党挨骂的恰恰是你一直护着的耿子敬!"

姜超林也很火:"田立业,我告诉你,正是因为用错了这个耿子敬,我才不愿再看到组织上用错你!你就是从今以后不理我这个老家伙了,这话我还要说:你到烈山去主持工作很不合适!高长河可以拿你当张牌打,我不打你这张牌!"

田立业并不退让:"老书记,我看你这话是说错了,我田立业从来就不是谁手上的牌,我只是一个想干点实事的党员干部,今天市委给了我这个机会,我就得押上身家性命干一场,干不好你可以批评,不能不让我干……"

话没说完,姜超林那边已经挂上了电话。

焦娇赔着小心说:"立业,再给老书记打个电话过去,解释一下吧?"

田立业把话筒一扔,心烦意乱地摇摇头:"算了,算了,这老爷子现在正在火头上,再打过去还是要吵,以后再说吧……"

这一夜，田立业难得失眠了，翻来覆去躺在床上老是睡不着，思绪万千。眼前一会儿是姜超林，一会儿是高长河，一会儿又是耿子敬和赵成全。烈山过去和现在发生的一幕幕，像放电影似的在脑海里转来转去。六年前不是因为老书记姜超林袒护耿子敬，他是不会离开烈山的，明天重新杀回去了，也不知是福是祸？

第九章　霓虹灯下有血泪

1998年6月30日8时30分　省委大院

飞上海的飞机是中午十二点的，何卓孝早上起来照常夹着皮包到厂里去上班，想到厂里拿上有关文件，会合市国资局周局长和其他几个同志一起去国际机场。不料，正要出门，市委办公室主任刘意如和民政局的同志到了，落实母亲住院的事。何卓孝便改了主意，通知国资局周局长说，自己从医院直接去机场。

市委出面关心，一切就好办多了，母亲顺利住上了医院，院党委书记还说要尽快做一次全面检查，让何卓孝放心。何卓孝千恩万谢准备离去时，女院长一头大汗找来了，说，何厂长，你别走，你们平轧厂有个下岗工人全家三口集体自杀，刚刚送过来抢救，你们厂许多工人也跟来了，看样子要闹事，你得去看看！

何卓孝的脑袋一下子大了，糊里糊涂跟着女院长就往急救室走。

急救室门口和走廊上果然聚着不少平轧厂的工人群众，四处议论纷纷，见何卓孝过来，骂声便高一声低一声地响了起来，虽说没点何卓孝的名，可何卓孝知道，他们是在骂自己。

到了急救室一看，两个大人已停止了呼吸，他们的女儿还在紧张抢救着。死去的那个男的是平轧厂的工人，姓什么叫什么不知道，面孔是很熟的，好像在电板房工作，是个电工。女的想必是他老婆了,不过肯定不是平轧厂的工人。

三车间车间主任江宏把何卓孝拉到一旁低声汇报说:“何厂长,是咱厂电工赵业成一家子,开了煤气全家自杀。我们是对门邻居,早上起来,我闻着过道上四处都是煤气味,先还以为是我家的煤气泄漏,一找找到了赵业成家,硬砸开了他们家门,可这一家三口都不行了……”

何卓孝揪着心问:“江主任,这个……这个赵业成下岗了吗?”

江宏摇摇头说:“没下岗,他老婆在造纸厂下了岗,我们车间就不能让老赵下岗了,市里有规定,你们厂领导也强调过的,不能夫妻双方都下岗……”

何卓孝稍稍松了口气,又急切地问:“那……那会是……是自杀么?”

江宏迟疑了一下,把一张写满字的纸头递给何卓孝:“何厂长,你……你看看这个。”

是封写在学生作业本上的遗书,用铅笔写的,何卓孝匆匆忙忙看了起来。

遗书上说:“……厂领导,我们的日子真是过不下去了,造纸厂排污没达标,去年关了门,我老婆下了岗,每月只发六十元生活费;我拿百分之七十的工资,又是老肝炎病号,三年医药费没地方报销,已经山穷水尽了。老婆女儿连买卫生纸的钱都没有,我这个大男人哪还有脸活在世上?在平轧厂上班时,我想在电板房摸电源自杀,想想又放弃了,不是不敢死,而怕对不起你们厂领导!厂里这么难,你们也没让我下岗,我触电死了,虽说能赚个工伤,可你们要担责任,我就亏心了。昨天,我和老婆商量了,就一起死吧。我们女儿赵珠珠还小,我们不想把她带走,开煤气时,先把她的房门关严了。我那三千元集资款如果能退,就请给珠珠……”

遗书没看完,何卓孝眼泪就下来了,讷讷着自问:“怎么……怎么这么混账?!”

江宏不解地问:“谁这么混账?”

何卓孝呜呜哭出了声:“还有谁?是我呀!是我这个混账厂长呀!”

江宏说:“何厂长,你可别这么说,这也不怪你的,你也被厂子拖死了!”

何卓孝不说了,泪一抹,挤到正抢救赵珠珠的女院长和几个医生面前,说:“这孩子你们一定要费心把她救活,我……我就是卖血也得把她抚养大!”

女院长不悦地说:“现在说得这么动听,你们早干什么去了?!”

何卓孝劈面狠狠给了自己一个耳光。

门外有人看见了,高声喊:“打得好,再来一个!”

又有人叫:“当官的,你们还想逼死多少人啊?赵业成那三千块钱集资款你们到现在还没还呢!人家死不瞑目呀!”

许多人跟着叫:“对,快还我们的钱!”

“再到市委去,找高长河,抬尸请愿!”

“对,抬尸请愿,问高书记说话算数不算数?高书记不是答应还钱的吗!”

群情激愤起来,真有人想往急救室里挤。

何卓孝又急又怕,冲出急救室的门,拦在门口,大声说:“集资款又不是市里收的,是厂里收的,你们找市委干什么?你们找我,我负责!”

江宏在背后推了何卓孝一把,小声提醒说:“你负得了这个责吗?”

何卓孝紧张地想了好半天,最后决定豁出去了,当着吵吵闹闹的工人的面,给厂财务科挂了个电话,要财务科把账上仅有的五百万流动资金发下去,先付集资款本金,利息不计。

财务科长吞吞吐吐地问:“何厂长,这事……这事文市长知道么?”

何卓孝暴躁地说:“你不要管文市长知道不知道,只管给我发!”

财务科长赔着小心说:“何厂长,你不是不知道,这五百万是文市长做担保好不容易借来的,动这笔钱,咱得先和文市长打个招呼。”

何卓孝吼了起来:“叫你发你就发,文市长那边我会去说,叫他找我算账!”

打完这个电话,走廊上一下子静极了,叫骂声消失了,欢呼声却没响起来。

在一片令人心悸的静寂中,何卓孝长长叹了口气,哭丧着脸说:“好了,同志们,大家不要再聚在这里了,这影响不好!都到厂财务领钱去吧!去吧,去吧!”

工人们却不走,一个个盯着何卓孝看,一双双眼睛里的神色都很复杂,少了些怨愤,多了些对自己厂长的同情和怜悯。

何卓孝眼里的泪又下来了:“你们看着我干什么?我不说过我混账嘛!”

一个中年工人这才说:“何厂长,这发还集资款的事,你还是再请示一下市里吧,我们不能让你作难啊!你要真为我们丢了官,我们心里也过不去呀!”

何卓孝含着泪,摆着手:“我不作难,我这厂长也不想干了,就这样吧!”

中年工人更不答应了,从走廊那边的人群中挤过来,一把拉住何卓孝的手:“何厂长,你千万不能这么想!你不干谁干?现在谁还愿到咱平轧厂来当厂长?!”中年工人转过身子,又对工人们大声喊,“同志们,我提个建议:咱们现在就不要逼我们何厂长了,好不好?我们让何厂长先去请示市里,等市里同意后,再发还我们的钱,行不行?”

只沉默了短短几秒钟,呼应的声音就响了起来:

"行,就让咱何厂长先请示一下吧!"

"对,咱难,何厂长不也难么?就这么说吧!咱听厂里安排!"

"何厂长,你可不能撂挑子呀!我们气归气,也没把账算到你头上!"

"何厂长……"

"何厂长……"

这一声声热切的呼唤,唤出一个中年壮汉的满面泪水。

何卓孝任泪水在脸上流着,连连向面前的工人们拱着手,哽咽着说:"同志们,谢谢你们……谢谢你们对我的理解!你们……你们都是好工人,我却不是个好厂长呀!我……何卓孝对不起你们大家呀!"

中年工人又很动感情地说:"何厂长,你可不要这么说,你是咋工作的,我们大伙儿都看在眼里了,这么多年了,你没日没夜地忙活,头发都白了快一半了!"

何卓孝挂着满脸泪直摆手:"不说这个,不说这个,赵业成夫妻俩连命都搭上了,咋说都是我混账,都是我……我的责任!你们都别拦着我,让我走!"

工人们仍是堵在面前,死死地拦住了何卓孝的去路,不让何卓孝走。

何卓孝急了,含泪吼道:"同志们,兄弟爷们,求求你们去厂里领钱吧,这是我能为你们做的最后一件事了!有些情况你们不了解,这笔钱你们领不领我都要下台的!"说罢,一把推开拦在面前的中年工人,醉汉似的摇摇晃晃硬往前走。

工人们这才渐次让开了一条道。

何卓孝在人墙中默默走着,像行进在一场葬礼之中。

走到医院大门口,何卓孝才突然回过头来,对那些目送着他的工人们说了句:"你们……你们应该有个比我更好的厂长!"

在医院门口上了车,司机问:"何厂长,直接去机场吗?"

何卓孝摇摇头说:“去市政府吧。”

司机很惊异:“何厂长,你真去辞职呀?”

何卓孝没回答,硕大的脑袋往椅背上一仰,又重复了一声:“去市政府。”

1998年6月30日9时30分　平阳市政府

看到何卓孝走进门,文春明坐在办公桌前连头都没抬。

何卓孝说:“文市长,我得给你汇报一下。”

文春明不悦地说:“汇报什么?要汇报你找高书记汇报去!”

何卓孝鼓起勇气说:“文市长,我……我是来辞职的!”

文春明一怔,“呼”地站起来了,盯着何卓孝怒道:“你辞职?辞什么职?你还怕我不够烦吗?啊?昌江发水,工人下岗,这个会,那个会,我忙的连放屁的空都没有!”说到这里,死劲拍打起了手中的文件,“你看看,你看看,这两个月下岗工人又增加了一万多,我马上要和各系统的头头们开会,你这时候来捣乱!何卓孝,我可和你说清楚:平轧厂既然有高长河书记做主,我就不管了,辞职你找他去辞!我看,你最好还是等高书记来撤吧!”

何卓孝带着哭腔说:“文市长,我……我从平轧厂是一片荒地时就跟你干,我这最后一次向你汇报工作,你……你就不能耐心听听么?”

文春明似乎也觉得过分了,挥挥手说:“好,好,你说吧,抓紧时间。”突然想了起来,“哎,老何,你今天不是要去上海谈判吗?”

何卓孝说:“我不准备去了,今天早上平轧厂又出事了……”

文春明一惊:“又出什么事了?还是为了集资款?”

何卓孝点点头,把赵业成夫妇自杀和工人们要抬尸请愿索要集资款的事全说了。

文春明吓出了一头冷汗,连声道:“怎么会搞到这一步?怎么就会搞到这一步呢？全家自杀！这种事要传出去，社会影响多恶劣？！”

何卓孝说：“工人们真要是抬尸请愿，影响会更恶劣！所以，我已经通知财务科发还大家的集资款了，就用账上那五百万，也没来得及向你请示汇报！”

文春明又是一惊：“老何，那五百万可是生产自救资金呀！你们以后不过日子了？就算兼并谈判能成功，也要有个过渡，你们怎么办呀？！”

何卓孝讷讷说：“文市长，我……我也不知道该怎么办，反正……反正不是我的事了，我是干不下去了……”

文春明火了：“何卓孝，你还真给我撂挑子？在这种困难的时候给我撂挑子？啊？”想了想，又努力压着火气说，“好，好，老何，五百万发了就发了吧，反正集资款迟早要还，现在又出了这种突发性事件，发了我也不怪你。可咱也说清楚，至少在东方钢铁集团兼并平轧厂的工作完成之前，你这个厂长得给我当下去！这不是我一个人的意见，也是高书记的意见，是市委的意见！”

何卓孝这才说：“文市长，不是我不愿干，是我没脸再干了。”说着，从口袋里把那份写在作业纸上的遗书递给了文春明，“文市长，你……你看看这个。”

文春明看完遗书，好半天没做声，心想，必定是这封遗书触动了何卓孝未泯的良知，使他对自己为母亲报销医疗费的事产生了愧疚。

然而，文春明并不说破，只感叹道：“多好的工人啊，老何，就是冲着这么好的工人同志，就是为了对他们负责到底，这职你也不能辞啊！”

何卓孝呜咽起来：“文市长，你……你不知道，我……我惭愧呀！厂里的工人这么好，你们领导又这么好，今天一早，高书记就派刘意如主任和民政局的同志把我母亲送到了医院住院，可……

可我都干了些啥呀？我……我把我母亲的医疗费都以我的名义在平轧厂报销了！一共三万九千多块钱。这三万九千多块钱要是用在赵业成身上，他们夫妇就不会死，我……我混账呀……”

文春明叹了口气：“你的这些情况，我和高书记都知道了。”

何卓孝愣住了：“既然知道，你……你们还不撤我？”

文春明眼圈也红了：“撤了你，又能解决什么问题？再说了，你惭愧，我和姜书记就不惭愧么？高书记昨晚还打了电话给我，批评我官僚主义，不关心手下干部的生活。我诚恳接受了高书记的批评。现在既然你把这件事主动说出来了，我就公开向你道歉，也代表姜书记向你道歉！”说罢，向何卓孝深深鞠了一躬。

何卓孝抹了把泪，忙道：“文市长，这不能怪你和姜书记，再难我也不该这么做，这完全是我个人的问题，与你，与姜书记都没关系。现在平阳情况比较复杂，这事你就别再往身上揽了……”

文春明痛惜地说：“不是我要揽，而是我有责任呀！高书记说得好：如果我们的干部连自己母亲的病都没钱治，人家凭什么还没日没夜替你卖命？凭什么？！可你老何也是糊涂，你为什么不把这些情况早和我说？为什么这么乱来？你知道不知道，这是犯法，是贪污，要立案的！这三万九千多块钱能把你送进监狱去！不仅仅是个撤职的问题！”

何卓孝呆住了：“是……是不是孙亚东书记揪住不放？”

文春明点点头：“孙亚东这人你又不是不知道，连高长河的账都不买！”

何卓孝紧张地问：“文市长，那……那我怎么办？”

文春明沉默了片刻，说：“我替你想好了，赶快把这三万九千多块钱退出来，多了我也没有，我家的存款只有两万，昨夜和老婆商量了一下，全取出来给你应急，那一万九，你自己再想想办法借一借吧。”

何卓孝一怔：“文市长，我怎么能拿你这么多钱？这是你的全部存款啊！”

文春明道：“老何，这话你就别说了，我们共事十年，现在闹到这一步，我也只能帮你这点忙了，你就让我尽尽心吧！”

何卓孝木呆呆地想了半天才说：“文市长，你这两万我……我就先借着，日后加上银行利息一起还你，我……我都想好了，平轧厂这摊子事处理完，你们不撤我，我也得辞职去挣点钱了，我……我不能活得这么窝囊！”

文春明说：“以后的事以后再说吧，你还得到市纪委去一下，找一下孙亚东，正式向他交待问题，我找他不好，他不会相信你是主动坦白交待的。”

何卓孝问：“那我要不要再向高书记汇报一下？”

文春明想了想，说：“汇报一下也好，对你高书记一直是保的。”看看手表，“现在已经是九点五十了，高书记马上要过来开会，听政府有关部门汇报下岗职工分类管理情况，你先在外面接待室等一下，我叫你时，你再当面和他说吧。”

何卓孝连连点头应着，忐忑不安地出去了。

约摸十几分钟之后，高长河到了，一见面就笑呵呵地对文春明说：“春明，你猜猜看，今天我和龚部长找田立业谈话时，田立业给我玩了哪一出？”

文春明满腹心思，根本没心情猜，面无表情地摇了摇头。

高长河兴致很高，拍了拍文春明的肩头：“我们田书记突然艰苦朴素起来了，身上的西装领带全换了下来，弄得像个下岗工人似的。我可没表扬他，反批了他几句！我问他，就你打扮的这副穷酸样，谁敢到你烈山投资？”

文春明应付着问了句：“这甩子怎么说？”

高长河笑道：“我们田书记说，他艰苦朴素会分场合的！”继而又说，“不错，不错，我看田立业心里有数得很，是准备在烈山唱台好戏了。”

文春明"哼"了一声:"但愿吧!"

言毕,把何卓孝要去市纪委退赃交待问题的事说了。

高长河当即表示说:"何卓孝能有这个态度就好,可以算他坦白交待了,现在当务之急,还是要他去上海,赶快参加兼并谈判。"

文春明说:"老何现在就在接待室等着,你是不是见他一下?"

高长河摆摆手说:"算了,他要赶飞机,今天就不见了,等他回来再见吧!"

文春明说:"那好,我通知老何赶快去机场。"

高长河却把文春明叫住了,笑道:"老何咋突然想起来要坦白交待? 文市长,该不是你向他通风报信了吧? 啊? 亚东同志若是知道,恐怕又得提你意见了!"

文春明把何卓孝交上来的遗书往高长河手上一递:"你看看这个就知道了!"

高长河接过遗书匆匆看罢,脸上的笑意一下子全没了……

1998年6月30日10时30分　烈山县委

在县委会议室一见田立业的面,孙亚东就注意到:田立业换装了,上身换了件洗得发黄的旧衬衫,下身穿了条蓝裤子,一双皮鞋也是旧的。

这朴实的装束让孙亚东看得挺顺眼。

孙亚东便夸奖说:"好嘛,田书记,这才像个来干事的样子嘛!"

田立业笑着说:"孙书记,我这也是接受历史教训:以前在烈山工作时,有些老同志就提过我的意见,嫌我穿着太洋气,没法和群众打成一片。"

孙亚东说:"不过,光凭这一身行头也不能保证就和群众打成一片,关键还要看具体工作。田立业呀,我可告诉你,现在盯着你的眼睛可不少!"

田立业说:“我知道,我努力不辜负你们领导同志的希望吧!”

就这么随便聊了几句,大家就去县委会堂开全县党政干部会议了。市委组织部龚部长主持会议,孙亚东代表平阳市委宣布了烈山新班子的任免事宜,发表了简短讲话。讲完话后,孙亚东本来想走,专案组事太多,马万里书记又说好了下午要听他的电话汇报,他得先准备一下。可看着田立业一脸庄严地走向讲台,又有些放心不下,怕这甩子在就职讲话中就捅娄子,于是,便耐着性子坐住了,带着审视的目光盯着田立业看。

田立业走上台,打开笔记本,没有什么大话套话,开口就说:

“六年了,市委又把我派到烈山来了,感慨很多,几乎一夜没睡着。没睡着就要想问题,想了些什么问题呢?首先想到的是烈山这六年来的巨大变化。我记得我调离烈山时,烈山经济正处在低谷,思想也比较乱,一些不成问题的事情都成问题了。平阳的矛盾焦点是民营工业园,烈山的争论焦点是新区开发。姓社还是姓资,吵得很凶。也就在那年,小平同志南巡讲话发表,烈山抓住了这次历史机遇,把新区开发和民营经济搞上去了……”

孙亚东心渐渐悬了起来:这甩子,该不是要替耿子敬和赵成全这帮人评功摆好吧?说到烈山的成绩,怎么能不提耿子敬和赵成全呢?

果然,田立业提到了耿子敬和赵成全:

“……应该承认,原县委书记耿子敬和原县长赵成全为了烈山的经济发展做了不少工作。在小平同志南巡讲话的指引下,全县干部群众一致努力,拼搏奋斗,烈山经济是上了台阶的,这是历史事实。我们不能因为他们搞腐败,就不承认他们做过有益的工作,这不是历史唯物主义的态度。”

孙亚东把头伸到龚部长面前问:“高书记和田立业是咋谈的话?”

龚部长说:“高书记明确说了,耿子敬搞经济的那一套好经验要总结。”

孙亚东苦笑着摇摇头，不做声了。

田立业继续说：

“……经济搞上去了，是不是说就可以不讲廉政了呢？是不是说就可以把手伸到国家的腰包里大捞一把了呢？是不是说权力就不要接受监督了呢？显然不是。你是党和国家的负责干部，保一方平安，带一方致富是你的责任！你没有权力向国家和人民伸手。所以，我想到的第二个问题，就是廉政问题。”

说到廉政，孙亚东本能地注意起来，想听听这个甩子有什么高见。

田立业果然有高见：

“……今天，在来烈山上任的途中，金华县长就向我反映，说是我们一些干部私下里替耿子敬和赵成全报亏，说是这么多不三不四的人都发了大财，耿子敬他们也就是发了点小财。还有人说，因为国家没有高薪养廉，所以我们的干部才一再出问题。这话对不对？不对！想发财，眼红个体户，你就不要做这个人民公仆，不要做共产党的官！今天我可以把话撂在这里，谁愿辞职我立即批准。在场的同志有没有愿意辞职的？如果有，请举手？没有吧？好。这说明了什么问题呢？这说明同志们还是有奉献精神的。当然，奉献精神只是一方面，另外一点，我今天也要指出来，那就是：国家和人民没有亏待我们这些公仆们！六年前，我在这里做纪委书记时就对有些被查处的贪官说过：你不要叫亏，你不亏！你坐着公家的车，坏了一辆换一辆；住着公家的房，要了一处要两处，连孙子都安排了；吃公家的，喝公家的，工资基本不用；国家和人民养你这么一个县长、镇长一年起码十几、二十万！十几、二十万不是个小数目，就是在我们平阳这种经济发达市，现在也有十万下岗工人，他们每人每月的生活费平均只有一百七十元！在这种情况下，你还要国家高薪养廉，现实吗？！”

孙亚东禁不住带头为田立业的话鼓起掌来。

瞬时间,会场里掌声响成一片。

掌声平息后,田立业接着说:"……所以,不要不知足,比起那些正忍受着改革阵痛的下岗工人们,我们的情况要好得多!所以,耿子敬和赵成全这帮贪官的犯罪行为是党纪国法不能容忍的,在座的同志们请少为他们开脱,要全力支持孙书记和省纪委的同志办案,这是个原则!"

孙亚东悄悄对龚部长说:"这甩子好像还有点水平嘛!"

龚部长笑了:"你看看他写的那些文章就知道了,高书记没用错他。"

孙亚东却说:"也得再看看……"

田立业仍在说:"……谈到原则,我想到了一件事:昨天夜里,在我还不知道自己要到烈山任职的情况下,有两个自称是我老部下的同志就先知道了,就跑到我家来了,又是五粮液,又是玉溪烟,把个杂货店搬到我家里了!现在,我请县委办公室的同志把这些东西拿上台,请大家一起欣赏一下!"

县委办公室两个同志应声将四瓶五粮液,四条玉溪烟和一堆土特产拿上了台。

田立业指着花花绿绿的一片说:"据这两位送礼的同志说,这都是些不值钱的东西,那么,我们现在就来算一下账:五粮液市价三百六十块一瓶,四瓶一千四百四十块;玉溪烟四百二十块一条,四条一千六百八十块;光烟酒两项已经是三千一百元了。我请问一下:大家一个月拿多少工资?这样给我送礼合适吗?居心何在?你们这二位同志到底是来看望我,还是来看望我手中的权力?"

孙亚东插话说:"立业同志,他们当然是来看望你手中的权力,是顶风上!"

田立业继续说:"孙书记已经把问题的实质指出来了,有人就是不接受教训,耿子敬的案子正在办着,他们竟然就敢这样干!怎么？搞腐败也前赴后继起来了！今天这两个同志就坐在这里，我先不点你们的名，只是给你们一个警告：再有下一次，请你们给我走人！台上这些东西，散会以后你们自己来认领！我在这里要声明一下：人民交给我们的权力，我们既不能零售，也不能批发！我要求在座的同志们在廉政问题上向我看齐，对我这个县委代书记进行真正有效的监督！烈山干部队伍从今天开始必须有个新面貌，这支干部队伍必须是带领一百一十万烈山人民上台阶、跨世纪的廉洁过硬的队伍！”

又一片掌声响了起来……

1998年6月30日12时　平阳市政府

下岗职工分类管理问题是一年前老书记姜超林首先提出来的，在过去的市委常委会上进行过两次研究论证，嗣后就作为本年度的重点工作交给政府部门去落实了。几个月中，文春明挂帅主持，劳动、人事、保险、民政及各级再就业部门做了许多工作，现在总算梳理定位了。具体负责这项工作的陈副市长在会上汇报说：全市十万下岗职工，已有九万四千多人签订了“定位协议书”，占到全市下岗工人总数的百分之九十四点三七，其中“留职定补”的四万多人，“托管就业”的约两万人，“离岗挂编”的三万多人。这就是说，平阳市下岗工人的绝大部分已纳入了政府有效管理的轨道，有了起码的生活保障。

陈副市长是比较乐观的，笑呵呵地向高长河、文春明和与会者介绍说：四万多“留职定补”人员大都是男五十，女四十五以上的中老年职工，再就业竞争能力相对较弱一些。对他们的重点是保障基本生活，每月不仅发给生活费，还有二十至四十元的医疗补助，并代为缴纳社会保险统筹。“托管就业”的这部分同志和“离岗挂编”的人员，一般都是中青年，在保证基本生活的情况下，帮助培训，推荐再就业，鼓励他们中的大部分人走向市场，其中，光前几天开业的自立市场一个地方就安排了一千多人。类似的自立市场准备在市区商业副中心再搞两个。从这三个月的落实情况看，定位措施社会效果比较好，尤其是“留职定补”的四万多人比较满意。

然而，作为一市之长的文春明却既不乐观，也不满意，在会上一直挂着脸。

陈副市长汇报完后，文春明说话了：“同志们啊，情况又有变化了，现在下岗人数增加了，不是十万了，最新统计是十一万三千多，平阳钢铁厂一家就下来八百多人，平轧厂估计还得下来五百人，我们还得继续安置，不能松劲，而且，就目前的情况看，问题也还不少。”说到这里，文春明拿出了何卓孝送来的那封遗书，“同志们，你们知道不知道，就在我们今天开这个会的时候，平轧厂一个叫赵业成的工人和他下岗的妻子自杀了！让人痛心呀！请同志们看看这封遗书！”

高长河说：“还是念一念吧。”

文春明点点头，念起了遗书。

遗书念完，会场上一片死寂。

文春明把遗书拍放在桌上，“呼”地站了起来，情绪激动地责问道：“赵业成的老婆是怎么回事？这个女同志怎么一月只有六十元生活费？她具体是怎么定的位？是‘留职定补’，还是‘托管就业’？轻工局的王德合局长来了没有？好，王局长，你给我站起来！请你回答：造纸厂去年停产以后，你们轻工局都采取了什么措施？平阳造纸厂还有多少下岗职工的生活费是六十元？”

王局长站在那里，怯怯地说：“这……这些情况我……我不太了解，要……要问造纸厂的刘厂长。文市长，你别急，我……我散会后就到造纸厂去……”

高长河突然发现，这个王局长竟是那夜被大舅子梁兵带到他省城家里跑官要官，想去当县长的胖子，心里的火顿时升上来了。

文春明更是火透了："两条人命送掉了，你当局长的还不知道？！王德合，我问你：你还配不配做这个局长了？！"

王德合秃脑门上流着汗，徒劳地辩解说："这……这也不能全怪我，我这阵子……在想着造纸厂重新开工问题，文市长，造纸厂真得想法开工呀，向昌江里排污的也不是我们一家，就算我们不排，别的地方照排，昌江水都变黑了……"

文春明怒冲冲地说："王德合，你不要给我转移话题！我们平阳不能向昌江排污！我还是问你下岗职工的安置：市里拨的再就业专项资金你们怎么使用的？有没有按市里的要求，和下岗工人签订全员定位书？"

王局长秃脑门上的汗流得更急，支支吾吾说不出来。

文春明桌子一拍："王德合，我看你这个局长就不要干了，辞职吧！"

高长河插话说："文市长，我看不是辞职，而是要撤职！"

文春明马上说："好，我向市委建议，撤掉王德合轻工局局长的职务！"

王德合呆住了，可怜巴巴地看着高长河说："高书记，我，我……我……"

高长河冷冷地问："王局长，你想说什么？说你到我家里送过简历？找我跑过官，是不是？"

王德合紧张地抹起了汗："高书记，不……不是，我，我……我……"

高长河手往门外一指："出去，你给我出去，马上出去！"

王德合灰溜溜地夹着公文包出去了，逃也似的。

会场一下子静极了，连彼此的呼吸声都能听到。

在吓人的静寂中，陈副市长说话了："高书记，文市长，在这件事上，我也有责任，没亲自到造纸厂看看，检查一下定位工作的落实情况，我向市委检讨。"

文春明不客气地说："你当然有责任，我也有责任！我们是市长，自杀的是我们的市民，我们在座的同志责任都不小，都有愧！可我们再检讨又有什么用呢？赵业成夫妇已经死了！死人不能复活了！而且，政治影响和社会影响也太恶劣了！我们平阳是经济发达市呀，怎么能出这种死人的事呢！"

发了一通火，文春明又就下岗职工定位管理的问题做了进一步指示，要求陈副市长带队，进行一次全市范围内的落实检查，汲取赵业成夫妇自杀的教训，不能光听汇报，要扫除一切死角，对所有下岗职工进行有效的动态监管。

最后，文春明请高长河讲话。

高长河来之前并不想讲话，主要是想听听再就业的情况汇报，现在面对着突发性的死人事件和王德合严重的官僚主义作风，不得不讲了。

高长河讲话时，面色沉重：

"同志们啊，不要总说我们平阳是经济发达市，不要光看平阳四处都是高楼大厦，四处都是霓虹灯。高楼大厦后面有阴影，霓虹灯下有血泪呀！这不是危言耸听，这是事实！我们的改革开放进入了攻坚阶段，许多大中型国有企业的工人同志现在在苦熬岁月。平钢厂、平轧厂、平纸厂这类困难国企全市不下几十家。而且在国家调整产业结构的大背景下，未来三两年里，这种状况还不会有根本性的改变。这就是说，我们相当一部分工人同志要过几年苦日子，要为我们的改革做出这个历史性的牺牲。

"这些工人同志真是可敬可爱呀，就说这个赵业成吧，他完全可以死在平轧厂里，造成个'因公死亡'，可他没这么做。而我们一些干部同志呢？也是那么可敬可爱吗？像那个王德合，我看是可耻可恶！他是不顾人民死活的冷血动物！这不是简单的官僚主义，在对待下岗工人的问题上，他这么不负责任就等于犯罪！

"当然了，说一千，道一万，发展才是硬道理。同志们都知道，今年我们国家的经济增长目标是8%。我们省是11%，平阳因为是经济发达市，省里和中央的要求是13%。平阳的13%完不成，就没法保证我省的11%和全国的8%。而要完成这13%的经济增长目标，就需要一个稳定的社会政治环境，就不能再出死人这种事了。文市长要求对下岗工人的定位工作进行一次全面检查，我看很好。我的意见是，不但要查落实，还要查问题，哪里发现问题，就处理哪里的领导班子！

“顺便再说一个涉及廉政的问题，在目前十一万多下岗工人吃不上饭的情况下，我们的一些同志是不是能少喝几场酒？少往歌厅舞厅跑跑？昨天，我看到纪委的一个通报材料：我们某局的一位处长在平阳国际酒店一掷千金，吃饭、唱歌、跳舞，找三陪小姐，一夜的消费八千七百元！八千七百元呀，同志们！当真朱门酒肉臭，路有冻死骨了？没有党性，也没有良心吗？这种人不撤职开除党籍怎么行？下岗工人会怎么看我们？人民会怎么看我们？这种腐败风气要坚决煞住！

“对那些有钱的大款又怎么办呢？人家有钱，就是要高消费。这也好嘛，你消费，我收税。在这里，我想提个建议，请同志们也考虑一下，这个高消费税我们能不能收？能不能把收上来的这些钱搞个专项基金，用于救助像赵业成这样的特困下岗工人？同志们呀，这可不是劫富济贫，这是在倡导一种良好的社会风气……”

因为赵业成夫妇的死，高长河在这次会议上讲了很多，散会时已经快一点了。

也就是在这个会议上，文春明和高长河达到了难得的一致。

1998年6月30日13时　市政府食堂

在市政府小食堂一起吃饭时，文春明说，高书记，你建议的高消费税，我看完全可以收。是叫税还是叫费，可以再商量。规定一下，一次性消费多少钱就收他的税或费。不但倡导良好的社会风气，无形中也逼着那些款爷们把一部分消费资金转变成生产资金，多创造些就业岗位，很有积极意义。高长河说，那好嘛，你不妨先找姜超林同志商量一下，先搞个草案出来，我们再一起研究决定。

饭后，高长河和文春明一起到医院去看望了赵业成的女儿赵珠珠，要求院方负责到底，不要留下什么后遗症。女院长和主治医生汇报说，赵珠珠煤气中毒程度较浅，经过高压氧仓治疗后，估计不会留下什么后遗症。

一些记者也赶到医院来了，要采访高长河和文春明。

文春明很恼火，对记者说：没什么好谈的，这种事不要报道，没有什么积极意义，还追问记者：谁让你们来的？！高长河也说，要注意导向问题，应该从正面宣传政府为下岗工人采取的措施，多报道些下岗工人艰苦创业的先进事迹。

高长河还询问了一下何卓孝母亲的病情。女院长说，上午刚做了检查，情况很不好，肺癌晚期，已经全面扩散了，随时有生命危险。高长河说，何厂长不在，你们要多尽心，至少不能让老人在何厂长回来之前死掉。女院长说，我们尽力吧。

回去的路上，两个党政一把手坐在同一辆车里，继续谈着工作。

文春明说："何卓孝这个教训够深刻的，我们是不是想想办法，搞几条具体规定和措施保护一下这类困难干部呢？"

高长河说："干部当然要保护，可也要保护老百姓啊。像赵业成这样有特殊困难的老百姓恐怕也不在少数。怎么办？我们哪来这么多钱呀？"

文春明想了想，说："高书记，还有一种税，我看也可以考虑收：三陪小姐们的个人所得税，据文化局和公安局汇报，现在我市的三陪人员已不下十万了。"

高长河开玩笑说："文市长，你这是狗急跳墙呀，还是敢想敢干呀?”

文春明正经道:“高书记,我这可不是和你开玩笑。你知道三陪小姐每月的收入有多少吗?平均每人不下五千块,多的上万块,是所得就应该收税嘛!”

高长河也认真了:“这会不会让人们误解我们平阳允许三陪?”

文春明苦笑道:“全国哪个城市允许三陪?全国又哪个城市没有三陪?收税归收税,扫黄归扫黄,该扫照扫。再说,这么干的也不是我们一家,前几天报上还说呢,不少地方已经对三陪小姐收税了嘛!”

高长河点点头:“这事我也听说过。不过,在咱们省可没有先例呀!”

文春明说:“你怕省委撸你的乌纱帽呀?不至于吧?”

高长河笑道:“文市长,你别激我。”想了想,又说,“这事得慎重,你不妨悄悄把地税局的同志派到三陪收税的城市去了解一下,看看他们那里的情况再定。”

文春明说:“也好,见了地税局周局长,我就和他打个招呼。”

高长河交代道:“这事可得注意保密,别鱼没吃上倒先弄得一身腥。”

文春明点点头:“我明白。”

高长河又感慨:“文市长啊,我看还是小平同志说的好呀,发展才是硬道理。不把经济进一步搞上去,光是搞这种小慈悲,我看是没法从根本上解决问题的。你比如说平轧厂,只有赶快搞资产重组,让东方钢铁来兼并,发挥那些进口设备的作用才是正道。你老舍不得,老拖着,最后怎么办呀?矛盾会越拖越多嘛,看看,今天就死了人!应该说死去的赵业成和犯错误的何卓孝都是被轧钢厂的困难害的。如果轧钢厂日子好过,经济上没问题,这些矛盾就都不会出现嘛。”

文春明怔了一下,说:“长河,你可真会找机会做工作。”

高长河直到这时才交了底："春明，你以为我真这么糊涂，会在接受东方钢铁集团兼并的问题上这么轻易表态呀？我表这个态就是为了逼你嘛，咱现在是在一条船上，有时一急，也就不择手段了。"

文春明说："可长河，你也得清楚，造成轧钢厂这种困难处境的，并不是我文春明，根子还在过去的旧体制……"

高长河笑了："这一点我已经很清楚了，根子是在过去的旧体制，可老兄呀，我看你呀，一边是义愤填膺控诉声讨旧体制，一边也还在积极维护它嘛！"

文春明气道："我会维护它？我?!"

高长河说："可不是你么？一直给它输血，帮它贷款，死要面子活受罪。"

文春明认真想想，觉得高长河批评得也不无道理，挥挥手说："算了，算了，不谈了，反正我是栽在平轧厂了，想要面子也要不成了。"

高长河笑道："你栽什么？你态度一转变，平轧厂也许就能起死回生了嘛。"停了片刻，又问，"哎，春明，这两天见到新华社那个女记者没有？她那篇宏文写得怎么样了？"

文春明摇摇头说："我不知道，从那天采访完后，就再没见过她。"

高长河这才说："春明啊，我的看法也改变了，看来姜超林和你的意见是对的，这篇文章是得发，教训太深刻了！害了多少人啊，从你这个市长到何卓孝，到参加集资的工人，应该说是血的教训啊！"

文春明有些意外："长河，你不怕犯上了？"

高长河挥挥手："谈不上犯上，有空的时候，我到省城和刘华波书记、陈红河省长先打个招呼，赵业成的这份遗书也请首长们都看看。"

文春明说:“还有何卓孝,三万多块钱退赔以后,能不能不立案?”

高长河显然很为难,说:“这要看孙亚东的态度。”

文春明不悦地说:“长河,要看孙亚东的态度,十个何卓孝他都给你送进去,这个人既没人情味,又没一点灵活性!”

高长河叹了口气,啥也没说,把目光移到了车窗外。

轿车正在民主路上行驶着,高长河无意中注意到,市民营企业家协会捐助并统一制作的遮阳伞已经出现在民主路两旁的摊档上了,心里生出了些许欣慰。

1998年6月30日15时　烈山县委

当天下午,田立业在金华和办公室主任小齐的陪同下,到烈山县委、县政府各部委局办走了一圈,熟悉人头。用官场上的话说,叫“绕场一周”。“绕场一周”时,田立业只是看,听,不大说话,更不表什么态,一副沉稳的样子。有些熟悉的同志和田立业开玩笑,田立业也不大答碴儿,人家自觉没趣,也就跟着严肃起来。

从县委大院出来,往县政府那边去时,金华说:“田书记,你真严肃。”

田立业说:“该严肃时就得严肃,当市委副秘书长时,上有市委头头们,下有各部委局办,当然可以甩;现在主持一个县的工作了,那就不能甩了。”

金华挤了挤眼:“哎,田书记,我可没说你甩哦。”

田立业这才笑了笑:“你嘴上不说,心里照说。”

金华也笑了:“我妈常在家里说起你。”

田立业说:“你妈肯定不会说我的好话。”

金华说:“也未必。我妈倒也夸过你,说你不是官迷。”

田立业说:“这话反过来理解就是不求上进。”

金华说:“那田书记,从现在开始,你要求上进了?”

田立业说:“那当然,我在上午的会上不是说了么?要全县干部向我看齐!”

就在这时,手机响了,田立业一听,是妹妹田立婷,马上想到有麻烦,加上县长金华和县委办公室主任小齐又在跟前,便没好气地说:“立婷,我正忙,有事以后再说好不好?”说罢,合上了电话。

金华问:“谁的电话?你这么凶。”

田立业说:“是我下岗的妹妹,找我就没好事。”

金华笑道:“没准还就是好事呢……”

金华话刚落音,手机又响了,还是田立婷。

田立业无可奈何了:“……好,好,立婷,有什么事,你就快说吧。”

田立婷在电话里高兴地说:“哥,听说你到烈山当县委书记了,是不是?看,还是当官好处多吧?你一到烈山当书记,我的事就解决了。今天上午烈山县政府来了两个同志,把我的工作安排了,在烈山县开的昌江宾馆做总经理助理,帮着总经理管接待。听说是你们金县长亲自安排的……”

田立业呆了,和妹妹支吾了几句,马上合上电话,问金华:“金县长,我妹妹是怎么回事?你把她的工作安排了?”

金华点点头,笑道:“为领导解除后顾之忧嘛。我让昌江宾馆的蔡总办的,昨天晚上安排的,——哦,这我可要声明一下,那时你还不是我们的县委书记。”

田立业心里一阵发凉,暗想,这个金华真厉害,你哪里痛她就往你哪里捏。从工作上说,廉政是当前的痛处;从私事上说,安排这个下岗妹妹是他的痛处;人家就找准了这地方下手,看你怎么办?

金华却一点不像厉害的样子,仍在笑,笑得近乎天真:“田书记,你就别管这事了,反正是我安排的,又是照顾下岗职工,既不是搞腐败,也与你没关系。”

田立业这才问:“金县长,你咋就知道我妹妹下岗了?咋知道我家地址的?”

金华说:“田书记,你和我妈同事六年,这我都不知道也太不像话了吧?”

田立业马上想到,这其中可能有刘意如的谋划。往好处想,这母女俩是讨他的好,以便于日后的合作共事;往坏处想,可能就是陷阱,给他抹白鼻梁,让他出洋相。想到上午刚说过要大家向自己看齐,下午就出了这种事,益发觉得不能不警惕,遂当场打了个电话给烈山昌江宾馆,要那位蔡总不得聘用田立婷。

这让金华大感意外,也让金华太下不了台了。

田立业想着金华是县长,以后还要合作共事,打完电话后,便笑着向金华解释说:“金县长,我知道你这也是一片好心。可我刚到烈山来,烈山又是这么个现实情况,我这样做影响就不太好。我妹妹的事等以后再说吧,要是我不便出面的话,还真得请你出面帮忙哩,到时你可别推!”

金华红着脸应道:“好,好,田书记,只要是不违反原则的事,我都办。”

这么说着,进了政府大院。

大院门里的第一座小楼是国土局。

田立业说:“先到国土局看看吧?国土局可是个重灾区呀,听说昨天两个副局长又被专案组传去了,是不是?”

金华说:“是了解核实一些情况,今天都回来了。”

田立业感叹说:“国土局权力太大呀,国有土地使用权的转让,他们的嘴就是价,这怎么行?我看国有土地使用权的协议转让要马上停下来,搞公开招标拍卖,并且制度化。金县长,你看呢?”

金华笑笑说:“你定吧,田书记,高书记不是夸你思路对头么?!”

田立业却从这话里听出了话来，心里不由地暗暗叫起苦来，暗想，搞不好头一天就把金华得罪了。然而，不得罪也没办法，自己刚上任，妹妹就到昌江宾馆当总经理助理，这无论如何都是说不过去的，就算金华真是好心也不行。

1998年6月30日19时　滨海金海岸

上午高长河在市政府下岗工人分类管理工作会议上讲的话，下午就从几个不同的渠道传到了老书记姜超林的耳朵里。传来的讲话内容又走了样，说是高长河在长达一个小时零十分钟的讲话中对老书记倡导的下岗工人分类管理工作没有一句肯定的意见，倒是借着赵业成夫妇的意外死亡事件，别有用心攻击平阳的大好形势，公然指出平阳"霓虹灯下有血泪"！

姜超林为田立业到烈山任职的事本来就不太高兴，一听这话，血压马上升上去了。滨海市委书记王少波一看不对头，把医生、护士叫来暗中监护，又指示度假区总机，不要往姜超林的房里接电话。知道姜超林的手机在司机手上，王少波便把司机也支到海滩上去了，还告诉司机，谁找老书记都不要理。

然而，可以封锁外面的消息进来，却不能阻止老书记往外面打电话。

晚上吃过饭，姜超林忍不住了，问王少波："少波，你说说看，文市长咋也不给我来个电话？高长河这么评价平阳工作，文市长就坐得住？就不给我通报一声？平阳的工作不论好坏都有他一份嘛！"

王少波不敢说是自己封锁了消息，只道："老书记，你也别生气，高长河怎么评价平阳你又没亲耳听到，搞不好又是以讹传讹。"

姜超林不相信这是以讹传讹，说："不行，我得给文市长打个电话。"

王少波还想拦:“算了吧,老书记,就算高长河说了这话,你又能怎么着呢?还不是白生气?何必自己给自己找不愉快呢?气坏了身体不值得。”

姜超林不听,伸手摸起了电话:“给我接文市长家。”

总机小姐迟疑了一下说:“姜书记,都这么晚了,您还不休息呀?”

姜超林说:“晚什么?才七点嘛。”

总机小姐这才吞吞吐吐地说:“姜书记,我们市委王书记说了,要您好好休息。”

姜超林这才知道,原来是王少波做了手脚,一下子火了,指着王少波的鼻子骂道:“王少波,你胆子不小,敢对我老头子搞封锁!怎么?田立业不听我的了,你也不听我的了?!”

王少波忙赔着笑脸道:“老书记,您看您,这说的叫什么话?我不是怕你生气着急么?你老爷子真在我这里出了问题,我可没法向省委、向平阳人民交代呀!”

姜超林叹了口气说:“你别管我,我还没脆弱到这种地步!”

文春明的电话打通了,是打到文春明手机上的。文春明这时不在家里,而在市防汛指挥部里,说是正向前来检查防汛工作的省防指副总指挥、水利厅仲副厅长汇报平阳的防汛工作。姜超林不便打断文春明的汇报,便要文春明汇报完防汛工作后打个电话过来。同时,也顺便把滨海这边的情况说了一下,要文春明告诉仲厅长,在这种大汛期,昌江市还有不少挖沙船在滨海江面上挖沙,影响江堤稳固,是个比较大的隐患,必须请省防指严令沿江各市立即取缔。文春明答应了。

王少波说:“老书记,他省里就是不取缔,这些挖沙船我也照扣,我执行平阳市政府的规定,今天我让人把昌江市这几条船上的抽沙机全砸了,还没收了他们十几万卖沙款哩。”

姜超林指指王少波的脑袋:“你小心啊,昌江市那边不会和你完的。”

半个小时后，文春明的电话打过来了，开口就说：“老书记呀，知道吗？下岗安置这头又出事了，造纸厂下岗工人一月生活费六十块，害得赵业成夫妇两个开煤气自杀。我和高书记都发了火，在上午的会上把轻工局的王德合臭骂了一通。”

姜超林说：“光骂不解决问题，这样的干部要撤，要查！下岗安置专项款是怎么用的？有没有挪用？市里定下的最低标准不是一百七十元么？怎么只有六十元？你们不要官僚，让孙亚东查！他对查平轧厂兴趣这么大，对这种事更得有兴趣嘛！”

文春明说：“我和高书记也是这个意见。”

姜超林有些不悦：“春明啊，现在看来，你和高长河已经比较一致了嘛，啊？那么，你是不是也赞同高长河的说法：霓虹灯下有血泪呀？”

文春明有些意外：“老书记，这话你是听谁说的？可能有些误会了吧？高书记讲这话是有背景，有前提的嘛，是指赵业成夫妇的死说的，并没有否定平阳工作的意思。老书记，你可千万不要多心。”

姜超林郁郁地道：“那也说过了头！”

文春明也不太服气，说：“总是死了人嘛。”

姜超林益发不悦：“为什么死人？是政策问题，还是落实问题？高长河在会上肯定没肯定我们过去制定的政策？他既然说霓虹灯下有血泪，好，那就请他想个高招，制定一套更好的政策，抹去霓虹灯下的血泪。干好了，我替他到省委书记刘华波面前请功！包括你文春明！”

文春明显然听出了姜超林话中对他的指责，便解释说：“老书记，您别说，高长河还真有些想法呢。正和我商量是不是对特种高消费和三陪人员收税……”

然而，文春明话没说完，姜超林已勃然大怒起来：“什么？对三陪人员收税？文春明同志，我问你：三陪从什么时候开始在我们平阳合法了？是不是还要让三陪人员持证上岗？你们到底想干什么！”

文春明有些怕了，忙又解释说：“这事现在也只是设想嘛，我们准备先到一些对三陪收税的大中城市看看情况再定……”

姜超林一字一顿地说：“文市长，请你转告高长河同志，我和人大反对！”

放下电话，姜超林好不容易降下去的血压又升上来了。

头晕目眩之中，姜超林叫来了自己的司机，要司机出车，连夜赶回平阳。

王少波劝道：“老书记，这么晚了，还是明天一早走吧！”

姜超林手一挥：“不了，就现在走，歇够了，身体好了，要到人大上班了！”

王少波说：“老书记，您可别说气话，您的气色真不好……”

姜超林不睬，出了房门，径自向自己车前走，上车前才红着眼圈和王少波说了句：“少波，谢谢你和滨海市的同志们了！”

这时，天阴了下来，随即，大滴大滴的雨点往下落，打得轿车啪啪响。

王少波觉得这雨点真像老书记眼中的泪……

第十章　当家方知柴米贵

1998年7月1日8时　烈山县委招待所

主持办案的过程中,有一个问题孙亚东一直想不通:这么多年来姜超林为什么死死护着耿子敬？为什么在田立业、王少波这种亲信部下反复提醒的情况下,仍然这么护着他？宁愿把不和耿子敬合作的田立业调离烈山,宁愿先后换掉三个县长,就是不动这个耿子敬,这里面难道没有什么名堂么?

孙亚东敢这么想,却不敢在任何人面前这么说,这个问题实在太敏感。

反贪局刘局长似乎也有这种想法,曾试探着问过孙亚东:"这姜书记到底和耿子敬是什么关系呀？怎么就认这个耿子敬呢？难道平阳的干部都死绝了?"

孙亚东只是意味深长地咂嘴摇头,并不明确表态。

刘局长揣摸着孙亚东的意思是想往深处挖,便对负责审讯耿子敬的副局长秦子平和处长高玲玲点了题,明确指示说,要设法查清耿子敬和姜超林的关系,就从对耿子敬的审讯上打开缺口。还再三交代说,一定要严格保密。

高玲玲挺犯嘀咕的,私下里向秦子平抱怨说:"秦局长,咱这么干是不是不太好呀？算不算诱供啊？诱供可是不允许的。"

秦子平说:"我看刘局长这话有来头,叫咱查咱就查呗。"

这时候，耿子敬的问题已经暴露的相当充分了，案情十分严重，可以说是触目惊心，耿子敬除了和县长赵成全及班子里的人进行所谓的“分红”之外，直接从姘妇林萍那里陆续收受了四百五十二万赃款。烈山经济开发公司实际上就是耿子敬和林萍二人的黑店。除此之外，耿子敬还涉嫌多起受贿案和卖官案。抄家时抄出的定活期存折多达三十四个，存款地点遍布整个平阳地区。整个案子涉嫌违法犯罪金额不是开始估计的六百万、八百万，而是一千一百多万。

林萍坦白交待了，赃证又抄了出来，耿子敬变得老实多了，对自己的问题承认的比较痛快。然而，一问到和姜超林的关系，耿子敬态度就变了，一口咬定自己和姜超林是正常的工作关系。

耿子敬说：“平阳市的干部都知道，姜书记喜欢能干事的，你只要能干事，他就想方设法给你创造条件。田立业和前三个县长和我闹意见，影响工作，姜书记当然要把他们调走。这倒不是吹，论工作能力和开拓精神，他们真不如我。”

秦子平说：“耿子敬，现在不是给你评功论赏，是谈问题。我问你，你这个县委书记当初是怎么当上去的？姜书记提你时，你往姜书记家送钱送礼没有？”

耿子敬说：“没有，我要给姜书记送钱送礼，这个县委书记肯定当不上。”

秦子平说：“人家到你那跑官都送钱，你到姜书记那跑就不送？”

耿子敬说：“因为我收，姜书记不收嘛，谁敢给他送？你们也别光问我，可以向平阳所有县处级干部广泛调查一下，看看姜书记收过谁的钱。对别人我不敢打包票，对姜书记我敢，因为我和赵成全给市领导送礼时碰过钉子。”

秦子平说：“这就是说，不是你不想送，而是姜书记不会收，对不对？”

耿子敬点点头:“是这样的。”

秦子平说:“那么,这么多年了,你经常往姜书记家跑,到姜书记家吃手擀面,就没给姜书记送过一点东西?你就好意思?姜超林就这么没有一点人情味?”

耿子敬这才承认说:“有时也带点东西。”

秦子平说:“好,就说说看,是些什么东西?”

耿子敬说:“能有什么东西?夏天抱个西瓜,冬天带点地瓜干。姜书记特别喜欢我们烈山产的地瓜干,这几年种的少了,城里不太好买,我就常带点过去。”

秦子平看了看陪审的高玲玲,和高玲玲交换了一下眼神,又问:“除了姜书记之外,你向别的领导送过礼没有?”

耿子敬迟疑了一下:“没……没有。”

秦子平马上发现了耿子敬目光中的怯懦:“真没有吗?”

耿子敬这才说:“就是逢年过节送点土特产,领导和关系单位都送,除了姜书记没收,别的领导大都收了,这是公开办的。哦,对了,这次去省城看赵县长时,我给省城梁兵家送了台空调。”

秦子平追上来问:“这个梁兵是什么人?”

耿子敬说:“是高长河书记的大舅子,在省政府什么处工作。”说罢,又解释,“这事高书记也不知道,是我和梁兵的私事。去年咱轻工局的王德合局长介绍我认识了梁兵,我和梁兵挺谈得来,就成了朋友。当时还不知道高书记会来平阳……”

秦子平和高玲玲全愣住了。

审讯的结果让孙亚东和刘局长都十分窘迫。

孙亚东狠狠批评了刘局长一通,说刘局长违反政策,搞诱供。刘局长转身便批评秦子平和高玲玲,嫌他们节外生枝。批评完,又向秦子平和高玲玲交代,说是这事到此为止,谁也不准再提了,尤其是关于高书记大舅子梁兵的事,与本案根本无关,完全是耿子敬和梁兵私人的交往,在谁面前都不要提。

秦子平却不服气了，心想，你们对下台的老书记姜超林搞违反政策这一套，没搞出名堂，看看要搞到新书记高长河头上，就不让人家说了。这是哪家的道理？不说别的，就冲着姜超林清清白白为平阳人民干了这么多好事，这么做就没良心！

于是，过去和姜超林没有任何私交的反贪局副局长秦子平难得犯了次倔，悄悄给姜超林打了个匿名电话，告知了有关情况，提醒姜超林注意烈山一案中的文章。姜超林一再问他是谁，他不说，只说自己是个正直的司法检察干部、共产党员。

陪审的高玲玲也不服气，越过刘局长和秦子平，直接跑去请示孙亚东，问孙亚东：送给高长河大舅子的空调就不查了？既然耿子敬交待了，不查清楚总不好。孙亚东说，当然要查，谁说不查的？高玲玲说，是刘局长说的。孙亚东挥挥手，他说的不算，全查清楚，是国有资产、公家的财物都得追回，天王老子也不例外！

1998年7月1日10时　平阳市人大

匿名电话是在市人大办公会开会时接到的，接过电话以后，姜超林虽然一再要求自己不要发火，可心头的火仍是压不住，接下来布置工作时就益发激烈了：

"不客气地说，现在有些情况很不正常，有人公然否定平阳的工作，否定平阳改革开放的成就，说什么高楼后面有阴影，霓虹灯下有血泪。据说这话讲得还很有根据，是因为死了人。死人的情况同志们都知道，刚才也谈到了。我和同志们一样很痛心，很内疚。可痛心也好，内疚也好，这都是一个意外的突发性事件，不能成为某些同志否定平阳的借口，更不能成为他们胡作非为的借口。我市有些主要领导同志已经提出来了，准备向三陪人员收税，说是国内有些城市已经这样干了，我当时就告诉他：我反对，我们人大反对！"

与会的人大副主任和秘书长们显然不知道有这种事，一个个都很吃惊。

姜超林稳定住情绪，继续说："在这种原则问题上，我个人的意见是，我们人大必须顶住，从地方立法这一环节上顶住！不管是谁说的，谁做的决定，哪怕你以政府令的形式发了文，我们也要用地方法规阻止你。在这方面，我们的工作要抓在前头，请王主任牵头，和政法口的代表委员们碰碰头，搞一次调查，把全市各歌舞厅的三陪腐败情况搞成书面材料，我亲自上报市委，必要时上报省委。"

王主任点了点头："好，姜书记，你放心，这个工作我马上就着手抓。"

姜超林又说："要大力宣传我们平阳改革开放二十年来的伟大历史成就。马上建国五十周年了，市委那边怎么搞我们不管，市委有统一布置，我们就全力落实，但是，我们也要主动一些。我建议我们人大这边大张旗鼓地搞个改革开放成就展，进行一次历史性的回顾，用平阳人民二十年中创造的辉煌事实给我们一些同志做个正面回答。这件事请赵主任具体负责，马上做起来。"

赵主任当即说："姜书记，这工作其实早就该做了。"

姜超林勉力笑了笑，纠正说："赵主任啊，不要再叫我姜书记了，现在我不是市委书记，是市人大主任。顺便说一下，从今天开始，我正式到位上班了，请同志们多多支持我的工作。"

散会后，原来主持人大工作的常务副主任黄国华留下了，说："姜主任，你在会上虽然不明说，可我们大家心里都有数，你放心，我们会全力支持你的工作！"

姜超林心事重重地说："谢谢了，黄主任。"

黄国华建议道："姜主任，我看咱们还是把下面送来的那些锦旗都挂上吧！"

姜超林摆摆手说："算了，别这么孩子气。"

黄国华又建议说:“那你也得改变点策略,别再躲起来谁也不见了,得在公开场合和各种会议上多亮亮相呀,别让人家以为你真犯了什么错误。”

姜超林问:“是不是又听到什么议论了?”

黄国华说:“你想呗,你老书记这些天不在电视、报纸上露面,加上烈山那摊子事,下面的议论能少了?具体的话我也不说给你听了,免得你生气。”

姜超林不知不觉中把手上的一支铅笔折断了,说:“不但是议论,确实有人在借烈山腐败问题做我的文章!可笑的是,文章没做到我头上,却做到了他们自己头上!连参与做这种文章的同志都看不下去了,都主动告诉我。当然了,现在我也不和他们计较,倒要看看他们最后怎么收场!”

黄国华说:“所以,你老书记更得多在公开场合露露面才好。”

姜超林说:“是的,上班了嘛,该开的会就得去开了,该参加的活动就得参加了。下午,全国人大一位副委员长不是要来视察么?我对高长河说了,到国际机场接机,全面陪同,汇报工作!”

黄国华乐了:“对,对,老书记,这位副委员长当副总理时就几次高度评价过咱们平阳呀!你可真得好好汇报!”说着,向姜超林会意地挤挤眼,出去了。

黄国华刚出门,电话响了。

姜超林拿起话筒一听,是田立业,马上没好气地说:“田书记,还记得我呀?”

田立业在电话里“嘿嘿”直笑,说:“老书记,你看你说的,我敢忘了你老爷子吗?我电话打到滨海,王少波说你回平阳了,还说你身体和情绪都不太好,我就想,坏了,别是我前天晚上把你气的吧?”

姜超林气哼哼地说:“你没气我,你怎么会气我?你为我争光了嘛,到烈山去主持工作,做一把手了嘛!怎么样呀,田书记,你这新官上任想咋烧这三把火呀？我提醒你一下，你现在还是代书记，不是书记，干什么都得小心点。”

田立业说：“是，是，老书记，我知道组织上还在考验我。”

姜超林又交代说：“工作上一定要注意，烈山出了这么大的乱子，千万不能再出乱子了。你是一把手，不能再像过去那样，对啥事都随便表态。下面的情况很复杂，你随便表态不要紧，工作就乱了套。我们有些干部很会钻空子，你就是好经，他都能根据自己的利益给你念歪，你的经再是歪的，那就会把事情搞得不可收拾。”

田立业说：“是的，老书记，这一点我已经注意到了。”然而，话头一转，田立业却又劝起了姜超林，“不过，老书记呀，只怕你对高长河书记也有些误会哩！我听说你为他几句话发了大脾气，是不是？”

姜超林问：“谁告诉你的？”

田立业说：“少波嘛。他也让我劝劝你。我们都担心你的身体。”

姜超林说：“你们都少担心，我身体好得很，比以往任何时候都好。”

田立业说：“老书记，你真是误会了，昨天上午那个会，我老婆焦娇在场做的记录，焦娇说，人家高书记真没有否定平阳改革开放成就的意思，你老爷子别听下面有些人瞎吵吵。我看高书记这人就不错，公道正派，光明磊落，做事也有气魄，和你老爷子实际上是一路人嘛，都想为平阳人民干实事嘛……”

姜超林听不下去了，讥讽道：“田书记，你什么时候变得这么有水平了？啊？这么正确的评价起我们新老两个市委书记了？”积在心头的火再次爆发了，“我们领导之间的事你少插嘴！”

田立业不敢做声了。

姜超林缓和了一下口气，又说：“立业，高长河同志重用你，提了你，你对他有感激之情，我能理解，也不怪你。可我现在还是要说，你去烈山主持工作并不合适。不论是对你个人还是对烈山，都不合适。如果不是有这么多年交往，这些话我是不会和你说的，我能和你说这种话，是把你当做我的小朋友。”

田立业叹了口气说：“老书记呀，这可能就是你和高长河同志最大的区别了，你把我当小朋友，这些年来一直哄着我玩，就是从来没把我当做能干点正事的干部。而高长河也许并没把我当朋友，对我连讽刺带挖苦，可他却把我当做能干事的干部，他在开发我！”

姜超林不想再次和田立业谈僵，便忍着气没再反驳。

放下电话，姜超林益发认定高长河是在和他玩牌，而且已经玩出了点小名堂。事情明摆着，他在平阳最忠实的部下田立业已被高长河“感召”过去了。而不明真相的平阳干部群众还会以为高长河重用田立业，是尊重他这个老书记。甚至会以为是他授意高长河这么干的，日后田立业真闯了什么祸，罪责肯定又是他的，就像今天拿耿子敬做他的文章一样，让他有苦难言。

这个高长河真是不简单，看样子是要和他打一场全方位的立体交叉战争了！

那么，好吧，他就从今天，从一九九八年七月一日开始，正式到位应战，保卫平阳二十年来改革开放的丰硕成果，保卫平阳人民必将更加美好的明天，也保卫一个老战士不容贬损的历史性荣誉！

他还是平阳市人大常委会主任，老战士还在哨位上哩！

1998 年 7 月 1 日 11 时　烈山县委

田立业给姜超林打电话时，代县长金华恰巧进来了，正想着是不是要退出去，田立业却向沙发上努了努嘴。金华迟疑了一下，便在沙发上坐下了。这一来，金华才知道了一个事实：姜超林竟然不赞同田立业到烈山主持工作。

这让金华颇感意外。

电话打完，田立业一字不提电话里说的事，只问："金县长，有事么？"

金华这才汇报说："田书记，出大麻烦了，新区的H国大明公司工人闹事，五百多人一起上，一小时前把厂子占了，赶跑了H国老板金方中，还打伤了H方经理郑先生。目前事态还在发展中，我已经让县公安局去人了。"

田立业一怔："怎么回事？这些工人也太无法无天了吧？！"

金华气呼呼地说："是的，破坏我们烈山县改革开放的形象嘛！这个金方中就是高书记昨天和我们谈话时提起的那个H国老板，过去和耿子敬来往较多，耿子敬出事后，他有些担心，怕我们政策会有变化。三天前我还亲自上门去做过工作，现在好了，把人家打跑了！"

田立业急了："好了，好了，别说了，我们一起去大明公司，现在就去。"

坐在车上一路往烈山新区赶时，田立业又问："金县长，你三天前不还到大明公司做过工作么？你知道不知道大明公司的底细？这家公司是干什么的？H国资方和我们的工人究竟有什么矛盾？"

金华根本不知道这家H国公司是干什么的，更不知道资方和工人有什么矛盾，可又不好明说，怕田立业批评她官僚主义，便语焉不详地道："外国老板和我们工人的矛盾哪里没有？你怎么说也不能这么胡闹嘛。"

田立业想想也是，便没再说什么。

赶到现场一看，事情还真是闹大了，大明公司工厂大门已经被占领了工厂的工人们用五十铃载重卡车堵死了，厂内旗杆上的H国旗降了下来，只有一面五星红旗在迎风飘扬，旗下亮出了一条触目惊心的大标语："从前是牛马，现在要做人！"

金华指着标语说："田书记，你看看，你看看，像什么样子！"

县公安局局长过来请示说:“田书记,金县长,你们看怎么办?”

金华很有气魄,手一挥说:“这还要问吗?冲进去嘛,先把领头闹事的动乱分子抓几个再说!当真无法无天了?!”

公安局长挺为难地说:“金县长,这一冲,搞不好就会有流血冲突。”

金华说:“你别给我强调这个!我知道的,工人都是烈山本地人,乡里乡亲的,你们就想网开一面,是不是?这不行!我们烈山改革开放的形象不能坏在地方保护主义手里!”转而又问田立业,“田书记,你说呢?”

田立业想了想,指着厂内的标语问:“工人怎么会打出这种激烈的标语?这里面是不是有什么名堂?”迟疑了一下,对公安局长说,“我看要冷处理,你们先用高音喇叭广播一下,请工人们保持克制,就说我和金县长要进去和他们谈谈,请他们开门,和他们说清楚,这样闹下去不解决问题!”

公安局长马上跑到车载电台前广播了一通。

广播一结束,厂门口五十铃卡车的车头上站出了一个年轻人。

年轻人两手罩在嘴上,做出喇叭状,大声喊话道:“你们书记、县长进来谈可以,但是,请你们爬门进来,我们不能开门让你们抓人!”

金华气道:“真是无法无天,让我们爬门!我看,今天还非得抓几个不可!”

田立业想了想:“爬就爬吧,金县长,你不爬我爬吧,我去劝工人开门!”

公安局长也觉得不太好:“田书记,这……这也太有损领导的形象了吧?”

田立业脸一沉,说:“形象事小,流血事大,你们都别说了,就这样吧!”

公安局长又说:“田书记,那我派两个便衣同志陪你一起去,保护你！”

田立业挥挥手：“算了，算了！我又不是去和敌人打仗，保护什么！”

只身走到工厂大门口，田立业一把抓住门上的铁栅，跃身爬上了大铁门。大铁门上端有一根根锐利的铁刺，田立业翻越铁门时，裤子被剐破了。

占厂的工人们见身为县委书记的田立业真的爬门进来了，都感动了，一时间像得了谁的命令似的，呼啦啦全在田立业面前跪下了，哭着喊着要政府为他们做主。

田立业绷着脸说：“起来，全起来说，你们打出标语说‘从前是牛马，现在要做人’还跪什么？膝头这么软还怎么做人？说吧，到底是怎么回事？怎么还打了人家H国经理郑先生？郑先生，你也不要怕，有什么情况也可以向我反映。”

郑先生衣服被扯破了，鼻子还流了血，说是工人们打了他，一直无理取闹。工人们火了，没容郑先生说完，便七嘴八舌说开了，说的情况让田立业大吃一惊。

原来，这家H国大明公司是生产玻璃钢材料的，工人们在每天的生产过程中都要吸入大量苯蒸气，H国资方在原县委书记耿子敬的默许下，却没采取任何劳动保护措施，造成不少工人严重苯中毒。根据工人反映，迄今为止，已有七十二人先后急性或慢性中毒，其中二十五人已是晚期，发生了再生障碍性贫血。开始他们不知道是怎么回事，也没往中毒这方面想，前几天终于知道了，就找资方谈赔偿和劳动保护问题。而H国资方拒绝进行任何补偿，反而要他们滚蛋，说是中国下岗工人多的是。于是，他们今天才在再次交涉未果的情况下，愤而占厂的。

田立业问H国经理郑先生：“工人们说的这个情况是不是事实？”

郑先生说：“苯中毒的事是有的，进行这种以苯为溶媒的生产就避免不了。”

田立业问：“为什么不采用无毒溶媒从事生产？”

郑先生说：“无毒溶媒投资成本太高。”

田立业火了，问：“郑先生，你们知道不知道中国的劳动保护法？”

郑先生说：“知道。可我们这么做是经过耿子敬书记同意的。”

工人们便又大骂耿子敬，骂他是贪官污吏，是和外国奸商狼狈为奸的吸血鬼。

田立业制止住工人的叫骂，又问郑先生：“你们那位金方中先生呢？”

郑先生说：“昨天晚上就去了北京。”

工人们说，这个奸商知道耿子敬倒台了，可能想逃跑了。

郑先生示威似地说：“公司是准备撤资，将这个生产基地转到昌江市去。”

田立业哼了一声说：“撤不撤是你们的自由，可作为新任烈山县委代书记，我要告诉你，也请你转告金方中先生：留在烈山，你们就要执行中华人民共和国的劳动保护法。转到昌江市，你们仍然要执行中华人民共和国劳动保护法。就是撤出中国，你们也得对已经造成的严重后果负责！不错，我们现在下岗工人是不少，可我们下岗工人还没有穷到以生命换饭吃的地步！我们欢迎一切外商来烈山投资，可不欢迎和烈山贪官搅在一起坑害烈山人民的任何奸商！”

郑先生说：“怎么决定都是老板的事，我做不了主。”

田立业冷冷地说：“我做得了主，对中毒工人不按国际惯例和标准进行赔偿，我们烈山县政府就查封你们这个厂，公开拍卖它，用拍卖的钱来替你们进行赔偿！”

工人们欢呼起来，有人竟高呼：“田书记万岁！”

田立业心里一惊，转身怒道：“你们瞎叫什么？”继而命令道，

“开门！大明公司全体中国工人立即退出这座工厂，回家休息，等候政府和资方交涉的结果。这家公司也从现在开始停止生产，直至达到中华人民共和国劳动保护法要求为止！”

工人们当即开走了五十铃载重卡车，把厂门打个大开。

金华随着县公安局的同志冲了进来，问：“田书记，你没事吧？”

田立业狠狠看了金华一眼：“你知道不知道这座工厂里发生了什么？！”

金华摇摇头，一脸的茫然，可也不敢多说什么。

公安局长见郑先生脸上糊着鼻血，便问：“打人凶手在哪里？要不要抓？”

田立业白了公安局长一眼：“没什么打人凶手吧？他们喝工人的血太多，自己流出了一点吧？！”转而又对郑先生说，“郑先生，我给你一个星期的时间，你去和你们老板商量，如果不落实赔偿，我就拍卖你们这个厂，我说话算数！”

工人们又真诚地喊起了“田书记万岁”。

田立业心里很激动，可表现出来的却是一脸怒气，对喊口号的工人们说：“你们怎么又瞎叫了？！万岁是能随便喊的吗？回去，都先回去！”说罢，喊上县长金华，上车走了。

坐在车里，田立业才把厂里的严重情况说了，要求金华组织力量立即对大明公司违反劳动保护法，残害中国工人的事实进行调查取证，并严肃批评金华道：“金县长，不客气地说，你这是十足的官僚主义作风呀！耿子敬和这家H国公司狼狈为奸，已经让工人们灰了心，你倒好，不做任何调查了解，听说人家要撤资，就跑去安慰人家。今天一来还要抓我们的工人，你说说看，这让工人同志们怎么看咱们的人民政府？！怎么看咱这些当领导的？！我可给你说清楚：今天真抓了工人，咱放都不好放！咱就是汉奸！咱政府就是汉奸政府！”

金华受不了了，说：“田书记，你批评的虽然有一定道理，可说得也太过分了吧?!为官一方,总得保一方平安,当时又是这么种情况,就是让公安局的同志冲进去,把工人赶出来,也是正常措施嘛,怎么能扯到汉奸政府上去?!”

田立业气呼呼地道:“金县长,你还不服?我提醒你一下:中国人民从一九四九年就站起来了!烈山县政府是中国共产党领导下的一个县级政权组织,它的全称叫‘烈山县人民政府’,任何时候都别忘了‘人民’这两个字!”

金华也很火:“好的,田书记,我会记住你的教导,可我也想请你记住:不要太感情用事,太随便表态,人家在烈山投资的工厂并不是这么好拍卖的!而且,这里面还有个对上级领导负责的问题,你不是不知道,高书记很关注这家H国公司!”

田立业哼了一声:“高书记是不了解情况,他如果了解情况,也会支持工人合理要求的!”想了想,禁不住又说,“金县长,这一点你可真像你妈,只要是上级领导说的,你都当圣旨!”

金华冷冷道:“田书记,请你不要把我妈扯上,我知道你们在平阳市委工作时有矛盾,希望你不要把你和我母亲的矛盾带到我们烈山的工作中来,这不利于合作共事!再说,听上级领导的有什么错?听高书记的又有什么错?作为一个党员干部就是要有组织纪律性!”

田立业火透了:“你的眼里和心里就是没有人民!”

金华也不客气,讥讽道:“是的,田书记,你眼里和心里有人民,所以,人家才高呼田书记万岁嘛!人家要是喊起田书记万万岁,你田书记可能就会把一切帝国主义势力赶出烈山,赶出中国了!”

田立业马上听出了金华这话中隐含的杀机,不敢争执下去了,叹了口气道:“好了,好了,金县长,我们不要吵了,我今天也是被那帮奸商气急了眼,脾气不太好,就是说了些过头话,你也别计较了,总还要在一起合作共事嘛!”

金华取得了心理上的胜利,这才勉强笑了笑:“田书记,我也能理解你,你是工人家庭出身,妹妹现在又下了岗,对工人有些特殊感情很正常。可问题是,我们是一县的领导人,要对一县的经济发展负责。你想想,如果真把帝国主义势力赶出烈山,让烈山新区的外资和合资都撤走,咱改革开放还搞不搞了?”

田立业真是哭笑不得,这个不知天高地厚的小姑奶奶竟给他上起课来了!

金华最后说:“田书记,你放心,对大明公司,我马上组织调查取证。”

田立业忍着气,扮着笑脸道:“那就好,那就好……”

扮着笑脸,说着好话时,田立业心里沮丧极了,心想,这是怎么回事呀?咋自己的理一下子都变成金华的理了?这一把手当得不窝囊么?这还真不如过去在平阳市委当甩手副秘书长。当甩手副秘书长,天下的理都在他手上,他今天指责这个,明天批评那个,小日子过得多潇洒!现在好了,七品乌纱往头上一扣,有理也得让人家三分!

不让也真不行,以后还要合作共事,自己这个县委书记又是“代”字号的。他这“代书记”和金华的“代县长”可不同,金华的“代县长”是因为县人大手续上的问题不能不先“代”着,他这“代书记”却是因为组织上对他还有保留,对此他自己看得很清楚,金华和其他同志也看得很清楚。

1998年7月1日13时　平阳国际机场贵宾室

副委员长做副总理时曾经三次视察过平阳,和姜超林很熟悉,现在做了全国人大副委员长,变成了市人大的对口接待首长,姜超林就更不敢怠慢了,破例提前一个小时赶到平阳国际机场等着迎候。姜超林以为市委书记高长河会晚一些来,不曾想,在贵宾室刚坐下,高长河的车也到了。姜超林透过落地窗看见,高长河从车里钻出来，在刘意如和王秘书长的陪同下快步进了贵宾室的门。

姜超林装作没看见，和随他一起来接机的市人大常务副主任黄国华继续谈接待工作，说："黄主任，副委员长可是两年没到咱平阳来了，上次来时，我和副委员长谈过民间集股上跨海大桥的设想，副委员长很支持。现在大桥建成了，我们一定要请副委员长好好看看。最好是晚上去，让大桥管理处把灯火全打开。"

黄国华说："姜主任，你放心，我已经安排好了。"

姜超林又说："晚上我陪副委员长去。"

黄国华笑道："当然得你陪，顺便汇报工作嘛！"

就说到这里，高长河过来了，很热情地和姜超林打招呼说："嗬，老班长，你来得早嘛，我紧赶慢赶，还是落后了一步。"

姜超林也笑："长河，你也不算迟嘛！"

高长河在姜超林对面的沙发上坐下了："老班长，我可有情报呀，听说你和副委员长很熟是不是？那就辛苦你了，全程陪同副委员长吧。副委员长在电话里也说了，就要你老班长陪。"

姜超林点点头说："好吧。"转而又很随意地问，"哎，长河，烈山案子办得怎么样了？有没有进展呀？"

高长河说："不太清楚，耿子敬和两个常委批捕了，赵成全病得很重，随时有可能死亡，就没转捕。"

姜超林不动声色地道："这个案子马万里同志一直盯着，得花大力气抓呀！"

高长河笑笑，含蓄地说："是的，老班长，你知道的，孙亚东很负责任。"

姜超林用指节敲了敲面前的茶几："长河呀，请你转告孙亚东同志，一定注意一个问题：尽可能挽回国家和人民财产的损失。赃款、赃物依法没收就不用说了，我想提醒的是：耿子敬利用职权送出的行贿赃物也要一一追回呀，不管他是谁。"

高长河说："那当然，这种事孙亚东会办的。"

姜超林却说："你还是提醒孙书记一下比较好。"

高长河点头应了，应过之后，就觉得哪里不太对头，便问："老班长，你是不是又听说什么了？"

姜超林摆摆手："我能听说什么？你喊我老班长嘛，我就好心给你提个醒。"

这时，刘意如过来了，说："高书记，您的电话，在隔壁办公室。"

电话是何卓孝从上海打来的，汇报平轧厂接受兼并的谈判情况，说是谈判进行得不错，只是在平轧厂现有工人的安置上产生了分歧，东方钢铁集团的初步意见是兼并后最多只能留下一半工人。何卓孝请示高长河：在这个问题上能不能再让步？高长河想了想说，你们先坚持一下，坚持不下来再让。

接完何卓孝的电话，高长河马上又想到了姜超林的话，认定这里面有问题，看看时间还早，办公室又没别人，便打了个电话给烈山的孙亚东，问孙亚东：耿子敬有没有向哪个领导或领导亲属行贿？

孙亚东在电话里沉默了好半天才说："高书记，这事还要调查。"

高长河一听这话就知道有问题，便追问道："涉及哪个领导？"

孙亚东又沉默了好半天："高书记，是你。"

高长河惊呆了："孙书记，你没搞错吧？我到平阳才几天呀？！"

孙亚东不带任何感情色彩地说："是你大舅子梁兵惹的事，他收了耿子敬一台春兰空调，价值人民币五千余元，就是在耿子敬案发前一天收的。据耿子敬说，是正常的朋友交往。耿子敬通过我市轻工局王德合局长认识了梁兵，成了朋友，耿子敬就在梁兵要搬新房时送了台空调，以示祝贺。"

高长河气坏了：这还有什么可说的？梁兵分了新房是事实，梁兵和轻工局局长王德合是朋友也是事实，收耿子敬的空调肯定也是事实！耿子敬给梁兵送空调干什么？还不是因为自己到平阳来做市委书记了么？另外，梁兵当初带王德合到自己家跑官，只怕也会收王德合什么赃物吧？一急之下，头上出汗了。

孙亚东却说："高书记，你也别急，这事还得查。"

高长河尽量平静地说："好，孙书记，要好好查，不要管耿子敬和梁兵怎么说，只要是送了空调，就作为赃物收回！另外，对那个轻工局的王德合也要着手调查，这个人官僚主义作风十分严重，我和文市长商量了一下，准备撤他的职！"

孙亚东这才有了些高兴，说："好，高书记，你有这个态度，我就好工作了！"

放下电话，高长河实在恼火透顶，心里既骂梁兵，又骂孙亚东和姜超林，——这里面肯定有文章，搞不好就是孙亚东和姜超林联手做他的文章！孙亚东是个天不怕地不怕的愣种，必然是上了姜超林这铁腕老手的当！

然而，回到贵宾室再见到姜超林时，高长河仍是一脸微笑。

这时，姜超林正和面前的市委、市人大的干部们谈笑风生："……我们有些同志看问题有些偏嘛！因为烈山出了个耿子敬，就看哪个干部都像有问题，把我们的生活看得也比较灰。我不这样看，我到哪里讲话都说，我们的干部队伍主流还是好的，二十年改革开放的实践造就了一大批适应改革大局的好干部，这是改革开放的另一个成就。现在的生活也是好的嘛，连美国总统都说，中国人民过上了几个世纪以来从没有过的好日子，不是什么血泪嘛！长河，你说是不是呀？"

高长河笑笑："那是，什么时候就请你给我们的干部们做场形势报告吧！"

姜超林摆摆手："算喽，这种报告得你市委书记做了！"

这时，一个民航负责同志走了过来，说是副委员长的飞机马上就要降落了，高长河和姜超林遂起身走向停机坪。起身后，高长河坚持要姜超林走在前面，姜超林推辞不过，也就恭敬不如从命了。

1998年7月1日15时　平阳市委

金华不知道母亲刘意如和高长河都到机场接副委员长去了，精心换了身漂亮时装来找高长河告状。按金华的设想，自己得先和母亲刘意如商量一下，再去和高长河谈。可母亲和高长河都不在，金华有点犯难了，正犹豫着是不是回烈山，母亲来了电话，要办公室的同志送一份材料到国际酒店。金华这才知道，母亲和高书记都在国际酒店。金华便在电话里说，要过去找高长河汇报工作。刘意如不同意，要金华最好现在不要去，说高长河情绪好像不太好。金华说，那我不汇报，人家可就要恶人先告状了。刘意如一猜就知道恶人是田立业，听金华的口气好像很急，便问，非马上汇报不可吗？金华说，烈山发生了工人占厂的严重事件，就是高书记前天和我们谈话时特别提到的那家H国大明公司的工厂。刘意如一听是这事，马上说，好吧，我现在就和高书记打招呼，你过来吧。

赶到国际酒店时，碰上副委员长的车队出门。金华正想着能不能见到高长河，却在门厅里看见了高长河。高长河正和母亲说着什么，见她来了，眼睛一亮，马上说："好嘛，金县长，这才叫美丽动人嘛！"

金华笑道："高书记，您都批评我两次了，我敢不改正么？"

高长河情绪还好，说："好，好，改正就好，走，走，到房间里谈。"

这一来，金华眼见着母亲在场，却也没法和母亲商量了。

到了房间，高长河问："怎么回事呀？怎么让工人把厂占了呢？你们怎么处理的？田立业是什么意见？这个同志，怎么连个电话也不打给我？！"

金华便汇报说："高书记，事情已经处理完了。发现大明公司出事，我马上让公安局带人去了，接着向田书记汇报。田书记正和姜超林同志打马拉松电话。等他打完电话，就一起去了现场。到现场一看,大门被堵了,人家H国的国旗也降了,情况很严重。田立业一直在那儿犹豫。我有点急,要求公安局的同志冲进去,马上结束混乱局面。田立业不同意,说是千万不能引起流血冲突。”

高长河说:“田立业倒还不糊涂,比你有经验。”

金华愣了一下,只得说:“是的,高书记,回过头想想,田书记比我冷静。”然而,仍是决心一不做二不休,“可高书记呀,接下来田书记就有些不像话了。我们要求工人开门,我和田书记进去和他们谈谈。工人不答应,要我们爬门进去。田立业竟然就爬门进去了,裤子也剐破了,真连烈山县委、县政府的脸都丢尽了。”

高长河脸挂了下来:“胡闹!”

金华受到了鼓励,益发起劲了:“更不像话的是,工人的要求他全答应了,当场指责人家H国的经理,还要封人家的厂。工人们就欢呼喊口号:田书记万岁!”

高长河气了:“这个田立业!我反复和他说过,要他不要随便表态,他怎么就是不听呢?!他究竟是县委书记还是工人领袖?!”

金华说:“在场的同志们都看不下去,我也悄悄和他说了,不能感情用事,要田书记注意我们改革开放的形象。他先还不服气,骂我是汉奸,骂我们县政府是汉奸政府。后来,头脑冷静下来,田书记也承认我说得对,也表示了,说是可能有些话说过头了,要我不要在意。”

高长河直叹气:“这个田立业,这个田立业!上任才两天,就这么胡闹!”

金华说:“高书记,您也别生气了,好在事情已经圆满处理完了。”

高长河这才想起问:“哦,对了,工人闹事的原因是什么?”

金华叹了口气说:“高书记,H国那家公司也有问题,也不能全怪我们工人,他们劳动保护跟不上,工人们去交涉,他们态度又傲慢,当然要发生冲突了!我和田书记说了,准备对大明公司违反劳动保护法的问题进行查处！高书记,您看呢?”

高长河说:“好,好,这样处理很好,很妥当。”

金华显得十分老成,说:“外国厂商在中国办厂,这种违反劳动法的事多着呢,我看主要是个监管问题,过去耿子敬和赵成全监管不严,才产生了这种问题。我现在准备加强监管,打算组织政府有关部门对全县外资和合资企业执行劳动法的情况进行一次全面大检查。不过,高书记,我们也不能动不动就赶人家走,就要封人家的厂呀,这要破坏我们引进外资工作的。高书记,这事您恐怕还得给田书记稍微提个醒。”

高长河没好气地说:“我会找田立业算账的!”

金华媚媚地一笑说:“不过,高书记,你也别把我们田书记批狠了,你批狠了他,他可不会饶了我呀,现在工作难做呢!”

高长河却说:“我不批狠了他,他准还有下一次!”

金华带着些撒娇的口吻说:“别这样嘛,高书记,你这样,下次我可不敢来找你汇报工作了!”

高长河这才笑了:“好,好,小金县长,你放心,我会注意方式方法的。”

临别,高长河又向金华交代,要金华一定要积极支持田立业的工作,主动搞好班子的团结,说是田立业本质上还是个很好的同志,只是这些年在机关闲得散漫了,一时还不适应,大家要多关心帮助他,支持他发挥作用,在烈山多干些实事。

金华连连应着,还掏出小本本记录,态度诚恳而自然。

1998 年 7 月 1 日 17 时　烈山县委

金华在国际酒店告状时,田立业正在应付烈山县著名的上访专业户李堡垒。

李堡垒本名不叫李堡垒,叫什么已经没人知道了。她之所以叫李堡垒，是因为抗日战争期间她家做过共产党游击队的堡垒户。战争年代，一个负伤的区委书记在他家养伤被日本鬼子抓去杀了，肃反时，他们家就受了怀疑，当时做的结论是李堡垒的父亲告密，李堡垒的父亲因此被判了二十年刑，一九六五年病逝在狱中。李堡垒大了后，一直告状，从青年告到中年，告到老年，上至中央，下至地方，反复告了好几遍。先是要求重查此案，平反落实政策。平反落实政策后，又要求追认其父为革命烈士。这事比较难办，有关部门一直不同意。李堡垒便继续顽强上访。国家赔偿法出来后，李堡垒上访积极性更高了，目前常驻北京，以向各地赴京上访人员提供中央各部委领导车牌号码和上访咨询为职业，只在农忙时回家看看。有时也跑到县委、县政府转转，给被她堵住的书记、县长们上上政治课，讲讲廉政问题和全国各地的革命形势。

这日下午，田立业真是倒霉透了，刚看望完大明公司的受害工人，就被李堡垒堵在办公室了。办公室齐主任最先发现了李堡垒。当李堡垒又矮又胖的身影一出现在县委二楼走廊上，齐主任就知道坏事了，忙赶在李堡垒走进田立业办公室之前，先一步进了办公室，当着田立业的面撒谎说："李堡垒，你又跑这儿来干什么？你知道的，耿子敬被抓了，新书记还没来，有话你和我说吧！走，走，到我办公室来吧！"

李堡垒一把推开齐主任："走开，谁和你说？以为我不知道呀？这位就是老田，田书记！中午我见他先在大明公司爬门，后来又听到他为受害工人说话，很好！"转而对田立业说，"很好啊，老田同志，这才像我们共产党的县委书记嘛！"

田立业早在六年前当县委副书记兼纪委书记时，就接待过李堡垒的上访，领教过这位女同志的厉害，知道逃是没法逃了，便很客气地请李堡垒坐下。

李堡垒坐定就说："老田同志，别以为我今天是来上访的，不是！我的问题是老大难问题，要中央解决，你们下面这些小小的县处级干部解决不了,我知道。今天我来找你有两件事,第一,表扬你在处理大明公司问题上的鲜明立场。第二,和你这个新任县委书记谈谈廉政问题。”

田立业赔着笑脸说:“好,好,你说!不过,李大姐呀,表扬就不必了!你就谈廉政问题吧!您谈完我还得工作。咱抓紧时间好不好?您也知道,我刚上任。”

李堡垒挥挥手说:“那好吧!——还是得先表扬!老田,你很好!很好呀!战争年代,我们共产党是穷人的党,现在共产党是不是穷人的党了呢?有的地方已经不是了,像耿子敬当书记时的烈山,整个县委班子都烂了!而今天在新区,你老田,田立业,又把咱穷人党的立场找回来了!小齐,你要好好向老田学习!”

齐主任向田立业挤了挤眼:“是的,是的,李大姐,我们一定记住你的话,站稳无产阶级的贫穷立场,保证红色江山千秋万代永不变色!”

李堡垒火了:“小齐,你怎么给我油腔滑调?啊?怎么满嘴的‘文革’语言?啊?我说过要你站稳贫穷立场吗?贫穷是社会主义吗?改革开放二十年了,小平同志早就南巡讲过话了,十五大已经把小平同志的光辉思想写进了我党党章,建设社会主义市场经济是当前的主要任务,小齐同志,你要不要我给你全面讲述一下目前全国的情况呀?你知道当前咱们全国是个什么情况吗?国民经济增长目标是多少?困难在哪里?你给我说!说不出来吧?咱朱总理都为像你这样的废物愁白了头!”

田立业忙说:“是,是,小齐不懂事,李大姐,你别和他计较,我马上批评他,这全国的情况呢,咱以后再讲,您还是重点谈您的第二个问题吧!真对不起,李大姐,我马上还要接待新华社的几个记者!”

李堡垒说:“好,老田,因为你今天立场站得比较稳,我这廉政也就捡重点谈谈了,尽量简明扼要,一般不会影响你的工作。”说着，打开了一个黑糊糊、脏兮兮的自制笔记本，“分三个方面谈，立足点这如此等等的四个方面我今天就不打算谈了，一般和新上任的烈山领导，我都要谈这七个方面。耿子敬那次躲到男厕所里，我就站在男厕所门口耐心细致地给他谈……”

田立业忙说：“李大姐，这事我知道，你忘了？当时我不也在烈山么？你这一谈不要紧，我和男同志们都进不了厕所，好多人差点尿了裤子。”

李堡垒说：“是呀，我就这样苦口婆心，他耿子敬还是没听进去嘛，还是腐败掉了嘛！还有那个赵成全，态度倒好，我说什么他应什么，笑得像个弥勒佛，可没往脑子里装嘛！结果现在大家都看到了，创造了两个班子一起垮台的全国纪录！”

田立业说：“李大姐，您放心，我会认真记住您的话。”

李堡垒点点头：“你不错，老田！那我就先谈第一方面：反腐倡廉的伟大意义和我们在改革开放时期对腐败问题的认识过程。对反腐倡廉的认识，我们大体经历这么几个阶段：开始没当回事，有些人还鼓吹过腐败无害论，把腐败说成是发展经济的润滑剂。这种貌似解放思想，实则祸国殃民的典型论点出现在我们改革开放初期。后来一段时间，这种论点站不住脚了，又有同志提出，要搞民不举官不究……”

没想到，就在李堡垒滔滔不绝讲述第一个问题时，新华社记者李馨香和镜湖市长胡早秋找到门上来了。

李馨香进门就说：“田蜜，文章写好了，你看看吧，棒极了！”

田立业像看到了救星，忙站起来对李堡垒说：“李大姐，您看看，真对不起，记者们来了，这位是新华社李记者，这位是《人民日报》的胡记者。”

李堡垒看看李馨香，又看看胡早秋，合上笔记本对田立业说：“是不是花钱买新闻呀？老田，这可不好，也是一种腐败现象，你才上任，可不要学这一套！”

被指认为《人民日报》记者的胡早秋不知李堡垒是哪路神仙，不敢做声。

真记者李馨香却不高兴了，把写好的文章从小包里掏出来扬了扬："哎，我说你这个老同志，你看看，这是不是有偿新闻！"

李堡垒还当真凑过脑袋来看了，标题赫然在目：《在历史的黑洞中——平阳轧钢厂十二亿投资失败的沉痛教训》。还想细看时，李馨香忙把大样抽回了。

李堡垒倒也服了，再次表扬田立业："很好，老田，你很好！"

田立业趁势说："李大姐，咱们是不是先谈到这里，等我有空你再来谈？"

李堡垒点点头："好吧，老田，你先忙着，我到县政府那边看看金县长！"

李堡垒走后，胡早秋才问："田领导，这位老太太是哪路的？"

田立业没好气地说："忠义救国军！"

李馨香指着胡早秋，笑了："胡司令，看看，是你队伍里的人！"

田立业这才叹着气把李堡垒的情况说了。

李馨香笑弯了腰："这么说，是我们救了你？田蜜，你得好好请客！"

胡早秋也直乐，说："田领导呀，田领导，你看看你这出息！啊，上任第二天就被一个上访专业户教训了一通！你这嘴不是很会说吗？咋不驳这老太太个体无完肤？问问她，凭什么给你上课？"

田立业苦笑着说："胡司令，你是不知道啊，这位李堡垒太厉害了！上访了三十多年，见过大世面，都成精了。耿子敬比我狠吧？除了姜书记，没个怕头，可只要一见她就躲！要钱给钱，要路费给路费！"

胡早秋哼了一声："太软弱了！为什么不给她动点硬的？"

田立业说："哎呀，你是不知道，她坐过'四人帮'的牢，在各种遣送站呆过，很有斗争经验。早就学会了合法斗争，不吵不闹，更不骂人,尽对你进行党纪国法教育!——你可别说,这老太太也真是不得了,讲得还都在道理上,据说能把中央二十年来有关廉政的文件号码和主要内容都背下来,你敢不听她训话?!"

正说着,李堡垒却又进来了:"哦,对了,老田,都走到县政府门口了,我又想起了个事:这两位记者不来了吗?请他们报道一下H国大明公司的事好不好?外国老板这样残害我们的工人是不行的!你得处理好,别再弄出一群上访专业户!"

田立业连连道:"好,好,我和记者们商量吧,可李大姐,你千万别领着他们去上访啊,这要犯错误的!"

李堡垒说:"我知道,我一插手你们就好抓我了。我不会插手。但是,他们只要找我咨询,我就得帮他们,把法律的武器和中央首长家的电话一起交给他们!"

田立业真有些怕了:"李大姐,你也看到的,我正在积极处理嘛!"

李堡垒说:"那就好,老田,你不要怕,我做你的后盾!"

田立业说:"好,好,李大姐,有您支持,我就不怕!"

李堡垒说:"哦,还有个事得你们帮着办办:麦已经割完了,我又要到北京去找中央上访了,老规矩,路费还得请你们当领导的解决一下。"

田立业问齐主任:"过去是咋办的?"

齐主任说:"过去只要李大姐进京,县里就补助三百块。"

田立业想了想:"那还按过去的规矩办吧,小齐,你去帮李大姐办一下。如果财务人员下班了,就先垫上。"遂又笑着对李堡垒交代说,"不过,李大姐,我可给您说清楚,您别说这是给你上访报销路费,我们这是给您的生活补助。"

李堡垒挥挥手:"一回事!我现在都不问你们要介绍信了!"想了想,又说,"老田,我也得把话和你说清楚:你别以为给了我补助,我就不管你们领导同志的廉政问题了!我可告诉你:我雪亮的眼睛仍然在盯着你们！”

田立业哭笑不得：“李大姐，您看您，雪亮的眼睛盯得这么紧，耿子敬、赵成全还是全都腐败掉了！用你的话说，是开创了两套班子一起垮台的全国纪录！我看你也有一份责任！”

李堡垒一本正经承认说：“是的，老田，我是有责任！这是个沉痛教训嘛！耿子敬、赵成全搞腐败也就是这两年的事，这两年我在北京的时间比较长，和他们谈得少了。以后我一定要抽空常回烈山，多和你老田谈谈！”

田立业心里暗暗叫苦，脸上却仍在笑：“好，好，李大姐，你就常来谈吧！”

齐主任带李堡垒去领钱，走了。

二人走后，田立业鬼鬼祟祟向门外伸了伸头，见李堡垒确凿进了齐主任的办公室，才急急忙忙招呼胡早秋和李馨香说：“二位，快！快跟我撤！别再让李堡垒杀我们个回马枪！”

胡早秋和李馨香一边笑骂着田立业，一边跟田立业出了门。

1998年7月1日18时　烈山 野菜香酒馆

一出县委大门，胡早秋就有些奇怪：这田立业，咋不走大路，尽钻小巷子？到了县委后街的野菜香酒馆才知道，田立业竟要请他们吃野菜。

胡早秋马上叫了起来：“田领导，你可真做得出来：你到镜湖我请你吃河鲜、海鲜，我头一次到你这儿来，你竟然请我吃野菜！怎么？搞忆苦思甜呀？”

田立业笑道：“胡司令，你就不懂了，现在吃野菜是一种时尚，美容，防癌，还绿色食品，比大鱼大肉好多了，不上档次的客人我还不请野菜呢！”

胡早秋手一摆：“立业，你少给我来这一套！你们烈山有个好地方，赵成全请我去过，新区的香港食府，有澳洲龙虾，咱去香港食府吧！”

田立业这才说了实话：“胡司令，你饶了我吧，我上任才第二天，刚刚作完廉政报告，我今天只要敢往香港食府一坐，明天这县委代书记就别当了！”

胡早秋笑了：“不怪我小气了吧？这叫不当家不知柴米贵！念你可怜巴巴的，态度也还老实，我也就不计较了，就进行一次忆苦思甜活动了。”

田立业便感叹：“真是不当家不知柴米贵呀！上任才两天，我这头就搞大了，四处都是矛盾，四处都是是非。刚才你们也看到了，还得应付上访专业户。”

李馨香问：“上访专业户说的那个H国大明公司是怎么回事？”

田立业摇头叹气说：“别提了，搞不好又是桩影响恶劣的大案子，我正让有关部门调查取证。”遂把大明公司发生的事向李馨香和胡早秋说了一遍。

李馨香说：“这事也真得报道一下，太恶劣了，这么多人中毒！”

胡早秋也说：“要是我，早让这家公司关门了，哪能让工人先闹起来！”

田立业苦着脸：“为这还和金县长闹翻了，这小姑奶奶自己官僚兼洋奴，竟还要对我们工人动硬的！我批评她，她就和我吵，最后反把我教训了一通！”

刚说到这里，手机响了，田立业粗声粗气“喂”了一声，怔了一下，忙捂住送话器一端，小声对胡早秋说了句，“是市委高书记。”自己的声音马上也低了八度，“哦，是高书记呀！”

高长河在电话里问：“立业，这两天情况怎么样啊？烈山没什么事吧？”

田立业道：“没什么事，一切正常，高书记！”

“一切正常?”高长河那边不高兴了,“H国的大明公司是怎么回事? 啊? 你都随便表了什么态? 叫你不要随便表态,你就是不听! 你在大明公司都干了些什么呀?! 身为县委书记不能控制群众闹事的局面,竟然在群众的压力下去爬大门,这在全中国只怕都找不到第二个! 你说说,这样一来,谁还看得起你这个县委书记? 你烈山县委还有权威可言吗?!”

田立业被训呆了,一时竟不知该作何反应。

高长河继续说:“还挺英雄嘛,骂人家是汉奸,是汉奸政府! 你是什么? 是工人领袖? 想领导全县工人占厂、罢工? 金华同志的意见很好,对大明公司该怎么查处就怎么查处,但这是个监管问题!”

田立业这才明白了:肯定是金华跑去向高长河汇报过了,怪不得下午开大明公司受害工人座谈会时金华不在场!

高长河也提到了金华:“金华是个好同志呀,田立业,你要庆幸有这么个头脑清醒、聪明能干的好同志和你合作共事,今天不是金华同志,还不知要出多大的乱子呢! 当然了,你能向金华同志做自我批评,我还是比较满意的。这事我看就到此为止吧,谁也不要再说了,更不要对外面说,这影响不好! 对大明公司,就按金华同志的意见进行查处,但是,一定要注意政策,不要开口闭口就是封门。立业,你还有什么要说的吗?”

田立业沉默着,几乎想哭出来。

高长河却以为自己批痛了田立业:“好了,好了,立业,你也不要难过了,我能理解你,你心情还是好的,是想做事,就是过去的老毛病一下子还改不了,以后注意就是了,我和市委有思想准备,所以才一直盯着你,你呢,也要多汇报!”

田立业这才应了声:“是的,高书记,今后我一定多汇报,多请示。”说完,准备挂机了,突然想到李馨香的文章,便又说,“哦,对了,高书记,新华社李记者的文章写出来了,您不是要审阅么? 我让李记者给您送去好不好?”

高长河说:“我正要见见这个记者呢,她在哪里?”

田立业说:“就在烈山,给我送稿子来了,现在正在吃饭。”

高长河想了想:“马上派车把记者送到平阳来,我要和她谈谈!”

放下电话,田立业眼圈红了,毫不掩饰地把高长河对他的批评说了一通,说罢便失态地骂起了金华,叹息说:“如今这年头,会干的不如会说的!”

胡早秋道:“立业,你也是的,咋就不向高书记解释一下?”

田立业说:“解释有什么用?人家的小报告已经打上去了,我要解释,高书记还以为我强词夺理呢!再说,我又是一把手,说得太多也不好。算了,让高书记日后擦亮眼睛自己看吧!我还就不信好人没好报!”

李馨香却气了:“田书记,你不说我说,写文章说!”

田立业忙向李馨香拱手道:“别,别,姑奶奶!你饶了我吧,我身后可既有领导,又有群众的雪亮眼睛在盯着,本质上和被监督劳动的坏分子差不多,可不敢找麻烦了!您哪,就快吃快走吧,我们高书记今晚要接见你!”

李馨香手一摆:“我不接见他,谁想见他这种偏听偏信的官僚政客呀!”

田立业说:“看看,误会了吧?误会了吧?其实,高书记还是很不错的,怪只怪我这人过去太随便,给大家留下了个不太好的习惯性印象。高书记不论怎么批评我,出发点都是好的,真心是为我好,所以,我现在只有委曲求全干好工作,没有别的选择。”

李馨香讥讽说:“田书记,你这变化是不是也太快了点,太大了点?县委代书记一当,立马就变成了一个高尚的人!”

“高尚的人?”田立业摇摇头,“李记者呀,我可真不高尚哟,说真的,我现在巴不得再回市委当甩手副秘书长呢!好,好,都别说了，咱们喝杯酒吧，就庆祝我从此变成了高尚的人！”

胡早秋乐了：“田领导呀，你这一高尚，镜湖和烈山的友谊就万古长青了。我们白书记说了，北半湖污染的事就拜托你了，你们临湖镇那两家小纸厂说啥也不能再往北半湖排污了。你老兄就帮我们把这事抓抓好不好？”

田立业不以为然地说：“哪有这种事呀，烈山的小纸厂不早就停了么？！”

胡早秋气道：“白天停，夜里开，上面来查它停，人一走它就开！田领导呀，你们临湖镇班子实在是很成问题，听说最近又要蠢蠢欲动了，我们白书记建议你们县委开个会，先把你们临湖镇的班子换掉，杜绝这个总污染源……”

田立业差点把嘴里的一口酒喷出来：“什么？什么？胡司令，你……你和你们白书记把我当啥了？想趁我立足未稳打劫我是不是？胡早秋代市长，这我可和你说清楚：咱们朋友归朋友，你想让我在烈山扶植亲镜湖的汉奸政权是不可能的！”

第十一章　别无选择

1998年7月1日19时　平阳市委

姜超林在任用田立业问题上表现出来的原则性，让刘意如从心里由衷敬佩。姜超林就是过得硬，自己有权时不提田立业，现在高长河提，也敢于站出来反对，为了对工作负责不怕得罪人，哪怕是身边最亲近的人。相比之下，高长河就差远了。从刘意如这段时间的观察看，高长河不论是工作作风，工作思路，使用干部，还是决策水平，都比姜超林逊了一筹。刘意如甚至认为，高长河和田立业、胡早秋本质上是一路人，都是甩子，只不过量级和表现形式不同罢了。有一点已经搞清楚了，高长河在省城当市委副书记时就以乱说话，乱写文章闻名。所以，高长河上台后重用田立业、胡早秋这种甩字号干部并不奇怪。老书记姜超林看不下去，和高长河进行斗争也不奇怪。如果她是姜超林也要斗争的！想想呗，高长河都说了些啥？干了些啥？什么霓虹灯下有血泪？就是有血泪也不能说嘛！你是什么身份？说这话有什么积极意义？自己卡拉OK唱得挺起劲，还要收特种高消费税，甚至想向三陪人员收税，搞什么名堂？这又是什么影响?!

回过头一想，刘意如自己也觉得奇怪：她和姜超林没有什么特殊关系，高长河对她也不错，把田立业提为烈山县委代书记时，也把她女儿金华提成了代县长兼县委副书记，括号正处级不存在了。

可她为什么就是看不惯高长河呢？怎么反倒敬佩起老书记姜超林了呢？这才发现，自己也是出于公心。

然而，这种出于公心的话却不能说，在姜超林面前不能说，在高长河面前也不能说。对高长河的作风再看不惯，高长河仍然是市委书记，对他的指示，她理解要执行，不理解也要执行。

这便产生了痛苦和矛盾。

每当违心应和高长河的时候，刘意如心里就觉得不安。她把这感觉和女儿金华说了。金华埋怨她没从姜超林的阴影中走出来，总拿姜超林的标准来要求高长河，是习惯性思维在作怪。刘意如也觉得有道理，也想从习惯性思维中挣脱出来，努力跟上高长河的思路。可要命的是，习惯性思维竟是那么固执，常常会突破理智的厚土冒出来，去追逐姜超林而不是高长河的思路……

想到了女儿，女儿的电话便打来了，开口便问："妈，你咋还在办公室？"

刘意如说："高书记让我等个新华社女记者。"

金华说："妈，那你说话可小心点，这个新华社女记者听说是在姜超林的安排下做平轧厂文章的，高书记并不喜欢她！"

刘意如说："这事我知道，你别替我烦。"说罢，又问女儿，"哎，金华，你下午和高书记谈得怎么样？你一走，高书记还向我夸你呢。"

金华格格笑着说："妈，你不想想，我能谈差了么？高书记能不夸我么？我把大明公司突发性事件处理得那么好！"

刘意如又问："大明公司到底是怎么回事？你究竟怎么处理的？"

金华便得意洋洋地把事情经过向刘意如说了一通，大谈田立业的荒唐和愚蠢，说是田立业在一个关键问题上失招了，就是表态轻率："……妈，你知道吗？高长河和市委最担心的，就是田立业轻率表态。田立业是高长河提起来的，等着看高长河笑话的人多得是，包括姜超林！我就根据高长河这种心理，给田立业上了点对症的眼药，打打他的气焰，杀杀他的威风！”

刘意如想，女儿真是越来越成熟了，她的思维可能属于姜超林，而女儿却必定会以自己的敏捷去追逐高长河的思路。这真是长江后浪推前浪，一代新人在成长哩，只怕以后不是女儿向她讨教，倒是她要多向女儿讨教了。

金华越说越得意：“……妈，你说田立业糊涂不糊涂？现在哪家厂子老老实实遵守劳动保护法呀？违规违法的情况多得是嘛，田立业竟敢说封人家的厂子，还吓唬人家要拍卖！不就是二十多个工人吸了些苯蒸气，闹上了再生障碍性贫血嘛，有什么了不起……”

刘意如以为自己听错了：“金华，你刚才说什么？二十多人再生障碍性贫血？那家大明公司违反劳动保护法造成的？”

金华说：“是的，还有五十多个不太严重！罚大明公司一些款就是了……”

刘意如脸一下子白了：“金华，你知道什么叫再生障碍性贫血吗？就是血癌，白血病，要死人的！大明公司造成的后果相当严重！田立业是对的，这种血泪工厂怎么能不赶快封掉？！你怎么还这么糊涂？你这县长不想干了？啊！”

金华那边没声音了。

刘意如“喂”了几声，急切地问：“金华，你……你听见我的话了吗？”

金华这才说：“妈，我……我听着呢，你讲！”

刘意如想了想说：“赶快采取补救措施，一、想法再向高长河汇报一次，就说你调查后，发现情况相当严重，把真实情况源源本本都告诉高长河，一点都不能隐瞒，得了血癌的二十多人要报出完整的名单。二、按田立业的意见立即查封大明公司，要比田立业更果断，措施更得力！”

金华连连道:“好,好,妈,明天我……我就办这些事!”

放下电话,刘意如再次想到:这个高长河真是不如姜超林!姜超林绝不会这么糊涂,也绝不会在这种涉及二十多条人命的大事情上上女儿的当!姜超林的眼睛可是亮得很,腿可是勤快得很,只要知道这种事,就会一追到底,甚至可能马上亲自去烈山,高长河却这么糊涂,竟还表扬女儿处理得妥当!

正心烦意乱时,镜湖代市长胡早秋带着新华社记者李馨香进来了。

刘意如忙抹去脸上的阴云,微笑着迎了上去:“李记者,欢迎,欢迎……”

1998 年 7 月 1 日 19 时 30 分　平阳 小红楼

“……这里的空气弥漫着百年历史的气息。是我们平阳百年的历史,也可以说是中国百年历史的一个缩影。馨香同志,你看,这是一八九六年这座小红楼落成时的照片。从这张照片的背景看,那时的平阳荒凉得很哪。可是,平阳作为中国东部地区的大城市,就是从那时起步的。帝国主义列强用坚船利炮打开了中国的门户,给中国人民带来了一个灾难的世纪,同时也在中国沿海地区催生了一批新兴城市,比如上海、香港,我们平阳。

“看看,这幅照片的情景就不同了嘛。这是一九一〇年的平阳,小红楼已经融在这些西方建筑特色显著的建筑群里,不那么起眼了。从一八九六年到一九一〇年是十五年,这十五年是平阳建城的初始阶段,是一个动态阶段。因为史料较贫乏,当时的情况不太清楚,但在我的想象中,肯定处处都在大兴土木。后来,就是一段凝固时期了,直到三十年代,日本人入侵平阳,才又开始了城市东扩。”

“馨香同志,你把这两张照片对照看看,对,就是这两张,小红楼当时是日本人的特务机关部。看出了什么没有？小红楼已经不是市中心了，东扩以后的市中心移到了现在的民主路。民主路可不民主呀，是日本人用坦克推出来的。鬼子不和你讲什么拆迁政策，赶你走你就得走，不走他的坦克就上来了。所以，我们有些同志就产生了错误的认识，说是搞城市建设有时就得搞点法西斯作风。声明一下，馨香同志，这话我是不赞成的。

“城市的东扩，是平阳的第二个动态阶段。第三个动态阶段就是这二十年了。这二十年不得了啊，平阳城扩大了五倍，长高了七倍，这座三层小红楼在那些现代化的摩天大楼面前，连孙子都算不上了。历史是这样无情，也是这样多情。无情时，给你来个几十年凝固，多情时让你日新月异，一天等于许多年。”

高长河指着楼下门厅里新挂出的一幅幅照片，向李馨香介绍着小红楼的历史。

李馨香认真听着，看着，一时间几乎忘了到这里来的目的。

高长河显然很得意：“这些照片是我来了以后，让招待所的同志挂出来的。自己没事时看看，也让到这里找我汇报工作的同志都看看。作为一个城市管理者，不了解自己所在城市的历史是不行的。你们外地客人看看也好嘛，领略一下这地方的历史风景，对平阳也就多了点感性认识。是不是呀，馨香同志？”

李馨香点点头：“是的，高书记，你今天要不介绍，我真不知道这座小楼有这么大的名堂，这么有历史。”

高长河说：“那好，你就好好看看吧，那边还新开了个资料室，已经收集了不少有关小红楼的历史资料，准备申报文物保护单位，刘主任陪你看，我先去看你的大文章，看完以后，我们再交换意见。”

李馨香说：“好，高书记，您别管我们了。”

高长河上楼后，刘意如陪着李馨香继续看历史照片和资料。

李馨香快人快语说：“刘主任，高书记这人好像还不错嘛，不像个坏官僚。”

刘意如怔了一下，没敢接茬儿。

李馨香却又说：“权力四周有小人啊，高书记恐怕是上小人的当了！”

刘意如有些不悦了：“李记者，你……你这是什么意思？”

李馨香发现说得不当，忙道：“刘主任，你可千万别误会，我不是指高书记身边的干部说的，是指别的事。刘主任，你知道么？你们烈山县的女县长金华可不是个好人，自己官僚主义，不顾人民的死活，反倒到高书记面前告了他们县委书记田立业的恶状，让田立业不明不白挨了高书记一顿训！”

刘意如一惊：“哦，李记者，你都听说了些什么？”

李馨香道：“回头和高书记说吧，搞不好高书记都得跟着那个女县长倒霉！”

刘意如马上明白是怎么回事了：“是不是大明公司工人苯中毒的事？”

李馨香说：“是啊，二十五个工人已经患上了白血病，后果太严重了！”

刘意如说：“李记者，这事高书记已经知道了，我看，你就不必和他说了。”

李馨香说：“高书记知道什么？我来之前正和田立业一起吃饭，亲耳听到高书记打电话过来训田立业……”

刘意如心里一沉：这下子问题严重了，只要这个女记者和高长河一说，她要女儿采取的补救措施就完全来不及了。紧张地想了半天，终于决定赶在女记者前头去挽狂澜。

于是，刘意如请李馨香在资料室坐下，热情地找了些资料让李馨香看，自己上楼先见了高长河。

高长河这时已沉浸在李馨香的大文章中，见刘意如上来，也没太在意，挥着手上的文章大样说：“刘主任，这个李馨香很厉害呀，她可不是咱田秀才,不愧是国家权威通讯社的大记者,文章深刻尖锐,揭示出的问题可以说惊心动魄!”

刘意如应和道:“那当然,咱田秀才怎么能和人家大记者比。”

高长河还在赞叹:“这个记者同志有敬业精神呀,对我们平轧厂调查了解得很细致,比我们一些具体负责平轧厂工作的同志都细致,文章很有说服力呀!”

刘意如可不愿失去这最后的机会,又应和了一句什么,马上把话题转到了大明公司的事上:“……高书记,有件急事得和您汇报一下:烈山刚才来了个电话,是金华打来的,要我务必马上向您汇报:大明公司的H国资方太恶劣了,只顾赚钱,不顾我们中国工人的死活,已经造成二十五个中国工人患上再生障碍性贫血,就是白血病。具体情况,金华进一步核实后,专门向您汇报!”

高长河很吃惊:“二十五人患白血病?下午汇报时金华怎么不说?”

刘意如说:“那时她也不知道,情况还没搞清楚嘛。”

高长河气坏了:“情况没搞清楚找我汇报什么?!这样草菅人命的血泪工厂为什么不封掉?刘主任,你马上打电话给金华,要她连夜查!查清楚再向我做明确汇报!不管是夜里几点,都把电话打到这里来!我等着!”

刘意如连连应着:“好,好。”

高长河挥挥手:“叫李记者上来吧!”

李馨香上来后,高长河的脸上才重又有了笑意,说:“馨香同志,文章我粗粗看了一遍,怎么说呢?写得不错,我的印象是八个字:深刻尖锐,惊心动魄。”

李馨香说:“不是我写得不错,是平轧厂的历史教训惊心动魄。”

高长河点点头:“是的,这历史教训太沉重了,一直到今天还拖累着我们。你可能不知道,除了你文章里讲到的文春明市长和参加集资的工人同志，变相受害的同志还有许多。比如他们的厂长何卓孝，比如该厂电工赵业成和他的妻子。这些就不说了，十二亿的学费已经缴过了，我们现在必须面对现实，结束平轧厂的这种被动局面。所以，我个人的意见是，你这篇文章还得改改。”

李馨香有了些警觉：“高书记，怎么改？这篇文章我们头可一直盯着哩。我们头说了，这不是你们平阳一个地方的事，是在过去旧体制下很有典型意义的事例，类似平轧厂这种情况的还有不少。你们只要对事实负责，其它方面我们负责。”

高长河笑道：“馨香同志，你别急嘛，我不会影响你的典型意义。”

李馨香仍坚持着：“高书记，我就问你一句话：文章在事实上有没有出入？”

高长河仍是笑：“根据我目前掌握的情况看，是没什么大出入。”

李馨香说：“那就行了嘛，我文责自负。我采访文春明市长时，文春明市长也说过的，事实他负责，文责我自负。高书记，你思想可不如文市长解放。”

高长河半开玩笑半认真地道：“那当然，你这文章给文市长平了反，我看后都为文市长抱不平嘛……”

李馨香忙说：“哎，高书记，我声明一下，这文章可还没给文市长看过哩。”

高长河没接李馨香的话，叹了口气，又说：“馨香同志，你肯定知道，平轧厂的问题太敏感，涉及的领导和部门太多。说真的，我原来是坚决反对你写这篇文章的，所以，明明知道你在平阳，却一直没见你。经过一段时间的思考，现在，我的观点已经改变了，我支持你发表这篇文章。但是，我们也商量一下，是不是能改一改？在不伤筋动骨的情况下改一改？”

李馨香问：“在哪些方面改？”

高长河拿起大样说："三个方面吧。第一，文章中涉及到的我省主要领导同志的地方能不能尽量删掉？明说吧，就是涉及陈红河省长的那一段。你这样一写，我的日子可就不好过了。第二，涉及到北京关系单位请客送礼的这部分，能不能淡化处理？总还要照顾到各方面影响嘛。第三，市里已经决定让平轧厂接受东方钢铁集团的兼并，目前正在进行紧张谈判，你能不能在文章中带一笔？这事还是文市长抓的，文市长不简单呀，受了这么多委屈，顶着这么多压力，仍对平轧厂负责到底。这个同志顾全大局，从不考虑个人得失，个人的面子！"

李馨香想了想答应了："好吧，涉及到你们省长陈红河的那段，我删掉。请客送礼的事，我也不点谁的名。至于接受兼并的情况，我还得再去调查了解一下。"

高长河笑了，说："好，好，谢谢你对我们的理解。"

李馨香也笑了："其实，我心里也有数，涉及陈红河省长的那一段，我就是不删，我们头也得给我删了。"说罢，话题一转，突然道，"高书记，既然你也这么客观公正地评价文春明，那么，我冒昧地问一下：如果文春明市长不被这个平轧厂拖累着，会不会在姜超林同志退下来时接任平阳市委书记？"

高长河一怔："我既不是省委组织部长，又不是省委书记，对此无可奉告。"

1998年7月1日20时　跨海大桥

文春明和副委员长也是熟悉的。副委员长飞抵平阳时，文春明正在接待日本友好城市市长崎川四郎一行，没能去接机。晚上，姜超林陪同副委员长看平阳夜景时，文春明便参加了，和副委员长、姜超林同坐在一辆进口大巴车上。

副委员长情绪很好，和姜超林、文春明谈笑风生，高度评价平阳的建设成就。

姜超林却说："委员长，您别老夸我们，还是多给我们提些批评意见吧！现在有些同志认为我们平阳是霓虹灯下有血泪呀！看我们哪里都不顺眼哩！"

副委员长生气地说："这叫什么话？这一片繁华怎么就看不见？这满街的高楼怎么就看不见？我看呀，你们还是不要睬它！这些年外面对你们平阳议论得少了？什么时候没有议论呀？先是什么姓社还是姓资，后来又是什么姓公还是姓私。现在好了，党的十五大为这些问题作了定论了，不好再用这些借口攻击了吧？于是，又来新花样了，血泪什么的又出来了！超林同志、春明同志，你们可以理直气壮地告诉这些同志：不深化改革，不坚定不移地搞社会主义市场经济，不把我们的综合国力搞上去，那才真的会有血泪呢，而且是大血泪，是国家民族的血泪！"

文春明知道副委员长不了解具体情况，又看出来姜超林是在给高长河上眼药，心里有点替高长河抱亏，便解释说："副委员长，我们平阳现在也确实有些困难，下岗工人十一万多，前天还出了下岗工人自杀事件，我们很痛心。"

副委员长明确说："能认识到本身的不足，知道痛心就很好。不过，要我说，这还是局部问题嘛，不能因此就说什么霓虹灯下有血泪嘛！我看你们对下岗工人分类定位管理的办法就很好，只要真正落实了定位管理措施，这种意外就不会发生。下午我就对超林同志说了，这个办法可以对外推广。在这里也向你们透个底，中央已经研究决定了，最迟今年九月底在全国范围内全面落实下岗工人的生活保障问题，你们平阳不愧是改革开放的排头兵，又走到了前头啊……"

这时，车队已从市中心区逼近了跨海大桥。要命的是，本该灯火辉煌的跨海大桥竟是一片漆黑，别说装饰灯没开，就连桥面上的照明路灯也不亮了。

文春明正不知该怎么办时，姜超林扯了扯他，侧过身子轻声交代了一句："先不看大桥了，改变一下计划，通知前导车直接开过去，先到国际展览中心再说！"

副委员长不知道发生了这种意外，也不知道自己要看的跨海大桥正从他身下滑落过去，仍是兴致勃勃："……跨海大桥你们就是走在全国前头的嘛！超林同志，你是真有想象力，也是真有气魄呀！两年前就敢放手让私营资本参加到这种大型基础建设项目上来。我是在电视里看到你们大桥通车新闻的，好啊！"

姜超林恳切地道："副委员长，这得感谢您的支持呀，跨海大桥立项时，您还给我们批了条子，我和春明同志都记着哩！"

到了国际展览中心，陪同人员搀着副委员长站在顶楼落地窗前看夜景时，姜超林才把文春明拉到一边问："跨海大桥是怎么回事？"

文春明说："我也不清楚，正让他们查。"

姜超林气道："今晚就追查责任，我看这是故意捣乱！"

没一会工夫，人大副主任黄国华跑来了，对姜超林汇报说："不是谁故意捣乱，是跨海大桥的线路出了故障，正在抢修，估计半小时就好。"

姜超林仍没好气："再催一下，让他们抓紧！"

这时，文春明才说了句："老书记，您对高书记误会大了，有些话……"

姜超林手一摆："春明，你别解释了，今晚我们的任务是陪好副委员长！"

文春明心里真火，觉得姜超林好像变了一个人。

半个小时后，副委员长终于如愿站在灯火辉煌的跨海大桥桥面上了。

副委员长心情激动，即兴作了一首诗：

跨海大桥跨过海，改革开放跨世纪。

霓虹闪处高楼立,更看明朝红霞起!

姜超林、文春明和陪同人员纷纷为副委员长的激情热烈鼓掌。

市人大副主任黄国华当场把副委员长的诗句记了下来,征得副委员长同意后,用电话通知报社,以姜超林的名义指示值班副总编,在明天出版的《平阳日报》头版上套红加框,发表副委员长的这首诗。

1998 年 7 月 1 日 21 时　烈山县委招待所

送走胡早秋,田立业回到县委招待所休息,在招待所走廊迎头碰上了孙亚东。

孙亚东拍着田立业的肩膀,毫不掩饰地夸奖说:"立业同志,不错,不错,你这同志表现不错!前天发表的就职演说好得很呀,我带头为你鼓了掌!"

田立业苦笑起来:"孙书记,我敢不好好表现么?这么多眼睛盯着我!"

孙亚东也笑了:"不要说盯嘛,要说关心,大家都关心你!现在我倒有个新感受了:权力使人堕落,也能使人奋发。你看你,到烈山只两天,就像换了个人!"

田立业又是一个苦笑:"算了吧,孙书记,我都想回去了!"

孙亚东挥挥手:"别再做那种大头梦了,就呆在烈山好好干活吧!"

这么扯了几句,二人客客气气分了手。

分手后,田立业突然想到,大明公司违反劳动法和耿子敬关系不小,搞不好耿子敬又吃了大明公司的贿赂,便又回头把孙亚东叫住了,说是要汇报一下工作。

孙亚东没当回事,说:"你找我汇报什么?我搞耿子敬的案子都来不及!"

田立业说："就是涉及耿子敬的案子，我才非找你不可！"

听田立业一汇报，孙亚东吃惊不小：这个耿子敬，胆子太大了！明明知道苯会导致中毒，竟不向工人说明，竟敢允许H国奸商这么公然违反劳动保护法！这里面没名堂就见鬼了！更让孙亚东感到难能可贵的是，田立业明知道姜超林一直对他很反感，还主动向他反映耿子敬的情况，这不能不让他感动。

孙亚东听完汇报，握着田立业的手，连声道谢。

田立业却说："孙书记，你别谢我，要谢就谢那些受害的工人吧，不是他们今天闹起来，我还不知道会有这种伤天害理的事！"说着，说着，便不平起来，把金华的恶劣表演和高长河对他的批评都倒苦水似的倒了出来。

孙亚东益发吃惊："怎么会这样？这个金华太不像话了！高书记怎么也这么糊涂？就没有是非了？"停了一下，又劝田立业说，"立业同志，你也不要怕，该怎么干怎么干，真理并不总在上级领导手上！"

田立业带着些许讥讽的口气说："孙书记，你是市委副书记，你可以这样想，我可不敢这样想，我得好好向金华同志学习，把你们领导的话都当圣旨执行！"

孙亚东严肃地说："立业同志，说说气话可以，但心里你可不能真这样想啊！你是党员干部，现在又是烈山县的县委代书记，你要对党和人民负责，而不是对我们哪个个人负责。不谦虚地说，在这一点上，你要向我学学，我这人就是倔，只要你触犯了党纪国法，我不管你是谁，也不管谁为你求情，一律按规定办事！"

田立业叹了口气："所以，平阳许多干部都不喜欢你。"

孙亚东眼一瞪："我要谁喜欢干什么？我又不是为他们活的！我早就说过，我孙亚东就是反腐之剑，我的职责就是清除腐败！他们不喜欢我，是怕我迟早一天会把剑砍到他们身上！立业同志，你想想看,耿子敬这种腐败分子不清除怎么得了？啊,和外国奸商这么勾结坑人!”

田立业也动了真情:“孙书记,说真的,过去在平阳市委做副秘书长时,我也不太喜欢你,现在,多多少少总算也理解你一点了!是的,你也难呀！像耿子敬这种混账东西,不抓不杀真要亡党亡国的！如果现在我是你,也不会轻饶了他!”

孙亚东笑了:“立业同志,谢谢你对我的理解,既然理解了,你今后还要多支持我的工作,尤其是烈山这个案子,一定要配合我和专案组搞到底!”

回到房间,孙亚东马上把反贪局刘局长找来了,将田立业提供的这一最新情况向刘局长做了通报,指示刘局长以 H 国大明公司为突破口,查清这几年耿子敬在与外商接触过程中可能出现的受贿问题。

刘局长汇报说:“孙书记,耿子敬和大明公司的关系,我们已经注意到了,还找过 H 国投资商金方中先生,他们双方都不承认有行贿受贿的事情。”

孙亚东说:“这个金方中不是已经离开烈山了么？我怀疑这其中必有名堂!”

刘局长说:“是呀,我也感到有名堂,可金方中一走,我们更难找到证据。”

孙亚东想了想,说:“金方中还会回来的,大明公司二十五名工人严重苯中毒,他不负责是不行的,他不回来,我们确实可以像田立业同志说的那样,拍卖他的工厂资产为工人做赔偿,那他就亏大了。你们抓紧对耿子敬的审讯,进行政策攻心,可以把受害工人的情况告诉他,要他清楚:面对这么严重的后果,谁也别想滑过去,包括那个金方中!”

1998 年 7 月 1 日 22 时　姜超林家

姜超林陪同副委员长看完夜景回到家，发现刘意如在他家客厅里坐着，正和夫人聊天，多多少少有点意外，便问："刘主任，这么晚了，找我有事么？"

刘意如站起来，笑着说："老书记，您看您说的，没事就不能来看看您了？"

这晚，因为副委员长对平阳工作的高度评价，姜超林情绪很好，便也笑着说："好，好，刘主任，你坐，坐！"

刘意如坐下后，说起了正题："老书记，我是来向您汇报工作的，市委这边有些遗留问题我还得找您，高长河书记也让我找您。是分房的事。秘书二处秦处长不是离婚了么？我记得当时您口头上给我打过招呼，要分一套二居室给小秦？"

姜超林点点头："有这回事，小秦离婚后，房子给了女方，自己带着个六岁的孩子在外租房，房租那么高，他吃得消吗？"转而又说，"当然，现在市委那边的事我不管了，是不是就把这套房子分给小秦，你们还是要听长河同志的意见。"

刘意如说："长河同志说了，只要是您以前批过的，市委这边就尊重。"

姜超林说："那好，哪天见到长河，我和他打个招呼吧。"

这鸡毛蒜皮的小事说完，刘意如仍没有要走的意思。

姜超林便想，刘意如谈小秦的房子是个借口，深夜来访恐怕还有别的目的。

果然，又说了几句闲话，刘意如吞吞吐吐开口了，问姜超林："老书记，听说您一直反对让田立业到烈山主持工作？是不是？"

姜超林警觉了："怎么，你也听说了？都听说了些啥呀？"

刘意如叹了口气："按说，这都是你们领导的事，也用不着我瞎操心，可老书记，我心里真是堵得慌呀！今天在您这里，我说句心里话，我认为高长河书记和市委对烈山班子的安排是不太妥当的。不但让田立业做县委代书记不妥当，让金华做代县长也不太妥当。”

这话让姜超林吃惊不小。姜超林认为，刘意如反对田立业做县委书记很正常，而反对自己女儿金华做代县长就不正常了。对这位办公室主任他太了解了，此人为了经营女儿的政治前途，这几年可没少费过心机。

刘意如似乎也揣摸出了姜超林的心思，又说：“老书记，您说过，就算田立业是您儿子，您再想让田立业好，也不敢把烈山一百一十万人民的安危祸福交给他。我就服您这一点，为工作不徇私情。我的想法也和您一样：我再想让金华好，也不敢让她在这种时候去做烈山县代县长呀！耿子敬这帮人在烈山捅了这么大的娄子，情况又那么复杂，立业不成熟，金华还是孩子，搞不好就会很被动。”

姜超林点点头：“是呀，这也是我最担心的。”

刘意如益发真挚诚恳了：“公正地说，立业和金华本质上都不错，也都是想干事的，可问题是，他们想干事是一回事，能不能干好就是另一回事了，主观愿望和客观实际总还是有距离的嘛。”

这话说到了姜超林心里，姜超林放松了警惕，直言不讳地说：“刘主任，你说得不错，我看立业和金华这两个孩子搞不好真会毁在高长河手上哩！”

刘意如马上说：“老书记，如果仅仅是毁了两个孩子，倒也罢了，我更担心的是，他们的工作不慎会给烈山工作带来严重损失，这才是最为可怕的。真要出现了这种情况，老书记，您看着好了，又是咱们的责任了！”

这话击中了姜超林的痛处，姜超林当即沉下脸道：“那是，平阳谁不知道田立业和我的关系？我看有人就是故意和我玩打牌的游戏嘛!”

刘意如没接这敏感的话茬儿,自顾自地说:“老书记,前些日子您严厉批评了我,可坦率地说,老书记,我不服您!我这人缺点、毛病都很多,也有私心,可有一条还站得住:就是忠于党和人民的事业,也敬佩那些忠于党和人民事业的好领导。老书记,今天我敢到您这儿来说这么一番心里话,是经过激烈思想斗争的。可我还是来了,不为别的,就是为了向您说点心里话,表达一下对您的由衷敬意。说真的,老书记,我是在离开您以后,才真正认识您的!”

姜超林沉默着,思索着,一遍遍在心里问自己:这是怎么回事?难道他对刘意如的批评真错了?这位崇尚权力的办公室主任怎么会在今晚和他这个并不掌握实权的老同志说这么多?高长河的权力中心究竟发生了什么?是烈山出了问题,还是高长河和刘意如之间出现了问题?

刘意如继续说,口气中透出一种悲凉:“老书记,我真不知道我是不是老了?是不是跟不上新领导的工作思路了?不知咋的,和高长河在一起,我总会想起您,总会想您会怎么做?总是不理解新领导的工作思路和工作方法……”

姜超林摆摆手:“刘主任,这你也别多想,总要有个适应过程嘛。”

刘意如说:“我总想适应,可真是适应不了!就说烈山吧,出了这么大的事,新领导就能坐得住……”

姜超林一怔,急忙打断刘意如的话头,问:“烈山又出事了?啥事?”

刘意如似乎有点意外:“烈山H国大明公司的事您不知道?”

姜超林没好气地说:“我怎么能知道?田立业连个电话也没来过!”

刘意如这才把烈山发生的事情向姜超林说了一遍,道是金华年轻幼稚,在突发性事件面前惊慌失措,情况不明,就跑去向高长河汇报；田立业不负责任，先是在大明公司爬大门，当众乱吐象牙，后来竟跑去和镜湖的胡早秋市长喝酒。

刘意如越说越激动：“……二十五个工人得了白血病呀，多严重的事件呀，新领导就放心让这两个年轻人去处理，自己坐在小红楼等着听汇报。当然，也说了，不管是夜里几点，都要金华把电话打到他那里去。我当时就想，若是老书记您，只怕早就赶到烈山去了……”

姜超林坐不住了，手一挥：“刘主任，你别说了，我现在就找高长河！”

刘意如提醒说：“老书记，您……您也别太生气……”

姜超林火透了：“我不生气！我就问问高长河：不是霓虹灯下有血泪吗？烈山二十五个工人得白血病叫不叫血泪？他在工人们的血泪面前为什么这么麻木不仁！他高长河还像不像个市委书记！”说罢，拨起了电话。

电话通了，高长河不知道姜超林正在气头上，仍笑呵呵地开玩笑：“怎么？老班长，又查岗了？”

姜超林冷冷道：“高书记，我哪敢查你的岗？是向你和市委汇报工作，可能惊扰你的好梦了，先说声对不起吧。”

高长河这才严肃起来：“老班长，有什么话您就说，我现在也没闲着，刚把新华社记者李馨香同志送走，正在等烈山的电话……”

姜超林怒道：“等电话？高长河书记，你为什么还不到烈山去？你这是官僚主义，还是麻木不仁？据说平阳是霓虹灯下有血泪，我先还不信，现在信了！霓虹灯下真有血泪呀！烈山大明公司的工人同志就在流血流泪嘛！”

高长河心里很火，可仍极力克制着自己的情绪：“老班长，大明公司的突发性事件正在处理，烈山县委、县政府还在正常工作，田立业和金华同志现在都在烈山县人民医院，如果不相信，你可以打电话去问田立业嘛！”

姜超林终于把积在心里的话说了出来："高长河书记，请你少提田立业，我不想和你打政治牌，也没有心思和你打这种无聊的政治牌，我只想提醒你：作为一个城市的主要领导者，我们都要对人民负责！"

高长河道："老班长啊，对人民负责的并不只有你一人嘛！"

姜超林火气更大了："可你负责了吗？烈山这个新班子能负起这份责任吗？！"

高长河再也忍不住了，脱口道："那么，老班长，你就负责了？你负责任，烈山能出耿子敬这种腐败分子吗？烈山这两套班子能烂得这么彻底吗？！坦率地说，烈山目前的一切问题都和耿子敬有关！"

姜超林一下子被击倒了，握着话筒的手颤抖起来，好半天没说出话来。

高长河似乎也意识到了自己的过分，又叹着气说："老班长，我们都不要这么意气用事好不好？烈山出了事，你着急，我能理解，可您也得理解、理解我呀！你也知道，烈山大明公司事件是今天才发生的，我总要有个知情过程。就在你打电话来的前十分钟，我才从新华社记者口中知道了真实情况，正准备连夜到烈山去。"

姜超林这才闷闷地说："那好，你去吧，既然你能连夜去烈山，我就没什么可说的了。先处理问题，至于我这个前任市委书记该对烈山的腐败问题负什么责任，你们市委可以讨论上报，我等候省委的处理决定！"

高长河却又打起了哈哈："老班长呀，您看您，较啥真？你骂我官僚主义，骂我麻木不仁，说我和您打政治牌，我不都没和您较真吗？吵架赌气的气话嘛，咱们都一阵风吹掉好不好？不行，我向您老班长道歉检讨，在电话里给您鞠躬了。"

姜超林不好再说什么了，遂郁郁不乐地放下了电话。

刘意如见姜超林心事重重，脸色很不好看，赔着小心告辞了。

姜超林也没留，甚至没招呼刘意如一声，直到刘意如走到门口，才说了句："刘主任，楼道灯坏了，下楼小心点。"

刘意如走后，姜超林想：现在看来，他非得去一次省城不可了。高长河在电话里绝不仅仅是赌气，这个新书记潜意识之中是认定他该对烈山的腐败问题负责的，认定平阳霓虹灯下是掩饰着血泪的。那么，他就得问问刘华波和省委了：这位新书记高长河到底想干什么？他高长河这么干是不是省委的意思？如果不是省委的意思，那么，作为省委书记的刘华波就得有个明确态度！

1998年7月1日23时　烈山县委办公室

高长河在市委王秘书长的陪同下连夜往烈山赶时，心里也乱得很。

刘意如的女儿金华真是可恶，烈山大明公司这么多人严重苯中毒，她竟然敢跑来报功，还打田立业的小报告，真是既无良知又无人格。田立业也是糊涂得可以，受了委屈不直接和他说，却去和新华社记者李馨香说，去和姜超林说，让姜超林趁机攻他。好在李馨香说出了事情真相，否则，他的处境会更被动，真要造成一种客观上的官僚主义作风。

高长河认定是田立业向姜超林发了牢骚。田立业不会故意在姜超林和他之间挑拨是非，但田立业管不住自己的嘴，造成的客观效果却是挑拨了是非。

当然，也不好都怪田立业的，自己上了金华的当，让田立业受了委屈。

因此，到了烈山县人民医院看望完住院的中毒工人，在县委办公室听汇报时，高长河就当着金华和王秘书长等人的面，冲着田立业鞠了个躬，说："田书记，今天因为你坚持原则，没当汉奸，没把烈山县政府变成汉奸政府，我要向你致谢！"

田立业吃了一惊，说："高书记，您别损我了，这……这不是我该做的么！"

高长河手一摆："你不要说，先听我说。我这个市委书记也不是圣人，也会犯错误，有时也会偏听偏信，做出一些错误的判断。今天我就错了嘛，下车伊始咿里哇啦，在电话里乱批了你一通，现在，我收回对你的批评，并向你道歉！"

田立业感动了："高书记，您别说了，您就是批错了也是好心。"

高长河点点头："是的，我确实是好心犯错误。"然而，话头一转，却又说，"可立业同志，你有没有错误呢？你为什么不和我争论？不把事情真相和这里发生的严重情况在电话里和我说清楚？却四处发牢骚？你这是负责任的态度吗？"

田立业怔了一下，不敢做声了。

高长河目光转向金华，愣愣地看了金华好半天，又严厉地说："而你，金华同志，你想想看，你都干了些什么！都向我汇报了些什么！世间当真没有公道了？你骗我一时，能骗我永远吗？金华同志，你不要怪我不给你留情面，今天我是忍无可忍！如果没有田立业，今天这个突发事件很可能会变得不可收拾，而你的虚假汇报也差点儿造成严重后果！请你冷静下来后好好想想，怎么为官，怎么做人？别官越当越大，人越做越小！"

这话太严厉，金华先是低下头，继而，捂着脸呜呜哭了起来。

高长河心软了，缓和了一下口气，又说："好了，小金，你也不要哭鼻子了，以后要好好配合田立业同志的工作，心思多往工作上用，少往别的地方用！我今天话说得有点重，本意还是为你好，你很年轻，来日方长，自己要争气！"

金华这才抬起泪脸说："高书记，您批得对，今晚我母亲知道情况后已经批评过我了，我……我向您，向市委检讨，……也向田书记道歉……"

田立业宽厚地说："算了，算了，总还得在一起共事，还是彼此多理解吧!”

高长河点点头,语重心长地说:“我建议你们尽快开个民主生活会,大家在一起好好交交心,彼此多些理解,多些团结。当然了,团结不是目的,团结起来做事情才是目的。你们不是不知道,对你们烈山这个新班子,是有人在看笑话,我希望你们不要闹笑话!”

田立业动容地表示:“高书记,您放心,我们一定不辜负市委的期望!”

高长河却说:“我不放心!田立业同志,我也提醒你一下:以后有什么事就找我,找市委,不要犯自由主义,四处乱说!”

田立业忙道:“好,好,高书记,我……我一定管好自己的嘴就是!”继而,又苦笑着说,“我……我要是再犯自由主义,高书记,您就撤我好了!”

高长河说:“撤你?把你撤回机关再做甩手掌柜?没这好事了!”停了一下,又意味深长问,“田秀才,这做一把手的滋味如何呀?”

田立业答道:“当家方知柴米贵呀,高书记,现在我连孙亚东都理解了。”

正说着孙亚东,孙亚东便来了,向高长河汇报说,马万里书记对烈山大明公司发生的事情也很关心,要求查清楚耿子敬和这家大明公司的真实关系,如果确有相互勾结蓄意违反劳动法的证据,将来就以受贿渎职罪公开起诉,数罪并罚。

高长河知道孙亚东又向马万里汇报过了,心里有些不悦,脸面上却没露出来,只说:“那好,孙书记,你就按马万里同志的指示精神好好查吧,查清了,一定要公开审判,否则难平民愤!”

田立业又请示说:“如果H国的金老板要赖,就是不回来,我们怎么办?”

高长河说:“你那主意就很好嘛,请大明公司受害工人依法起诉,让法院拍卖他们的厂房设备为受害工人做赔偿!”想了一下,又说，“我现在只担心这拍卖所得够不够对工人的赔偿。走，现在就到大明公司看看去！”

于是，在田立业、金华和孙亚东等人的陪同下，高长河披着满天星光来到了烈山新区的大明公司。

大明公司已经完全停止了生产，一座座漂亮的标准厂房静静地横卧在月色星空下，整个厂区空无一人。厂房里的设备大都还是新的。看得出，H国的这位金老板仗着有耿子敬这个靠山，已经在烈山投下了大资金，下了大赌注。金老板只怕做梦也没想到耿子敬这个烈山王会突然垮台，而且垮得这么彻底！

在厂区和厂房里转了一圈，看完了大明公司资产现状之后，高长河放心了，在公司大门口上车前，又对田立业和金华指示说：“有这么多固定资产摆在这里，我们就不怕那个姓金的不回来！你们行动也要迅速，特事特办，立即依法封存大明公司的这些厂房设备，冻结该公司所有账号上的资金，尽快办理司法保全手续！”

…………

告别田立业等同志，从烈山赶回平阳时，已是深夜一时三十分了。

高长河再没想到，《平阳日报》夜班值班副总编，一个戴眼镜的女同志正在小红楼客厅等他，说是市人大姜超林主任让人送来副委员长的一首诗和一个编者按，要求发明天《平阳日报》的头版。她实在吃不准，便打电话找了市委宣传部沈部长，沈部长也不敢定，只好请高长河定了。

高长河开头没当回事，甚至有些不耐烦，说：“副委员长一首诗，有什么不好定的？你们发就是了嘛，还深更半夜跑来找我！我不在怎么办？明天报纸就不出了，开天窗啊？啊！”

副总编递过大样说：“高书记，您还是看看吧，沈部长明确说了，这个稿子要发一定要您签字。”

高长河这才意识到了些什么，接过大样看起来。

大样看完，高长河浑身的血一下子涌到了头顶，副委员长的诗倒没什么，而是那个编者按太别有用心。在编者按里，姜超林借副委员长充分肯定平阳改革成就之机，通过不知情的副委员长的嘴，对他进行了公开批驳，大谈不改革才会造成民族和国家的大血泪，好像他这个市委书记真的在否定改革，反对改革！

当着副总编的面，却不好发火，高长河只冷冷地道："我看这样吧，副委员长的诗就按超林同志的要求明天头版套红发表，编者按就不要发表了，你们可能也知道，我在全市下岗定位工作会议上的讲话是有特定背景的，有些同志有些误会，副委员长又不太了解情况，这样发了社会影响不太好。"

副总编点头应罢，又问："如果人大方面追问起来怎么办？"

高长河黑着脸说："那你们也不必隐瞒，就告诉他们，我不同意发！"

这夜，高长河再也无法安眠了，越想越感到后怕：若不是这位值班女总编具有高度的政治敏锐感，如果女总编粗心大意，把这个编者按发了出来，平阳市级领导层的矛盾就公开化了，他的权威就受到了不容置疑的挑战，情况就糟透了。

现在看来，姜超林这个老同志失落心理实在是太严重了，竟然到了完全不顾大局，公开反对自己的地步了！这样下去怎么得了？他还干不干事了？还能不能干事？有这样一个太上书记，谁能在平阳站住脚？

又愤愤地想，就这样一个不顾大局的老同志，竟被刘华波书记说成党的英雄，民族英雄。既然姜超林是党的英雄，民族英雄，中央和省委咋还不把他提升到省里去？还留在平阳干什么？岂不是太委屈人家了吗？

越想越气，高长河遂决定马上回一趟省城，直接找刘华波反映情况。主意也打定了，尽量不说姜超林的不是，而要多谈谈平阳了不起的改革成就，就请刘华波和省委看在平阳以前的成就和未来跨世纪上台阶的大局上,下一次大决心!

1998年7月2日3时　烈山县临湖镇

电话铃声急促响起时,胡早秋正做着一个好梦,且在梦中陪同漂亮的女记者李馨香逛王府井。是在白日的王府井大街上,许多行人的眼睛都盯着李馨香看,也不知是看李馨香身上的"飞鱼"时装,还是看李馨香漂亮的脸孔。胡早秋便很得意,四处向行人推荐镜湖的"飞鱼"。真不巧,这时下雨了,还响起了雷声。

雷声把胡早秋惊醒了,醒后才知道,是电话在响。

胡早秋看看表,是夜里两点多,抓起电话便没好气:"谁呀,半夜三更的!"

打电话的却是市政府办公室女主任高如歌,高如歌极是兴奋,在电话里歌唱似的叫:"胡市长,抓住了,终于被我们抓住了!"

胡早秋有些茫然:"抓住什么了?"

高如歌兴奋不减:"抓住烈山临湖镇小纸厂向咱北半湖排污的证据了!胡市长,这不是你的指示么?要我们一定拿出过硬的证据,和烈山方面算账。我们根据你的指示,发扬不怕牺牲,连续作战的精神,昨天、今天连续两天两夜在临湖镇埋伏。今天夜里,他们红光纸厂终于开机了,我们环保、工商和电视台的同志扛着摄像机勇敢地冲了上去,现在正在摄像!"

胡早秋也兴奋了:"好,好,高主任,你们干得太好了!你们就在临湖镇红光纸厂等我,我马上过去,拿着录像带连夜去堵他们田书记,问问这位田甩子怎么处理!人赃俱在,他田立业再不处理,我就找平阳市政府,找文市长、高书记解决!"

这时,夫人也被吵醒了,见胡早秋急匆匆要出门,便提醒说:"半夜三更的,你可小心点,临湖镇那帮土匪可不好惹!"

胡早秋眼皮一翻:"现在烈山县委书记不是耿子敬了,是田立业！"

夫人说："那就给田立业先打个电话吧！"

胡早秋手一摆："别，别，我就要给田甩子来个措手不及，让他在被窝里签订投降条约！"说罢，冲出了门。

这时，又发生了一个小插曲：胡早秋到了市政府值班室，已通知自己的司机小丁出车了，小丁却因为当天晚上喝多了酒，迟迟未到。胡早秋心里很急，又怕小丁酒后开车不安全，便骂了小丁几句，自己把车开走了。

为了赶路，胡早秋开着车，没走镜湖市境内的大道，而是从烈山境内的小道往临湖镇赶。他是从临湖镇西头进的镇，结果，没如愿赶到红光造纸厂，就在距镇政府大门不到三百公尺处意外地"被俘"了。

"被俘"前，胡早秋正在尿尿，镜湖市代市长胡早秋同志粗中有细，担心一走进红光造纸厂，就忙得没尿尿的空，想轻装上阵。不料，就在尿尿的时候，黑暗中冲过一伙人，几支雪亮的手电筒照得胡早秋睁不开眼。胡早秋当时并没意识到事情的严重性，仍然镇定地尿着那泡自由的尿，尿完才被这伙人围住了。

一个穿着公安制服的黑脸胖子说："走吧，哥们，尿也尿完了，我们临湖镇也被你污染过了，咱得找个地方说道说道这事了！你说是不是呀，哥们？"

胡早秋仍不知深浅："什么哥们？谁和你们是哥们？我是市长！"

"市长？"黑脸胖子笑了，"市长怎么了？就是省长也不能随地大小便呀！"

胡早秋有些急："我真是市长，是镜湖市市长胡早秋，到你们这里来处理点紧急问题！你们县委书记田立业是我同学，今晚还在烈山请我吃过饭，不信你们马上打电话问问田书记。"

黑脸胖子说："这种小事用得着麻烦我们田书记吗？再说，就是田书记也得依法办事吧？田书记总不能说你老哥随地大小便是对的，让我们请你多尿几次吧？”

胡早秋没办法了：“好，好，我服你们了，我认罚好不好？”

黑脸胖子说：“这就对了嘛，首先要端正态度，对建设农村社会主义精神文明的意义要弄清楚。我们镇党委秦书记说了，罚款不是目的，提高广大干部群众的精神文明程度才是目的。罚款可以从轻，一般也就是二十块到一百块。”

胡早秋忙掏钱：“好，你们别说了，我认罚一百。”

黑脸胖子根本不接递到面前的百元大钞：“我刚才就说了，我们秦书记的指示很明确：罚款不是目的，提高认识才是目的。就冲着你这态度，我看很难说有什么认识。你以为你有钱呀？钱能买法呀？错了，我的同志！你钱再多也是你的，你也要奉公守法！罚款是下一步的事，走吧，根据我们镇上的规定，要请你脱产学习两天了，先学五讲四美三热爱，再学我们临湖镇的精神文明公约。”

胡早秋见怎么也无法脱身，这才爆发了：“你们还给我玩真的了？你们看看你们这鸟地方，四处都是猪粪牛屎，还精神文明公约，还五讲四美三热爱！”

黑脸胖子不急不忙地说：“正是因为精神文明问题比较严重，所以才要从严治理，你这位同志态度很不端正，脱产学习四天！”

胡早秋气得失了态：“你们以为你们是什么人？不就是一帮二狗子吗？！我告诉你们，你们不要胡来，否则，一切后果都要由你们承担！”

黑脸胖子仍然不火：“随地大小便，不听劝阻，而且诬蔑谩骂本镇合同制警察和联防队员，认错态度极为恶劣，脱产学习十天！”

胡早秋这才想到自己中了圈套，忙掏出随身所带的工作证：“你们给我看清楚了，我是谁？我半夜三更大老远赶到你们临湖镇来难道是为了尿这泡尿么？我是要处理你们红光纸厂向镜湖排污的问题，污染了镜湖对你们也没有好处……”

黑脸胖子无动于衷:“我们红光造纸厂早就关了,你处理啥?你说你是镜湖市长,谁给你作证?别给我看证件,没用,现在啥假证件造不出来?走吧,走吧,学习十天以后,你爱到哪骗到哪骗去,你说你是省长也与我们无关!”

镜湖市代市长胡早秋同志就这样失去了自由,于当夜三时十五分被黑脸胖子一伙人带进了临湖镇联防队。联防队门口设了三道防线,六人为胡早秋日夜站岗。胡早秋气得大骂,黑脸胖子们决不还口,只好言好语地劝胡早秋既来之则安之。胡早秋手头这么多工作,哪能“安之”?益发骂得凶,黑脸胖子就拿出了录音机录音,说是要同时录下胡早秋的不文明和临湖镇联防队执法的文明。

确是“文明”,“脱产学习”的胡早秋说了声饿,当夜便享受到了酒肉招待。

胡早秋吃夜宵时,黑脸胖子也向临湖镇党委书记秦玉军报起了功,说:“秦书记,镜湖市长胡早秋已经被我们俘虏了,活该他倒霉,下车就在咱地盘上尿尿,我就根据咱们的土政策给他办学习班了,秦书记,你是不是来看看人家?人家好歹也是市长。”

秦玉军说:“糊涂!这种时候我能去见他吗?你给我记好了,这事我不知道!你们也装不知道,别承认他是市长!另外,还要严密提防,绝不准一寸录像带传出临湖镇。今晚的事是这样的:镜湖市一些不法分子抢砸我们红光造纸厂封存设备,引起了纠纷,知道了吗?我明天就去烈山县城向田立业书记做汇报。”

镜湖方面这夜以惨败告终,市政府办公室主任高如歌带去的人马无功而返,且损失摄像机一台,汽车两部,外带三人被扭伤。其后赶去的胡早秋也神秘地失踪,而胡早秋的005号专用桑塔纳却回来了,安详地摆放在胡早秋住宅楼下。

七月二日的黎明姗姗到来了,这真是一个灿烂的黎明。

镜湖市委书记白艾尼上班后,按原定计划主持召开市委常委会时,发现胡早秋没到会,也没太在意,还以为胡早秋昨夜忙着和临湖镇的地方保护主义作斗争，累得睡过了头，便要秘书打电话去催。电话一打才知道胡早秋去了临湖镇竟没回来。

白艾尼这才有些慌，找高如歌了解情况。

高如歌带着一肚子委屈说："白书记，你问我，我还想问你呢！胡市长昨夜根本没到临湖镇去！他在电话里答应得好好的，要和我们在红光造纸厂见面，结果鬼影也没有！胡市长真去了，我们也不会败得这么惨！"

有的常委提议向平阳市委和公安局报案。

白艾尼想了想，否决了，说："先找找吧，胡市长事多，没准又被谁缠上了。"

于是，中共镜湖市委关于精神文明建设的市委常委会在代市长兼市委副书记胡早秋同志缺席的情况下正常召开，与会常委经过严肃认真的讨论，通过了建设县级卫生文明城市的98第17号决议。

第十二章　谁解其中味?

1998年7月2日7时　省城 高长河家

车进省城,高长河才从朦胧中醒来。这时,仲夏早晨的阳光正透过中山大道林立楼厦的间隙,透过车窗,不断铺洒到高长河身上。阳光广场,月光广场,和平公园……省城街头熟悉的景致接踵撞入高长河的眼帘,让高长河一时间感到有些奇怪:他怎么跑到省城来了?这一大早的!

司机回过头问:"高书记,是不是直接去省委?"

"去省委?"高长河这才骤然记起了昨夜发生的那些乱七八糟的事情,才想起自己是要向省委书记刘华波反映情况。当即感到了不妥:昨夜真是被姜超林气糊涂了,招呼都没打一个,就自说自话去找省委书记,而且又是这么一大早!

略一沉思,高长河改了主意:"时间还早,先到我家,休息一下再说吧。"

车过二环立交桥往上海路自家方向开时,高长河才想起了夫人梁丽。上月二十四号省委找他谈话,二十五号到平阳上任,至今整整七天,却像过了七年。这七天也真是忙昏了头,竟连个电话都没给梁丽打过。昨天和市长文春明谈工作时,梁丽倒是打了个电话过来,只说了两句话,第一句是:"高书记,乐不思蜀了吧?"第二句是:"今天预约,何日接见呀?"高长河当时真想说,我哪是乐不思蜀呀？实在是苦不堪言！可因为文春明和几个副市长在场，不方便，高长河啥也没说。

到了上海路家门口，高长河吩咐司机到省委招待所开个房间休息，说是自己是省委秘书长出身，机关都很熟，有车用，就不用他的车了，啥时回平阳再喊他。司机应着，把车开走了，高长河这才进家见了夫人梁丽。

梁丽刚刚起床，正在梳洗，见到高长河先是一愣，后就乐了，亲昵地打了高长河一下，说："高书记，这么快就接见我了？"

高长河笑道："哪里，哪里，是你召见我嘛！"

梁丽妩媚一笑："还说呢，这么多天了，连个电话都不给我打！"

高长河说："我倒是想打，可一忙起来就顾不上了，这么一个大市可真够折腾的，——快别说了，先搞点吃的，在车上就饿了。"

梁丽忙跑到厨房弄早饭，高长河看看表，已是七点十分了，便往省委书记刘华波家里打了个电话，想和刘华波预约一下汇报工作的时间。刘华波以为高长河人在平阳，就回答说，这几天事比较多，让高长河过几天再来。

高长河迟疑了好半天才说："华波书记，我……我已经到了省城。"

刘华波显然有些意外："怎么回事？在平阳遇到麻烦了？"

高长河只好承认说："是的，华波书记，工作很困难。"

刘华波十分敏锐，马上问："是不是和超林同志发生冲突了？"

高长河无可回避，讷讷道："工作上分歧较大，情况已经比较严重了。"

刘华波不太高兴了："怎么搞的嘛，才几天的工夫就搞到我面前来了！你这个小高，是不是尾巴翘得太高了呀？啊？我一再和你说，要你尊重老同志，你倒是尊重没有呀？姜超林同志我了解，不是那种不顾大局的人嘛！小高，你既然跑来找我告状，我就要先批评你！不管你有什么理由，和姜超林同志这么闹都是不对的！"

高长河心头的火又上来了，可却不敢对着刘华波发，握着电话沉默着。

刘华波这才说："当然，姜超林同志下了，可能一时还有些不适应，这也可以理解嘛，你这个新书记的姿态要高一点嘛！交接那天你讲得很好，要虚心向姜超林同志，向平阳的干部群众学习。姜超林同志也确实有许多地方值得你小高好好学习嘛！就冲着超林同志领导的前任班子给你们打下了这么好的跨世纪基础，你也得有感激之心嘛！是不是呀？"

高长河尽量冷静地说："是的，华波书记，姜超林同志对平阳的贡献太大了，做出的成绩也太大了，确实像您所说，是我们党的英雄，民族英雄。所以，我个人有个想法：您和省委该向中央建议，推荐姜超林同志在更高一点的岗位上工作，比如说做省人大副主任。华波书记，听说您也有过这种想法，是不是？"

刘华波没回答，只问："你们真搞到这种势不两立的地步了？"

高长河也没直说，只道："华波书记，我还是当面向您汇报一下吧，不多占用您的宝贵时间，只要一小时就行。"

刘华波想了想："好吧，那我们就尽快见一面。我上午实在抽不出空，八点要听组织部的汇报，十点要参加省防汛工作会议，这样吧，我们下午上班后谈，给你两个小时！你也充分准备一下，还有什么要求和想法都一次性提出来！"

放下电话，高长河手心全是汗。

梁丽不高兴了："高书记，我以为你回省城是接见我，原来是告状呀！"

高长河仍在思索着刘华波在电话里说的话，没理梁丽。

梁丽生气了，把筷子往桌上一摔，说："老爷，请用餐吧，奴妾不伺候了！"

高长河这才注意到了夫人的情绪，勉强笑了笑，在梁丽的额头上亲了下说："梁丽，你别闹，我可正烦着呢，惹我我就咬你！"

梁丽没好气地说："你烦我不烦？高书记，我正要和你说呢：你知道么？你们平阳昨晚来了一帮人，跑到梁兵家把梁兵刚装上的一台春兰空调拆走了，气得梁兵跑到我这儿点名道姓骂你祖宗八代。"

高长河一愣，马上问："是孙亚东派来的人吧？"

梁丽摇摇头："这我不知道，只知道是和烈山一个腐败案有关。"说罢，又埋怨道，"你也是的，也不先给梁兵打个招呼，让他有个思想准备！梁兵说，他可真是丢尽脸了，你们平阳的同志找到省政府机关他的办公室，当着好些人找他要空调。"

高长河气道："他这是活该！他丢尽了脸？我还丢尽了脸呢！梁丽，你还记得那天夜里到咱家要官的那个胖子吗？就是梁兵带来的，要去当县长的那个胖子？简直是个混蛋，不管人民死活，我已经把他撤了！"

梁丽说："我对梁兵也没有好话，和他吵翻了，他也说了，从此不会再进咱家的门，既没我这个妹妹，也没你这个妹夫了。"

高长河"哼"了一声："那真谢天谢地了！"

梁丽却又说："可长河，这事的另一面，你也得多想想，你好歹是平阳市委书记，又刚到平阳，平阳的同志怎么就这么不给你面子呢？我们严于律己是应该的，下面这么不给面子，恐怕也有文章吧？"

高长河怒道："当然有文章！姜超林、孙亚东都在做我的文章嘛！"

梁丽很吃惊："孙亚东也做你的文章？他不是希望你到平阳主持工作的吗？"

高长河叹了口气："别说了，一言难尽！"

梁丽不做声了，和高长河一起匆匆吃完饭，收拾起碗筷，上班去了，临出门，又说了句："长河，既回来了，就去医院看看老爷子去吧，他也不放心你呢！"

高长河道："好，好，就是你不说，我也得去看看老爷子。"

梁丽走后，高长河先给平阳市政府挂了个电话，告诉市长文春明，他有点急事来了省城，晚上回去，如果要找他，就打手机。文春明说，既已到了省城，干脆在家住一夜吧，小两口也亲热亲热，次日早上回平阳也不迟。高长河想想也是，便应了一句，再说吧。

接下来，高长河又陷入了深深的思索之中。这次和刘华波的谈话可不是上次和刘华波的谈话了，实在是吉凶难测。刘华波和姜超林的历史关系人所共知，刘华波对姜超林的工作和对平阳改革开放成就的评价人所共知。刘华波在电话里已经说了，不管有什么理由，和姜超林这么闹都是不对的，都要先批评他高长河。挨批评他不怕，怕的只是头上压个太上书记，自己没法干事。从一般情况看，一个新班子建立后，上级领导总是千方百计支持的，可涉及到姜超林，问题恐怕就不那么简单了。

然而，却也是怪，刘华波最后还是说了，要他把要求都提出来。这是什么意思呢？是让他提出要求后逐一驳斥？还是部分满足？上任前谈话时，刘华波也代表省委表示过，班子中真有不适应的也可以考虑调整。那么，姜超林和孙亚东这两尊神能不能一次性送走呢？自己能不能促使刘华波下这个决心呢？

——姜超林加孙亚东，简直等于一场跨世纪的政治地震！

1998 年 7 月 2 日 9 时 40 分　省委刘华波办公室

省委组织部的同志们汇报完工作刚走，刘华波没能坐下来喘口气，秘书就进来汇报说，平阳市委老书记姜超林来了，一定要和他见一下面。刘华波怔了一下，马上联想到已到了省城的高长河，自知平阳的麻烦不小，眉头禁不住皱了起来。

你担心什么事，他偏给你来什么事。当初研究决定高长河去平阳做市委书记时，包括马万里在内的省委常委们最担心的就是老书记姜超林和新书记高长河的工作协调上会出问题。也正是基于这种担心,省长陈红河才提出将姜超林调离平阳,推荐安排省人大副主任。而刘华波太了解姜超林的心思了,知道姜超林对平阳这座世纪之城的深厚感情,加之私下里试探过姜超林的口气,知道姜超林不愿离开平阳,便在常委会提出了反对意见,才造成了平阳目前这种权力格局。现在看来,他是错了,在这种重大原则问题上有些感情用事了。姜超林这辆动力强劲的老坦克多少年来已习惯了不顾一切地冲锋,你现在让他下来,看别人冲锋,别人再冲得不对他的心思,他必然要又吼又叫了。对付这老坦克的最好办法,就是把他调离战场。

然而,见到姜超林时,刘华波却把这重重心思掩饰了,做出一副轻松自然,甚至是快乐的样子,问姜超林:“我说超林呀,哪阵风把你吹来了?啊?”

姜超林没好气地说:“首长,你还用问?邪风呗!”

刘华波像似没看出姜超林的情绪,也不接姜超林的话茬,拉着姜超林坐下,呵呵笑着说:“你这家伙呀,来省城也不提前和我打个招呼,你看看,我还真没时间陪你聊天哩!”

姜超林正经道:“华波,我可不是来和你聊天的,是向你和省委汇报工作!”

刘华波无法回避了,这才问:“是不是和长河同志发生误会了?”

姜超林摇摇头说:“不是误会,是一些原则分歧,我看问题还比较严重,如果不认真对待,平阳可能会不断出乱子,这世纪也别跨了,台阶也别上了!”

刘华波又笑:“这么严重啊?啊?人家上任才几天嘛,你就给人家下结论了?”看了看手腕上的表,“超林,咱们商量一下:现在十点了,陈省长正在主持召开全省防汛工作会议,咱们一起去开会好不好?你也去听听,平阳是咱省的防汛重点呢。咱们暂时放下矛盾，先来个一致对外，这个外就是洪水。国家防总的领导同志已经说了，今年洪水可能会很厉害，搞不好就是个百年不遇。开完会后，咱们再正式开谈行不行？中午我有便饭招待。”

姜超林迟疑着：“这好么？我现在又不是平阳市委书记。”

刘华波亲昵地拉了姜超林一把：“有什么不好？这是防汛工作会议，又不是市委书记会议，老伙计，我可知道你的底，论起抗洪防汛，你可是行家里手，高长河可不如你。走吧，走吧，先去开会，你这水利老将到了场，平阳的防汛工作我和省委就不担心了！”

姜超林心里暖暖的：“干活就想到我了，死活你就不管！”

刘华波一边往门外走，一边说：“哎，哎，老伙计，这话你先别说，开完会后，我就专门听你诉苦，让你说个痛快，好不好？这回我决不滑头，一定认真对待！”

姜超林点点头：“那好！我听你的！”

赶到省政府第二会议室，全省防洪防汛工作会议已经开了起来，省水利厅厅长兼省防汛指挥部总指挥齐平鲁正在传达国家防指和中央有关领导同志关于防洪防汛工作的指示精神。省长陈红河一边听，一边看着会议桌上的昌江水系图，时不时地记上几笔。

刘华波走到陈红河身边坐下了。

姜超林一进门就看见了平阳水利局党委书记老宋，便坐到了老宋身边。

陈红河注意到了姜超林的到来，小声问刘华波：“老姜咋也来了？”

刘华波苦笑道：“我请来的，要不还脱不了身呢。”

陈红河会意地一笑：“怎么，来找你告状了？”

刘华波点点头：“你说对了，我们是该把老姜调离平阳。”

陈红河马上说：“现在采取措施还来得及。”

刘华波说：“我也这样想……”

会议桌对过，姜超林也在和平阳水利局的党委书记老宋小声说着话:“……老宋,你们白局长呢?怎么没来?他不是咱市的防汛总指挥吗?怎么不来开会?”

老宋说:“别提了,姜书记,白局长出车祸了,就是前天的事,在滨海江堤上检查防汛时翻了车,现在还在抢救呢。”

姜超林问:“这情况市委、市政府知道不知道?”

老宋说:“知道,高书记和文市长都知道,要我把工作先顶起来。”

姜超林嘴上没做声,心里的火却又上来了:身边这位宋书记没干过一天水利,是从市党史办副主任的任上扶正调到水利局做党委书记的,怎么能担此重任?况且又是在这种主汛期。可又不好当着宋书记的面说,便直叹气。

散会后,刘华波如约在省委食堂小包间请姜超林吃饭,还让秘书拿了瓶酒。

姜超林不喝,说:“华波,这是工作便餐,咱们就一边吃饭一边谈工作,酒我是一滴不沾,免得你赖我说酒话。”

刘华波笑道:“好,好,那就谈工作。”

于是,谈工作。

这工作谈得可不轻松,汇报工作的姜超林不轻松,听汇报的刘华波也不轻松。姜超林谈到后来,眼圈都红了,刘华波也多多少少受到了触动。

倾听着姜超林的诉说,刘华波想,与其说面前这个前任市委书记是因为失去了权力而失落情绪严重,倒不如说他是放心不下这座在二十年改革开放中崛起的世纪之城,放心不下这座世纪之城新一代的领导者。这位老同志没有私心,甚至可以说一片忠心可对天。他对自己亲密部下任用问题上的激烈反对,对三陪收税问题的愤怒,对烈山新班子的担心,对高长河所说的“血泪”话题的驳斥,都是完全可以理解的。这一代领导者以他们的经历、阅历和自身的传统,只能做出这样的而不是其它的反应,姜超林不做出这种反应就不是姜超林了。

然而,刘华波也不认为高长河这么做就是否定平阳二十年来的改革成就。高长河可能有出格的地方,可能有时说话会不注意影响,甚至可能翘尾巴,却决不会反对和否定平阳的改革。他们这些跨世纪干部正是二十年改革开放培养造就出的一代新人,是改革开放的另一个丰硕成果。

于是,刘华波在姜超林汇报完后便说:“超林,你说的这些情况我还不太清楚,长河同志从来没和我谈起过。但是,你今天既然说了,我相信这都是有根据的。我准备抽个时间和长河同志好好谈谈,该批评我会批评。比如说:什么霓虹灯下有血泪,不注意场合,不注意影响嘛!再比如说,关于烈山新班子的安排和那位田什么同志的任用……”

姜超林插话说:“田立业,原市委副秘书长。”

刘华波也想了起来:“对,田立业,我到平阳时好像见过几面。在这个问题上,你老伙计出于公心,自己不把他提起来,还提醒长河同志,这是很好的,是很负责任的。但是,超林呀,长河同志毕竟不太了解平阳的干部情况嘛,刚上任,用错个把人也不奇怪嘛,你怎么想到打政治牌上去了?是不是有点敏感了?再说了,长河同志就算说了几句过头话,也不是否定平阳的改革成就嘛!我早就和你说过,平阳二十年的改革开放成就是没有人能否定得了的!”

姜超林固执地说:“华波书记,这不仅仅是孤立的几句话,围绕这几句话名堂可是不少,谣言四起,烈山耿子敬一伙人出了问题,就好像洪洞县里无好人了!洪洞县里无好人,还有什么成就好谈?!昨夜高长河在电话里还说呢,烈山如今出现的一切问题,包括大明公司工人苯中毒事件,都是因为我们上届班子任用了那个耿子敬造成的。当然,我当时就和高长河声明了:我对此负责,请高长河和他们的新班子把我的问题研究上报,我静候省委的处理意见!”

刘华波责备道："看看，老伙计，又顶上了吧？谁说过要追究你的责任？咱们还是宜粗不宜细，不要纠缠一两句气话了，好不好？要我说，你们没什么原则分歧，还只是些工作方法上的不同意见嘛，还是要大事讲原则，小事讲风格嘛！"

姜超林气了："华波书记，你是真不知道，还是装不知道？你知道人家是怎么搞烈山腐败案的？满城风雨全冲着我来了，点名道姓问耿子敬给我送过钱没有！这叫不叫诱供？谁唆使他们诱供的？这么搞是什么意思？想搞死我是不是？今天在你这个老班长面前，我说两句话：第一，我姜超林是过得硬的，省委可以对我立案审查，查出我有任何经济问题，判我的刑，杀我的头！第二，老树就是死了也是站着的，谁想砍倒我这棵老树还没那么容易！"

这两句话说得刘华波心里一惊。

看来，平阳的问题不是一般的麻烦，也许是十分麻烦。也不知高长河是怎么把握的，搞烈山腐败案，竟搞到了姜超林头上，这背后究竟是谁在支持？想干什么？刘华波当即想到了省委副书记马万里……

姜超林紧盯着刘华波，又说："华波书记，我不相信这是你和省委的意思，所以，今天我到省委来了，向你和省委要个明确态度。"

刘华波沉默片刻，平静地道："姜超林同志，那么，我就代表省委给你个明确的态度：也讲两句话：一、不论是我这个省委书记，还是省委，都没有指示任何一级下属组织和个人调查过你的经济问题，——这不是不能调查你，而是因为省委从没怀疑过你，包括马万里同志。二、省委对平阳的工作和对你个人的评价一点都没有改变，就在昨天的办公会上我还在说：姜超林同志是我们党的英雄，民族英雄！没有这个姜超林，没有姜超林领导的强有力的班子率领平阳人民拼搏奋斗，就没有今天这个现代化的新平阳！"

姜超林眼睛里的泪水一下子下来了，哽咽着喊了一声："老班长……"

刘华波也动了感情:“超林同志,你反映的这个情况,我一定责成高长河同志认真查清楚!你说得好,老树到死都是站着的,你就这么站着吧,你是有根基的,平阳这座城就是你的根基!”

姜超林噙着泪点点头:“华波,还有一点,你千万别误会:我向你和省委反映这些情况,绝不是为了自己,也不是想打谁的小报告,完全是为了工作。和长河同志的一些矛盾,如果属于工作思路和工作方法方面的问题,我也会尽量去适应,可有些原则问题,必须引起省委和长河同志的注意。”

刘华波这才缓缓说道:“超林,你有这个态度就好。这二十年来,我们确实创造了中国一百年来从没有过的经济建设的伟大奇迹,同时也在改革实践中历史性的创造了我们自己。我们有我们的一套干法,干得还算不错吧,干出了今天这个大好局面。年轻的同志接了班,自然也有年轻同志的一套干法,比如高长河。高长河这帮年轻人能不能干得比我们好?我看还是先不要下结论,看看再说。说心里话,有时对一些年轻同志的做法我也看不惯,可一般情况下我都不去说。不是不能说,更不是怕得罪人不敢说,而是怕挫伤年轻同志的锐气。超林,你想呀,当年人家对你我的议论少了?不也老说我们走过头了吗?所以,每当看不惯年轻同志的时候,我在心里总是先悄悄问自己:伙计,你是不是老了?”

姜超林动容地道:“可不是老了么?!华波,你最好的年华丢在了平阳,我最好的年华也丢在了平阳,有时想想真觉得像做梦:怎么一下子就老了?就六十了?就从一线退下了呢?”

刘华波趁机说:“超林,你能不能认真考虑一下我的建议:到省城来,做人大副主任,和我这老伙计做做伴?”

姜超林一下子怔住了:“华波,我……我说了半天,等于……等于白说了?”

刘华波道:“怎么是白说呢?我要代表省委严肃认真地和长河同志谈一次!”

姜超林失望极了："你还是那老一套，抽象的肯定，具体的否定！"

刘华波不置可否，叹息似的说："我明年也到站了，不会再当省委书记了。"

姜超林茫然地看着刘华波："所以，你就把我当李逵了，想请我喝毒酒？"

刘华波火了："超林同志，你想到哪里去了！"

姜超林根本不怕，直愣愣地看着刘华波，目光中既有愤怒又有痛苦："那么，大首长，请你把话说清楚：这究竟是你个人的意思，还是省委的意思？"

刘华波目光坚定："这既是我个人的意思，也是省委的意思，否则，我不会再三征求你的意见，超林同志，我可以明确告诉你：省委曾经严肃讨论过这件事。"

姜超林哼了一声："明白了，我是党员，只两个字：服从！"

刘华波艰难地笑了，像哭："这就好嘛，我和机关事务管理局打招呼，让他们在上海路领事馆区给你安排一座独院的小洋楼，离我家近，我们做做伴……"

姜超林淡然道："谢谢了，大首长，就是工作调动了，我也不想搬家！平阳市的公仆楼挺好的，我住习惯了！"说罢，冷冷看了刘华波一眼，"告辞！"

刘华波窘住了。

1998 年 7 月 2 日 10 时　平阳市烈山县委

因为胡早秋反复提起过临湖镇小纸厂向镜湖排污的问题，所以，田立业在听取临湖镇党委书记秦玉军汇报时，本能地保持着警惕。当秦玉军汇报到昨夜和镜湖市发生冲突时，田立业警惕性更高了，几次打断秦玉军的话头，了解具体情况。

“老秦,你们没打伤镜湖的人吧?”

“没有,绝对没有!田书记,发现镜湖那帮地痞流氓哄抢我们红光造纸厂机器设备时,厂里的群众有些激动,我亲自赶到现场,制止了他们,联防队也去了人。”

“半夜三更,镜湖的地痞流氓怎么会跑去哄抢设备?老秦,你说实话。”

“嘿,田书记,这里面可能有些误会!小纸厂停了,那些设备总还能卖些钱吧?就卖了,人家来拉,镜湖就以为我们又开工了,就闹上了嘛!”

“你们开工了没有?市里可是早就下了文的,小纸厂全要关掉!”

“早就关了,文市长去年还亲自带人来检查过两次呢!镜湖那帮地痞确实是哄抢设备!田书记,你是不知道,这些年来镜湖方面一直欺负我们!耿子敬当书记时,只管自己搞腐败捞钱,根本不管我们的死活,尽签卖国条约!北半湖怎么能说是镜湖的呢?他们的市长胡早秋就是霸道,硬不承认我们临湖镇的权益,年年暗中怂恿他们的人和我们干仗。前年争芦苇,打了一架,镜湖方面扣了我们一台拖拉机,还扣了我们一位副镇长做人质;去年争水面,又打了一架,扣了我们两条水泥船,外带咱县计划生育委员会的一个女主任!田书记呀,这些事都不能说了!你可是不知道,我们临湖镇干部群众一听说你到烈山当了书记,高兴得呀,像又粉碎了一次“四人帮”似的!都说,这下好了,耿子敬进去了,可来个能给咱撑腰的好书记了!”

“秦书记,你别尽给我说这些好听的!我可告诉你:我这县委代书记不是为你临湖镇当的!你们不要把矛盾再进一步扩大,更不能再向镜湖排污。胡早秋说你们镇党委这个班子是污染根源,建议我把你们都换掉,这是干涉内政,我没睬他。但是,秦书记,我也和你说清楚,你们要是真敢再向镜湖排污,让胡早秋抓住,我可真对你们不客气！到时候你别怪我没和你打招呼！”

“田书记，这你放心，只管放心！治理镜湖污染，姜书记、文市长去年就下过死命令的，谁敢顶风上？而且，我们镇党委借着镜湖治污的东风，还搞起了小环境治理的规划哩！我们今年的奋斗目标是，讲文明，树新风，坚决克服随地大小便的陋习。我们的口号是：小便入池，大便入厕，现在已建标准化厕所十六个……”

“好了，好了，小环境治理和标准化厕所的事咱先不谈，还是说昨夜的事，我再说一遍，你要讲实话，昨夜的冲突确实不是你们小纸厂偷偷开工造成的吧？”

“肯定不是，我用人格担保！田书记，你不想想，我们临湖镇经济情况也不错了，我们还搞那种小纸厂干什么？关于我们镇的工业情况，我顺便汇报一下。党的十五大以后，我们根据中央的精神，抓大放小。这个大就是镇上的碾米厂，职工二十一人，固定资产十五万。这一个大，我们决心花大力气抓好，抓出规模效益。理发店、合作社、三家饭馆等等，要放开搞活……”

“停，停，哎，我说秦书记，抓大放小这话也是你说的？那是中央说的！中央说的大，是指关系国民经济命脉的大型国有企业，不是指你们镇上的碾米厂！真是的，我和你说这个干什么？跑题了。咱们回到昨夜去，照你的说法，昨夜既没伤人，也没造成什么严重后果，是不是？”

“没有，只是扣了镜湖方面两辆车和一台摄像机。”

“没扣他们的人吧？”

“没有，群众很激动，想扣他们政府办公室的女主任，我坚决阻止了！”

“那好，那好。这我心里就有数了……”

临湖镇的秦书记啰嗦了好半天，终于走了，田立业松了口气，正想着要到政府那边参加处理H国大明公司事件的联署办公会，市长文春明的电话偏来了。

文春明在电话里一点好声气没有，开口就问："田大书记，我丢了个代市长，你知道不知道呀？"

田立业莫名其妙："文市长，你说啥呀？你丢了什么代市长？"

文春明很恼火："镜湖市代市长胡早秋失踪了！昨夜在你们烈山失踪的！"

田立业一口否定："不可能，文市长！昨晚胡早秋和我一起吃完忆苦饭后，就和新华社李记者一起回平阳了！"说罢，还开了个玩笑，"文市长，你那位代市长别是和李记者私奔北京了吧？"

文春明根本没心思开玩笑："田立业，我正告你，你不要给我甩！你现在身份不一样了，要负责任了！听着：马上给我把胡早秋找到，亲自送到平阳来！我下午要和胡早秋谈镜湖的一个大项目，德国外商已经在国际酒店等着了！"

田立业也不敢开玩笑了："文市长，我……我真不知道胡早秋在哪里呀！"

文春明说："我知道！就在你们临湖镇！镜湖办公室主任高如歌和胡早秋的老婆都说了，胡早秋昨夜两点去了临湖镇抓你们小纸厂的赃，自己开车去的，去了就再没回来。另外，临湖镇的情况我也要和你说一下：那里的两家小纸厂确实存在私自开工的问题！你到北半湖边看看就知道了！治理了快一年了，湖水还是那么黑，不是排污是什么？还敢打人扣车，当真没有王法了？！"

田立业这才慌了："好，好，文市长，我……我现在就到临湖镇去！"

放下电话，田立业黑着脸冲出门，叫上司机去追临湖镇的秦玉军书记。

在距临湖镇不到三公里处，田立业的桑塔纳追上了秦玉军的丰田。

秦玉军从丰田车里钻出来，显得比田立业还无辜："怎么了，田书记？"

田立业火透了,恨不能扇秦玉军一个大耳光:“镜湖的胡早秋市长呢?”

秦玉军近乎天真烂漫地说:“肯定在镜湖嘛,田书记,你问我干啥?”

田立业手指戳到了秦玉军的鼻子上,凶恶地道:“秦玉军,你少给我演戏,胡早秋现在就在你们临湖镇!你他妈的胆子不小,敢扣人家的市长!”

秦玉军怕了,益发不认账:“田书记,你……你听谁胡说八道了?我……我敢扣人家镜湖的市长么?你借我个胆,我……我也不敢呀?!田书记,你……你可别吓唬我,我这个人生就胆小……”

田立业不愿和秦玉军多啰嗦了,一把把秦玉军拖到自己的车里:“走,你他妈给我走,去临湖镇,我亲自找,今天我只要在你们镇上找到胡早秋,你这个镇党委书记就别给我干了!”

秦玉军的脸一下子灰了。

1998 年 7 月 2 日 10 时 20 分　临湖镇联防队

胡早秋毕竟是个聪明人,睡醒一觉后,头脑清醒多了,再不吵闹骂娘,对黑脸胖子们开始了政策攻心,大肆套近乎,先谈自己和田立业的同学之情,后说是要给哥儿们解决点实际困难,道是当“合同警察”也不容易,对维护地方治安起了很大的作用,有时还不被社会理解。

黑脸胖子说:“你老哥就不理解嘛,一口一个二狗子的骂。”

胡早秋说:“骂归骂,其实,我在镜湖对合同警察一直是很重视的。”

黑脸胖子说:“我们都知道,你们镜湖合同警察待遇比我们烈山高。”

胡早秋说:“田立业当了你们的书记,你们提高待遇就有希望了,我见了你们田书记一定要做工作,让他提高对合同警察的认识,比如说,对优秀的合同警察也可以考虑农转非嘛!"

黑脸胖子很有兴趣地问:"你们镜湖有这个政策么?"

胡早秋煞有介事地说:"正在研究制定,今年准备解决一批。"

黑脸胖子羡慕极了:"我们要在镜湖就好了。"

胡早秋益发大包大揽:"可以到我们镜湖应聘嘛,对你们这种懂得文明执法的好同志,优秀的同志,我和镜湖人民都是非常欢迎的!来,来,你们都把姓名给我留下来,脱产学习结束后,我就让我们公安局的同志来聘请你们。"

黑脸胖子和他的同事们先还高兴,真找了纸笔写了自己的名字,后来一想,又怕了:"胡市长,你不会害我们吧?"

胡早秋也笑了:"你们承认我是镜湖市长了?"

黑脸胖子这才说:"胡市长,您可千万别怪我们,我们也是磨道上的驴听喝!从昨夜到今天,我们可真没敢对您咋样,整个像供个爹似的供着您是不是?您咋骂我们,我们都没还口吧?我们真要把您当坏人,早用电棍捅您,给您上规矩了。"

胡早秋说:"我知道,我知道,这不怪你们,你们这也是忠于职守嘛,是负责任的表现,我还就喜欢你们这样的同志,我们这叫不打不相识!现在,咱们商量一下好不好?让我打个电话给你们田书记?"

黑脸胖子很为难,说:"胡市长,您和我们田书记到底怎么样,是真好还是假好,我们不知道。实话和您说,您被我们俘虏后,我们是汇报过的,我们镇党委的秦书记说了,他就假装不知道,田书记是不是也假装不知道呢?我可真不敢说。胡市长,您清楚,你们镜湖方面也扣过我们的人,还不是一次。我们这次俘虏了您,秦书记就表扬我们了,说是'大快人心事,俘虏胡市长,一扫历史的耻辱'。可能这也正对我们田书记的胃口呢。"

胡早秋心里想:这当然对田立业的胃口啊!这甩子一上任先

给他来个下马威,以随地大小便为借口,让下面的人办他,搞得他哭不得,笑不得,让他以后再不敢乍翅!

然而,胡早秋嘴上却说:“绝不可能!田书记只要知道我在你们这儿,马上就会过来!接通了电话,我让田书记亲自和你们说说我们的传统友谊好不好?”

黑脸胖子摇摇头说:“胡市长,你也是当官的,你不想想,田书记装不知道,你非让他知道,事后他能饶了我们秦书记?好,他不饶秦书记,秦书记就不饶我们,一句话就能打发我们滚蛋。”

胡早秋说:“他们赶你们,你们就到我们镜湖来嘛,我热烈欢迎你们。”

黑脸胖子见胡早秋这么说,迟疑了好半天,说:“这样吧,我来打电话,向田书记汇报,看看他的态度。他要是真不知道,你就去接电话。他要是装不知道,那我就没办法了。”

胡早秋同意了:“也好,也好。”

电话打通了,办公室齐主任说田立业不在。

黑脸胖子放下电话思索着:“田书记该不是故意躲了吧?”

胡早秋认定田立业是躲了,这甩子,历史上就狡猾,搞啥阴谋都有不在作案现场的证据!可这次田甩子也太过分了,他手头事太多,再也不能和田甩子这么捉迷藏了,于是便说:“同志们,同志们,我不和你们说一句假话,我可真有很多急事呀!上午的市委常委会已经被你们耽误了,下午和文市长一起接待外宾,晚上还要到围堰乡检查防汛,实在是误不起了呀!你们就放了我吧,算我求你们了,好不好?”

黑脸胖子们你看看我,我看看你,都不敢说话。

胡早秋更急:“你们知道不知道?我下午要和外商谈的项目,涉及三千万外资的引进呢,现在抗洪形势也那么紧急,围堰乡又是我们镜湖防汛重点,真误了事,麻烦可就大了!”

黑脸胖子灵机一动说:“胡市长,放你我们不敢,干脆,你自己逃跑吧！你不是会开车么？我们联防队有辆破吉普，你开跑算了！到了镜湖，让你的司机赶快把车给我们送回来，好不好？”

胡早秋乐了：“好，好，就这么办，就这么办！”

临上车了，黑脸胖子和他的同事们还是鼓着勇气把他们的名单递给了胡早秋。

胡早秋把名单往口袋里匆匆一塞，说：“同志们，你们等着吧，我会派人来请你们的！”这么说时，心里却想，有了你们的名单就冤有头，债有主了！

就这样，镜湖市长胡早秋同志在被俘七小时后，终于凭着自己的狡黠，攻破了历史宿敌的内部堡垒，驾驶着挂有烈山牌照的破吉普车逃离了临湖镇，创造了镜湖市主要领导同志虎口脱险的惊人奇迹。

这一惊人奇迹的发生田立业并不知道，十二时整，当田立业经反复搜索，确认胡早秋不在临湖镇，已对临湖镇委书记秦玉军有了好脸色，且在秦玉军的陪同下共进午餐时，胡早秋的电话打来了，是从平阳市政府市长办公室打来的。

胡早秋开口就骂：“田甩子，你狗东西听着：你们烈山今天扣了我七小时，我和你们没完！我严肃地警告你：你这玩笑开大了，已经激起了我市四套班子全体领导成员和一百三十万镜湖人民的共同愤怒！你田甩子小心了就是，别犯到我们手上，犯到我们手上，我叫你狗东西哭爹喊妈都来不及！”

田立业被骂蒙了：“胡司令，你怎么像疯狗？张口就咬人？！我两小时前听说你失踪，忙就赶到临湖镇来了，四处找你，就差挖地三尺了！你却一点不领情，张口就骂我，还够朋友吗？”

胡早秋决绝地道：“从今开始，我没你这个朋友了！”

田立业却想拢住这个朋友：“胡司令，为这点工作上的小事，犯得上吗？”

胡早秋火气很大：“工作上的小事？我被你们临湖镇联防队的

二狗子们非法拘禁了七小时，我的工作受到了严重影响，我的人格受到了极大的污辱！你们欲加之罪何患无词！你们以随地大小便的借口让我脱产学习十天！我……我……哼”胡早秋激动得说不下去了。

田立业这才发现问题的严重性了，忙说：“早秋，你先别气，我马上了解一下情况，真像你说的这样，我和烈山县委一定严肃处理！”

胡早秋怒道：“算了吧，田甩子！你少给我来这一套！你们自己的联防队员都说了，你们故意一级级装糊涂，把我当傻子玩！我傻，我玩不过你，从上大学到今天从来没玩过你！不过，还有人能玩过你，你听着，文市长要和你说话！”

电话里马上响起了文春明严厉的声音：“田立业，我看你这次是闹过分了！耿子敬主持工作也没像你这么闹过，也没有你这么严重的地方保护主义情绪！你到底想干什么？啊？你还有没有一点责任心？你田立业究竟是一个县委书记，还是占山为王的山大王？你们临湖镇还想把污水排到什么时候？我问你！”

田立业真是一肚子冤屈：“文市长，这些情况我是真不知道……”

文春明根本不听：“田立业，你要清楚这件事的后果和严重性！以后镜湖和烈山再发生任何冲突和械斗，我都拿你是问！”

田立业实在忍不住了：“文市长，你也别光听胡早秋的一面之词，他并不了解情况，你……你也听听我的解释嘛……”

文春明断然回绝道：“田甩子，你别解释，我不听！别人也许对你不了解，我了解！”说罢，气呼呼地放下了电话。

田立业这边也放下了电话，放下电话后，狼一样盯上了秦玉军。

秦玉军见祸闯大了，再不敢隐瞒真相，忙说：“田书记，怪我，都怪我！”

田立业一下子失了态，恶狠狠地逼视着秦玉军破口大骂："你……你混蛋！"

1998年7月2日15时　刘华波办公室

听完高长河的汇报和要求，刘华波面色严峻地开了口："长河同志，把姜超林同志调离平阳，省委可以考虑。但是，你也要清楚，省委同意这样做，并不意味着在你和姜超林的矛盾冲突中支持了你，更不意味着就同意了你对姜超林同志的一些偏颇看法。省委采取这种组织措施的出发点，归根结底还是为了平阳以后的工作，为了平阳更好地跨世纪，上台阶。对此，你一定要有清醒的认识。"

高长河没想到刘华波会这么开门见山地表明态度，把他最大的一块心病去除了，于是便说："是的，是的，华波书记，我知道，这一来又给您和省委添乱了。"

刘华波也不客气："你当然添乱了！你这个同志说话太随便，太不注意影响，连什么'霓虹灯下有血泪'都说出来了！姜超林同志能不产生误解吗？你不是不知道嘛，平阳就是姜超林的命，你这么说，就是挖姜超林同志的命根子嘛，他怎么能不发牢骚?!"

高长河承认说："这话是说过分了，华波书记，我一定向姜超林同志道歉。"

刘华波说："不仅仅是在这件事上要道歉，还有一些问题，我们今天也要明确一下：三陪收税，我个人的意见是现在最好不要搞，老同志根本接受不了的东西，你硬搞必然要有阻力，要有麻烦，不如暂时回避一下。"

高长河点点头："这事本来也没定，只是务虚。"

刘华波接着说："烈山腐败案就是烈山腐败案，怎么也搞到姜超林同志头上去了？长河，你这个市委书记怎么掌握的？我一再提醒你，你当回事没有？啊？你知道不知道，有人搞诱供？四处造超林同志的谣言？这件事一定要查清楚，要给超林同志一个明确的交代，不能这么伤害老同志！”

高长河苦着脸道：“华波书记，这事我找孙亚东了解过，孙亚东说他不知道，可是确实有人大造姜超林同志的谣言。至于诱供，可能是最近发生的，我还要去找孙亚东！这个孙亚东也实在够呛，时不时地总要给你添点乱，动不动就找马万里，搞得我们经常很被动。”

刘华波“哦”了一声，含意不明地说：“对孙亚东还是要看主流，看大节。”

高长河试探着问：“华波书记，您看这位同志是不是也能调离平阳呢？”

刘华波这才明确说：“现在不能考虑，我看孙亚东同志还是很称职的嘛！”

高长河有些失望，带着明显的哀怨道：“我知道，人家背后有马万里！”

刘华波不承认：“这和马万里同志毫无关系，是我很欣赏孙亚东！长河，你这个同志不要得意忘形，平阳没有这个孙亚东，我看还真不行！马万里说得不错，如果孙亚东早一点调到平阳，也许烈山党政两套班子不会烂，起码不会烂得这么彻底！这个教训必须汲取，权力再也不能失去监督！”停了一下，又说，“哦，对了，说到烈山，我想起来了：烈山的新班子我的意见也要尽快调整一下：那个县委代书记田立业要拿下来！坚决拿。姜超林同志对这项任命意见很大，情绪很大，我听了他的汇报后也觉得不是没道理。”

高长河急了：“华波书记，您可别光想着搞平衡，照顾姜超林同志的情绪，也得对我们下面的干部负责嘛！下面的干部不容易呀！”

刘华波明显不高兴了：“小高，你这叫什么话？啊？我对你们下面的干部不负责任？你们任用田立业是负责任的表现吗？尊重没尊重姜超林这些老同志的意见呀？对平阳的干部，你小高敢说比姜超林还了解？你说破了天我也是一个不相信！超林同志说了，这位田立业是个好同志，可是，并不适于做地方首长！"

高长河争辩说："可事实证明，田立业到任后工作得不错，在处理H国大明公司突发性事件时，很有政策水平。华波书记，我觉得在这个问题上，我和超林同志的根本分歧在于：究竟用什么眼光看人……"

刘华波挥挥手："好了，好了，你不要吵了，这个事就这样定了！田立业的工作重新安排，反正是代书记嘛，代几天都是代，并不影响你们市委的面子。这个同志还是调回市委做副秘书长，你这么欣赏他，三五年以后也可以考虑提市委秘书长嘛，就是不要摆在烈山。你们平阳能干的同志不少嘛，就找不出一个县委书记了？就非要用这个田立业不可？非要在这件事上和姜超林顶牛？没道理嘛！"

高长河听得出来，刘华波是在搞平衡。

然而，刘华波却不承认是搞平衡："长河，你不要以为我是搞平衡，平衡我也搞，可这次不是，我这个建议是知人善任！据说田立业本来就是秀才嘛，又喜欢写写画画，是个做秘书长的料嘛，你就要发挥他的特长嘛！就像马万里，特长不在主持地方工作，当年在昌江市没搞好，昌江市委换届选举时差点落选，可老省委知人善任，调马万里同志到省委组织部工作，马万里就干得很好，中组部年年表扬！"

高长河心里难过极了，他真不敢想象，在田立业热血刚刚沸腾时把田立业调回机关坐冷板凳，对田立业这个一心要干事的干部会发生什么影响？一时间真想哭："华波书记，这……这对田立业公……公道么？"

刘华波不悦地看了高长河一眼，深深叹了口气："小高，你怎么也问起这个话了？你做过省委秘书长嘛，许多事情都参加协调过嘛，你给我说说看，人人事事都要公道，这公道从哪里来呀？大局还要不要呀？今天平阳的大局是什么？是要在下个世纪再上一个新台阶，老是这么吵架怎么行？我不着急吗？省委不担心吗？我让超林同志离开平阳，超林同志不高兴，和我闹情绪，多少年交情都不讲了！现在我建议你调整个别干部你又不高兴！小高，你以为我这个省委书记好当呀？你们就不能多多少少也给我一点理解吗？好了，就说这么多，这事不谈了！”

说到这里，刘华波的口气已经很严厉了，高长河也真的不敢再谈了。

刘华波按照自己的思路，说起了下一个话题：“最后一个问题，关于平轧厂和新华社的文章。接受东方钢铁集团的兼并的决定很好，要尽快落到实处，不管谁有什么看法，都不要理它！而新华社那个记者的大文章，我仍然不主张发。是的，平轧厂投资失败的教训十分深刻，是个典型。可新华社记者自己也说了嘛，这种事并不是平阳一家有，为什么非拿我们做这个典型不可？好事不出名，坏事传千里！”

高长河解释说：“华波书记，我知道这事很敏感，已经和记者说过了，要她修改，记者也同意把涉及陈红河省长和北京有关单位的东西都删掉……”

刘华波说：“总还是不好嘛！不论怎么删，平轧厂的事还是摆在那里，你说红河同志看了这篇文章会怎么想？我又怎么去向红河同志解释？长河呀，我可告诉你，我明年也要下来了，十有八九陈红河同志要接我的省委书记！”

高长河沉默了好半天，突然问：“华波书记，您和我说句心里话：如果没有平轧厂拖累着，文春明是不是已经接了平阳市委书记？后来我去平阳做市委书记，是不是一种平衡的结果？”

刘华波想了想，承认说：“应该说平轧厂对文春明同志是有一些消极影响，但是，如果说完全是因为平轧厂影响了对文春明的任用也不客观。这话我向超林同志说过，主要是考虑到跨世纪接班的因素。哦，春明同志这阵子怎么样呀，没闹什么情绪吧？”

高长河感慨地说：“春明一直没闹什么情绪，和我合作得很好，过去怎么干，现在还是怎么干，顾全大局，任劳任怨，说实在话，让我感动。尤其是在我和姜超林同志发生了一些矛盾冲突的情况下，他仍坚持原则，支持配合我的工作。”

刘华波也感慨起来：“春明是个好同志呀，平阳这些年成就很大，超林同志功不可没，春明同志也功不可没呀！春明同志最大的长处就是能摆正自己的位置，做着市长，却从没忘记自己是平阳市委副书记。”

高长河禁不住问：“可您这个省委书记对人家春明同志公道么？”

刘华波白了高长河一眼：“怎么又来了？在你小高看来，我对谁都不公道，是不是？同志，我告诉你，你要记住：公道在任何时候都是相对的，没有绝对公道，公道也决不意味着职位的提升！小高，你去问问梁老，当年烈山狙击战的两个一等功臣后来官居几品？你这个思想很成问题！我们现在搞社会主义市场经济，并不是说什么都要按市场经济的方法办，做多少贡献，就得给多大的乌纱，没这么绝对！你是党员干部，就要有党性，有理想，有奉献精神，该你背炸药包，你就得背！”

高长河心头为之一震，一下子呆住了。

1998年7月2日17时　省人民医院

梁清平默默看了高长河好半天，才缓缓地开了口：“长河，华波说得不错，该谁背炸药包，谁就得背，当年我们的革命不是做买卖，现在的改革也不是做买卖。所以呀，对这个公平呀，你也要辩证地看呀。所以呀，这种绝对的公平就不存在。你真要求绝对的公平，那我问你:把姜超林调离平阳公平吗?我看就不公平嘛。要我看,姜超林可以安排省人大副主任兼平阳市人大主任嘛。”

高长河叹了口气:“这不是一回事,姜超林调动是因为工作,而文春明明显是吃了平轧厂的冤枉累,大家心里都有数。刘华波和省委这样对待文春明,我就是想不通,说严重一点,就是官场无正义!”

这话一落音,梁清平马上挂下了脸,责备道:“长河,你怎么能这么说呢?啊!官场要真是没有正义的话,你高长河上得来吗?啊?你现在上来了,又提出了文春明的问题,什么意思呀?是为了从感情上笼络文春明,便于今后的合作;还是为了要挟华波,达到其它什么目的?我真不知道你们这些年轻干部是怎么想问题的!从组织原则说,你要和省委保持一致,帮助华波和省委消除文春明的个人情绪;从个人感情上说,你也得对华波和省委有份感激之情嘛,怎么反过来去将华波的军呢?还什么‘官场无正义’!我看是你昏了头!”

高长河不服气:“刘华波和省委今天能这样对待文春明,明天就可能这样对待我和其他同志!”

梁清平说:“每一段历史都得有人为它负责,文春明摊上了那段历史呀,有什么办法呢?而你,当然要对平阳今后的历史负责,平阳搞不好,再出个平轧厂就是你的责任嘛,这有什么可说的?啊?”

高长河仍想不通:“可我怎么干?姜超林虽然要调走了,孙亚东还是留在了平阳,孙亚东后面又有马万里!我想用个叫田立业的干部,都派去上任了,刘华波为了搞平衡,照顾姜超林的情绪,却坚决要拿下来!爸,你说说看,我难不难?!”

梁清平说:“你难,省委就不难呀?啊?华波就不难呀?啊?你说华波在搞平衡,我看华波也是在搞平衡,可是,长河呀,华波不搞平衡又怎么办呢?你总觉得自己受牵制,就不想想:华波也受牵制嘛！马万里副书记、陈红河省长，还有姜超林和你、我，谁不牵制他？而反过来说，马万里、陈红河、姜超林，谁又不受到别人的牵制？说到底，我们人人都在牵制别人，同时又受到别人的牵制嘛。"

高长河没好气地哼了一声："对，就像一堆螃蟹，你夹着我，我勾着你！"

梁清平摇摇头："长河，不要这么说嘛！要积极推动我们各项事业健康稳步地向前发展，就免不了要平衡，要妥协，要讲策略，讲领导艺术，不能由着哪一个人的个人意志硬来嘛！推动历史前进的动力从来都是合力嘛！古今中外，概莫能外嘛！你不承认这个合力？你硬来？那你试试看，我包你三天就干不下去了！所以，长河呀，你不要有情绪，一定要理解华波。华波下决心调离姜超林不容易呀，是对你的很大妥协和支持嘛，说真的，连我都同情姜超林！"停了一下，又说，"长河，我实话告诉你：姜超林现在还和刘华波顶着牛呢，就在你来这里前几分钟，华波还给我打了电话，要我和他一起再做做姜超林的工作！"

高长河这才说："爸，和姜超林闹到这一步，真不是我的本意！"

梁清平点点头："是呀，有些事情是不以人的意志为转移的。长河，我看呀，你就不要在省城多呆了，省城是非较多，平阳又离不开人，你还是早点回去吧！"

高长河知道老岳父是为他好，当即打消了在省城过夜的念头，决定从医院直接赶回平阳。

告别老岳父，下楼经过烈山原县长赵成全病房时，高长河脚步停了一下，本想进去看看赵成全，可迟疑了片刻，终于没敢，怕一脚踏进去，又陷入一个是非的旋涡……

1998 年 7 月 2 日 18 时　省人民医院

姜超林也知道赵成全在孙亚东和有关部门的监控之下，自己只要踏进赵成全病房的门,省城和平阳城里又要谣言四起了,然而,姜超林还是按原定计划去看望了赵成全,一点也没犹豫。

姜超林是带着极为失落的情绪去看望这位失足的烈山县前任县长的,在整个看望过程中,检察院反贪局的钟处长一直陪同在一旁,姜超林只装看不见,一开始,几乎没和钟处长说几句话,也没掩饰自己对赵成全的痛惜之情。

在病魔和案子的双重打击下,赵成全人已瘦得脱了形,坐都坐不起来了。见到姜超林,满眼的泪水就无声地涌了出来,顺着耳根往洁白的枕头上缓缓流。一时间,赵成全的脸孔也扭曲了,也不知是病痛折磨的,还是因为内疚造成的。

姜超林本来还想骂赵成全几句,一见这情形,心软了,一下子忘记了赵成全的问题,记起的全是自己的过失:是他把赵成全从旧年县长的位置上调到烈山去的,是他要赵成全服从耿子敬的。他再也忘不了三年前自己代表市委和赵成全谈话时的情景:赵成全在旧年县干得很不错,正在搞老城改造,知道耿子敬霸道,根本不想到烈山去,几乎是含着泪要求留在旧年县。当时的旧年县委书记白艾尼也坚决要留赵成全,可他不同意,要赵成全服从组织决定。这一来,客观上把赵成全葬送了。

赵成全嘴唇抖动了好半天,终于努力说出了一句完整的话,声音十分微弱,像蚊子哼:“老……老书记,我……我对……对不起您!”

姜超林坐到赵成全身边,强做笑脸道:“别说了,成全,啥都别说了,现在说啥都晚了!”连连叹着气,又说,“成全呀,从个人角度看,倒是我对不起你,三年前根本不该向市委建议把你派到烈山去呀。”

赵成全想说什么,却说不出,一只枯瘦的手颤抖着,伸得老远,急着要摸什么。

钟处长知道赵成全的意思,把一支笔和一个夹着白纸的夹板拿到了赵成全面前。

赵成全在钟处长的帮助下，在纸上歪歪扭扭写了四个字："是我不好"。

姜超林痛心地道："是呀，你被耿子敬害了，我老头子也被耿子敬害了！"

赵成全又挣扎着写道："耿子敬能干，有开拓精神，还是有功劳的。"

姜超林看罢气道："成全呀，你看你，糊涂不糊涂？到这一步了，还这么说！"

钟处长忙在一旁替赵成全解释说："姜书记，前几天赵县长情况好一些的时候和我说过这话的，说是就算明天判耿子敬死刑，他也得这样说！我劝过他，他也不听。他和我说，他也不是傻瓜，如果耿子敬一点本事，一点贡献都没有，他就不会服耿子敬，也就不会跟耿子敬陷进去！"

姜超林默然了：这就是问题的实质，权力在能力和成就的炫目光芒之下失去了有效的监督，烈山县委、县政府两套班子，十几个干部就这么毁了！

钟处长又说："姜书记，赵县长也说了，一开始，他是埋怨过您，埋怨过耿子敬，后来想开了：您和耿子敬都不能怪，怪只怪他自己。苍蝇不叮无缝的蛋，他这只蛋有缝，人家一叮叮个准，就稀里糊涂跟着人家犯了法。说是自己没几天活头了，请组织上一定要把他的沉痛教训和大家说一说，要同志们廉洁自重，就是为了自己一家的幸福，也不能这么干了！"说罢，又问赵成全，"是这意思吧？"

赵成全眼中的泪流得更急，哽咽着从嘴里吐出一个字："是。"

姜超林问："成全，家里还有什么事放心不下的么？"

赵成全想说什么，却说不出，手又伸向空中，要抓笔。

姜超林实在不忍看下去了，按下赵成全的手："你别急，如果钟处长知道，你就让钟处长说，你只说'是'，还是'不是'就行！"

钟处长说:“姜书记,据我所知,赵县长最放心不下他儿子。他儿子大明明年要上高中了,希望上个好学校。赵县长说,他从旧年县,到烈山县,这十几年一直在下面工作,和儿子接触很少,几乎没关心过儿子的成长,想想也挺惭愧的。”

钟处长话刚落音,赵成全就艰难地开口说:“请帮……帮这个忙。”

姜超林心里真难过,红着眼圈说:“成全,你放心,只管放心!这个忙我一定帮,平阳不行,我就把你家大明送到省城的重点中学来读高中!顺便说一下,我可能也要离开平阳,到省城工作了。”

赵成全的神色中现出吃惊来,大睁着泪眼,呆呆地看着姜超林。

姜超林能猜出赵成全的心思,淡然道:“你别多想,这是正常的组织调动。”

赵成全显然不相信这是正常的调动,他终于痛苦地哭出了声……

次日凌晨,前任烈山县县长赵成全因病医治无效在省人民医院去世。

1998 年 7 月 3 日 19 时　省人民医院

在刘华波的政治生涯中,有两个人是不能忘却的,一个是梁清平,一个是姜超林。梁清平是刘华波的老领导,曾用肩头扛起了刘华波的起点,给了刘华波平阳的政治舞台。而姜超林却是刘华波在平阳政治舞台上的最佳搭档,双方的配合总是那么默契,在风风雨雨中团结得像一个人,其战斗情谊至今还被传为佳话。平阳也正因为有了他们这三任市委书记的紧密团结和锐意进取,才有了这二十年的辉煌。

今天晚上,三个前任平阳市委书记又坐到一起了,然而,却相对无言。

梁清平一来受刘华波之托，要帮助省委做姜超林的工作，二来年龄最大，资格最老，只得先开了口："华波，超林，你们这是怎么了？啊？要给我开追悼会呀？默哀呀？啊？"

刘华波这才看了姜超林一眼，说："梁老，我等着超林骂娘呢！"

姜超林却不看刘华波，只看梁清平："我敢骂谁？等着聆听省委领导指示！"

梁清平指指茶几上的酒和花生米："这里没有领导，只有三个老朋友，来吧，来吧，要吃就吃，要喝就喝，有苦诉苦，有冤伸冤！"

刘华波呷了口酒，往嘴里扔了颗花生米："梁老，人家超林苦大仇深呀！"

梁清平说："超林，那就说说吧，老规矩，当面全开销，出门不认账。"

姜超林却摇摇头说："没什么好说的，人家华波书记是该出手时就出手，我呢，该滚蛋时就滚蛋，不过，我也和华波书记说了，家我是不搬的！"

刘华波笑了："梁老，你听，你听，人家就是不愿到省城来和您做伴！"

梁清平也笑了："怎么，超林，是嫌我老头子呢，还是怕我老头子拖累你呀？啊？还该滚蛋时就滚蛋？什么话嘛！不了解情况的同志还真以为省委欺负你了呢，明明是提拔嘛！你不是不知道，多少人做梦都想上这个副省级。"

姜超林说："我从没做过这种升官发财的梦！我做梦梦着的都是平阳！"

梁清平说："我做梦也梦着平阳，咱们三人谁能忘了平阳啊？可这并不等于说我们就得永远留在平阳，何处青山不埋人呀？啊？超林，你想想看，我当初要留在平阳，华波上得去吗？你上得去吗？你们上去后，不是干得比我还好吗？清朝有个诗人说得好嘛，'江山代有才人出，各领风骚数百年'，我们的事业也是代有才人出嘛，也各领风骚嘛，所以，不要总放心不下年轻同志，年轻同志有年轻同志的一套打法，'各村有各村的高招'嘛！声明一下，我说这话可不是护着长河啊，华波作证，当初征求我的意见时，我向省委推荐的平阳市委书记可是文春明哩。"

姜超林忙说："这我知道，梁老，您的人品，咱省里的同志谁不知道？我是气不过他刘华波！当初不讲公道，向马万里、陈红河让步，把文春明平衡掉了，现在又要把我赶出平阳。我奋斗了这么多年，怎么到老连块根据地都保不住了！"

梁清平看了姜超林一眼："超林呀，你这话说得可就不对了。平阳怎么就变成了你的根据地？我看，平阳还是我和华波的根据地哩！不要这么说嘛，我的同志！我们都是党的高级干部，都没有什么根据地，党把我们放在哪里，我们就得在哪里发挥作用嘛！"

没想到，刘华波倒替姜超林说起了好话："梁老，超林是对平阳有感情。"

姜超林接上来道："还有：我觉得在平阳更能发挥作用。"

刘华波笑道："发挥反作用吧？啊？别人不了解你，我还不了解你？别说高长河，就是文春明做市委书记只怕也得和你翻，也得和你吵嘛！所以呀，我让你到省里来既对工作有利，也对你有好处，起码不生闲气吧！"

姜超林白了刘华波一眼："照你这么说，还是照顾我了？"

刘华波恳切地说："超林，我还真是想照顾你，想看看你壮壮实实多活几年，好好享受一下改革开放的丰硕成果。我也和你说过，明年我也要下了，咱们也会有像梁老这一天，咱们谁都不能包打天下嘛，你这个姜超林怎么就是想不通？还想跨世纪呀？跨世纪是长河、春明他们的事了嘛！"

梁清平也说："超林，就到省城来吧，我们三个老同志做个伴。"

姜超林长长叹了口气："这就是说，我非离开平阳不可了？"

刘华波点点头:“超林,今天当着梁老的面,我也说几句心里话:我知道这些年春明受了不少委屈,你也受了不少委屈,可是,如果再做一次选择,我仍然要这么做。为什么?还是为了大局呀。来,来,超林,喝口酒,咱们就理解万岁吧!”

姜超林却摇了摇头:“老了,喝不动喽!”

刘华波不依:“这叫什么话?啊?超林,在梁老面前,你敢言老?”

姜超林这才端起杯,象征性地抿了一口酒。

这时,刘华波的秘书找上了门,说临时有事要汇报。

刘华波冲着秘书脸一沉:“有事明天再说!我不交代过吗?今晚我难得会会老领导、老朋友,就是天塌下来你们也别找我!”

秘书迟疑着退出了门,可走到门口,还是回转身大胆地汇报起来:“刘书记,真出了塌天大事!昌江上游地区突降大暴雨,此前四小时内降雨量已达三百毫米,昌江市出现了严重内涝,局部地区积水深达二米,城区供电已大部中断,第二次特大洪峰已经形成,昌江沿线二百四十公里江堤全线告急……”

刘华波很吃惊,这下子坐不住了,和梁清平、姜超林打了声招呼,起身要走。

姜超林上前把刘华波拦住了:“华波,你等等,我还有最后一个要求。”

刘华波苦笑起来:“还嫌我不够烦呀?好,好,说吧,说吧!”

姜超林一把拉住刘华波的手:“华波,你让我站好最后一班岗吧,等主汛期结束再让我到省里来好不好?这关键的时候平阳水利局长兼防汛总指挥倒下了,长河又不熟悉情况,搞不好平阳真会出事哩!”

刘华波没料到姜超林是主动请战,怔了一下,紧紧握着姜超林的手,连声说:“好,好,我答应你,答应你!超林,你这才像我的老伙计嘛!”说罢,急匆匆走了,走到门口,又回头说了句,“超林,老树到死都是站着的,这话我记着哩!”

姜超林说:“华波,还有一句话你也记住吧:只要我这棵老树没被洪峰冲走,我们平阳二十年改革开放的成果就绝不会泡到江水里去!”

当夜,省城和平阳普降大到暴雨,局部地区出现了大暴雨。

第十三章　男儿有泪不轻弹

1998年7月2日22时　小红楼

高长河车到平阳时，雨才渐渐大了起来，有一阵子简直像塌了天。其时，高长河并不知道昌江水系江湖并涨，已全线告急，满心想着的不是抗洪抢险，而是怎么落实刘华波的指示精神，越想越觉得田立业的事难办。田立业这代书记只代了几天，连屁股都没坐热，现在就要请他下，公平不公平先不谈，你怎么开这个口呀？！

也是巧，到市委招待所找食品填肚子时，见到了文春明。

文春明一听高长河提起田立业的事，马上说："……好，好，华波书记总算英明了一次，这个田立业真该撤！太甩，我看都甩到太平洋去了！"当下把临湖镇发生的人质事件和高长河说了一遍，"……长河，你说说看，这小子像个县委代书记的样子吗？做得多绝，多损呀，能想到以随地大小便为借口扣押胡早秋七个小时！"

高长河没太当回事："田立业和胡早秋是同学嘛，难免开点玩笑。"

文春明差点跳了起来："开点玩笑？我的高大书记，田立业险些误了我们的大事！德国人都在国际酒店等着了，我还满世界找胡早秋！"

高长河这才认真了，本想骂田立业几句，可鉴于大明公司的教训，便没敢把话说满，只道："春明，等我了解一下情况，再和他算账吧!”

文春明说:“长河,我可先把丑话说在前面,田立业一直是市委的副秘书长,回机关还得回市委机关,我们政府这边可没他的位子!”

高长河含糊其词地说:“再商量吧,这事还没定呢!”

文春明却说:“我看还是快点定下来好,华波书记有明确指示嘛!”

高长河叹了口气:“可我怎么和田立业说呀?”

文春明献计道:“嘿,这有啥难的?就抓住临湖镇的事来个严肃处理嘛!”

高长河想想,觉得也只能这样了。

吃过饭,回到小红楼,高长河就在小红楼下见到了田立业。

田立业神情沮丧,呆狗似的在门厅里坐着,见了高长河,忙站起来说:“高……高书记,我……我一直在等你,都等了一个多小时了,还向省城挂过电话……”

高长河心里想着要“严肃处理”,脸上便冷漠,看都不看田立业,一边自顾自地向楼上走,一边说:“等我干什么?向我汇报你们临湖镇精神文明建设经验呀?汇报你的大公无私呀?不简单呀,田书记!对自己的老同学、老朋友都那么讲原则,该脱产学习十天就是十天!好!好!这个宝贵经验我要请你在全市党政干部大会上好好向大家介绍、介绍!”

田立业也跟高长河上了楼,表情益发沮丧:“高书记,我就怕别人先告我的恶状,才在这等你,看看,还是让人家先告上了!我……我怎么就这么倒霉呢!”

高长河在楼梯口回过头,正色道:“这回不是别人向我反映的,是文市长!”

田立业哭丧着脸说:“文市长也不是圣人嘛,也有犯错误的时候!他老眼光看人,根本不听我的解释!而事实上情况是这样的……”到了楼上，在沙发上坐下来，田立业才忍着一肚子委屈把临湖镇人质事件的前因后果和自己如何处理的过程讲了一遍，讲到后来，眼圈都红了，“……高书记，你说说看，我招谁惹谁了？咋一心想好好工作，好好做点事，总是麻烦不断？总是没人信任我？”

高长河默然了，只问：“临湖镇那个无法无天的党委书记是怎么处理的？”

田立业道：“我和金华他们几个通了下气，先把他撤下来了。”

高长河点点头，又问：“那两个小纸厂呢？”

田立业说：“准备马上采取果断措施，把他们的造污设备全砸了！光贴封条不行，你这边贴，他那边撕，夜里偷着开工，只有砸掉，让他们别再想好事！”

这时，桌上的电话响了。

高长河一边走过去接电话，一边说：“这就对了嘛！就是要砸掉嘛，这些小造纸设备摆在哪里都是污染源！”说着，接起了电话。

电话是刘华波打来的。

刘华波一句客套话没有，开口就说：“长河呀，向你们通报个重要情况：今天下午昌江上游地区普降大暴雨，灾情十分严重，省委正在连夜开会，进一步研究部署昌江防汛工作，大军区领导同志也来参加了。据北川市、昌江市汇报上来的情况看，麻烦不小，沿江有些地方已经破圩，昌江市半个城泡在了大水中，马万里同志已经代表省委连夜赶到昌江去了。”

高长河吃了一惊：“华波书记，情况这么严重呀？”

刘华波说：“就是这么严重嘛，这场大暴雨搞得我省江湖水面全面吃紧，你们平阳日子也不会好过了，预计特大洪峰将在明日下午十六时左右抵达平阳，专家说了，肯定会超过一九五四年的最高水位，你们要连夜部署准备，检查险工险段，要确保平阳的绝对安全，不能把平阳给我泡到江水里去！”

高长河连连说：“华波书记，你放心，你放心，我们一定会严阵以待！”

刘华波加重语气说：“一定要真正严阵以待，思想上不能有丝毫的麻痹！还有，在防洪防汛的问题上，要多听听超林同志的意见，他是这方面的专家。主汛期过后超林同志就要到省里工作了，这期间你小高千万别再给我惹麻烦！超林同志也向我和省委表示了，要站好最后一班岗，全力支持你打好抗洪防汛这一仗。你们呢，一定要注意保护好超林同志，别把他累垮了！现在，超林同志正在往平阳赶，你们在超林同志回到平阳后，马上碰一下头！”

高长河连声应着，放下了电话。

放下电话后，高长河没心思和田立业再谈下去了。

田立业却还在叨唠：“……高书记，尽管临湖镇发生的事不怪我，但我还是准备向胡早秋道歉！毕竟这事是发生在烈山嘛，毕竟我是烈山县委代书记嘛，领导责任我还是要负的！”

高长河应付说：“这就好，姿态要高一点嘛。”

田立业还想说什么，高长河却把话头拦住了：“哎，立业，烈山的事我们今天先不谈了好不好？现在当务之急是抗洪，我请你帮帮忙，先回市委机关帮我抓抓这个工作吧！听说修海堤时你在超林同志手下做过青年突击队队长是不是？”

田立业一怔：“那烈山怎么办？千头万绪，一大摊子事呢！”

高长河亲切地拍了拍田立业的肩头：“地球离了谁不转呀？不是还有金华他们嘛，对了，孙亚东副书记也在那里嘛，你就把工作都移交给他们吧！”

田立业疑惑地看着高长河：“高书记，你……你这是什么意思？是让我回机关临时帮忙，还是把我调回机关，让我继续干副秘书长，当不管部长？”

高长河扳着田立业的肩头，呵呵笑道：“立业呀，你别想好事，不管部长你是当不成了，我呀，想让你当专管防洪的副秘书长，代表我和市委在一线协调，和姜超林同志并肩战斗！”

田立业明白了，脸色一下子黯然起来："这么说，烈山的事和我无关了？我这县委代书记只代了三天就下台了？高书记，你和我明说好不好：我到底犯了什么错误？别人信不过我，高书记，你是不是也信不过我了？"

高长河勉强笑着说："立业，你看你，都想到哪里去了？我信不过你，会让你来帮我抓抗洪么？你知道不知道，抗洪防汛是当前压倒一切的任务，刚才华波书记还在电话里交代呢，一定要把精兵强将派上去！"

田立业不为所动："抗洪是临时性任务，抗完洪我干啥呀？"

高长河说："抗完洪还有别的事嘛，你放心，只要我干市委书记，你想做甩手掌柜都做不成！去吧，去吧，别和我啰嗦了！超林同志现在正在从省城回平阳的路上，马上要回来了，回来后，你就去找超林同志报到，再跟他当一回突击队长，干出个样子给超林同志看看！"

田立业哼了一声，点了题："高书记，是不是老书记告到省里去了？"

高长河脸一绷："老书记告啥呀？是华波书记找他谈话，要他到省里工作！"

田立业摇摇头："没这么简单！老书记就是走了，也放心不下我这个甩子！"

高长河这才意味深长地说了句："所以，你才得在老书记面前干出个样子嘛，别再给老书记留下个甩子的印象！"

田立业怔了一下，眼圈红了，哭也似的笑了笑："可我为什么一定要干给老书记看？高书记，你怎么就这么在乎老书记对我的印象？你说句实话：你是不是觉得派我做烈山县委代书记是个错误？为我和老书记闹得这么僵不值得？后悔了？"

高长河真诚地说："我从来没认为用你是个错误，更没后悔过，立业，请务必相信这一点。至于有些同志，包括姜超林同志有意见,也从没动摇过我的决心。”

田立业噙着泪说:“所以我服你,高书记!是你让我的血又沸腾了一回!”

高长河说:“其实,立业,你的血从来就没冷过,现在就热着嘛!”

田立业抹了把泪:“高书记,我知道你难,我啥也不说了,就去当一回突击队员了,队长我不当,让老书记找他信得过的人去当吧!我就是一个兵,该往昌江里填,我第一个跳下去!”

高长河一把拉住田立业的手:“胡说!立业,我可告诉你,你要真这么和我闹情绪,就呆在市委值班,别上堤了!真是的,一点委屈都受不了,日后还能干什么大事?你才四十二岁嘛,六十岁退休,还有十八年好干嘛!”

田立业满脸悲凉:“可我真弄不懂,像我这种人为啥就是报国无门呢?”

高长河说:“怎么能说是报国无门呢?能报国的事多着呢!哎,立业,我可得给你提个醒:老书记要走了,你别再气他了,他说啥你听啥,好不好?你和老书记终究还是朋友一场嘛,人家这几年可没少帮你卖过‘匕首和投枪’哩!”

田立业呵呵笑了起来,笑出了眼泪:“是呀,我们是朋友,不是同志!”

高长河也笑了起来:“哦?朋友和同志还不是一回事呀?”

田立业激动地站了起来:“朋友是朋友,同志是同志,有时候完全是两回事!高书记,过去我把你当同志,今天我把你当朋友,我们是朋友加同志!无论如何,我得感谢你,你开发了我,让我看到了一片创业奋斗报国为民的天地。士为知己者死,你高长河哪一天要借我的脑袋用,我田立业也借给你!就这话!”

高长河也难得激动了,一把搂住田立业:“好,立业,既然你这么说了,那么,为了平阳,我高长河就借你今生今世的一腔热血了!

走，现在就跟我到防汛指挥部去，文市长在那里值班，我们一边研究部署防汛工作，一边等候姜超林同志！”

1998年7月3日1时　平阳市防汛指挥部

从省城出发时大暴雨就落了下来，省城至平阳的高速公路被迫关闭了，司机建议掉头回省城，待次日高速公路开通后再走。姜超林不同意，坚持要司机走旧国道，立即返回平阳。这一来，就遭了大罪，0001号奥迪前后大灯开着，在暗夜风雨中仍照不出几米远，车与其说是在开，不如说是在爬，时速一直在每小时二十公里到三十公里之间。行程中，前窗挡风玻璃上一直雨水如注，刮雨板几乎丧失了作用。正常情况下，走高速公路只要两个多小时的路程，可这夜姜超林走了整整五个小时，才到了旧年县公路收费站，离平阳城还有六十多公里。

这六十多公里就不好走了，旧年县公路收费站以南已是一片汪洋，道路完全看不见了，许多大卡车在汪洋中都熄了火，姜超林的奥迪车再无前进一步的可能。

姜超林急了眼，不顾司机的劝阻，冒雨跑出车，冲进收费站，给旧年县委宁书记打电话，想请宁书记想想办法。要命的是，这夜风雨太大，通讯线路中断了。姜超林气得直骂司机，怪他没给手机及时充电，当紧当忙时误了事。

公路收费站的女收费员见姜超林上火骂人，知道这个前任市委书记是急着回去布置平阳的防汛工作，忙跑到邻近村庄叫起了自己的父母和一些乡亲，拿着麻绳、扁担过来了，硬是冒着大雨把姜超林的奥迪扛过了近二百米水淹区。

姜超林感动极了，向女收费员和乡亲们道了谢，重新上了车，这才在一个多小时后赶到了平阳市。到市区后，姜超林本想直接去市防汛指挥部，可司机见姜超林浑身上下都湿透了，怕姜超林闹病，硬把车开到了公仆楼下。姜超林才回家换了身干衣服，拿了件雨衣，去了市防汛指挥部。

这时，已经是七月三日凌晨三点多了，市防汛指挥部里正一片忙乱，像个战斗中的前线司令部。电话铃声此起彼伏。电脑控制的昌江水系图灯光闪烁。市委书记高长河、市长文春明、市委副书记孙亚东，还有刚刚到岗的市委副秘书长田立业，正守在水系图前紧张地商量着什么。

姜超林一进门，高长河马上迎上来说："老班长，你可回来了，我们还以为你被洪水困在路上了呢！"

姜超林说："差点儿就困在旧年县了，好了，长河，闲话不说了，咱说正事：情况很不好，旧年县许多地方内涝很严重，更严重的还是沿江各县市！滨海市怎么样？滨海三个江心洲和镜湖市围堰乡的人撤出来没有？尤其是围堰乡，更得注意，一九五四年那里出过大乱子！"

高长河马上汇报说："老班长，我刚刚和滨海市委书记王少波通了个电话，滨海问题不大，十万人上了堤，解放军一个工兵团也开上去了，一些险段正在连夜加固。三个江心洲的六万村民已经从昨晚十一时开始撤离了，目前仍在撤离中，王少波就在撤离现场指挥，随时和我们指挥部保持着联系。"

文春明也通报情况说："为了加快撤离速度，我们正在市内调集车辆，赶赴滨海。镜湖市围堰乡目前还没撤人，围堰乡周乡长汇报说，那里的乡亲们决心很大，抗洪物资也准备得比较充分，想再顶一顶。我和高书记前两天亲自到围堰乡看过，情况确实很不错，干部群众的精神状态也都很好，立了军令状，竖了'生死牌'。镜湖市委书记白艾尼和代市长胡早秋今天又都到现场看了，他们也主张顶一顶。现在，胡早秋正在围堰乡坐镇指挥加固堤圩。"

田立业插了句："老书记，胡早秋只要在围堰乡就没什么大问题了，胡早秋当年做过围堰乡党委书记，对那里的情况比较熟！"

姜超林似乎刚注意到田立业的存在，白了田立业一眼，没好气地说："要你啰嗦什么？我不知道胡早秋做过围堰乡党委书记呀？"停了一下，又说，"田立业，我们领导研究防汛，要你在这里掺和什么？还不到烈山去？烈山就没事了？啊！"

田立业马上来了情绪："我倒想回去，高书记不让，把我撤了！"

高长河忙解释说："哦，老班长，我和春明、亚东他们商量了一下，抽调立业同志回机关了，目前负责协调抗洪工作，立业又成你的兵了。"笑了笑，又补充了一句，"老班长，华波书记可是亲口对我交代了，在抗洪防汛这件头等大事上，我们都是你的兵！"

姜超林摆摆手："别这么说，咱们齐心协力，努力把工作干好，保一方平安就是了！省委指示很明确，要争取不死一个人！家园毁了可以重建，人死了不能复生。我看围堰乡还是得撤，得赶快撤，不要顶了！你顶不住嘛！围堰乡一面靠着昌江，两面靠着镜湖，三面环水，怎么顶？这个胡早秋，就是群众的尾巴！"

田立业不满地道："老书记，也不能这么说吧？不能用老眼光看人嘛！再说，高书记和文市长也亲自到围堰乡看过嘛……"

高长河口气严厉地道："田立业，听老书记说！"

姜超林也不客气："我不管谁去过围堰乡，该撤人就得撤！田立业，我问你：对这个围堰乡你究竟了解多少？你知道不知道一九五四年破圩后一次淹死多少人？一九九一年又是个什么情况？啊！高书记新来乍到，检查抗洪深入到围堰乡很好，但这并不等于说高书记去了围堰乡，围堰乡就不会破圩了！"脸一转，看着文春明，又没好气地说，"春明，你呀，真叫糊涂！你不想想，万一把围堰乡的八万人泡到洪水里去怎么办？那些军令状、生死牌顶屁用！我们都没法向党和人民交待！"

高长河当即表态说："老班长说得对，马上通知围堰乡撤人！"

文春明也吓出了一头冷汗，连连说："好，好，那就撤，那就撤！"

正说着围堰乡，围堰乡的电话就来了，是老乡长兼党委书记周久义打来的。

文春明走过去接了电话，悬着心问："周乡长，围堰乡的情况怎么样？"

周久义口气急促地汇报说："文市长，镜湖水位又升高了，困难不少，你看看市里能不能再调些编织袋给我们，越快越好！"

文春明说："周乡长，我正要找你们呢！根据我们掌握的情况看，洪峰很大，肯定会超过一九五四年，围堰乡恐怕是守不住了，市里刚才紧急研究了一下，准备放弃围堰乡！周乡长，事不宜迟，你马上把市委、市政府这个精神传达下去，给我连夜撤人！现在就撤！"

周久义在电话里叫了起来："文市长，你们这些大干部开什么玩笑？前几天还表扬我们，要我们坚决守住，现在又突然要我们撤！我们怎么撤？我们那里的情况你和高书记又不是没看到，好人好事不断涌现！再说，乡亲们在堤圩上守了十五天，力出了，钱花了，堤圩又没大问题，现在撤人我们工作真没法做！"

文春明发起了脾气，威胁道："周久义，你这乡长兼党委书记还想不想干了？"

周乡长一点不怯，嘶哑着嗓门说："文市长，你别吓唬我，从现在起，我就算被你撤了，行不行？可这洪我还得抗下去！"说罢，放下了电话。

文春明把电话一摔，冲着高长河和姜超林直嚷："反了，反了！"

高长河也沉下了脸："周乡长反不了！从现在开始，对围堰乡的抗洪物资断绝供应，一条编织袋也不给他，一辆车也不给他，我看他怎么办！还有，胡早秋不敢反，马上给我联系胡早秋，告诉他围堰乡淹死一个人，平阳市委拿他是问！"

姜超林长长叹了口气："明天，哦，应该说是今天了，今天下午十六时，特大洪峰就要到来，一个乡八万人撤离，工作很多，得马上动起来！这样吧，长河，我马上去围堰乡做工作，你们呢，尽快组织车辆，联系当地驻军，准备采取强硬措施强制撤离，别忘了把车载电台带上！”

高长河点点头：“好，老书记，我们就这么办吧！”

姜超林又交代了一下：“行动一定要快，从现在算起，我们只有不到十三个小时了，十三个小时撤离八万人，简直是在打一场恶仗呀！”

高长河自然明白这场恶仗的凶险，当即对田立业指示说：“立业，你和老书记一起去围堰乡，有什么问题随时和我联系！一定要记住，在任何时候，任何情况下，都要保证老书记的安全，决不能出任何问题！”

田立业应了：“你放心吧，高书记！”说罢，随姜超林一起出了门。

在门口上车时，姜超林才对田立业说了句：“立业，我看你回机关挺好！”

田立业装没听见，上车后问：“老书记，还要给你带些备用药么？”

姜超林摇摇头：“不必了。”接着又说，“立业，今天你不理解我，也许许多年过后，你会感谢我，会知道谁真正爱护你。”

田立业仍不接茬儿，头往椅背上一靠说：“老书记，咱打个盹吧，一到围堰乡，还不知会忙成什么样呢！”

姜超林长长叹了口气，不做声了。

1998 年 7 月 3 日 4 时　镜湖市围堰乡

胡早秋是在和德国人谈判结束后，从平阳直接赶往围堰乡检查防汛工作的。到围堰乡时，恰巧市委书记白艾尼也到了。二人便在老乡长周久义的陪同下，连夜冒雨又一次查看了围堤情况。情况看起来还不错，十三公里围堤又整体加高了许多，近三万人守在围堤上，情绪高昂。

白艾尼放心了，大大表扬了周乡长和围堰乡的干部群众一通，还手持电话筒在围堤上发表了一番激动人心的讲话，而后便回镜湖市内了。胡早秋原也想走，可后来看看雨下得很大，水雾漫天，有点不放心，就留了下来。这一来，倒霉的事就让胡早秋摊上了：平阳市委竟在这夜下令撤人！

胡早秋根本没想到平阳市委会决定放弃围堰乡，最早知道这一指示的周久义接了电话后根本不说。结果，半小时后，胡早秋就在电话里挨了高长河的骂。高长河厉声责问胡早秋：这个围堰乡究竟是怎么回事？怎么连市委、市政府的招呼都不听了？明确指示胡早秋：一、特事特办，把乡长兼党委书记周久义立即就地撤职；二、立即组织围堰八万人紧急撤离。

放下电话，胡早秋兔子似的蹿出帐篷，大喊大叫，让人四处找老乡长周久义，找了半天也没找到。胡早秋让设在大堤旁的抗洪广播站广播，广播了老半天，周久义也不来报到。后来，还是胡早秋自己打着手电在围堤上把周久义找到了：周久义正和一帮年轻人在围堤上打桩，半截身子浸在泥水里，花白的头发上满是污泥，根本不看胡早秋。

胡早秋站在堤上气急败坏地说："周久义，还真反了你了！市委、市政府的指示你也敢瞒！你给我上来，马上上来，我有话和你说！"

周久义忙中偷闲，抬头看了堤上的胡早秋一眼："胡市长，你下来！"

胡早秋急眼了，扑通一声跳到了泥水中，趟着泥水走到周久义身边："周久义，现在我来向你宣布一个决定：根据平阳市委、市政府的紧急指示精神，从现在开始撤销你围堰乡乡长兼党委书记的职务！"

周久义一点不急："胡市长，就这事？"

胡早秋说:“对,就这事!”

周久义又问:“宣布完了吧?”

胡早秋说:“宣布完了。”

周久义说:“那好,你上去吧,我们还得干活。”

胡早秋一把拉住周久义:“你干什么活?你不是不知道,市委指示很明确:特大洪峰马上要过来了,围堰乡是守不住的,市委已经决定放弃了!”

周久义说:“行啊,胡市长,你和乡亲们说去吧!”

胡早秋道:“这里一直是你在指挥,这话得你说!你现在就给我走,到广播站广播去,你先讲,我后讲,我讲话时就宣布撤你的职,给大家敲个警钟!”

周久义说:“我已经被撤职了,还讲什么讲?要我讲,我就要大伙儿守住!”

胡早秋火透了:“就是撤了职,你还是党员,党员还要讲纪律!”

周久义说:“那你再开除我的党籍好了,我就是不撤!”

胡早秋真是没办法了。

周久义这才从泥水里爬上来,对胡早秋说:“胡市长,你也在围堰乡当过几年乡党委书记,你不是不知道,咱围堰乡有今天容易么?但凡有一线希望,咱都不能撤呀!情况你也看到的,老少爷们十几天来不惜力地卖命,堤圩加高了一米多,一九五四年那种情况不会再出现了。”

胡早秋说:“老周,这保票你最好别打,市防指说了,明天的洪峰肯定超过五四年,不撤人是不行的,这是死命令,咱只能执行!”

周久义怒火爆发了:“那你们早干什么去了?早想到要撤人,还叫我们防什么洪?高书记、文市长这么多大官都跑到我们这儿来,还给我们登报纸,上电视!还有你,胡市长,我记得你也跑到我们这儿说过,要对我们支持到底,说什么要人给人,要物给物。现在,我们这么多人,这么多家当搭进去了,一声撤就撤,你们开玩笑呀？当真不管我们老百姓的死活呀！”

胡早秋耐心劝说道：“老周，你别不讲理嘛，情况不是发生变化了吗？几天前谁能想到水会这么大？能守住当然要守，守不住就得撤嘛，这有什么奇怪的？！市里让我们撤，正是要对我们围堰乡八万老百姓的死活负责！”

周久义说：“你们又怎么知道我们守不住？起码让我们试试嘛！”

胡早秋着急地说：“这不是市委有指示嘛！我也知道抗洪抗到这地步，突然下令撤离，大家的弯子一下子难转过来，可是老周，市委做这种指示不会不慎重，不是到了万不得已的地步，不会发出这种指示的。”

周久义这才说：“那好，那好，胡市长，你宣布去吧，愿走的都跟你走，不愿走的就跟我一起守堤，咱们两下都方便，你也算执行市委指示了！”

胡早秋实在没办法，只好到广播站去广播，先传达了平阳市委、市政府的电话指示精神，接着宣布：围堰乡乡长兼党委书记周久义对抗隐瞒上级领导的紧急指示，严重渎职，已被撤职。胡早秋代表镜湖市委、市政府和防汛指挥部，要求围堰乡广大干部群众听到广播后立即以村民小组为单位，有组织地撤离。

第一遍广播结束后，胡早秋嘱咐广播员守着机子一遍遍放他的这个录音，自己又给远在镜湖的白艾尼打电话，把高长河的要求和这里的情况向白艾尼做了简短汇报，请白艾尼赶快组织人员准备沿途疏导安排撤出的难民。

原以为这么一来，大局就定下了，可胡早秋万万没想到，自己和白艾尼通过电话，走出广播站一看，广播站门外竟是一片黑压压的人群。这些浑身泥水的男女们都盯着胡早秋看，看得胡早秋心里直发毛。

黑暗中有人高喊：“你们凭什么撤周乡长？！”

胡早秋壮着胆子道:“周乡长拒不执行市委指示!”

黑暗中的吼声马上响成了一片:“我们也不执行这样的指示!”

“对,我们有信心顶住洪峰!”

“我们听周乡长的,不听你们瞎指挥!”

还有人点名道姓大骂胡早秋:“胡早秋,你狗东西别忘了,你也是从围堰升上去的,没有围堰老少爷们,就没你小子的政绩,你别他妈的吃在锅里屙在锅里!”

胡早秋又气又急,冲着众人吼:“你们当中有没有共产党员?有没有?共产党员给我站出来,给我带头执行市委指示!”

没人站出来。

胡早秋火透了:“共产党员都在哪里?这关键的时候都没勇气了?!”

人群中有人高喊:“共产党员都在堤圩上,和周乡长一起干活呢!”

胡早秋没辙了,想了想,黑着脸往人群中走。

人群自动让开了一条路,一直让到堤圩上。

刚上了堤圩,围堰乡党委副书记老金冲过来了,一把拉住胡早秋的手说:“胡市长,你别气,千万别气,听我说两句!”

胡早秋恨不能扇金副书记两个耳光,狼也似的盯着金副书记:“有屁就放!”

金副书记说:“胡市长,乡亲们这不也是急了眼么?咱真不能撤呀!胡市长,你可不知道,打从半个月前开始抗洪,周乡长和我们乡党委威望可高了,可以说是从来没有过的高。你们现在撤了周乡长,怎么能服人?撤人就更不对了,明明守得住,咱为什么要撤?咱小人物不敢说上级官僚主义,可实际情况总是我们在堤圩上的同志最清楚嘛!”

胡早秋手一挥:“现在情况紧急,我没时间和你讨论,我就问你一句话:老金,你是不是共产党员?是党员要不要执行组织决定?”

金副书记说："我好办，就是我跟你走了，这八万人还是撤不走。"

胡早秋说："你他妈的给我去做工作，去广播！"

金副书记说："工作我可以做，广播恐怕还得请周乡长，我说了，周乡长现在的威望很高，比你当初在这里当书记的时候高得多……"

胡早秋只好去请周久义。

周久义倒还配合，在广播中说：平阳市委和胡市长让撤人也是一番好意，尽管堤圩不可能破，但是，为防万一，把不承担防汛工作的闲人撤出去还是必要的。因此，周久义要求老弱妇幼和愿意撤离的同志听从胡早秋的安排，准备撤离。

然而，周久义的这番广播与其说起到了动员撤离的作用，毋宁说起到了动员坚守的作用。广播结束后，胡早秋没看到多少人从堤圩上撤下来，倒是看到不少人涌上了堤，其中还有不少女同志，一面"三八突击队"的红旗在他面前呼啦啦飘。

胡早秋真绝望了，这么多年来，他还从来没有哪一次像今天这么无能为力。

周久义却又过来了，说："胡市长，你看，我没说假话吧？不是我不想撤，是乡亲们不想撤，第一次洪峰顶过来了，这第二次洪峰肯定顶得住！"

胡早秋已不愿和周久义讨论这个话题了，只讷讷说："周久义，我算服你了，你威望高，能耐大，你……你就这么拼吧，真把这八万人拼到水里去，咱……咱就一起去做大牢，去挨枪毙吧！"

就在这时，高长河的电话又打来了，询问情况。

胡早秋带着哭腔，致悼词似的说："高书记，这里的情况糟透了，撤离的命令来得太突然，故土难离呀，乡亲们都不愿撤，局面基本上已经失控。高书记，我……我已经做好了充分的思想准备，等候组织的处理。"

高长河似乎早已预料到会发生这种情况，根本没批评胡早秋，只说："胡早秋同志，你先不要急，也别去想什么组织处分，这不是你的责任。姜超林和田立业同志正往你们那里赶，马上就会到。我们市委也正在和驻平部队联系，争取天亮以后执行强制撤离计划，就是抬也得在今天下午洪峰到来前把这八万人都抬走！"

胡早秋这才松了一口气，软软地跌坐在湿漉漉的堤圩上……

1998 年 7 月 3 日 5 时　路上

田立业坐在 0001 号奥迪车里，目睹了七月三日黎明的到来。

七月三日的黎明是灿烂的，先是东方的天际朦胧发出红亮，继而这红亮便绚丽起来，映红了汽车前方遥远的地平线。车上昌江江堤大道时，火红的太阳已升了起来，把江水辉映得一片血红。

在黎明跳动的阳光中，田立业心如止水，几乎没有和姜超林谈心的欲望。尽管姜超林是那么想谈，几次提起过去，提起他的"匕首和投枪"，他总不接茬儿，只和姜超林打哈哈。

于是，姜超林便叹息："立业呀，看来我是把你得罪了！"

田立业不看姜超林，只看身边泛着红光的平静江水："哪里话呀，老书记，咱们的关系平阳谁不知道？你对我的好谁不知道？哎，老书记，你看看这江水，多平静呀，都像咱们阳山公园里的湖水了。"

姜超林向车窗外扫了一眼："是哩，还有些美丽的样子呢！"接着又说，"立业，说实话，得罪你，真不是我老头子的本意。我真希望你好呀，你说说看，就算我儿子又怎么样？也不能像你这样天天和我在一起嘛！我不愿你去主持烈山工作不是没有根据的。你在机关分分分苹果，分分梨，分错了，分对了，都没什么了不起，再说了，有我在身边，就是错了也没什么，我担着就是了。烈山就不同了，那可不是在机关分苹果呀，一百一十万多人的身家性命要你负责呀!”

田立业笑笑:“所以,我不又回机关分苹果了么? 这挺好。”

姜超林“哼”了一声:“你是有情绪,我一眼就看出来了。”

田立业仍是笑:“好,好,老书记,你说我有情绪我就有情绪,行了吧?”

姜超林拍拍田立业的肩头:“就不愿和我说说你的心里话吗?”

田立业摇摇头道:“没什么好说的,人生在世,能活个问心无愧于愿足矣。”

姜超林马上问:“立业,你的意思是不是说我老头子内心有愧?”

田立业当即声明道:“老书记,我可不是这意思哦。”

姜超林叹了口气:“我知道你不是这个意思。检点到现在为止的一生,立业,我可以告诉你:我是问心无愧的,为平阳,为工作,为这二十年的改革开放,我尽了自己的力,尽了自己的心。立业,这些年你一直在我身边,你最清楚我。你说说看,除了工作,我还有别的生活没有? 你记得不记得了,一九九五年在北京等国务院领导接见,一下午闲在招待所没事干,你们都打牌,我只有呆呆地看着你们打。我不是不想和你们一起消磨一下时间,而是不会打呀!”

田立业说:“这我不早就劝过你么? 工作并不是生命的全部内容。”

姜超林感慨说:“是啊,是啊,生活丰富多彩呀,所以呀,我们有些干部跳起舞来三步四步都会,喝起酒来三斤二斤不醉,打起牌来三夜两夜不累! 什么作风? 反正我是看不惯,也永远不会去学!”

田立业却说:“老书记,我看你还是得学学,你总有彻底退下来的时候,总有没工作可做的时候,到那时候你干什么呀?”

姜超林说:“立业,你别说,我还真没想过这事呢!”

田立业说:“那就想想吧,只要你愿意,有空我就教你打麻将,打扑克。”

姜超林摆摆手:“不学,不学,真彻底退下来再学也不迟。”

这话题又说到了尽头,二人都不做声了,都盯着窗外流逝的景色看。

一片绿色的田野在车窗外移动,时而还可见到三两头水牛从车窗前闪过。

过了好一会儿,姜超林才把目光从车窗外收回来,问田立业:“立业啊,你知道不知道,我马上要调走了?要离开平阳了?”

田立业平淡地说:“知道,高书记和我谈话时说起过。”

姜超林问:“说心里话,立业,你是不是也希望我离开平阳?”

田立业笑笑:“老书记,你是省管干部,我的希望有什么意义?!”

姜超林亲昵地碰碰田立业:“愿不愿跟我到省里去工作?”

田立业苦笑道:“跟你去省里分苹果?我还不如在平阳分苹果呢!”

姜超林长长叹了口气:“立业,我看你这孩子真是错怪我喽!”

田立业正经道:“老书记,你看你,咋又这么说?我敢怪你吗?!”

姜超林闭起了眼,闭眼时,眼角有泪水溢出来:“立业,你怪我就怪吧,反正我不怪你,我老头子仍然真心实意把你当小朋友待。日后,我在省城安了家,你爱来就来,不来我也没办法,可我还是希望你能来。古人说,人生得一知己足矣!”

田立业也禁不住动了感情,真想问姜超林一句:我们是知己吗?可话到嘴边,还是咽了回去,只淡淡地说了句:“老书记,我会常去看你的。”

这日,姜超林交流的愿望落空了,一直到在围堰乡下车,田立业都没和他说几句心里话,一切都是那么客气礼貌,让姜超林心里一阵阵发冷。

1998年7月3日6时　镜湖市围堰乡

当泥水斑驳的0001号奥迪驰到圩堤下时，胡早秋第一个扑上来，带着哭腔连声说："老书记，你可来了！可来了！你再不来，我可真要上吊了！"

姜超林走下车，看了看远处圩堤上的人群，对胡早秋说："叫什么叫？这种情况应该预料到！抗洪抗到半截下令撤离是最难的事，过去又不是没有过，积极做工作嘛！车载电台马上就过来了，政府令和广播稿都准备好了，马上流动广播！"

胡早秋说："这里有个抗洪广播站，老书记，您是不是先去说两句？"

姜超林想都没想，便说："好，我先去说两句！走吧！"

向广播站走时，胡早秋又汇报说："乡长兼党委书记周久义思想不通！"

姜超林气哼哼地说："是的，我知道，他胆子不小，在电话里和文市长顶起来，公然抗命！"又问，"这个周久义是不是戴眼镜的周瞎子？"

胡早秋说："不是，老书记，周瞎子早调镜湖当工业局局长去了，是那个特爱喝酒，又没酒瓶，喝二两就醉的周久义嘛！"

姜超林"哼"了一声："我当是谁呢，是周二两呀？给我把他找来！"

胡早秋提醒他说："这当儿，周久义只怕是连你的话都不会听哩！"

田立业没好气地说："胡市长，老书记叫你叫，你就去叫，啰嗦什么！"

胡早秋白了田立业一眼："你狠什么狠？临湖镇的账我还没和你算呢！"

田立业说:“想算你就到平阳市委来,我候着你!”

胡早秋一愣:“怎么田领导,这么快又提了?”

田立业冷冷道:“没提,降了,不过,现在恰好和你打交道,负责协调全市防汛!胡市长,时间紧,任务重,我没时间和你废话,快去找周久义!”

胡早秋去找周久义时,姜超林已开始了广播。

广播前,田立业先做了一下介绍,说是市人大主任姜超林同志受市委、市政府的委托,已经赶到围堰乡来了,现在,要代表平阳市委、市政府做重要指示。接下来,姜超林开始讲话,再次重申了市委、市政府关于围堰乡八万人紧急撤离的指示精神,并严厉声明,驻平部队官兵和大批车辆马上就要开上来,不撤是不行的,政府令必须执行,特事特办,凡煽动抗命的,一律就地抓捕!

广播结束后,姜超林要求全乡村民组长以上的党员干部马上到广播站集合。

党员干部陆续赶来集合时,胡早秋把泥猴似的周久义拖到了姜超林面前。

姜超林原想好好骂骂周久义,可见到周久义胡子拉碴,一身泥水,满眼血丝,人都瘦得脱了形,心里不忍了,只嗔怪地说:“周二两,你是不是喝多了呀?啊?连市委、市政府的招呼都不听了?敢和文市长顶,真是胆大包天!”

周久义哭了,哽咽着说:“老书记,我……我这也是没办法呀!围堰乡抗洪,我是领导,人是我领上堤的,老百姓的东西家当是我拿走的,我向全乡老少爷们许过愿,要和围堰乡共存亡。”

姜超林耐心说:“久义,你这个精神是好的,但是不能硬来蛮干嘛。”

胡早秋也说:“是的,老周,我们这些当领导的总要对老百姓的生命安全负责嘛!你不想想,真不撤,万一把八万人淹到水里,这天大的责任谁担得起?”

周久义这才说:“我没说不撤,胡市长,老书记不知道,你也不知道么?该和大家说的话,我不是都和大家说了么?是大家不愿撤呀!”

胡早秋厉声说:“老周,关键是你要带头!”

周久义脖子一昂说:“胡市长,你年轻,还有得升,你想保乌纱帽,我不想保,这个头我不带!职不是让你撤了么?我就是个一般干部了,我就是要和围堰乡共存亡!退一万步说,打仗还要有人掩护撤退,你就算我是打掩护了好不好?!”

这时,党员干部已来了不少,广播站门前,堤上堤下四处站满了人。

姜超林觉得周久义说得也不是没有道理,就算撤退,在这八万人撤离前也得有人巡堤护堤,留下周久义一些同志护堤也是正常的,于是便说:“好了,好了,久义,我们不要争了,你就带着一部分基干民兵留下护堤,最后撤,现在我们先开会,布置整体撤离工作,你不要再说什么共存亡了,这不好,不利于我们落实市委、市政府的指示精神!”

周久义说:“那好,老书记,我巡堤去了,你们开会吧!”

姜超林这才火了:“周二两,你给我站住!这个会谁不参加你也得参加!得帮我们做工作!我的脾气你是知道的,这种时候你敢不顾大局,我叫你当面难看!”

周久义资格老,不怕胡早秋,却是怯着老书记姜超林的,老老实实站住了。

田立业根据姜超林的指示,大声宣布开会。会便开了。姜超林不是动员了,是具体布置,一个村一个村点名,要村支书和村主任们往前站。姜超林记忆力也真是好,围堰乡十几个行政村、自然村,村村的名字都叫得上来,两个亿元村村主任的绰号都叫得出,由不得田立业、胡早秋不服。胡早秋听着姜超林点名,就满心惭愧地想,老同志就是老同志,抓工作真是实实在在,他就没这么实在,在镜湖当了这么多年副市长，许多村主任他都不认识，更别说人家的绰号了。

姜超林说到最后激动了："……同志们，我们平阳市委、市政府有个对你们负责的问题，你们也有个对围堰乡群众负责的问题。昌江和镜湖水位一直居高不下，特大洪峰马上又要到来，不撤怎么办呀？别的损失一点可以，政府可以想办法帮助，大家也可以想办法自救，但老百姓的生命是不能损失的！你们一定要狠下这个心，就是硬拖，也得把大家都拖走，我姜超林拜托大家了！"

说到这里，姜超林深深向面前的党员干部鞠了一躬。

不少党员干部深明大义，相互招呼着，退出会场，安排撤离事宜。

然而，仍有近一半人没动，仍盯着周久义看。

周久义急了："同志们，老书记说得还不够清楚么？快走吧，都走吧！只要人在，啥都还会有，人不在，就啥都完了！能带走的东西尽量带，房门锁好，牲畜圈起来，到时不破堤也没啥损失。"

这时，有人说："周乡长，你们守堤的人够么？咱不能再多留下点人么？"

周久义说："不行！这不是讨价还价的事，咱得做最坏的思想准备！"

又有人说："我们是自愿留下的，真要出了意外，我们不要市委负责！"

田立业火了："说得轻松！你们不要市委负责，市委就可以不负责了吗？"见胡早秋在一旁愣着，田立业火气更大，"胡市长，你看看你们镜湖党员干部的素质！也不知你们平常是怎么教育的！"

胡早秋心头的火"呼"地蹿了起来，这个田立业，看来真想借机弄他了，于是便说："田副秘书长，镜湖党员干部的素质怎么样市委自有评价，轮不到你说三道四！说撤离就是说撤离，你扯这么远干什么？！"

田立业冷冷道："好，胡市长，那你就去说，就去做！我们等着哩！"

姜超林不知昨夜临湖镇发生的那一幕，见他们这对好朋友在这时候吵起来了，便道："什么时候了，你们还拌嘴？也不注意群众影响！都给我少说两句！"

田立业拦住姜超林："老书记，你别管，咱也不能包办一切，这里是镜湖市的围堰乡，归胡市长和周乡长领导，你就叫胡市长和周乡长去做工作！让他们的党员干部拿出点素质来！"

这时，高长河又来了电话，要姜超林去接，姜超林到广播站里接电话去了，临走，又向田立业交代了一句："立业，有情绪也不准带到工作上！啊?!"

田立业却还是把情绪带到了工作上，冷眼看着胡早秋，点着一支烟抽了起来。

这一来，面前的干部群众对立情绪更大，更不愿动了，都盯着胡早秋看。

胡早秋被逼到绝路上了，睁着血红的眼睛吼道："你们还他妈的看什么？就不能拿出点素质来？啊？周久义，你这个乡长兼党委书记平时是怎么当的？怎么到这种关键时候就指挥不动了？"

周久义讷讷说："上堤抗洪，大家个个都是好样的！好人好事不断涌现哩！"

胡早秋吼道："执行上级指示也得是好样的，像这种情况在战场上是要执行战场纪律的，是要枪毙杀头的！"

田立业在一旁说："胡市长，你这话说对了，现在就是打仗！"

人群中有人叫了一声："田立业，真是打仗，我就先在背后给你一枪！"

田立业根本不气，拍拍胡早秋的肩头："胡市长，你听见了吗？这话说得多动人呀？啊！"继而，脸一拉，"胡早秋，我可和你说清楚：我田立业这百十斤今天算交给你了，在围堰乡被西瓜皮滑倒，我都找你算账!”

胡早秋气死了:“谁在那里瞎叫唤?谁?再叫一声我把你抓起来!别愣着了,全散了,散了,赶快去安排撤离!老书记已经代表平阳市委宣布过了,真有煽动抗命的,立即抓起来!这可不是吓唬你们!”

一个村民组长流着泪叫起来:“胡市长,你就抓我吧,我死也要死在堤上!”

周久义吓死了,扑通一声,对着众人跪下了,满面泪水连呼带喊:“老少爷们,老少爷们,我求你们了好不好?你们再不走,我……我就跳到镜湖去!”

众人被震撼了,呆呆地看着长跪不起的周久义。

胡早秋也被震撼了,缓缓看着大家,讷讷问:“同志们,你们是不是也要我跪下求你们?好,好,我也跪下求你们了……”说着,当真跪下了。

面前的干部群众这才如梦初醒,有人上前去搀扶胡早秋和周久义。

这时,姜超林接了电话回来了,神色激动地宣布说:“同志们,报告大家一个好消息:我们围堰乡的撤离工作得到了省委的亲切关怀,省委书记刘华波同志亲自出面和大军区首长取得了联系,驻平阳的集团军已紧急调动赶来协助撤离了!大家还等什么?快走呀!”

众人这才一哄而散。

与此同时,平阳市的车载电台也远远地开过来了,电台的广播声由远及近,重复播送着政府令,一句句,一声声,夺人魂魄:

“……下面播送平阳市人民政府令!下面播送平阳市人民政府令!目前全市抗洪形势极其严峻,昌江和镜湖水位迅速上升,其上涨速度之快,水量之大,为历史罕见。昌江第二次特大洪峰已经形成,并将于七月三日十六时左右抵达我市。鉴于这一严重形势,为保护人民生命的安全，七月三日凌晨，平阳市人民政府召开专题市长办公会，决定紧急撤离镜湖市围堰乡八万居民。为此通令如下：一……”

1998年7月3日8时　平阳市防汛指挥部

和集团军李军长及镜湖市委书记白艾尼通过电话，把围堰乡撤离事宜一一落实好以后，高长河松了一口气，抓起桌上的干面包啃了起来，边啃边对孙亚东说：“多亏了超林同志的提醒呀，不是他提醒，我可真想不到从围堰乡撤人！”

孙亚东感叹说：“在这一点上谁不服都不行，姜超林抓工作就是细！文春明比起姜超林可就差远了！姜超林批评文春明糊涂，我看文春明也是糊涂，这种大水压境的时候，怎么就相信围堰乡能守住呢？一旦守不住，麻烦就大了！”

高长河道：“这也不好怪春明，第一，围堰乡确实顶住了第一次洪峰，第二，谁也没想到昨天会普降大暴雨，情况会这么快急剧恶化……”

正说着，刘意如赶到防汛指挥部来了，请示说：“高书记，今天的工作怎么安排？事还不少呢！上午有两个会，一个是大型国企深化改革研讨会，国家经贸委一位领导同志参加，昨天已到了平阳；还有个会是市计生委主持召开的计划生育先进集体和个人表彰大会。下午……”

高长河满脑子都是抗洪，没等刘意如再说下去，便挥挥手道：“好了，好了，刘主任，你别说了，现在抗洪形势十分严峻，这两个会我都不能参加了，请亚东同志代表我去好了！”当即对孙亚东交代说，“亚东，这两个会，请你代表我和市委去，讲话稿在刘主任这里，这几天凡是会议呀，杂事呀，你就费心多管管。我和春明实在分不开身。”

刘意如冲着孙亚东笑笑，又把脸转向高长河，定定地看着高长河说：“高书记，孙书记代表您开别的会行，这大型国企的研讨会，您不去好么？国家经贸委来了一个正部级副主任，从接待规格上说，您必须出面，就算不去参加会议的开幕式，也得去露一下面，所以……”

高长河知道刘意如说得对，可不知怎么，听了这话就是不高兴，不高兴又没法说，只得点头道：“好，好，这个会我去参加一下，和副主任见个面就走！”

刘意如又提醒说：“高书记，会议的开幕式是九点整。”

高长河看看表：“还有四十五分钟嘛，刘主任，半个小时后你再来接我！”

刘意如走后，孙亚东不无讥讽地说：“刘主任可是真负责任呀！”

高长河自嘲道：“这你别说，刘主任还就是永远正确哩！”

孙亚东笑了：“所以，领导的工作就总是由秘书安排！”

高长河不悦地看了孙亚东一眼：“话也不能这么说嘛，刘主任只是提醒一下！”

孙亚东不说了，话题一转道：“哦，高书记，还有两件事顺便向你汇报一下：一件事你知道的，就是梁兵收耿子敬的那台空调，我们已经去人要回来了，经办此事的同志说，梁兵的态度还不错，你就不要再责怪梁兵了，免得伤了和气。”

高长河一听这话就来气了，说得好听，还别伤了和气！表面上却不动声色：“孙书记，这种事你们自己处理就是了，根本不必和我说。”

孙亚东笑道：“总是你家大舅子，不通个气总不好嘛。”

高长河心里的火更大：派人到省城追空调你不通气，现在倒通气了！

孙亚东又说：“还有个事是：平轧厂长何卓孝的老母亲昨天下

午去世了，也是巧，我正好到医院拿药，他们院长就向我汇报了，说人是你送来的，何卓孝又不在家，问我怎么办？”

高长河看了孙亚东一眼：“你打算怎么办？”

孙亚东道：“我这不是向你请示么？”

高长河问：“何卓孝的家，我要你去看看，你去看了没有？”

孙亚东叹了口气说：“看过了，也把情况全弄清楚了，这个同志确实是为了自己母亲才走到这一步的，想想真是让人痛心！说实在的，当了这么多年纪检干部，我还真是头一次碰到这种事，心里真不是滋味！”

高长河意味深长地道：“我们下面的干部不容易呀！”

孙亚东感慨说：“是不容易，太不容易了！所以，高书记，我建议对何卓孝的问题从宽处理！一定要从宽处理！”

高长河眼睛一亮：“哦？说说你的意见。”

孙亚东认真地想了想：“高书记，你看是不是这样？可以以诈骗罪立案，涉及三万九千多元，不立案恐怕是不行的，那就无法可言了。但是，进入法律程序后，我们市委一定要有个态度，我的意见可以考虑判处缓刑。你看呢？”

高长河十分失望，苦笑着叹了口气：“再商量吧！”

这时，文春明从滨海市昌江江堤上打了个电话过来，询问围堰乡的情况，高长河大体说了一下，道是集团军出动了，一切撤离工作都落实了，要文春明放心。文春明在电话里也把滨海这边的情况顺便向高长河通报了一下，把滨海市委书记王少波大大表扬了一番，说是王少波这些天可没闲着，指挥十万人日夜固堤，现在看来滨海不会有大问题。

这边电话刚放下，姜超林的电话又打进来了，说是集团军的几千官兵开上来了，围堰乡的撤离工作已经开始，要高长河转告省委，不必再为围堰乡的事分心了。

高长河连声向姜超林问好，一再要姜超林注意身体。

姜超林嘶哑着嗓门说:“长河,你放心,我身体好着哩!”

高长河又要田立业听电话,嘱咐田立业,一定要保护好老书记。

田立业在电话里连连应着,要高长河放心。

孙亚东也想起了田立业,说:“高书记,对田立业的问题,昨夜我就想说的,可大家在研究抗洪,加上田立业又在面前,我就没说,田立业到烈山主持工作后干得真是很不错哩,像变了个人似的,现在说撤就撤,也太说不过去了吧? 我们不能因为刘华波一句话就这么干嘛! 既不公平,又没有原则性嘛!”

高长河“哼”了一声:“孙书记,我可不是你,得听招呼!”

孙亚东还想争辩几句,高长河却挥了挥手:“就这样吧,孙书记,今天你值班,没有什么重大的事就别找我,我到国际酒店和国家经贸委的领导见一下面,就下去检查防汛,对付洪峰。”

孙亚东只得把没说完的话咽到肚里,起身走了,去了市委。

孙亚东刚走,刘意如又来了,高长河意识到时间到了,便随刘意如出了门。

上了车,一路往国际酒店赶时,高长河仍挂记着何卓孝的事,便问刘意如:“何卓孝的母亲昨天去世了,你知道不知道?”

刘意如说:“知道,孙书记也知道!”

高长河问:“这事你们通知何卓孝没有?”

刘意如说:“通知了。何卓孝是孝子,在电话里就哭得没人腔了。”

高长河问:“为什么不让他从上海回来?”

刘意如说:“是老何自己不愿回来,说是再有两三天上海那边就谈完了。”

高长河黑着脸不做声。

刘意如叹了口气:“高书记,就这样,孙书记还盯着人家不放哩!”

高长河闷闷不乐地说:“这你也别怪孙书记,这是孙书记的分内工作!”

刘意如笑了笑:“高书记,不是我多嘴,要我看,你这班子得调调了。”

高长河注意地看了刘意如一眼:“哦?怎么调?调谁?”

刘意如说:“当然是调孙亚东了!”

高长河故意问:“为什么不调文春明呢?”

刘意如笑了:“高书记,这您还要问我呀?您心里能不明白?”

高长河挥挥手:“你说说看嘛!”

刘意如这才说了起来:“有三个理由。第一,文春明对你没有期望值,而孙亚东有,孙亚东曾经是你中央党校的同学和朋友;第二,文春明能摆正自己的位置,当着市长,却从来没忘记自己是市委副书记,而孙亚东抗上,经常会不自觉的忘记这一点;第三,文春明是拉纤做实事的,孙亚东主观上不论怎么想,客观上都是给你添乱的,比如何卓孝和平轧厂的事……”

高长河倒吸了一口冷气:这个女主任,真厉害,短短八九天的时间,就把他的心思全揣摸透了!刘意如无疑又是正确的,可这正确依然让他很不舒服,岂但是不舒服,简直有点芒刺在背的感觉。

像刘意如这种办公室主任今后还用不用?一时真不好决定。尽管他心里对这个过于聪明的女人已经厌烦了,可真把她从身边调开,又不知该让什么人顶上来?还有,顶上来的新主任能有刘意如这么严谨能干么?能在当紧当忙时提醒他注意诸多问题么?比如:今天这个非去参加不可的会议?

到了国际酒店,高长河像似忘记了车上的谈话,把手机交给刘意如,要刘意如注意接听围堰乡姜超林和滨海文春明的电话,一旦有意外情况,马上向他报告。

刘意如点点头,像往常一样轻声提醒说:“高书记,你也别在主席台上坐得太久了,国家经贸委的那个副主任讲完话你就走,我在车里等你，陪你到昌江大堤上检查防汛去，我已经通知市电视台的同志在昌江大堤上等你了！”

高长河禁不住一怔：“刘主任，你怎么知道我要去昌江大堤？你原来不是说还有计生委的会吗？不是要我去参加吗？”

刘意如笑道：“我知道你不会去参加计生委的会了，可该提醒你还是得提醒你，去不去是你的事，提醒不提醒是我的事。我不提醒就是工作失职。我知道你满心想的都是抗洪，而且下午四点特大洪峰就要到来，你说啥也得在电视上给平阳全市军民鼓鼓劲，所以，来不及向您汇报，就这么先安排了，也不知对不对？”

这还有什么好说的？这安排不但对，而且对极了，只是，可恶！

第十四章　满腔的热血已经沸腾

1998年7月3日10时　镜湖市围堰乡

车载电台完成流动广播任务之后，最终定位在围堰乡政府门前百十米外的丁字路口，成了大撤退的前线指挥部。姜超林守在电台车旁，通过广播和电话把一道道命令发了出去：围堰乡运输公司四十辆解放牌卡车和其它乡属机动车辆就地征用；通往镜湖市的汽渡轮渡一律封航；除解放军救援部队之外，闲杂人员一律不准进入围堰乡撤离区；交警机动大队沿市县公路设岗布哨，引导人流向平阳和镜湖两个方向转移……为防止有遗漏的死角，姜超林要求设在乡政府大院内的电视插转站在下午二时前连续滚动播出平阳市人民政府令；要求每一个行政村支部书记和村主任在撤离前对所属村落进行仔细检查，尤其要注意保护好老人和孩子，对拒不转移的，可采取一切必要措施；要求围堰乡干部群众听从解放军同志和公安干警的指挥……

黎明前的短暂混乱结束了，在姜超林近乎蛮横的领导意志面前，大转移有条不紊地开始了。姜超林注意到，八点以后，扶老携幼的滚滚人流开始出现在面前的大道上。九点左右，车门上印有运输公司字样的卡车队出现了，卡车上运送的大都是妇女、儿童。紧接着，驻平集团军的汽车团开了进来，车上满是解放军官兵。

也就在这时，交通出现了堵塞，镇子里的人车往外出，解放军的车队往里进，许多大牲畜也挤在路上，严重影响了撤离进度。姜超林一看不好，在电台前喊起了话，要求撤离的队伍绕道镇前圩堤，让解放军的救援车队先开过去。

然而，后面的人情况不明，仍有源源不断地人流从镇里和其他村子涌过来……

这时，田立业满头大汗从人流中挤过来，被姜超林看见了，姜超林当即嘶哑着嗓门命令道："立业，你快过去，到路那边拦住人群，让他们分流走圩堤！"

田立业刚检查完交警机动大队的布岗情况，又累又饿，原想到电台车前吃点东西，见姜超林命令又下来了，二话没说，抓起电喇叭又挤了回去。

倒是姜超林想起来了："立业，早饭还没吃吧？拿上面包和矿泉水！"

田立业这才从姜超林手里接过了面包和矿泉水，一边在人流中挤着，一边吃。

田立业刚走，身着迷彩服的集团军李军长在镜湖市委书记白艾尼的陪同下挤了过来，高喉咙大嗓门地喊："姜书记，姜书记，你在哪呀？我们来向你报到了！"

姜超林这时已钻到了电台车里，正想继续喊话，让面前的人流先退回去，可听到李军长的叫唤，马上从车里钻出来，对李军长说："感谢，感谢，李军长！关键的时候还是得靠咱子弟兵呀！"

李军长笑道："人民子弟兵嘛，人民养兵千日，现在是用兵一时，这有啥好客气的？说吧，姜书记，有什么最新指示？"

姜超林也笑了："李军长，别开玩笑了，我可不敢指示你，情况你也知道了：特大洪峰下午四点左右到来，我们面对着两摊子事：第一，昌江大堤要保住，不能让大水淹了平阳；第二，下午两点之前必须把这里的八万人撤出去！"

李军长连连说："我知道，我知道，中央军委和军区首长有命令，我们的集团军大部分拉上来了，兵分两路，一路由孙政委带着上平阳江堤了，这一路我带着支援你撤退。一路上我也和白艾尼书记商量了，队伍分头包干，争取在下午一时前把人撤完，最晚不超过二时，能调动的车辆全调上来了。”

姜超林忙道：“好，好，这就太好了！”

白艾尼也说：“老书记，我们也连夜紧急组织了三百多名机关干部和一百多辆车开过来了，配合李军长和集团军行动……”

姜超林不悦地看了白艾尼一眼：“你配合李军长？是李军长配合你！艾尼，你怎么回事呀？啊？昨天怎么到围堰发表了一通指示就走了？胡早秋平时甩一点，这时候倒比你责任心强哩，他留下了！”

白艾尼说：“谁想到市委会突然下令连夜转移呀？一直说要严守嘛！”

姜超林更气：“还说呢！是我建议市委下的令！你白艾尼为什么不建议市委下令撤人？高书记不熟悉平阳情况，心里没数，你也没数吗？怎么这么糊涂！好了，好了，别啰嗦了，快去疏导人群！”

白艾尼带着人去疏导人流，李军长又和姜超林忙中偷闲聊了几句天。

李军长说：“姜书记，十天前听说你下了，退二线，我和孙政委到市人大看过你，你不在，你们黄主任说你躲起来了。你老兄躲什么，怕我和孙政委喝你的酒呀？这么小气呀？连多年的战斗友谊都不顾了？啊？”

姜超林笑道：“我倒不是怕你和孙政委喝我的酒，是怕你们灌我的酒。我可是老了，对付不了你们手下那帮豪情满怀的英雄好汉了！”

李军长故作严肃：“姜书记，革命意志不能消退，老骥伏枥，志在千里嘛！”

姜超林却不严肃：“哎，我说李军长，你说的是革命意志还是喝酒意志？是不是还想弄些参谋副官来给我敬礼：‘报告首长，您喝干，我随意！’”

李军长哈哈大笑起来：“姜书记，这事你还没忘呀？那个小参谋见了你太激动嘛，把敬酒词说反了嘛，应该是‘报告首长，我喝干，您随意’，哎，我和孙政委不当场批评他了么？！”继而又问，“新来的这个高长河怎么样呀？好处么？”

姜超林道：“肯定比我好处，不会经常找你的麻烦。”

李军长笑了：“姜书记，你总算说句实话了，这些年你老兄可没少麻烦我们集团军吧？啊？你说说看，哪回你们平阳市委有大动作没我们的配合？这退二线了，连面都不和我们照，像话吗？说定了哦，抗洪结束咱聚聚，我和孙政委请客！”

姜超林忙道：“别，别，还是我请你们。这八万人你李军座帮我安全撤出来，我个人请你们喝茅台！”

李军长笑道：“那好，那好，咱一言为定，你出酒，我出菜！”

这时，面前的道路疏通了，一辆接一辆的军车开始向前涌动，李军长跳上最前面的一辆军车走了，在车上又对姜超林喊：“哎，姜书记，千万注意身体，你老兄的脸色很不好看哩！”

姜超林向李军长挥挥手，啥也没说，心想，他这脸色哪还好看得了？前天闹了一肚子气没睡好，昨天又几乎一夜没睡，就是年轻人也吃不消，何况他了。真想找个地方好好睡一会儿。然而，完全不可能，八万人的撤离工作正在紧张进行，意外情况随时可能发生，他作为一线指挥者，必须紧守在这里，对可能出现的任何意外做出判断和决断。

虽然十分疲劳，心情却是愉快的，过去那些壮阔场面仿佛又出现了，姜超林仿佛又回到了市委书记的决策岗位上。是的，是他在决策，这八万人确实是在他的意志下进入大转移的。田立业私下里曾问过他：如果下午洪峰到来时不破堤，这种大规模的转移是不是就不必要？他的回答是，就是不破堤，这种转移也是必要的，一个负责任的决策者不能在八万人的安危面前顾及自己的面子！他宁愿事后不破堤被人骂祖宗，也不能拿这八万人的生命当儿戏！

与此同时，田立业也累得够呛，道路虽然疏通了，但有效的秩序还没形成，镇子里的人流还在不断地往前涌，把他和身边的几个交警挤得踉踉跄跄。身后是不断驰过的军车，面前是混乱的人群，稍不留神就可能发生危险。

田立业急中生智跳到路旁的电杆窄小的基座上，一手抱着太阳晒得滚烫的电线杆，一手持着电喇叭疏导面前的人流。

在军车的喇叭声、人群的喧叫声和一些牲畜的惊叫声中，田立业嘶哑而机械的声音一遍遍在七月的阳光下响着："……主干道走军车！撤离人员一律走圩堤！主干道走军车！撤离人员一律走圩堤……"

七月的太阳真是毒辣，没一会工夫，田立业便全身大汗了。

这时，同样满头大汗的胡早秋不知从哪里冒出来了，田立业顾不得和胡早秋闹气了，跳下电线杆基座，一把把胡早秋拉住："胡司令，快，你快去找交警大队王队长，要他再派几个人过来，在街口组织警戒线！"

胡早秋有些为难地说："田领导，这会儿我到哪去找王队长？老书记给我的任务是：在人员撤离之前，确保大堤的安全。东河口那边发现渗漏，周久义他们已经过去了，我得赶快去看看！别出事！"

田立业没辙了，有气无力地挥挥手："那你快去吧，及时向老书记汇报情况！"

胡早秋说了句："田领导，你再对付一会儿，我完事就过来！"也是巧，偏在这时，胡早秋在拥挤的人群中发现了乡党委副书记老金，便把老金叫了出来，说，"老金，你现在归市委田秘书长指挥！"

田立业这才算多了一个兵。

…………

十一时左右,军车全部通过街口进入了围堰乡所属十几个行政村、自然村,从镇中涌出的人流也开始减缓。十二时过后,步行的人们几乎看不到多少了,而一辆辆满载难民的军车开始呼啸冲出。这时,通往平阳和镜湖安全区的道路全部疏通,军车几乎是一无阻挡地冲出了围堰乡。

据各包干区报告,迄至该日中午十二时三十分,已有七万人撤出或已上了车,正在撤出围堰乡危险地带。

十二时四十五分,田立业、胡早秋到电台车前吃盒饭。就在吃盒饭时,老书记姜超林又困又累又热,加上本来就有高血压的老毛病,拿着盒饭突然晕了过去。幸亏高长河心细,怕姜超林发生意外,在电台车上派了医生,带了急救药品。医生当场进行了急救,使得姜超林迅速苏醒过来。

田立业和胡早秋都被这场虚惊吓坏了,坚持要姜超林回平阳。

姜超林不干,有气无力地说:"立业,早秋,你们……你们跟我不是一天两天了吧?你们说说看,这种时候我……我能走么?"

田立业和胡早秋你看看我,我看看你,都不做声了……

1998年7月3日13时　昌江大堤

背对激荡的昌江发表过现场电视讲话后,高长河衬衣一脱,只穿着背心,投入了扛麻包的人群中。电视台的记者们在刘意如的指挥下,扛着摄像机跟前跟后地追着高长河拍,堵住了江堤上的通道,使得那些扛麻包的军人和机关干部只好扛着沉重的麻包站在那里等。

高长河发现后很恼火,冲着记者们发了一通脾气:"你们这是干什么?老冲着我拍个啥?我能干多久?要拍就拍解放军,拍群众!还有,别干扰大家干活!"

一个记者说："是刘主任叫我们拍的。"

高长河狠狠看了刘意如一眼说："把记者们带走！"

刘意如还想解释："高书记，是这么回事……"

高长河没好气地说："我知道你有道理，可我现在要认真对付这场洪峰！刘主任，你啥都别说了，叫记者走，都走！你给我注意接姜超林、文春明的电话！"

刘意如不敢再多说什么了，转身对记者们说："那大家就先回去吧！"

记者们刚走，围堰乡的电话就来了，是田立业打来的，说是姜超林晕过去了。现在醒过来后，连站都站不稳了，却还不愿走，问高长河怎么办？

刘意如忙找到高长河，把手机递了过去。

高长河明确要求田立业马上派人护送姜超林回平阳，近乎严厉地对田立业说："……田立业，你这个同志别糊涂！你跟老书记不是一天了，你该了解他，在这种时候他是不顾命的，你不能听他的！撤离工作现在大局已定了，老书记再留在那里也没有太大的意义！万一洪峰提前到来，把老书记泡在洪水里，你我都没法向省委，向全市干部群众交待！"

田立业为难地说："高书记，正因为我了解他，才知道劝不动他。他这人有个习惯，一项工作做完后，总要亲自检查一遍。镇上已经撤空了，老书记正说要进镇检查哩！哦，集团军李军长也在这里！"

高长河说："那好吧，你请老书记亲自接电话吧！"

姜超林接了电话，没好气地道："长河，你烦不烦呀？洪水当前，你这个市委书记咋还这么婆婆妈妈的？告诉你，我死不了！"

高长河还想说什么，姜超林那边已挂了线。

站在一旁的刘意如说："高书记，算了吧，我知道的，姜书记就这么个人！"

高长河却不愿算了，又固执地把电话挂了过去，换了个口气，一副十分焦虑的样子："老班长，你得快回来呀！市里一大摊子事呢！我和春明都上了堤，防汛指挥部唱空城计了，您老人家就不能赶过来帮帮忙？要看我们的笑话呀？"

姜超林火了："高长河，你跑到大堤上干什么？你要全面指挥协调！"

高长河忙道："老班长，我新来乍到，情况不熟嘛，哪知道得这么清？只能上堤扛扛麻包，打打冲锋了！华波书记也再三和我说过，这场硬仗得您指挥，我们都是您的兵嘛！"

姜超林终于让步了："好，好，长河，你不要急，我和李军长尽快赶回去，李军长有直升飞机。你呢，把昌江和镜湖水系图带在身边，随时和我保持联系！如果联系不上，有关情况可以问春明，春明也是老平阳了！"

高长河这才放心了，合上手机后，舒了口气，对刘意如说："老书记真出了麻烦，别说我没法向省委交待，就是我家老岳父也饶不了我！"

刘意如随口说了句："姜书记也乐得如此，你让姜书记又找回了点感觉！"

不知咋的，高长河觉得这话十分刺耳，像是根本没听到，看都不看刘意如一眼，转身又走进了扛麻包的人群中，从一个滑倒在地的小战士背上接过一只沉重的麻包，扛起来就走……

1998年7月3日14时　镜湖市围堰乡

姜超林是在这日十四时上的李军长的直升飞机。这时，根据各方面的汇报，八万人已经撤完。然而，姜超林还是不敢掉以轻心，上飞机前，又再三对田立业和胡早秋交代，要他们开着车替他做最后一次检查。

田立业又累又困，沙哑着嗓子说："你放心吧，老书记！"

姜超林却不放心，又说："立业，你这次可是代我检查，一定要尽心呀！"

田立业有些不高兴了："老书记，你就对我放心一次好不好？！"

姜超林不好再说什么，忧心忡忡地被李军长身边的一个参谋拉上飞机走了。

姜超林走后，田立业把姜超林的0001号奥迪和司机一起放走了，自己坐到胡早秋开来的旧吉普车里，和胡早秋一起进行这最后的检查。

吉普车真够破旧的，沙发上的弹簧都快露出来了，田立业一坐上去就骂："他妈的，哪来的这种破车？你的新桑塔纳呢？！"

胡早秋一踩油门，把车开出去老远："还哪来的破车？你们烈山的破车！是我从临湖镇仓惶逃窜时开走的！你狗东西也真是绝，能想出这种损招办我！"

田立业也窝了一肚子气："你他妈仔细想想，我会这么干吗？"

胡早秋说："怎么不会？这是你小子的一贯风格，整个过程都有你的味道！"

田立业看了胡早秋一眼："所以，你就跑到文市长面前去告我了是不是？"

胡早秋说："也不叫告，叫客观反映情况，不过，田领导，这倒要说实话了，我可真没想把你从烈山的位置上搞掉！你应该了解我，我从来不是阴谋家，对吧？大学三年级那次学生会选举，山东李大个子那帮政治动物那么拉我，我还是支持你的吧？最后卖你的是校花白玲吧？"

田立业叹了口气："胡司令你别说了，关键时候坑我的都是朋友，关键的时候不信任我的也都是朋友，有你和姜超林书记这样的朋友，我这辈子就认倒霉了！"

胡早秋说："老兄，话也不能这么说嘛！还这辈子认倒霉了？

你不才四十二岁么？一辈子早着呢！小平同志还三上三下呢，你现在不才两上两下嘛！况且，回机关当副秘书长也不能算下吧？起码这正处级弄上去就下不来了吧？哎，立业，叫你回机关，级别明确了吧？带上括弧了吧？”

田立业真火了：“胡司令，你烦不烦？你小子一天到晚想当官，想级别，我也像你？！我是想干事！我都想好了怎么开展烈山的工作，想大显一下身手，好好跨一回世纪，这一闹，又啥也干不成了，我冤不冤？”

田立业没法把话说明，胡早秋就以为是自己坏了田立业的大好前程，连连道：“立业，你别生气，千万别生气。我坏了你的事，就想法弥补嘛。过几天，我就找机会去和文市长再谈一次，你叫我怎么说我就怎么说，行不行？我所受的人格污辱什么的也不计较了！”说着，说着，就自我感动了，唏嘘道，“唉，田领导呀田领导，你说如今这商品社会，像我这样义气而又不计个人荣辱的朋友你哪找去！”

田立业哭笑不得，见胡早秋把破车开得东倒西歪，便说：“好好开你的车，我不和你啰嗦了！你看你这车开的，怎么尽往泥坑里轧？不是你们镜湖的财产你就不爱惜了？”

胡早秋笑了：“那是，田领导！我就得把在烈山所受的身心损失全夺回来！那帮二狗子叫我把车给他们送回去，妄想！昨夜一说下乡，我开着这车就来了，目的很明确，就是要省我的桑塔纳！你也别心疼，你现在也不是烈山县委代书记了！”

田立业说：“我不是烈山县委代书记，可又成了平阳市委副秘书长了，对平阳所属各县市的财产一视同仁，全要爱惜……妈的，你小子怎么又往粪坑里轧了！”

…………

就这么一路说笑着，破吉普在镇上的大街小巷里转了一遍，一个人影没见着。原是那么喧闹，那么充满活力的一个镇子，在七月三日那个危险即将来临的下午，显得那么冷清，那么静寂，又是那么令人惆怅，仿佛和上午大撤离时根本不是一个地方。

应该说田立业是负责任的，事后胡早秋证实，车子开不过去的地方，田立业坚持下车步行，进行了实地查看。要离开时，在渗水破口的西圩堤上意外发现周久义等十八个滞留同志的，也是田立业。

这时，大难已经来临了，在特大洪峰到来前先一步来临了。

大难来临时没有任何迹象，天气很好，像歌中唱的那样，蓝蓝的天上白云飘。镇外的棉花地一望无际，棉花已结了蕾，在阳光下展现着自己的茁壮。镇中的大路上有两只鸭子在摇摇摆摆地走。开车的胡早秋曾试图轧死那两只目中无人的鸭子，田立业一拉方向盘，让两只鸭子从破吉普下逃得一命。

这时是下午两点三十七分，田立业在决定回平阳时看了下表，还很正经地和胡早秋说："胡司令，你可要给我作证哦，我代老书记进行了最后检查，现在是两点三十七分，我们没发现任何遗漏人员，开始打道回府！对不对？"

胡早秋说："对，对，你是党的好干部，我回去给你作证。"

田立业苦笑道："你才是党的好干部呢，我是不受信任的甩子！"

胡早秋说："哪里，哪里，我们是同甩，同甩，你大号甩子，我二号甩子！"

就在这时，田立业发现不对了："胡司令，怎么有水过来了？"

确是有水从西面镜湖方向流过来，水流很急，带着漂浮物漫上了路基。

胡早秋还没当回事，说："洪峰四点才到，咱抓紧走就是，路上又没人，我把车打到最高时速，二十分钟走出彼德堡！"

吉普当即加速，像和洪水赛跑似的，箭一般蹿出镇子。

然而，就在车出镇子四五百米之后，田立业意外地发现西圩堤上还有人，而且不是一个，竟是许多个！

田立业大声喝道："胡司令，咱任务还没完成，快回头，堤上还有人！"

胡早秋这才看到了西圩堤上的人影，忙掉转车头，迎着水流冲向圩堤。

然而，水流这时已经很急，转眼间涨到近半米，吉普车没能如愿冲到堤圩前就熄了火，二人只好弃车徒步往堤上奔。奔到堤前一看，老乡长周久义正领着手下十七个人徒劳地手挽手站在水中堵口抢险，其情景实可谓惊心动魄。

胡早秋气死了，日娘捣奶奶，什么脏话都骂了，一边骂，一边和田立业一起，把周久义和他身边连成一体的人链往尚未坍塌的圩堤上拉。胡早秋是旱鸭子，不会水，几次滑倒在水中被淹得翻白眼。田立业怕胡早秋救人不成，自己先把命送掉，便把胡早秋先托上了堤。

冲决的缺口在扩大，水流越来越急，周久义和他的同伴们想上来也没那么容易了。田立业便嘶声喊着要大家挽住手，不要松开。然而，人链最后的两个中年人还是支持不住，被急流卷走了，田立业也差点被水流卷走。

一番苦斗之后，只十五个人上了堤。

胡早秋完全失去了理智，把周久义拉上来后，一脚将他踹倒，破口大骂道："周久义，你他妈的该坐牢，该杀头！你看见了吗？看见了吗？两条人命葬送在你狗日的手上了！"

周久义这时已像木头似的，缩着瘦小干枯的身子瘫在泥水里，任胡早秋打骂，除了眼里流泪，一句话没有。

田立业觉得胡早秋过分了，提醒道："胡市长，注意自己的身份！"

不该死人偏死了人，胡早秋红了眼，根本不理田立业，仍大骂不止："你他妈的不是带人撤了吗？啊？怎么又偷偷跑到大堤上来了？你自己一人死了不要紧，还他妈的拖这么多人给你陪葬呀？！周久义，你给我说说看，你到底……”

谁也想不到，胡早秋话没说完，周久义却挣扎着爬起来，仰天长啸一声：“围堰乡的老少爷们，我周久义对不起你们呀！”言罢，一头栽进镜湖激流中，当即被冲得无了踪影。

胡早秋惊呆了，大张着嘴，再也说不出一句话来。

田立业痛惜地喊了声：“早秋！”满眼的泪一下子下来了。

胡早秋“啪”的给自己一个耳光，无声地哭了。

这时，倒是抢险队的村民们七嘴八舌说了：“胡市长，你别难过，这不怪你，周乡长说过不止一次了，只要破圩，他就不活了。”

“是哩，胡市长，与你一点关系也没有！”

“是真的，胡市长，是和你没关系，我们偷偷地留下来也是自愿的……”

田立业这才说：“好了，好了，反正已经这样了，都别说了，快想法逃命吧！这里也不安全，口子马上就要撕到咱脚下了，你们看看，连吉普车都冲得没影了！快跑，前面有个泵站，都到那里去！”

众人这才如梦初醒，跌跌撞撞往泵站的水泥平房跑去。

泵站的水泥平房实在太小，是平时为了保护水泵不受风吹雨淋而修的。田立业看了一下，估计平房顶上最多能站十一二个人，便要不会水的胡早秋和一部分村民先爬上去蹲着，等待救援。

胡早秋不干，说：“让他们上去，立业，咱们在一起！”

结果，平房顶上竟勉强容纳了所有十五个村民，当整个西堤圩被冲垮后，这个不起眼的小泵站成了洪水中的孤岛，十五人因这孤岛的存在得以从滔天大水中幸存。

经过一阵忙乱，帮十五个村民找到了暂时的栖身之处后，西圩堤上的险情更加严重了：原有缺口于无声无息中撕成了一片汪洋，而上前方的堤圩又破开了，残存的几十米圩堤随时有可能消失在洪水中。

这时,田立业及时发现了圩堤下的一棵高大柳树,根据目测的情况看,柳树的主干高出镜湖水面不少,于是,一把拉住胡早秋说:"早秋,快跟我上树!"

不会游泳的胡早秋望着圩堤和柳树之间翻滚的水面迟疑着。

田立业顾不得多想,硬拖着胡早秋下了水,搂着胡早秋的脖子,反手倒背起胡早秋,向二百米开外的那棵大柳树拼力游去。胡早秋吓得要死,本能地在水中挣扎起来,搞得田立业益发艰难,一路上气喘吁吁,还喝了不少水。

费了好大的力气,终于游到柳树前,田立业已是精疲力竭,扶着树干只有喘气的份了,田立业便上气不接下气地要胡早秋自己爬到树上去。

胡早秋几乎要哭了:"立业,你不知道我么?我……我哪会爬树呀?"

田立业想起来了,别说爬树,在大学里胡早秋连吊杆都爬不及格,于是,苦中作乐,和胡早秋开了生命中的最后一个玩笑:"胡司令,我……我算服你了,除了当官做老爷,欺压革命群众,你……你狗东西是什么都不会!"

胡早秋已没心思开玩笑了,说得很真诚,还结结巴巴,可实在比玩笑还荒唐:"立业,我不会不要紧,不是还有……有你么?你……你会不就等于我会么?是不是呀,伙……伙计?"

田立业却没回答,以后也没再说什么话。

据胡早秋事后回忆,也许那当儿田立业就没有说话的力气了。胡早秋感到田立业托扶他的手一直在发抖,继而,发抖的手变成了肩膀,再后来,又变成了田立业湿漉漉的脑袋……

就这样,一位会水的朋友,用自己的肩头,用自己的头颅,用自己生命的最后力量,托起了一位不会水的朋友,直到大水涨到树杈,让他的那位朋友抓住树杈安全爬上了树。而他自己,却气力消耗殆尽,连树杈都抓不住了,最终被洪峰来临时的大水激流无情地冲走了,走得无声无息。

确是无声无息。

胡早秋借着水的浮力,抓住碗口粗的树杈爬上树时,还以为田立业仍在身下,还想招呼田立业努把力爬上来,可四处一看,才发现田立业无了踪影,目光所及之处,除了大水还是大水。

水真是大,胡早秋这辈子也没见过这么大的水,除了他置身的这棵大柳树和远处那个泵站,一切都被淹没了,仿佛整个世界都被浸在了滔天大水之中。

这时,胡早秋才带着哭腔,惊慌地叫了起来:“立业——田立业——”

回答胡早秋的,只有远处近处连天接地的滔滔水声……

1998年7月3日19时30分　市防汛指挥部

昌江特大洪峰是在十六时二十分左右抵达平阳的,瞬间最高水位达到了创纪录的二十七点三五米。滨海段几百米江堤出现了江水漫溢,平阳市区段发现几处管涌和渗漏,不少地方出现险情。然而,由于十几万军民严阵以待,漫溢、管涌和局部险情都没构成重大威胁,激荡的昌江水肆虐一时之后,滚滚东流。平阳仍然是往日那个繁华的平阳,入夜后,一座座高楼大厦上的霓虹灯又照常亮了起来,城市的万家灯火和空中的满天繁星交相辉映,像什么也没发生过一样。

然而,身为市委书记的高长河却高兴不起来。从昌江大堤上下来,坐在车里一路往市防汛指挥部赶时,高长河脸色灰暗,一言不发。车窗外,路灯和霓虹灯不断地闪过,把平安的信息一次次射向他的脑海,可高长河就是提不起精神来。

不错,昌江大堤保住了,平阳保住了,但是,镜湖的围堰乡淹掉了,在洪峰到来前就破圩了,不是措施果断,撤离及时,八万人就要遭受灭顶之灾，多么严重的后果！想想真是万幸，昨天夜里老书记姜超林及时从省城赶回来了，又当机立断提出大撤离！如果姜超林闹情绪留在了省城，如果姜超林在那关键的时刻一言不发，他高长河现在就成了历史罪人，事实就是这么残酷！

因此，到了防汛指挥部，一见到姜超林，高长河便紧紧握住姜超林的手说："老班长，我的老班长啊，我和平阳市委真得好好谢谢您！不是您果断决策，围堰乡可就出大事了，我们平阳市委和我这个市委书记可就真没法向党和人民交待了！"

姜超林似乎没想到这一点，怔了一下说："长河呀，无非是一种责任感嘛，发现了问题，你不让我说我也得说，谁反感我也不管，我认准的就坚持！"停了停，又说，"不过，你这个新班长也不错，这次全力支持我了嘛！你也不要想这么多了，毕竟刚到任嘛，不了解具体情况嘛，哪能事事都考虑得这么全面?!"

高长河真感动："老班长，我正说要找机会向您道歉呢！"

姜超林摆摆手："算啦，算啦，道什么歉呀？没意思嘛。你们这帮年轻同志只要记着平阳有过我这么一个老头子就行了！哦，不对，不对，还不是我一个老头子呢，是三个老头子哟！还有梁老、华波呢！"

高长河点点头，拉着姜超林的手："忘不了，不但是我，平阳的干部群众，平阳九百万人民都永远忘不了你们！想忘都忘不了呀！你们在这二十年中已经把一篇篇好文章、大文章写在了平阳大地上！写进平阳老百姓心里了！"

就说到这里，电话响了。

姜超林甩开高长河的手，急切地抓起了电话："对，是我，是我，我是姜超林啊！什么？还没找到？那就请你们继续帮我找，多派些冲锋舟出去！告诉你们李军长，这既是公事，也是私事。这个失踪的副秘书长可是我最心疼的小朋友啊！"

高长河这才注意到田立业不在姜超林身边，心里不由得一震。

放下电话后，姜超林眼光黯淡了，说："长河呀，想想我还是惭愧呀，围堰乡的撤离还是不完满呀，还是死人了呀！破圩后，我不放心，又让李军长把直升飞机派过去了，一个小时前在一个泵站的水泥房顶救下了十五个人，在离圩堤不远的一棵柳树上救下了胡早秋。据胡早秋和获救的村民证实，至少有四人丧生洪水，其中包括……"姜超林红着眼圈摇摇头，说不下去了。

高长河难过地问："是不是田立业？"

姜超林点点头，眼中的泪下来了，在苍老的脸上缓缓流着："就是田立业，这孩子是……是代我做……做最后检查的，是代我做的呀……"

高长河心中尚存一丝侥幸："老书记，您先别难过，也许……也许……"

姜超林抹去脸上的泪，长长叹了口气："恐怕没有也许了。胡早秋在405医院打了个电话过来，说是田立业在生命的最后时刻还救了他，被洪水卷走时，一点气力都没有了。"说到这里，眼里又聚上了泪，姜超林仰起了脸，努力不让眼中的泪流下来，"长河呀，我一直说立业是个好孩子，真是个好孩子呀！在这种生死时刻，那么勇敢，先救了十五个村民，后救了胡早秋……"

高长河也汪着满眼泪说："老书记，我……我看立业同志更是个好干部！"

姜超林愣了一下，似乎意会了什么，定定地看着高长河，讷讷道："是的，是的，长河，你……你说得不错，立业是个好干部，确实是个好干部呀……"

高长河一声长叹："可是，我们现在说这些还有什么用呢？一切都晚了！"

姜超林也感慨道："是呀！真正认识一个好干部总要有个过程……"

高长河强忍着悲痛，摇了摇头："可这过程也太长了，生命苦短呀……”

这话题令人痛心，在这时刻深入谈起来也太沉重了，姜超林不愿再谈下去了，沉思片刻，说起了前烈山县长赵成全：“哦，长河，提起干部，我想起了赵成全，不知道你听说没有？这人已经去世了。”

高长河点点头：“我听孙亚东说了一下，法律程序已经自然终止了。”

姜超林说：“长河，我关心的不是法律程序，而是……”

高长河知道姜超林心里有难言之苦，恳切地说：“老班长，有什么话您就直说吧，只要不出大格，我就按您的意思办。”

姜超林这才说：“赵成全和耿子敬不是一回事，是平阳的老先进了，又是累死在工作岗位上的，他落到这一步，我和上届市委是有责任的。所以，如果可能，希望你们新班子能有个比较积极的态度。”

高长河明白了：“老班长，您的意思是不是保住他生前的名誉？”

姜超林一声叹息：“如果可能的话……”

高长河想了想，字斟句酌地说：“老班长，您的心情我理解，但您也知道，这真不是我一个人能做主的，我没有你们老同志那种一言九鼎的权威性了，别人不说了，光一个孙亚东就……”

姜超林怔了一下，过了好半天，才说：“那好，那好，这……这事就当我没说吧，长河，你呢，也不要再和孙亚东提了，这个同志我惹不起！”

1998年7月3日20时　中山大道

孙亚东的心情又怎么能够平静呢？做了这么多年纪检干部，他真是从没碰到过何卓孝这种案子。一开始连定性都吃不准，反贪局是以贪污犯罪定性报上来的，可他对照有关贪污犯罪的法律条文看来看去,总也对不上号。后来,看到一年前外省市一个蓄意冒名骗取巨额医疗费的案例后,才指示反贪局定性诈骗。

然而,这种诈骗实在是让人伤感,过去有些同志说起法律不讲良心,孙亚东总要当面批评,言之法律代表正义,也在本质上代表良心。现在看来,法律和良心还真会发生矛盾。如果不做这个主管纪检的市委副书记,他孙亚东一定会像高长河、姜超林和文春明一样,对何卓孝网开一面;可做了这个副书记,他就只能依法办事,哪怕内心再痛苦,也不能亵渎自己的职责。在这个主持执法的位置上,他能做到的只有帮助当事人积极赎罪,以减轻刑责。如果何卓孝能还清这三万九千余元赃款,根据有关规定,判缓刑是完全可能的。

这么一想,孙亚东脑海里就浮出了替何卓孝还掉一部分赃款的念头,白天在市委值班时就想打个电话给夫人,和夫人商量一下,可办公室总是人来人往,加上抗洪上的一摊子事,便忙忘了,下班回家吃过晚饭后,才和夫人说起了这件事。

夫人很惊讶,问孙亚东:“你知道咱一共有多少存款么?”

孙亚东不知道,估计说:“一两万总还有吧?”

夫人气道:“你以为你是先富起来的那部分人呀?我告诉你,只有九千!”

孙亚东很失望,按他的想法,最好能拿出一万来,没想到全部存款只有九千,于是,想了想说:“那咱就拿五千帮老何同志一下吧!”

夫人苦笑道:“亚东,你看看你这官当的,不往家里进,还倒贴!”

孙亚东也苦笑:“我要往家里进钱不成贪官了?不成另一个耿子敬了?还是倒贴好,钱这东西呀,生不带来死不带走嘛。”

夫人仍不情愿:“你觉得老何挺亏的,就手下留情嘛,干吗咱贴呢?!”

孙亚东马上拉下了脸:“你怎么也说这种话？法是法,情是情,两回事!”

夫人不敢硬抗了,心里却不服,便婉转地说:“亚东,我倒不是心疼这五千块钱,而是觉得不太合适,你想呀,你是市委副书记兼纪委书记,主持办人家的案子,又把自己的钱送给案犯还赃,传出去是什么影响呀?”

孙亚东深思熟虑道:“这事我白天也想过了,得悄悄进行,咱的钱不是存在中山路那家储蓄所么？好像是日夜开门吧？就今晚去,取了钱送到何卓孝儿子那里,让他交给他老子,五千块帮不上什么大忙,尽尽心意吧！让何卓孝知道,他这些年也没白干嘛,组织上和社会上都关心着他嘛!”

夫人没办法了,说:“那你把地址给我,我去吧。”

孙亚东说:“别,别,还是一起去吧,我们也散散步。”

就这样出了门。

由于不愿让更多人知道,孙亚东夫妇二人没通知司机出车,也没有惊动市委值班室,这就埋下了一场弥天大祸的伏线——

九时许,当孙亚东和夫人在中山路储蓄所取了五千元现金出来,要往何卓孝儿子所住的朝阳小区走时,一辆白色桑塔纳从东向西突然冲过来,在距储蓄所四十五米处将走在靠马路一侧的孙亚东撞得飞了起来,重重摔落在马路当中。

白色桑塔纳显然是要置孙亚东于死地,撞人后并不急于逃走,一个急速倒车,再次从痛苦挣扎的孙亚东身上辗过,这才提了速,箭也似的飞驰而去……

这突如其来的事件发生时,孙亚东的夫人吓呆了,先是本能地跌坐在马路的路牙上。爬起后,见手里的小包掉了,许多百元大钞露了出来,又本能地去捡钱。当白色桑塔纳倒着车第二次辗向孙亚东时,孙亚东夫人才如梦初醒,疯狂地扑向行人稀少的大街,嘶声呼喊:“救命！救命啊！撞死人了……”

由于紧张和忙乱，孙亚东夫人只注意到白色桑塔纳车牌号的三个数字："B——23"。人行道上两个骑自行车路过的年轻男女目睹了撞人过程，男青年跑过来救护孙亚东时，特别注意了一下车牌，看到的也只是"B——23"，车牌前面的地区字号和后面的数字都被污泥糊上了，车也脏兮兮的，像刚从抗洪一线回来。

孙亚东夫人和那两个年轻男女拦了一部出租车，把孙亚东送往人民医院，这当儿，孙亚东虽说伤得很重，头脑还是清醒的，满脸血污躺在夫人怀里，断断续续说了一句话："今……今天不……不是车祸，是……是蓄……蓄谋杀……杀人……"

九时三十四分，中共平阳市委副书记孙亚东被送上了人民医院急救室手术台。

九时五十八分，高长河和姜超林听到最初的汇报，同车赶到人民医院急救室。

等候在急救室门外的孙亚东夫人这时已哭成了泪人，见了高长河和姜超林就撕人心肺地号啕起来："长河、姜书记，你们组织上可得给亚东做主呀！他……他是被坏人害了！他……他太倔，太招坏人恨呀！在昌江市就碰上过这种事呀！他说了，这是蓄谋杀人！蓄谋杀人呀！"

高长河一边劝慰着孙亚东夫人，一边进一步了解情况，问："亚东出门怎么不带车？你们夫妇这么晚了到中山路干什么呀？"

孙亚东夫人哭得更凶："……我们亚东心太善呀，说平轧厂厂长何卓孝的案子不能不办，可办得心里又很不安，非逼我和他一起把家里这五千块存款取出来，想……想连夜送给老何的儿子，长河，你看看，你看看，五千块钱都在这里！可谁……谁能想到会被坏人盯上呢?！谁能想到呀?！他得罪人太多呀！他……他在明处，坏人在暗处呀！"

高长河被震惊了，一眨眼，满目泪水夺眶而出，天哪，怎么会这样！

孙亚东夫人紧紧拉住高长河的手:“长河,你和我们亚东是中央党校的同学,别人不了解他,你是了解他的!他除了工作还是工作,从来没想到他自己!他是为咱党,为咱老百姓在得罪坏人啊!”

高长河连连点着头,把大滴大滴的泪水洒到地板上:“是的,是的!”

孙亚东夫人又冲着姜超林说:“姜书记,你说说看,我们亚东到底图个啥?他咋就这么招人烦?招人恨?昌江那次车祸后,我就和他说了,求他别干这一行了,他就是不听呀!现在好了,连……连命都搭上了……”

姜超林难过得再也听不下去了,对刚刚闻讯赶来的公安局长含泪命令道:“立即成立专案组,全力侦破这个杀人血案!把全市和B——23有关的白色桑塔纳都彻底查一遍!彻底查!不抓住这个杀人凶手,我……我死不瞑目!”

高长河进一步指示说:“不但是我市,要连夜通知昌江市全力协查!还要请省公安厅和武警部队在全省范围内的各交通要道突击检查过往车辆!”同时,又对前来汇报的医院院长指示,要他们不惜代价全力抢救孙亚东。

这夜,对孙亚东的抢救手术连续进行了五个多小时,还惊动了省委。省委书记刘华波亲自点名调派了省城两名著名脑外科专家连夜赶赴平阳主持手术,才最终保住了孙亚东的性命。

然而,令人遗憾的是,孙亚东脑组织多处严重损伤,发展趋势必然是脑死亡,现代医学已经无力回天了。

一头大汗从手术室出来,省城和平阳的专家就瞒着泪水涟涟的孙亚东夫人,悄悄地向高长河和姜超林作了汇报,说是除非出现奇迹,孙亚东十有八九会变成植物人。

这结果让高长河和姜超林十分难过,也十分吃惊。

…………

从人民医院回去的路上,前市委书记姜超林和现市委书记高长河都默默无言。

一座流光溢彩的属于二十世纪的崭新都市在车轮的沙沙转动声中展现着不夜的辉煌，然而，坐在车内的两位过去和现任的城市最高领导者却没有什么欣赏的兴趣了。在这不夜大都市流动闪现的辉煌里，两位过去的和现任的城市最高领导者都陷入了深深的哀伤之中，心里都感慨万千：他们都曾经那么不理解孙亚东，那么反感孙亚东，都认为孙亚东没人情味，只会添乱，可谁又能想到，这个孙亚东，这个新老两届班子的同志和战友竟会在给何卓孝送钱的路上遭此暗算，竟会被歹徒蓄意撞倒在这座辉煌城市的大街上！

轿车驰过国际展览中心大厦了，跨海大桥出现在远方的视线里，姜超林目视着一片灯火一片绚丽的跨海大桥，叹息似的轻声问高长河："长河呀，知道我此刻在想什么吗？"

高长河勉强笑笑："要到省里工作了，舍不得是不是？真舍不得就别走了。"

姜超林摇摇头："想起了《国际歌》里的两句话：满腔的热血已经沸腾……"

高长河动容地脱口而出："要为真理而斗争！"

姜超林把目光从车窗外收回来，眼里溢出了老泪："是啊，要为真理而斗争！这真理是什么呢？不就是把综合国力搞上去，让中国老百姓都过上好日子么？在这二十年里，我们有多少好同志在各自不同的岗位上为这简单而又沉重的真理而斗争啊！有多少啊！咱中国哪一座城市的辉煌后面没有一大批这样那样的好同志呢？他们真是在流血流泪呀！远的不说了，就说咱面前的，像孙亚东，像田立业……"

高长河叹息道："是啊，代价太大了，一个植物人，一个活不见人死不见尸！"

姜超林既是责问，又是自责道："而我们这些各级班长呢？做得到底怎么样？面对他们付出的代价，又……又该做何感想呢？

我们在危险时不得不看着他们流血牺牲，而平时还……还经常看着他们流泪伤心啊！”

高长河深有同感地道：“从某种意义上说，甚至是为他们酿造眼泪和伤心！”

姜超林看了看高长河，一声长叹，自省道：“这其中是不是也包括你我呀？”

高长河无言地点了点头……

1998年9月23日8时　平阳市委

八时整，高长河准时走进办公室，把公文包放下后，做的第一件事就是把两扇落地大窗的黑丝绒窗帘全拉开，让户外九月早晨的阳光布满洁净的地面和桌面。秋天的阳光真是美好，连大办公桌前的党旗也因阳光的辉映显得格外鲜艳。

八时零五分，刘意如准时出现在面前，照常向高长河汇报全天的工作计划：

“高书记，根据您的指示精神和这阵子的实际情况，今天的活动是这样安排的，您看行不行？九时是全市抗洪防汛先进集体和先进个人表彰大会，全体常委和四套班子主要领导参加，田立业的爱人焦娇代表田立业做重点发言；十一时会见法国和英国时装界贵宾，并与贵宾在国际展览中心共进午餐，政府那边文市长参加；下午一时，平阳国际服装节在国展中心大广场正式开幕，您主持剪彩；三时，是市委常委会，专题研究我市跨世纪发展规划；六时，全体常委欢送姜超林同志，集体宴请姜超林。根据您的指示，宴请费用每人一百元，由我们办公室向各常委收取，并已嘱咐各常委向姜超林同志保密。另外，平阳'98国际啤酒节也已经进入倒计时了，德国和爱尔兰两家著名啤酒商代表已于今晨抵达我市，下榻国际酒店，按以往惯例和姜超林同志的习惯做法，当晚要去看望一下，当然，晚几天去也是可以的。”

高长河听罢，想了想说：“晚上才给超林同志开欢送会嘛，会见宴请法国和英国时装界贵宾要请超林同志参加一下，下午国际服装节开幕，春明同志主持，请超林同志剪彩。”

刘意如看了高长河一眼，婉转地道：“高书记，在这么盛大的活动上，您一把手不主持剪彩好吗？您也许不太清楚，平阳这个国际服装节连办四年了，不但在国内影响很大，在国际时装界也有相当影响……”

高长河挥挥手：“刘主任，你不要说了！它就是和诺贝尔颁奖的影响一样大，也得请超林同志主持剪彩！这个国际服装节是在超林同志手上搞起来的，他要走了，最后剪一次彩，理所当然！”

刘意如不做声了。

高长河又说：“还有，研究平阳跨世纪发展规划的常委会，也要请超林同志列席，再多听听他的意见，让他把能想到的都再说说，不要留下遗憾。这很重要！”

刘意如点着头，把高长河的话如实记下了，且打上了重点符号。

高长河这才问：“田立业爱人，就是焦娇的发言稿你们看了没有？”

刘意如说：“看过了，有些地方写得不是太好，太伤感了，随意性也大了些。我请秘书一处的同志改了一下，昨天上午又亲自动了动手。我们根据市委抗洪工作经验总结会议的精神，在英雄主义和理想奉献等三个方面加大了力度。主要意思是，立业是我们党组织长期以来重点培养的一位好干部，不论在什么岗位上，都兢兢业业，任劳任怨。所以，立业同志也得到了党和人民的高度信任。烈山班子垮了，他去烈山；洪峰来了，他抓抗洪；关键的时候，以鲜血和生命为党旗增了辉……”

高长河心里真不是滋味，可又不好多说什么，只得打断刘意如的话头道：“不要说的这么具体了，你们把了关就行。哦，对了，田立业那个下了岗的妹妹田立婷的工作问题是怎么落实的？超林同志可是和我说了，要把田立婷当他闺女待！"

刘意如叹了口气，汇报说："高书记，这事我还在做工作……"

高长河一听就火了："做什么工作？我不也向你交代过吗？这个田立婷你就把她当我妹妹！我和超林同志就联合起来办这一次私事了！哪个单位还扯皮？"

刘意如苦笑起来："高书记，您听我说完嘛！问题不在哪个单位扯皮不收，是田立婷不愿让我们安排。我家金华知道立业牺牲的消息后，就去找过田立婷，流着泪和田立婷说，你哥哥在我们烈山当书记时不能安排你，现在他不在了，烈山可以安排了。田立婷说，正因为哥哥不在了，她才不能再往哥哥脸上抹灰，让人说他哥哥甩。看得出，田立婷也有些情绪。她说了，想在自立市场租个摊位，替镜湖市水产公司卖鱼。我正想抽个空找一下胡早秋，问问是不是他鼓动的？"

高长河心里有底了："你不要问胡早秋了，他是田立业的好朋友，田立业又是为救他牺牲的，他一定会对田立婷负责到底的！"

刘意如点点头，最后汇报说："哦，对了，还有个事差点忘记了：市委组织部请示，说是平轧厂厂长何卓孝，前天打了报告要辞去公职，不知能不能给他办？他在缓刑期，情况比较特殊，再说，也不知您是什么态度？"

高长河想了想："请组织部同志做做工作，尽量挽留，真留不住就批吧！"

刘意如说："批了也好，马上要精简机构了，还可以当干部自谋出路的典型做些宣传。"说罢，又觉得有些不妥，"可惜被判了一年缓刑，真宣传难度也大！"

刘意如走后，省委副书记马万里来了电话，向高长河通报说，上次那十四万匿名汇款没查到，省纪委昨天又收到一笔新汇款，两万三千元，还是寄自平阳，还是同一个人寄的，打字信上说得很清楚，这是他的第二笔上交赃款。

高长河赔着小心问："马书记，省委和省纪委有没有线索？"

马万里极其严厉地说："省委和省纪委当然有线索，线索清清楚楚，就在你们平阳，你们平阳市委要真正从思想上高度重视，好好查！孙亚东同志成了植物人，你们不是植物人！我提醒你一下，孙亚东同志现在还是你们平阳的纪委书记，平阳的腐败问题还要继续深入细致地查处下去！我建议你们市委班子全体成员认认真真坐下来，好好开一次会，专门研究一下如何在你们平阳进一步深入开展反腐败的大问题！我再强调一遍，反腐倡廉问题是关系到我们党，我们国家生死存亡的大事，和你们平阳跨世纪上台阶，和你们平阳的改革开放并不矛盾！"

高长河连连应着："是的，是的，马书记，我们一定进行一次专题研究！"

马万里又问："亚东同志的血案有没有比较大的进展？凶手有没有线索？"

高长河当即汇报道："马书记，前天，我和公安部、公安厅参加侦察领导工作的几个同志碰了下头，已经有了突破性进展，初步判断是雇佣杀人，驾车实施作案的犯罪嫌疑人已经出现在我市旧年县，目前正在加紧搜捕。马书记，您注意一下，我市报纸、电台、电视台已在昨天公开发出了对犯罪嫌疑人的悬赏通缉令。"

马万里说："好，我马上让省里的新闻媒体也把这个通缉令发出来，看罪犯往哪里逃！另外，代我再问候一下孙亚东同志的夫人，转告她，一定不要丧失信心！亚东同志这种情况才两个多月嘛，苏醒的希望我看还是存在的。三天前我们省报上发过一篇类似的报道，一个昏迷三年多的植物人都苏醒了。这个报道发在三版社会新闻栏里，你请孙亚东夫人找来看一看！"

放下电话后，高长河本想把马万里说的新情况和市长文春明通报一下，可看了看表，时间已经是八时四十分了，想到九点就要去参加全市抗洪防汛先进集体和先进个人表彰大会，八点五十就要出发，便作罢了，随手抓起几张新到的报纸匆匆浏览起来——

本世纪最轰动的性丑闻：独立检察官斯塔尔笑了，克林顿哭了。俄罗斯面对政府和经济的双重危机，叶利钦好梦难圆。亚洲金融风暴仍未平息，其对全球经济的影响将滞后显现。李嘉诚说：香港不是超级自动取款机——索罗斯兵败香港……

突然，一行醒目的大标题和一个熟悉的名字爆炸般地映入高长河眼帘——

在历史的黑洞中

——平阳轧钢厂十二亿投资失败的沉痛教训

新华社记者　李馨香

…………

…………

偏在这时，刘意如敲门进来了："高书记，时间到了，车在楼下等您。"

高长河"哦"了一声，把那张只看了标题和署名的报纸本能地放在桌上。然而，起身要走时，想了想，又把报纸拿了起来，折成四折，放进了自己的公文包里，这才出门下了楼，来到自己第一天使用的0001号车前。

0001号奥迪擦得焕然一新，静静地停在市委大院一片难得的蓝天下。

高长河走到车前时，司机及时拉开了车门。

高长河却在跨上车的最后一瞬间，突然迟疑了。

刘意如问："高书记，怎么了？"

高长河看了看醒目的0001号牌照说："不用这部车，换我原来的车。”

刘意如说：“这部车姜超林同志既然主动交了，我看——”

高长河一句话不想多说，只两个字：“换车！”

刘意如只好让司机去换车，自己和高长河站在原地等候。

等车时，刘意如和高长河聊起了闲天，说：“老书记姜超林这回真要走了，也不知是福是祸？高书记，不知您听说了没有？下面这几天可又有新议论了，说是姜超林同志宁愿留在平阳也不想要副省级，是……”刘意如迟疑了一下，停住了。

高长河看了刘意如一眼：“是什么？说嘛。”

刘意如叹了口气：“高书记，您想想能有什么好话么？还不都是些胡说八道？说是姜超林老书记聪明呀，怕自己一走，就虎落平阳，鞭长莫及了，就捂不住平阳的盖子了，平阳的问题就会彻底暴露，他自己就会落个身败名裂。因此，有人说，看吧，姜超林这一走，真正的好戏就要开场了……”

高长河不动声色地“哦”了一声，当即联想到刚才马万里打来的口气极其严厉的电话，联想到马万里一口一个“你们平阳”的不满情绪，联想到两笔寄自平阳至今还没线索的赃款，联想到新华社记者李馨香已经发表出来的大文章，心中不免一惊：看来，关于平阳这二十年改革开放的历史，关于反腐败，关于姜超林们的是是非非，都还远远没完结。不管他和他的这个新班子愿意不愿意，他和他这个新班子都仍然必须面对一场场新的暴风雨。而且，还必须在这不断袭来的暴风雨中带着平阳这座大都市和它的人民义无反顾地走向新世纪。

然而，暴风雨现在还没来，确凿没来。

高长河抬头看了看面前的蓝天。

蓝天很好，白云很好。

蓝天下，大地上，九月的阳光也很好。

真的很好，还颇有几分清纯和明媚哩……

ZHONGGUO

ZHIZAO